· 崇明历代文献丛书 ·

钝庐诗集　钝庐文集

曹炳麟◎著

唐圣勤　龚家政　柴焘熊　周惠斌　黄　元　郭　焰　徐　兵◎整理

上海社会科学院出版社

曹炳麟

忠恕

忠惟盡心恕則推己
吾道無他一貫而已
小子識之聖賢可至
曹炳麟并書

曹炳麟书法

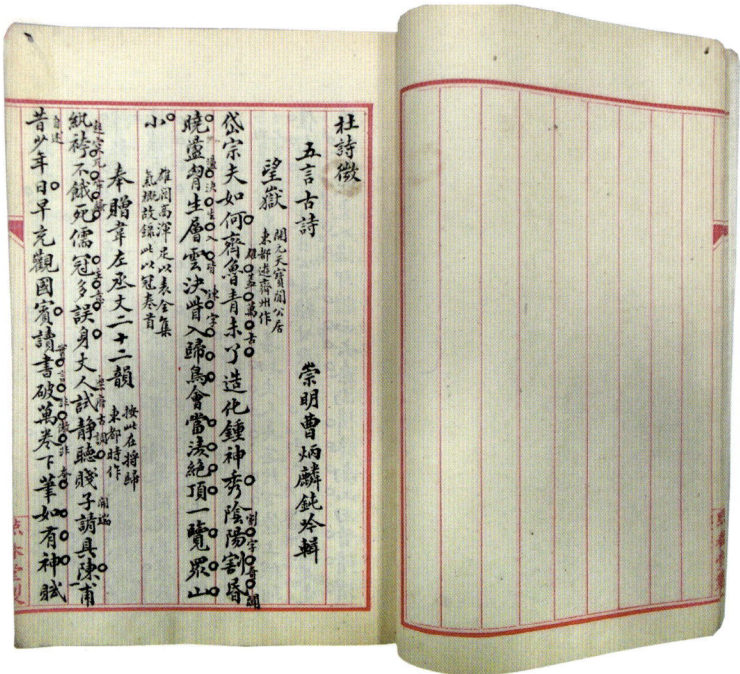

曹炳麟《钝庐诗集》
原刻本书影

鈍廬詩集卷四

崇明曹炳麟鈍吟

辛酉五十述懷

浮生芥子著須彌況值天心板蕩時兩鬢二毛感秋興
一堂四世藹春熙五噫椎髻妻傭作三巍菩提母佛慈
先子藥養不肖甫十二兩妹幼
太淑人資紡織教養以成
節母襲太淑人爲念劬勞五十載嗚咽忍誦蓼莪詩
少時聰穎老迂疏猶憶呀試讀書　三歲先祖抱膝
頗記七月之無慚白傳十齡天壽貳蒼舒　十三患疫凌
誦懷　試授方紙字百餘
遲科第同芻狗苗軋文章化蠹魚毱落一官鐘鼓歇
風我欲間爰居　壬寅鄉寧魁選戊申揀知縣毀安
徽辛亥國變橐官歸隱迄又十年

曹炳麟《杜诗微》
清稿本书影

杜詩微

五言古詩

望嶽

崇明曹炳麟鈍吟輯

岱宗夫如何齊魯青未了造化鍾神秀陰陽割昏曉
盪胸生層雲決眥入歸鳥會當凌絕頂一覽眾山小

奉贈韋左丞丈二十二韻

紈袴不餓死儒冠多誤身丈人試靜聽賤子請具陳
昔少年日早充觀國賓讀書破萬卷下筆如有神

《崇明历代文献丛书》序言

　　崇明形成于唐朝。伴随着大量移民的垦拓和唐代开始历代统治者相继在这里设镇、设州、设县，崇明文化事业也随之逐步兴起并日臻繁荣，屈指算来已有千余年的文化积淀。

　　据明清县志记载，崇明历史文献，起始于南宋末年乡贤李重发的《〈孝经〉注》，可惜早已失传。自元初创修州志迄清末民初，存世的州、县志，及乡贤著作林林总总。据不完全统计，存世的有元至正《崇明州志》序，明正统《崇明县志》序，明正德、万历县志，清康熙、雍正、乾隆、光绪县志；地方名人著作存世的有明末抗清志士沈廷扬的《海运奏疏》、清初诗人沈寓的《白华庄藏稿钞》、康熙进士施何牧的《一山存集》、雍正朝翰林柏谦《碧山堂稿》、乾隆时寓贤吴澂的《瀛洲竹枝词》、乾隆秀才杨樽《瀛洲诗钞》、道光举人施彦士的《求己堂八种》、清末诗词名家袁保香的《冷观庐诗草诗话》等，均弥足珍贵。到了近现代，崇明更是人才辈出，著述如林，斐然成章。譬如清末民初倡导新学的秀才王春林所著《海滨文集》，清末举人曹炳麟的《钝庐诗集》《钝庐文集》，清末翰林王清穆的《农隐庐文钞》等。悠悠千载，饮水思源，我们今天身处文化大发展、大繁荣之时代，自然不能忘怀先贤的创业、文脉的相承。

　　于今，由崇明县档案局（馆）、崇明县地方志办公室、崇明文史研究会与上海社会科学院出版社合作编著《崇明历代文献丛书》，依据市、县图书馆等文化部门保存的具有代表性和存史价值的崇明地方文献加以精选，整理点校，分辑分批出版。这正是一项咀嚼历史精华，传承地方文脉的有意尝试，可喜可贺。本丛书也是《崇明历史名人丛书》的姊妹篇，凝聚了崇明文史研究会部分会员辛勤的劳动成果及集体的编辑智慧。我乐见这样的成果问世，并希望崇明县档案局（馆）、崇明县地方志办公室、崇明文史研究会坚持不懈，脚踏实地，精益求精，创编更多的地方文史成果，为广大读者提供精神佳肴。

是为序。

中共崇明县委副书记　宋宝儒
2013 年 11 月

目　　录

整 理 说 明

　　《钝庐诗集》五卷,《钝庐文集》八卷,崇明曹炳麟著作。曹炳麟(1872—1938),字吟秋,号钝吟,晚号钝翁、六不居士,崇明城内人。生于清同治十一年十月二十三日(1872 年 11 月 23 日),光绪二十八年(1902)中举人,因病未参加翌年礼部试。科举废除后,经吏部选拔考试,拣选一等第一名,赴安徽省城任候补知县。辛亥革命爆发后,回到家乡,担任县"总务课长"(后称总务科长)兼警务两职,辅助办理县政、实业。1915 年,担任县立中学(今上海市崇明中学前身)校长。1919 年,任《崇明县志》总纂。1923 年,与杨瑞明等集资在县城北门创办耀崇电气公司,供应城厢百余家的照明。一生致力于发展家乡教育文化事业。1938 年 9 月 24 日(农历八月初一)病逝于家乡,邑绅王清穆为他撰写了《行状》。传记先后载入 1960 年 7 月《崇明县志稿》、1989 年版《崇明县志》等。曹氏留下来的著作除了《钝庐诗文集》,另有《杜诗微》、《说文约义》等残稿,保存于崇明县图书馆。

　　曹氏诗文集,保存完整,内容丰富。其《辛亥皖变记》,反映他目睹辛亥革命在安徽的史实。他为县立中学颁布的《校训》"为人不难,失学则蔽;为学不难,背道则诡。吾道一贯,忠恕而已。忠惟尽心,恕则推己。小子识之,圣贤可企",突出育人以"忠恕"二字。制定的《家箴》反映了他在晚年对后代的严格要求。他与民国县志主修王清穆论述修志:"得其要则详焉亦简,宽焉亦严,文不繁而事增,辞不滥而义备。"并提出"事实征讨不详备则漏，人物搜采不谨严则滥"，强调志书之信实备征之存史功用。王清穆敬佩其人，反感前志（光绪县志）序文之滥，因而民国《崇明县志》仅收曹炳麟序。"曹志"特色：志沿革，重存佚；志人物，重征实；志艺文，重考核；增作附编，储料备征。为近代方志事业作出了重大贡献，为崇明的千年历史留下了宝贵的文化遗产。曹氏许多诗文，记述了他弃官归隐故里，在家乡辅助县政管理工作，重修澹园，修茸粟沧楼，组织和参与消寒诗社，与友人酬唱，纪念亲人故友，整理文稿等各种活动，一定程度上反映了民国时期崇明的社会状况和人文风貌。

鉴于曹炳麟在崇明近代文化历史上的作用与地位，而其作品又无通俗流行的版本，由上海社会科学院出版社与崇明县档案局（馆）、崇明县地方志办公室合作，整理出版，列入崇明历代文献丛书第一辑在今年加以整理出版。

此次整理以上海图书馆、崇明县图书馆藏民国二十年（1931）仲春原刻本为底本加以校点，并增补了其他诗文集、报刊中与曹氏相关的内容。参与整理工作的同志，按校点卷次，分别为有唐圣勤、龚家政、柴焘熊、周惠斌、黄元、郭焰、徐兵。偶有原刻无考者阙以存疑，实不得已。文中异体字径加以改正。限于学识，难免疏漏，祈请方家指正。

崇明县档案局（馆）
崇明县地方志办公室
2013 年 7 月

钝庐诗集

序

毛苌说：诗为志。志者，心所之也。以《三百篇》为例，若风、若雅、若颂，统以诗名。是知有韵为诗，别于常语。无论人事歌赞、器物铭题、师蒙箴诵、里巷谣谚，出口为辞，适情遂志。言有长短，谊有正变，但能用韵，以和其声，使自成节奏，则皆诗之伦也。古今诗篇比于恒河沙数，其幸能传于世者，亦且亿万，体貌意趣各各差别。诵习者心有好恶，而工拙之名以起彼此异性。今昔殊感，何工何拙，又杂然不能为之域也。夫诗缘情发，情因境异，无执一家之言以自蔽。亦不求悦于人，但能自申胸臆，不夺真君为佗人奴隶，斯足称已。曹君吟秋久以能诗，著闻有《钝庐诗集》五卷。观其自序，有曰："诗妙于自然，非有意而为者也。"又曰："遇变，则诗亦与之俱变；穷其变之妙，即叩诸其人，而莫能自知。"又曰："吾独弃其所自有，以尽假于古人，亦自薄甚矣。"此其言之精至而特卓。信能博识极于万殊，玄思入于无间，习诗之士宜视此为斗杓。盖吟秋之诗，吾诚不敢以率然之好恶而工拙之。循所自序，以审其变化自然之妙，吾所谓"自申胸臆，不夺真君为佗人奴隶"者，吟秋有焉。世人论诗之患，在蔽于一曲，昧于大通，见表不见里，颜渊犹且不免。吟秋其以此集公诸天下，后世任人自别择也。

民国十六年，丁卯二月既望，当涂夐侗度青序

序

　　吾友钝吟曹先生，鲁殿灵光，宗邦硕望。家有藏书之壁，门停问字之车。九能赋，斯为大夫；八代衰，是生名世。绿错之图既究，红休之略咸通。刚日谈经，高踞石渠之席；长编纪事，遍绅金匮之藏。通百二国宝书，解十三经奇字。编治谱，则书传七叶；修邑乘，而文成万言。此固独有千秋别为一集者也。若夫四始声韵，五际源流，含素毫以邈然，诵清风而穆若。陶镕经史，二百年工部之诗，涵吐风神，六一翁庐陵之集，心乎爱矣，文在兹欤！且夫文以载道，言为心声，思要贵乎无邪，辞惟取于能达。想其兰成对策，卷阿从游。张一军于艺圃之中，赌首唱于旗亭之上。河桥送客，春波销江浦之魂；风雨怀人，落月写屋梁之色。金声掷地，丽孙绰之霞标；花雨飞空，夺江淹之彩笔。足令魏收《胡蝶》自逊浮华，崔珏《鸳鸯》只惭纤薄已。若乃白华将母黄口啼儿，翳桑之宦三年，采葛之心一匊，读汝坟而戒养。遂赋辞家解彭泽以《归来》，不吟《责子》。王尊出守，空余叱驭之声；潘岳闲居，颇适扶舆之乐。杜少陵卜居新第，溪曰浣花；庾子山高卧小园，赋惟枯树。暨乎翟泉鹅出，洛邑鹃啼，悲零雨于东征，泣土风于南操。则又美人香草，抒屈原忠爱之忱；暮雨朝云，写宋玉荒唐之感。孙盛直陈时事，岂好讥弹；杨恽只诵田歌，何关怨悱。姊归漫语，鸠音解蛮府闲愁；敕勒雄歌，横吹奏关山入破。语其变迁之迹，非无危苦之词。举无害于风骚，要自鸣其天籁。古言诗教，本兴观群怨之资；所谓伊人，实文采风流之雅。固已江东独步，千章谢朓之吟；岂徒河北萤声，片石韩陵之誉。列诸都肆，将成一树珊瑚;散向河阳,还作满城桃李。定使悬金吕览,难增只字于春秋;足教博物张华,来识宝光于牛斗。自维未谙绮语,幸挹兰言,属在先子,游夏之班,应推四杰王杨之首。《青溪》偶字,夙契言提,"白社"联吟,粗谐竞病。窃比郑康成笺注,聊申小序微言,敢云丁敬礼定文,勿负故人旧约。

民国辛未孟陬,通家弟同邑张鼎治蔚人谨序

自　序

诗妙于自然,非有意而为者也。有意为诗,虽工不真。夫诗犹风也,风生于地,流于天,其始溟漾,驰荡于太空,虚无所丽。风非有意于自见也,水遇之而成文,草木遇之而成声。风不有意于文于声,而声与文之著乃莫大于风,此自然之妙也。惟诗亦然。诗根乎情,发乎理,畅乎言,其未发之先固亦无所丽也。有遇焉者感之,然后讴吟唱叹而为声,宣情达意而为文。诗之妙者,皆无意于诗者也。其有纤秾淡逸、清奇雄俊、幽沉旷爽之不同,则视乎其人之性情、志趣、遭际、阅历、学问、才力而为之。要皆各有其所至,非可执一论也。大凡人情,喜则和,怒则厉,哀则郁,乐则舒。欢娱穷愁之言,随所遇而发于自然者,诗之真也。若夫少壮衰老异其时,穷通得丧异其境,悲欢离合异其情,则遇之变也。遇变,则诗亦与之俱变。穷其变之妙,即叩诸其人而莫能自知。诗之所以为大也。自夫创格律宗派之说者,先存一汉魏六朝唐宋之见于中规。规焉,执古人之一篇一什穷拟极摹,以求其似。即似矣,其果古人之诗耶? 抑仍吾之诗耶? 且古人与吾性情不同,志趣不同,遭际、阅历、学问、才力又不尽同。古人以其性情、志趣、遭际、阅历、学问、才力自为其诗,而吾独弃其所自有,以尽假于古人,亦自薄甚矣。余于古人之诗匪敢薄也,师其法不欲袭其迹,取其长不必专其好。融会变化以合于吾之自然,然后随所遇而各适其用。毋宁人诮余不逮古人,而断不有意为古人之似以汩吾真。斯余之志也,虽然,岂易言哉? 勉之而已。

宣统三年七月晦,钝吟自序于皖江寓舍

钝庐诗集目录

钝庐诗集卷一

崇明曹炳麟钝吟

（光绪壬辰）

有　　感

少年颠沛却无端，天地容身未觉宽。事到求人先气短，身经阅世见才难。狂夫白眼风尘冷，老屋青灯火焰寒。亡父有书慈母线，黄齑麦饭且加餐。

（癸巳）

将之娄阻风题渡口酒家壁

矮屋地三弓，残花满坞红。柴门排急雨，酒旆验移风。春意喧离思，潮痕上短篷。片帆随逝水，落日各西东。

雨夜宿刘河

旅馆逾清寂，近乡愁转深。春雷壮诗胆，夜雨碎归心。风劲窗频吼，灯昏榻半阴。欲眠不成寐，无梦怯寒衾。

废　　园

丛薄开烟霁，荒溪宿烧焦。枯藤僵倚石，老树卧成桥。伏莽晨趋鼬，惊人昼见鸮。斜阳如我瘦，相对益无聊。

新　娶

夺锦归来气正华,乘鸾喜看满城花。女萝一本枝连理,常棣同荂属外家。(新妇沈为予姨表姊妹)食俭能舂梁庑米,力贫分挽鲍生车。入厨小试调羹手,珍重麻姑劝饭加。

三椽白屋旧清门,两簏遗经父泽存。茹苦频劳封鲊鲙,佐甘今喜给鸡豚。惭无冀缺刑妻德,勉共姜诗报母恩。闲课诗书女红暇,他年闺教示儿孙。

（甲午）

咏　史　五　首

舌使从来妙折冲,汉家都护竟才庸。辽东战血争屠豕,海外惊雷起蛰龙。属国羽书人告急,将军武帐酒斟酬。可怜箭折天山失,尚说句丽我旧封。

王师十万驻韩原,五道风云卷纛幡。一将奋戈空决命,诸军坚壁不开门。死犹杨业称无敌,生尽孟明赦有恩。终古凤凰城下路,野磷夜夜照英魂。

登舟洒泣师南下,大旆居然出井陉。一夕江声喧鸭绿,三湘军阵失鸦青。书生腐鼠轻戎幄,溃卒糜鱼笑虏廷。殷浩风流空咄咄,江东人物半新亭。

海上雄师一炬无,廿年营缮裂须臾。李陵降虏生原腼,杨仆无功死有辜。相国幸逃秦尉律,将军半系霍家奴。满枰残局和戎结,百万金缯岁岁输。

恨为羁縻肇厉阶,纷纭和战计终乖。封狼荐食侵辽右,白马盟书到海涯。未餍戎心增玉币,独排朝议弃珠崖。论功论罪凭何定?怅望南交此郁怀。

生　子

我年二十四，添丁剧喜事。厥声载路闻，呱呱初堕地。趋堂报母知，粤惟托慈庇。母苦抚我孤，拮据五十岁。春秋更二纪，绕膝曾玄戏。贫无锦褓襁，绷裹书囊里。寝诸竹方床，枕以青箱秘。父书尚足读，祖泽况盈笥。儿长光门楣，祝儿健胏字。命儿名曰锟，本是良金器。熔淬乃精纯，缮鞘勿轻试。愿汝为顽钝，不愿汝刚锐。刚锐易折磨，顽钝恒寿世。质诸母曰然，敬以告儿奶。

秋夜集严氏棣萼楼分体

满座悲秋客，谈诗感不胜。夜凉人似水，楼小月为灯。长啸星河动，高歌天地应。无聊王粲思，欲赋愧何能。

棣萼楼观日出

手卷湘帘上玉钩，凭栏纵看晓来秋。江天浴雨磨银鉴，海日擎波涌水球。幻雾成虹疑列市，怪云如马欲奔楼。众星何事韬芒角，可是文光夺斗牛？

再题棣萼楼四首

星稀月落漏初残，朝露微晞浥曲栏。海日渐高窗纸暖，晓风徐送市声寒。香飘细篆同愁结，云幻奇形带笑看。知是前宵秋意薄，满庭梧叶著轻丹。

北窗睡醒日高悬，独倚危栏思悄然。蛛吐晴丝随雾裊，鸟衔花片受风偏。沉檀爇鼎香浮案，新竹齐檐绿罨天。饭罢手书人意倦，方床小枕卧游仙。

苍苍暮色上幽襟，徙倚长廊独自吟。落日满天飞鸟没，大江收雨断虹沉。海光树罅帆痕过，炊突人烟屋角阴。新月一钩帘影动,秋声又搅读书心。

夜深凉露满平台,手掩重门未许开。江雨逼秋排闼入,海风推月上窗来。谈诗客至茶初沸,吹笛人归烛半灰。犹有高楼峙西北,陈登豪气郁纡回。余家危楼与之相望

酒后与严三友潮（师愈）

古人曾有言,人聚必以类。鸿燕共藩笼,啄饮同一器。群燕声啾啾,焉识飞鸿志。杯酒见性情,谈笑非偶事。鄙哉肉食人,膏粱染腥秽。口角白涎长,狂饕嚼大藏。醉呓不可辨,吃吃笑以鼻。狼藉杯盘间,呕唾如倾屎。咄咄子陵心,颇亦厌俗子。与君携手归,归去东海澨。共抉万里流,净漱白玉齿。

夜饮棣萼楼达晓

一吸酒杯尽,五更夜漏穷。星稀天欲白,月落色微红。茶熟能驱睡,诗酣不计工。邻鸡声断续,晓日上帘栊。

送严三之鄂四首

青青河柳袅烟丝,难缩长亭此别离。嘶马一声斜日渡,送人三月暮春时。山莺入树调新舌,社燕巢花恋旧枝。正是故园风景好,君胡忍赋远游诗?

一帆上驶大江波,风急行旌可奈何。山水缘深交谊淡,古今情重别离多。君为黄鹄高骞举,我累青毡久折磨。无限寄人篱下恨,可怜年少日蹉跎!

草长晴川绿满陂,汉阳春色树蓁蓁。江山勾引游人去,云水平开眼界奇。赤壁英雄星月赋,黄州流寓雪堂诗。而今收拾奚囊里,并作南游吊古词。

河梁分手两依依,别绪何曾缩落晖。海角潮声喧急雨,汉南云气上征衣。杜鹃一去春将尽,皋鹤孤鸣和已稀。相约浮瓜续

吟兴,榴花红候望君归。

酒 家 新 柳

黄公市上画桥东,日日柔条掠晚风。晴雪待飞三月白,暖烟微露一旗红。村临流水谁沽酒,门掩斜阳有系骢。几日轻花香满店,吴姬来劝醉新丰。

苦寒行(嗟世路也)

冰渊堑北极,雪山崎西甸。黝黝海云幂,猎猎山风战。盐泽水骨坚,大漠时旸变。落木何萧森,枯莽撒珠霰。回飙折飞雪,万马奔尘乱。空山虎爪厉,灌丛雕眦眴。阴厓路陂陀,下骑涉深涧。踏雪没胫骨,肤裂血凝骭。溪长不可渡,日夕昏无见。卬须立歧途,努力周行践。

苦热行(伤瘝官也)

骄阳何熯烈,赫炎煽厥威。熏蒸遍六合,喘汗时歔欷。炙人及骨髓,髓枯骨亦糜。江南郁瘴疬,病暍多支离。童林秃无荫,荫在恶木枝。暂憩恶木下,蕴热入肝脾。搜牢裂肠胃,瞑眩不可医。宁热勿愿凉,宁远勿近依。清风旋披拂,浓露或沾滋。谁知秋日烈,百卉复具腓。

述 怀

十年心计剧疏顽,沦落科名两字间。诗境熟时文转涩,财源艰处用常悭。强支门阀书仍读,怕累身家债速还。且俟清闲无俗事,趱来饱看好湖山。

野 行 三 首

寒路纵轻镳,日高霜未消。远行殊累仆,断岸苦无桥。问径停孤骑,隔林来一樵。释担老松下,回指白云遥。

芦荻水萧萧,坚冰束岸腰。新畬茅屋润,冻土草头焦。惊鸟投寒树,狂云走碧霄。停车仁西望,愁看暮烟销。

枯村何寂寂,落木自萧萧。惊犬吠生客,野禽栖断桥。闲人空担束,荒店小旗挑。独有孤行者,临风吟楚骚。

(丙申)

沪 江 杂 咏

夷场十里早春阴,夹巷飞尘扑醉襟。满地落花红不扫,任人蹂踏太伤心!

车声隐隐马虺虺,南走秦楼北楚台。终日憧憧缘甚事,来人才去去人来。

新声嘈唧变吴趋,历遍红楼发尚雏。灯下琵琶花下酒,美人身世付胡卢。

十万缠头一笑缘,灯前踯躅未安眠。黄金窟里胭脂井,多少青年骨髓填!

晓 妆 吟

三月春风度金闺,红楼少妇春睡长。珠帘不卷朝慵起,罗裙犹裹三日香。侍儿扶上绣墩坐,神魂驰荡心怅怅。纤腰懒转嫩晴柳,羞颜半晕新睡棠。娇声缓趣金盆水,豆蔻香温熏药房。春寒不觉椒汤冷,罗巾濡蜜浣缣细。茜衫薄露蝤蛴领,凝脂滑洗五云浆。梨花带雨泪容湿,夫渠出水香气凉。乌云净抹春山媚,蛾眉淡扫卧蚕僵。绿橙香搓柔荑手,粉藕冷溅瓠犀霜。云鬟低弹月容掩,宝镜虚白窗回光。模糊脂粉红凝颊,樱唇点朱额涂黄。油檀黛蘸花冠整,胡然而天皙上扬。髻高转嫌步摇重,钗朵花钿锵琅琅。云开月窟霜娥皎,冉冉其来风动裳。轻尘不起步移玉,一步一却低复昂。不颦不笑亦不行,支颐斜坐熏笼旁。长眉暗妒窗前柳,纤手不擢陇头桑。女红半为春愁误,膏沐功勤蚕织荒。君不见钗荆裙布孟德曜,蓬头椎髻案前庄。妇容孰如妇德美,试披彤史搴遗芳。

打 麦 行

雉雊一声天地绿,春田每每春雨足。新晴十日鸢趣耕,麦陇风来炊饼熟。斜阳人影和云担,轻笠长镰带月获。陇头秀色到谁家,西村场圃东村屋。东村西村各有人,富室含铺贫家哭。贫家何哭哭饥寒,秕稗难餍久枵腹。八口同食十亩田,田中有草尚无谷。夫勤耕耨妇勤织,终岁蓬头谢膏沐。竭蹶尚难免一饥,况复嬉游事征逐。人家荷锸我饮博,身披败絮心粱肉。邻村渐渐秀陇麦,我田膴膴艺罂粟。罂粟我饱亦云足,遑与妻孥谋饘粥。君不闻南风吹送打麦声,今年谷价六千六。

白 秋 海 棠

淡烟墙角影萋蕤,错认罗浮雪满枝。红烛不烧秋夜短,隔帘人对月明时。

古 意

庭中有兰蕙,花发自芬芳。盈盈帘中女,盥手烧午香。烧香香不闻,只闻兰气薰。兰气如幽人,女心伤暮春。伤春欲何为,折兰赠所思。所思在万里,将以赠与谁?卷帘倚东户,暗问花香处。问花花不语,泪珠落如雨。掩户拭珠泪,独与花相对。惜花易憔悴,纫兰以为佩。

行自东村即景

熟梅香过笋舆前,五月江南打麦天。风飐长芦汀鸟起,雨余丰草野牛眠。嫩秧细叶青齐水,稚竹新梢绿补烟。农妇勤耕懒梳洗，黄粱炊熟饷东田。

海　塘

　　长江水溢无泄处，东流直走沧海去。海若量狭不能容，驱潮向西相抵拒。弹丸之邑扼其冲，潮门堵截非可东。屹然中流若砥柱，又似丸泥函谷封。龙君勃赫震威怒，矫首吞云海旋舞。狂波卷沙地不牢，腥雾漫空天亦惧。水底掀翻陆成泽，鲸鳄逐人口糜血。前村已入伍胥涛，后陇复沦罔两窟。孤城脆脆俄将墟，天哀下民吁其鱼。三年筑室议今决，县官具陈大吏书。大吏上奏达帝阍，帝犹己溺矜我民。诏谓疆臣筑堤障，十万金钱出库门。光绪甲午暮春季，经之营之勿亟始。木作长栏石作坡，三里之城堰七里。移山不用愚公手，衔石无烦精卫口。南风远闻柝橐声，竭蹶功成三月久。纵横木石截水隈，水门荡激閛然开。上游无物杀水势，回溜直捣中坚摧。抵瑕乘罅日夕攻，十丈惊涛驱飓风。蛟龙尽作困兽斗，雷霆訇磕鸣晴空。风潮故自相吞吐，岩城如斗尚摇簸。不揣其本治其末，所得不如所失巨。治水亦如治军然，挫敌之锋捣其坚。逐鹿掎角乃可蹐，搏虎扼吭斯易犴。吾崇水势不在西，南边东南一隅多。险滩新洲交岔中，若甖急流逼束飞。激湍鸠工不从此，首图全村不隅。偏隅暂安全村陷，吁嗟其何不沦胥。东来涛头一线青，农家妇子走且惊。悲声动地天为晦，白浪滔滔废陇倾。跌足浩叹悔何及，遂事不谏况事成。书生远虑托空言，哓哓瘏口与谁争？恨不按剑厉声叱，喝退潮头万里平，海波不扬天地清！越二年，筑东南塘百丈，又筑迤东塘里许，海患始平。

鳌山寿安寺观荷

　　独立空庭外，西风水槛秋。青山翘寺塔，红日绚僧楼。树密

15

云低晻，花香酒拍浮。采莲人未去，荡出木兰舟。

散　步

散步城南带薄醺，断桥西去雾细缊。日阴亭午天将雨，烟泼林皋地有云。秋水荻花迷浅渚，晚风木叶乱斜曛。绿莎红树苍茫里，何处钟声渡远闻。

再饮鳌山寺赏荷

海岛坌炎歊，林莽腾烈炽。郁为酷暑威，阳乌奋骄翅。城市苦湫嚣，避俗竟无地。鳌峰一角青，深林藏古寺。凉云割天半，微风度水次。忆昔载酒来，琴樽对荷芰。相约续前游，迤逦出郊遂。泠然御风行，罗襟漾秋翠。稻花扑笋舆，柳堤纵丝辔。迎风花飐枝，清芬袭衣佩。如出炎林丛，宛入清凉界。共酌碧筒杯，曲茎通象鼻。搴花香入座，沥饮同拼醉。酒潮晕两颊，颒与花颜类。花颜何所似，云锦天孙帔。又似洛仙裙，缓步凌波试。的皪笑靥开，嫣然若解意。垂首各无语，此别乌能置。华颜不可驻，秋风易憔悴。及时多看花，莫待莲房坠。愿为两鸳鸯，一生傍花睡。

读《山海经》用陶隐君韵

小雨醒众绿，日长人意疏。午梦蘧然觉，天地若穹庐。卧起北窗下，仰观黄羲书。闲庭覆绿苔，门外无轩车。提壶酤佳酿，薄味茹园蔬。流泉湍溪石，道心时与俱。冥游大荒外，追摹天吴图。乾坤多奇诡，俯仰将何如！

赏菊分体得严字

辛盘肥蟹品团尖，防有苏馋为立监。酒后诗狂疑有助，花前人瘦觉非凡。霜浓老圃秋容傲，香尽残杯月影衔。黄菊不嫌词草草,休将字律斗深严。

鳌山观潮

海气荒荒下碧溟,潮门訇辟挟雷霆。云收日去半江黑,涛涌秋来万叠青。平地浪花高出树,远天帆影小于屏。沧桑最易增人感,村落萧条似散星。

纸　鸢

不翼亦能飞,飞上青云路。还从日边来,独听天语去。丝纶在我手,伸缩归我驭。但愿好风吹,高下随所遇。

送大妹归张氏

我家有遗风,大家垂女式。邈焉千载余,继起称迈德。大妹婉娈姿,少小习内则。纫针精女红,蚕桑勤纺织。喝喝笑言欢,善承母颜色。母氏何劬劳,柏舟矢靡忒。茹荼廿余年,泪珠满衣襋。同父我三人,依依常在侧。何堪此时情,东风催嫁急!

忆昔总角时,相依父母膝。父云尔三人,相爱勿相失。汝时幼勿知,我闻常恻恻。天不我汝矜,父兮畜不卒。汝尚曰悼年,我年甫十一。小妹呱呱啼,襁褓犹未出。幸哉母氏贤,晨夕手据拮。差免饥寒苦,盥沐而梳栉。课我一编书,督汝五夜织。汝今已及笄,我亦壮有室。相将反哺私,图报罔极德。何期摽有梅,累然已实七。雁声何雍雍,双双鸣旭日。

于归从此归,归宁何日来。针楼夜月孤,人影空罗帏。阿母日夕思,怆然此别离。两珠掌上明,一珠忽与违。恩育亦闵斯,不克长相依。春兰甫欲花,开向他人家。

送汝上彩舆,舆行且徐徐。我语汝一言,汝勿河汉余。汝往归汝家,万事须婉愉。命毋违夫子,事必质舅姑。骄逸身乃赢,俭勤家自腴。我终鲜兄弟,块然一遗孤。手足只三人,视汝如荆株。汝今远结褵,我怀笃友于。陈汝女箴词,谆谆敢惮劬。汝归行我言,终始勿相渝。

晚　　渡

松楸槭槭岸萧萧,鸡犬无声夜寂寥。一点鱼灯随落月,橹轻摇过水西桥。

赠　内　子

春宵科坐读南华,六扇纱窗月色斜。我在苦吟君刺绣,拔钗为我剔灯花。

灯前小语两殷殷,却忘香笼火未熏。犹有余寒入衾枕,独眠不惯我和君。

将赴金陵口占赠别同社诸子

一幅云帆日半欹,江南风好送迟迟。吴中多少佳山水,装入归船满载诗。

别　　内

别情似发发垂长,别绪千条绾绿杨。门外金骢牵不住,东风催趁落花香。

江　　行

放棹凌波去,轻帆逐雾开。青山随岸退,白雨送潮来。树界天边水,风鸣石堰雷。南徐留霁色,月上妙高台。

月夜舟中望金山

苍茫烟雾翠屏遮,梵宇沉沉静不哗。塔角风铃摇月影,山腰灯火辨人家。木鱼声细僧龛远,铁瓮潮生客艇斜。今夜妙高台上景,维扬秋色最清华。

登 金 陵 城 楼

大江东去莽悠悠,吴越山川拱上游。六代文章留恨史,百年
人物但高楼。时清休洒新亭泪,望远犹兴故国愁。黯黯钟陵王
气尽,满天风雨石城秋。

雨 花 台

曾建湘西大将旗,雄师弹压铁城围。平台不见天花落,十万
天魔战血飞。

莫 愁 湖

英雄儿女各风流,粉黛须眉两不愁。欲把酒浇亡国恨,怕推
窗看远山秋。藕塘喧雨沉诗魄,茭棹搴风荡妓舟。千古江山输
一局,那堪重上胜棋楼！相传明祖与徐达围棋赌湖,达胜,即赐焉。今
湖上有胜棋楼。

秦 淮 词

十里烟花隔岸明,红栏桥下酒船行。绿波流断南朝恨,依旧
斜阳鼓吹声。

白门柳色板桥东,画桨双枝荡晚风。一串歌喉摇曳起,水亭
凉月夜灯红。

珠喉呖呖玉珑玲,一曲吴侬唱后庭。唱到不堪回首处,那禁
人坐隔花听！

钟山山色晓云平,春满红楼日半明。懊恼东风催梦醒,淮清
桥上卖花声。

绿柳阴中隐粉垣,一竿罗帕晾朝暾。推窗泼出胭脂水,流过
西城水闸门。

秦淮春水绿于油,浣女搴裳浣水头。去岁春愁留泪渍,旧愁痕满又新愁。

隔宿挑灯刺绣鞋,检衣苨箧手亲开。小姑祠畔香车满,侬亦靓妆去祝禖。

怕看门首碧桃开,开遍花时落满苔。纵有风流郎爱惜,渡江人去几时回?

几家门巷傍乌衣,巢燕年年去复归。衔到落花都恨色,劝君莫上画楼飞。

客中中秋无月

风吹烛影黯檠盘,小雨惜惜堕叶干。长夜却眠乡梦断,中秋无月旅窗寒。诗求真境吟常苦,酒入空肠味不酸。自笑狂生徒意气,手摩囊剑对灯看。

谒 明 孝 陵

落拓淮阳一布衣,扬戈手辟帝王畿。龙陵抔土犹余湿,燕子秋风已入飞。天子无家头影秃,忠臣留石血痕微。当年贻翼君应悔,翁仲何言怅夕晖。

归 舟 抵 沪 江

扁舟如叶荡轻桡,千里江行十日遥。一棹稳摇黄浦月,万山争送白门潮。莼鲈诗思秋风起,蕉鹿名心春梦销。且喜蓬瀛家已近,吴淞涨水漫平桥。

(戊戌)

咏 史 四 首

中原遭蹇运,蛮夷跻泰阶。长城圮巨防,边徼撤藩篱。多事博望槎，引狼入室来。百战阴山麓，风沙扬血糜。公主远和亲，琵琶去不归。豺虎踜禁地，蛮邸列京畿。甘陈功不赏，壮士长欷歔。谁斩郅支头，悬诸槁街西。屡投班超笔，徒生豫州髀。书生坐岩谷，慷慨欲何为？

亭亭孤生竹，下荫数荃荪。环植万株荆，呼风揎竹根。竹枯荃荪萎，荆株滋益繁。桓灵汉炎熄，烈焰腾黄门。窦陈攘袂出，渍缶扑燎原。火猛燖衣冠，一炬无复存。钩党二百人，穷逮更数番。洸洸李杜节，危行亦危言。范滂天下士，激切好高论。清流湍涧石，水迸石不翻。空死无补国，茫茫千古冤。

阴阳鳌机轮，日月返昏晓。狂风簸尘霾，天光黝冥窅。蝮蛇螫真龙，牝鸡司晨叫。帘中有人呼，何不扑杀獠。儿废系幽囚，侄谋祔姑庙。淫秽浊宫闱，六郎莲花貌。英公折义旗，骆生空檄草。哀哉狄公死，天胡夺国老。烈烈五王功，拨云见苍昊。二竖既伏辜，三思何独保。芟草尚留根，余蘗春又葆。乾坤谁转斡？馨香默祝祷。

茫茫宦海波，悠悠红尘路。车马满长安，朱门列万户。牧儿为宰相，郎官纳赀补。秽浊玷衣冠，侯门走狐兔。南衙相公府，北司宦官署。天子为门生，中涓号阿父。国事如猬毛，纷纷鸟兽去。摸棱与伴食，腼面忍干唾。君瘠臣自肥，官乐民斯苦。苦乐有时尽，莫谓官可据。

懒　猫

咄咄狸奴何食肥，跳梁小鼠竟忘机。饱余睡足花阴午，来逐双双蛱蝶飞。

感　怀

莫道文章劣，功名价太昂。墨残穿古砚，颖秃处深囊。壮志犹陈亮,清声亦范滂。年华不可驻,世事最苍凉!

一　饭

一饭喁喁十口家,田无半亩艺桑麻。经畬勤末年书有,砚税微粮岁入加。辣性自锄庾信菜,热肠且嚼邵平瓜。兰陔羞膳须丰洁,珍护灵萱堂北花。

典　衣

衣存一身暖,衣去一家饱。饱来寒不知,鼓腹游熙皞。

日　短

一睡天未午,睡醒天已暮。日影下帘栊,炉烟绾不住。饭余坐小阁,手卷方开读。一诗吟未终,拟向灯前续。

九日饮文星阁分体(阁在县治东南,负郭去海百数步)

振衣蹑步快登高,脱帽狂歌兴自豪。魁斗文光摇彩笔,江天诗影落秋涛。风鞭木叶孤山暮,雪拥潮门万穴号。酾酒一杯长槛外,啸声和雨下平皋。

霜落天高海国秋,满城风雨过江头。黄花美蟹新斟酒,红树肥鲈正上钩。人世百年几佳节,天涯孤客亦高楼。(时严君友潮在鄂北)夕阳黄叶无边色,都是萧骚眼底愁。

记　梦

东西莽莽只烟霏,断草零花路径微。流水小桥无客过,满天风雨独行归。

斜阳黯淡暮云低,村落依稀旧路迷。听得读书声里好,柳阴门巷竹桥西。

秋 夜 望 月

独立怆然思,夜寒霜满天。大星垂斗柄,残月下城边。鸿雁高飞尽,关山客梦圆。银河如有路,欲去问婵娟。

疟　　中

空斋人寂寂,灯火夜荧荧。运晦魔能祟,医庸药不灵。奇方珍枸杞,苦口厌参苓。为怯西风入,柴门镇日扃。

感 事 四 首

天南落拓两狂徒,抵掌王侯动帝都。贾谊上书才未老,荆公变法术犹迂。罪言激世空惊杜,辩口悬河卒困苏。辜负圣明宵旰虑,急弦弸断寇张弧。

徒党昌言祸结胎,世无尼父竟颜回。太元拟易先诬圣,官礼文奸亦辩才。黄犬市刑稽李斯,红羊经劫煽秦灰。汉家产禄今无事,郵寄给军为底来。

天子求言侧席听,群儿瀹瀹议盈廷。谈何容易南箕舌,死有余哀东市刑。晁错忠谋谁见白,苌弘热血久埋青。最怜君父贻忧日,兔脱鸿冥各散星。

栖息逋臣亦国恩,钩稽党籍未穷源。天涯亡命留张俭,囊扑余生脱杜根。媚外文章仍落魄,热中肠胃殢羁魂。蜉蝣但忍须臾死,宿草坟前月已昏。

观 潮 行

恶风卷地黄尘轻,海门潮发天沉青。鲛龙蓄怒水扬沸,汤谷奔泉下沧溟。砰山礚岸地枢动,晴空霹雳何隐訇。飞涛激雪落千丈,或怒拍天神骇惊。阳侯手虆驱风伯,操刀欲戮横山鲸。鲸血溅空日色变,夸父僵杖重起行。东追不及出西极,昆仑一角头彭铿。回头适与种胥遇，神兵十万屯龙城。虹旌蜺铠曜霜日，大呼奋击驰风霆。山岳播摇日月遁，海若奔避巫支刑。素车白马纷喧阗，鸱夷漂荡浮沧瀛。吁嗟乎！全吴已沼越旋灭，两君英气犹如生。我今观潮长太息，苍茫百感填胸膺。乾坤壮观有时熄，惟忠翕赫为神灵。神灵愤怒何所泄，尘海风波何日平？波平浪静海天霁，一轮明月涵虚清。

秋　雨　词

秋雨大，桐阶落叶风捶破；秋雨小，竹泪敲窗天微晓。雨大雨小总凄凄，荒斋独谱秋声诗。檐云如幔山泼墨，炊烟入树野漫白。罗衫纤薄未禁风，寒骨森森冷犹铁。败突飞尘绝爨火，新苔缘地生土锉。蓣藻刬湿代薪烧，涤瓯煮雨挑灯坐。门闲已绝热客足，寺近犹嫌山僧俗。抱诗一卷卧长吟，吟声若断雨声续。

月夜行自远村归

落日意彷徨，宵行路苦长。平堤驰月影，大树漏星芒。磷火随风散，霜花入夜凉。歧途空踯躅，野涨没溪梁。

观　海

浻洞无涯际，辽空云作堤。风涛相昼夜，日月任东西。地尽山能界，天低浪与齐。望洋吾亦叹，何处问津迷？

瀑　布

绝顶不知处，飞泉来混溟。长悬匹练白，平划半山青。流雪阴厓动，晴雷远壑暝。松风吹不断，凉月满前汀。

晚　步

平塘曲岸断桥东，滑滑新泥小路通。冻草微苏初过雨，长芦低偃不胜风。疏林浮霭青涵远，墟里生烟白裊空。隔岸归樵山色晚，一肩黄叶夕阳红。

晚　眺

雪意生平莽，空山日色苍。烟沈深树白，云拥晚天黄。落木僵枯影，寒花敛冻香。御冬今蓄旨，炉火暖茶铛。

（己亥）

新　年　词

一天云日霭重门，万户香烟暖水村。夹道笙歌人语沸，官家舆马去朝元。

东风吹卷碧天云，天半朝阳分外新。风景昔年浑不异，家家门巷贴宜春。

笑看儿童卜彩钱，衣冠端洁拜堂前。共登万福千龄颂，老母康强胜去年。

隔年酾酒煮豚羔，瓜果盈盘献岁朝。第一焚香先盥手，宗祠悬像荐春糕。

元旦书钝庐东壁

又是春来一岁终，青毡十载旧冬烘。拏云心事年非少，画日文章命岂穷？鸡黍今朝盘荐薄，鱼尘长日釜辙空。老亲荼苦凭何慰？为颂椒花逸凯风。

水　仙　花

花宫下谪落凡胎，洛汭香魂冉冉来。白水一瓯能洗浴，红尘万劫已成灰。污泥出处犹嫌藕，冰雪精神未逊梅。我笑世人工附会，陈王词赋漫疑猜。

春　寒

年来节序亦肩差,二月新阳信尚赊。南浦有人怨杨柳,东风无力度梅花。香添锦褥温诗梦,雪阻红桥冷酒家。偏爱小斋闲点缀,雾凇络索满檐牙。

春　暖

风转晴光日透帘,绿阴冉冉隔窗添。蚁拖落瓣缘苔砌,蛛攫游蜂上竹檐。花气袭衣人欲醉,鸟声腻树梦初恬。十分春意三分酒,半付诗乡半黑甜。

春　阴

天低日薄水浮霾,漠漠沉阴久不开。啼鸟频呼红树睡,乱山齐向白云偎。落花满地随风起,细柳垂烟待雨来。欲访幽人何处是?隔溪屐齿印苍苔。

春　晴

山洗银屏水涨湖,湖光山色满平芜。花含醉意风来醒,柳斗纤腰鸟去扶。红雨未干仍燕掠,绿阴无畔任鸠呼。夕阳犹带杨花落,收拾残春付酒垆。

春 日 偶 成

小檐低竹绿槎丫,几净窗明日影斜。徐上疏帘迎乳燕,细删乱叶让新花。芝兰满室祛尘俗,桃李无言妒物华。一梦羲皇书味足,松风吹沸地炉茶。

舟 抵 娄 城

丝丝微雨一航风,摇荡春光淡冶中。远水积烟空晕白,落帆逗日半皷红。乱鸦争树知城近,乳鸭迎潮识渡通。傍晚渔歌声断续,榜人和唱大江东。

瓦　　松

离离瓦上草,竟锡大夫名。宁有后凋节,偏于高处生。承恩先雨露,得势即风声。自谓托根固,无虞大厦倾。

园　　中

方池水漫浴双凫,柳絮如毡满地铺。一院露香新草熨,万花春困好风苏。湿烟浮竹青移壁,晴霭围杉绿上湖。燕子不知春欲去,衔泥犹把旧巢糊。

春柳四首,用渔洋山人秋柳韵

东风消息殢人魂,画阁阴深昼掩门。别有钟情留眼色,强教扶病理眉痕。晴烟绿水春前路,小雨红桥梦里村。斜日楼头自眠起,丝丝愁绪向谁论?

白门零落去秋霜,二月余寒又草塘。倩影每萦征客梦,轻花恐堕美人箱。何时衣汁同沾李? 不信姿仪独让王。我觅封侯卿莫悔,陌头前是状元坊。

纤纤金缕旧时衣,披向东风却又非。花白何妨儿女捉,眼青不识路人稀。好为长袖空中舞,羞共残香低处飞。莫问春皇肯扶植,液池有路岂予违?

休将柔态乞人怜,且拥荒村路上烟。力弱能支风骀荡,腰纤犹任雨缠绵。流光易过仍三月,学舞于今已十年。多少繁华经冷眼,灞陵桥畔夕阳边。

征士一首,用韩退之荐士韵

圣世重英髦,求贤颁诏诰。国士如良马,千里才所到。孙阳不世出，驽骏易称号。登龙自昔贤，附骥谁先导？时衰学术陋，朱弦改常操。六经饾饤余，精义沦虚耗。名士属皮相，大道晦幽奥。鸿都经生微，聚讼声啾噪。浮华科名子，年少虚声盗。论文藐汉唐，跛躄而舞蹈。祖龙燔诗书，斯文罹凶暴。红羊历千年，遗传达九墺。中夏渐凌替，外夷滋桀骜。腐俗昧世变，偃蹇敦故好。谈古入迂怪，诋世力排毁。胸臆未豁问，国是委涂潦。读书明体用，涓埃期答报。勉为经纬才，岂伊媚奥灶？穷极乃变通，胡久安愊忨？卓荦济时英，意气平矜躁。朝命眷遗贤，庙谟谘硕耄。遴剔匪敢私，有技休嫉媢。峨峨进贤冠，奇干挺兀傲。白衣跻庙廊，福祉苍生造。风云感际会，天地同覆焘。扶舆斡机枢，猾夷心震悼。春郊子干旌，秋风献带缟。物色遍岩野，梦卜通帝告。安车辗蒲轮，轻身离席帽。鲲溟抟扶摇，马栈休恋嫪。名山起梗楠，列俎羞芹芼。海错贡玑贝，席珍罗瑉瑶。垂璧昔韫椟，庙鼎今登部。袍泽尽干城，威声动戈蠹。嵩岳降申甫，藩翰天应祷。神灵出济世，下民托覆菢。遗佚宁有人，命哉莫悔懊。夙垢湔江海，尤官汰河漕。六服尘壒清，九重肤功犒。书生画凌烟，主爵拜君劳。

饮马长城窟行

凉月皎寒霜，长剑匣中鸣。跃余上骏马，驰入榆关营。虏在天山北，结阵严金钲。勒马铁岭颠，矫首望胡庭。一箭射日落，扶桑夜冥冥。长鲸卧横海，血流旸谷腥。返马逾雪山，再逐乌孙兵。转战黑海西，飘扬黄龙旌。钦察日不照，霍熠震王灵。国耻既已雪，戎功亦复成。櫜弓服矢镝，匹马还帝京。拟剑佞臣头，为君歌太平。

棉　花　歌

有白者花清且洁，八月霜华飞玉屑。秋风不见黄云起，十亩晴田都著雪。此花不开天下寒，一开万朵霜团团。襁儿挈女来掇拾，大者盈筐小盈襜。盈筐盈襜收成足，百斤一亩花满匊。轧车比户辘辘声,弹玉盈床絮絮落。深宵不辞纺织苦,夜月篝灯机上布。轻梭织成千万疋,一疋万缕复千缕。刀尺催寒暮砧急,新棉半臂御风雨。绮罗纨绣媚春景,一衣动戕万蚕命。万蚕何如一花秾,挟纩千家不知冷。君不见三春桃李颜色姣,花落不值东风埽。于人无裨应自惭,况有名园闲花草。

夜　　坐

静夜小窗开,秋声满树来。螀寒争诉月,蚊聚不成雷。心热愁千缕,衣凉坐一回。那堪听孤雁,清唳更凄哀。

夜自东郭归

落日孤城外,寒灯暮色中。影随荒店月,心战夜坟风。墟里余烟白,疏林漏火红。路长行未已,应叹阮途穷。

脉　　望

曹仓郏架旧因缘,小隐琅嬛福地仙。穿穴六经通奥窔,膏腴十亩占书田。厌闻芸麝心常怯,饱嚼菁华腹自便。食古如君能蜕化,笑人胸滞万千篇。

鞫　　通

蚓唱蛙声久不谐,弦歌队里足生涯。松风夜静吟微语,桐露秋深润渴怀。穴处岂甘蝼蚁共,卜居常与蠹鱼偕。钟期以后无知己,爨下徒伤蔡伯喈。

（庚子）

元夕小楼饮同社诸子

澹月明灯夜,笙歌翰墨场。笔摇星斗动,酒醉管弦香。火树银花簇,楼台玉宇凉。万家浑欲曙,一览海天苍。

早 春 郊 行

二月春郊路,微阳欲暖天。新条双燕掠,细草独牛眠。渔舍青莎雨,酒旗红杏烟。东风吹著意,花事又经年。

长堤新柳绿,细雨晚天晴。日脚穿云直,风轮碾地平。寒炊烟未尽,阴树雪犹明。十里青畴路,春来草又生。

春 楼 咏

虾须帘子玉钩斜,愁对红菱满镜花。欲画蛾眉无着手,柳风吹叶下窗纱。

十管春葱苗嫩荑,芭蕉摇月看花归。花间扑得双胡蝶,牵上红丝并翅飞。

百蝶银罗薄衬纱,石榴裙带受风斜。衣香熏透筠笼火,弹罢金筝坐落花。

慵托香腮坐绮寮,黄昏有约不曾邀。残妆未卸红灯炧,凉月娟娟上柳梢。

新 上 头

十二楼头曙色黄,美人春晓理梳妆。花逢嫩日娇难近,蝶醉新香舞欲狂。云鬓已齐犹故略,柳眉虽细不嫌长。妆成只是熏衣坐,笑对帘前碧海棠。

和张晓鳌先生(应曦)七十自寿韵

香山会上几曾经,七十年华迈百龄。东海文名推北斗,南轩家学绍西铭。双鸾舞袖争嬉采,雏凤宫衫已脱青。今日云官应奏瑞,德星辉聚老人星。

岳岳经师负重名,大江南北早蜚英。天门日月金花榜,震泽风雷木铎声。先生以孝廉官宜兴教谕一赋归田平子老，十年冷宦郑虔清。杜陵白发三千丈，知为忧时脱几茎。

依旧当年匠石身，眼光云水手成春。西堂虽断寻诗梦，北阮犹多问字人。先生弟升如先生归道山，今稼生先生主书院讲席吟馆藤花留赋草，公门桃李列灵椿。著有《藤花馆赋草》，先君子曾问业焉最难犁鄂辉常棣，都是文坛老斫轮。

树人树木毓菁华，负郭田庐旧世家。先生尊人簪阶广文，自号负郭野人饮水虹霓金溢釜，干云龙篆玉生芽。椒兰满室称杯酒，桥梓来春看榜花。阳雪调高人寡和，强依村曲献皇荂。

题邓女士诗草（女士名咏蓁，严友潮继室）

休羡谢家称快婿，于今邓曼亦能诗。借将才子生花笔，写作美人香草词。闺秀自来希世瑞，妇才难得有郎知。妙吟合按双声谱，棣萼楼头互倡随。

宋韵唐音一气镕，笔端宛转玉玲珑。人疑洛水波中影，诗比吴山雪后容。池藕灵心惟爱洁，海棠香色不争秾。镜台分付温郎记，珍重纱笼护检封。

和沈少江先生（德昌）七十自寿韵

通德高门世泽培，浮名今已薄尘埃。秋风庭院槎双桂，霜日忠灵呵五梅。先生远祖前明沈忠节公廷扬，别号五梅娄水寄鸥幽墅辟，别墅在刘河，号海上闲鸥馆春堂酌儿座屏开。江南江北诸名士，争和新诗祝嘏来。

嚣嚣须眉气霍张，朱家任侠动江乡。上书大吏清田弊，抗议留兵卫海疆。景略雄谈多世务，长沙太息亦文章。白华遗老风流在，韦布先生有继光。国初，布衣沈寓抗节不仕，著《白华庄文稿》

大著哀然积轴丛，闭门岁月永壶中。放翁文集年来富，杜甫吟才老更雄。风雨一楼诗梦绿，烟波长啸海光红。逍遥笠屐江南北,且喜扶桑日又东。

香山里社迹难寻,独挺灵光气郁森。旧雨每怀残草感,春风常带惜花心。天教白首扶诗雅,老贱青衫事醉吟。我祝婆娑椿荫厚,鲤庭桃李护新阴。

寒食夜自东村归

寒食万突冷,孤村逾寂寥。冥冥日沉黑,彳亍上危桥。新泥路坎坷,疲足蹴荆蒿。坐憩古阡石,阴风飒林梢。仰观河鼓转,归雁凄以嗥。云裂月破碎,天兀星动摇。心悸不可摄,手剑摩长鞘。

桑　田　行

圣世重农桑,民生首衣食。啼饥不忍闻,号寒倍恻恻。西陵佐有熊,教民始蚕织。蚕命托柔桑,一桑活蚕百。臣家八百株,环植五亩宅。翳翳墙下阴,葱葱陇头色。盈盈罗敷女,采采东郊陌。素手擢青条,红妆凝白日。倾筐不盈裾,柔枝未忍摘。斜阳暖远村,仓庚鸣何急。绿云覆畦静,晚风吹月出。蚕饥妾欲归,篝灯坐深夕。

感　事　五　首

妖祠香火满咸京,猖獗巫风举国惊。妖种黄巾祖张角,谏臣碧血沥苌宏。断无治化通符鬼,岂有神奇撒豆兵?篝火狐鸣原惯技,如何朝贵筑坛盟?

禁城内外藁街东,跳踉神拳杀气雄。蛮邸伏尸流血赤,赛儿上马走灯红。九霄宫阙妖氛闷,六部衣冠劫火同。夷夏感情从此恶,渠魁肇祸是王公。

八国同兴问罪师,析津风急缯旌旗。乌珠入寇锋无敌,翟义勤王死见疑。上相一门屠犬豕,神兵十万散狐狸。宫车日夕仓皇出,驿马西风几扈随。

居庸关外莽烟莎,汾水西流沂渭河。千里刍粮修辇道,一盂麦饭渡滹沱。云飞函谷驰周骏,月黯离宫泣汉驼。可笑上书筹国计,建瓴形势胜燕多。

纵约行将解并秦,猾夷狡黠假称仁。金瓯未缺终还璧,玉币无赀任算缗。尚贲共欢投北极,最怜杼柚竭东人。诏书罪己休悲感,龙驭回天日又春。

壬寅乡举甲科感赋

落拓青衫太瘦生,一枝秃笔任纵横。六年两下刘蕡第,三策初传董子名。华国文章才自愧,登科贫士望伊轻。老亲白发亲裁锦,街巷争喧节母声。

烽烟未改汉山河,海内喁喁入网罗。讵必毛生能捧檄,已闻杨绾请停科。狗曶经籍腾新说,鸡肋功名落旧窠。明岁洛阳花自盛,(庚子拳匪毁京师贡院,春闱借试河南)新亭人物几滂沱。

钝庐诗集卷一终

钝庐诗集卷二

（癸卯）

小　孤　山

吴头昂藏楚尻高,形势郁律天所骄。前挟马当后彭浪,中流兀突撑云霄。长江西下不可遏,一柱欲砥东来潮。洪涛怒激促之走,屹立万古无动摇。山灵手劈江流析,过此复合势滔滔。石壁峭削一千尺,摩崖攀走惟猨猱。丛林不向三楚秀,玲珑半面工神刀。天地奇崛无不有,穹窿点缀何雄豪。安得愚公移此去,廓我钝庐大石瓢,置诸座右青岩峣。

舟　发　武　穴

三江旧时路,十日早春阴。浔浦匡庐渺,彭湖禹迹寻。梦痕前赤壁,水穴古青林。指点黄州胜,九矶烟雾深。

汉　口　望　武　昌

武昌天下镇,雄势屹江城。浅水鲇鱼落,斜阳黄鹤明。舟车汇夷夏,锁钥巩襄荆。迢递沔阳路,烟开山树晴。

申　州　道　上

楚北三关险,申阳二月晴。凿山驰道阔,铸铁碾车平。雪泚方城坂,云填郾阨阬。天然荆豫界,矫首万峰明。

确山阻雨有遇

汉阳北走十日阴,欲上淮西天滞霖。青山留住不放去,邀我冒雨将诗寻。大石当豀行径仄,断桥压涧流泉侵。高峰金顶在何处,苍霞点点烟沉沉。南阳群山相脉络,得无隐者潜幽岑。乃闻此地盗所薮,官与盗搏相猇禽。豫南楚北地险僻,形胜在古瓯脱今。我来踯躅雨不已,苍茫感涕匪自禁。狂风掀笠雨扑面,散发疾走衣零淋。山腰凿穴如窟室,中有宿客髯鬖鬖。科头箕踞殊兀傲,手挟巨瓢自酌斟。睨余微笑怪余瘦,范叔何乃寒无衾?自言洛阳游侠子,挥手粪土轻黄金。世人盗名我盗义,肱箧时济穷黎黔。君为求名走千里,得名毋忘怀璧心。贪夫藏镪入吾囊,颈血或膏我剑镡。余闻客言悚然敬,客岂虬髯非绿林?客軥然笑各无语,前山雨势犹涔涔。

题桃花夫人庙

三载无言入楚宫,倾城一顾笑颜红。昔年灭息今俘蔡,枕上论勋妾首功。

伤心薄命惜青春,辜负君王爱泽新。宫外不知谁振万,留情偏是未亡人。

息鬼长教馁故侯,倾城何事独千秋。桃花从此无颜色,开向东风自带羞。

过上蔡吊李斯故宅(《寰宇记》:宅在县南,有古井)

落日澹墟里,烟芜散荒翠。黄犬铤孤群,苍鹰韝谁臂?昔年城东门,逐兔名心炽。朝拜荀卿师,暮作咸阳吏。读书便燔书,探囊取相位。非只黔首愚,并窒祖龙智。阿房导侈心,长城怨积骴。东巡封泰山,大勒摩崖字。沙邱走辒辌,玺书出阴秘。杀嫡立胡亥,股掌玩昏稚。高既一德心,由守三川地。桐宫假阿衡,将以嬴易李。讵倒太阿持,五刑具东市。执柯复伐柯,杀羿亦羿罪。望夷旋举哀,组颈迎降轵。同付一楚炬,天道分明是。若行召伯仁,此亦甘棠里。

汝宁晤陆蔚庭太守（继辉）

冒雨三千里,迂途汝水阳。故人惊白发,循吏说黄堂。香饫郇厨黍,春栖召舍棠。昆仑分健仆,行色壮河梁。濒行,命仆护随至汴

朱仙镇谒岳忠武庙

汴南巨镇古称雄,岳庙神旗猎猎风。碧血久沉三字狱,金牌遂废十年功。书生叩马先机识,父老牵衣望眼空。应共渡河说遗恨,毅魂长绕七陵东。

龙亭观北宋青玉宝座

此座真堪惜,升沉二百年。銮尘天外梦,刀火劫余烟。瓦石几同碎,江山与半全。可怜龙御物,呵护托空禅。今作佛座扃,以小扉烛之乃见

登汴城铁塔

未铸六州错,曾闻一塔传。我来穷七级,此外即重天。白日胸前荡,黄河树杪悬。中原最高处,点点洛城烟。

归过郾城即事

召陵西去莽平莎,落日归装行客过。饿马渴尘蹄决水,荒城久雨露成河。夜依远火寻栖舍,朝放新晴摘湿蓑。今日仅餐双博饦,正逢寒食禁烟多。

丙午秋部拣报罢南归留别都中同乡

揭来底事太匆匆，万里归舟又好风。北上燕台谁荐郭？南飞凤翼尚遗庞。相皮何处求名士？肉眼由来笑巨公。十日京华逐车骑，居然冠带染尘红。

崎岖世道欲何之，踯躅长安路更岐。媿自上书韩太尉，谢人延誉郑当时。郗宾入幕羞依势，卞璞沽名恨有诗。说甚少年矜意气，风云黯澹不胜悲。

龙章凤质士洸洸，但署义年亦太荒。自昔取人遗子羽，岂真无马怨孙阳？悔凭玉尺量材短，怕揾朱门曳袖长。料得倚闾人北向，望归日日计程忙。

白河西去水迢迢，屈指行期已不遥。江表鲈莼秋思切，宣南鸿雪酒痕描。吁门四辟登皋禹，痛哭千言策贾鼂。我独田园放归去，长亭落日马萧萧。

舟自大沽抵之罘

舟行六百里，昨日出津沽。地坼燕齐尽，天吞渤澥无。水光云互翕，山影浪争扶。已看之罘岭，连峰瞰海嵎。

行 路 难

我闻太行之山八千丈，六月积雪没青嶂。又闻弱水之流三万里，一羽千钧入深底。巉巉之石潺潺水，世路宁有险于此。吁嗟乎！世路之险险且巇，坎窞在心深不见。荆榛为薮豺狼窟，一窟中有万千变。封狐射人影，鬼蜮觇其面。长虺九首伏深谷，逐人驱驱蟠饥腹。磨牙饵人人不知，巨口如盆餍血肉。君行莫向高明处，君行莫入幽深地。高明有人指，幽深有人忌。红尘路滑不可梯，一跌万丈身如糜。平平周道荡若砥，鞠为茂草谁履之？茅塞在心不在蹊，杨朱歧路非路歧。率由我旧行我素，不须五丁力士凿崟崎。卧行天地无险夷，嗟尔封狐虺蜮将奚为？！

题杏花春雨图

十日春寒掩绣帏，小楼昨夜雨声稀。女墙低处留人迹，知是红桥酒醉归。

（丁未）

上巳同蕴姬挈儿辈登鳌峰

东风吹雨海声嚣，天半新阳分外骄。刚好豚鱼三月节，渔舟齐趁晚来潮。

休云培塿无松柏，一篑为山已有基。山系土邱毕竟高峰多异境，上山人胜下山时。

再登鳌峰题镇海塔

蹑足金鳌背上高，负山意气一何豪。风吹万叠腥云破，俯听蛟龙浴海涛。

绿树阴浓白昼昏，塔尖高影耸斜暄。宛然一管凌云笔，倒写通天表万言。

答　所　赠

十年吟橐已萧条，春事阑珊恨未消。匪我尔音闷金玉，偏君佳句叠琼瑶。梦回甜黑粱初熟，诗怨题红叶半焦。一缕缠锦何处著？缟衣娱乐慰无聊。

左芬才气文姬命，沙吒人归可奈何。夜尽相思销玉漏，天长无术挽银河。五弦锦瑟华年过，一领青衫恨泪多。辜负春风披拂意，忍心还唱惜花歌。

无　题

楼外星辰阁外风,月明如水悄帘栊。心通一点犀灵澈,梦幻双栖蜻化工。怜汝命宫磨蝎子,笑人杯影误蛇弓。夜深任听棠花睡,悔向墙阴曳烛红。

翩然一朵彩云翔,花影娟娟动隔墙。急卷晶帘迎笑靥,满斟玉盏解愁肠。转因觌面情词涩,为借谭诗坐话长。锦袖瑶章频拜宠,背人雒诵黯神伤。

相见无几又别期,最难春去落花时。欲寻好梦惟添酒,何事明心赖有诗?蚕死成蛾仍对偶,燕啼将乳惜分离。昨宵共坐纱窗雨,蜡泪和人彻晓垂。

无那伤春花事阑,怜才并作惜花看。书缄留别开函屡,诗写无题下笔难。缘短已磨残墨尽,泪多方怯旧衣单。姬人未解牢愁意,为扑香衾说夜寒。

登大观亭吊余忠宣公阙(墓在亭下)

宜城西畔水溅溅,往事兴亡已黯然。世局于今更几变,英雄呼不起重泉。樽前人物三千里,劫后江山六十年。同登者为蜀川赵涤霞、金陵任梓琴数君,忆粤匪陷皖,亭毁重建,今将六十年矣大好男儿埋骨处,浊醪和泪酹忠阡。

(戊申)

迎江寺塔

浮图出霄汉,高蹑入云中。山势趋吴下,江风挟楚雄。龙峰残雪白,雁港夕阳红。已过阇黎饭,钟声动暮空。

风节井(井在皖城臬署后,元余阙妻蒋氏,
妾耶律氏、耶卜氏,女安安殉节处)

城破家同尽,夫亡妾死忠。骨清泉冽白,血古甃凝红。匹妇宁沟

溁,湘灵共雨风。一般人殉国,惭愧景阳宫。

月夜泊牛渚

谢公已往不可作,今我来思意萧索。青山如僧静相对,明月在水手可掬。扁舟漫浮芥子轻,西江曲局堂坳缩。霜枯岸削水清冽,芦花满屋老渔宿。我亦随之梦李白,褰衣踏波捉月落。吟魂激荡波声作,蛟龙水底睡不熟。

舟过东门渡

关吏猛如虎,舟子缩如猬。吏声若怪鸥,促言速输税。战栗不能答,双膝尘埃跽。云我非商贾,中秭三日米。载客两三人,将自宛溪济。吏呵勿絮碎,斯是关津例。空船亦须征,汝违予汝罪。垂涕索空囊,杂钞仅无几。吏颜猝狞变,鞭扑立加背。吁嗟吏如此,吁嗟民如彼。

泊新河庄

两山对峙相拱揖,介以中渚歧流急。西通青弋东走宣,帆樯络绎密如织。水阳江路二百里,至此长流乃束逼。前峰滴翠后峰映,左潆右回靓波碧。酒楼一角倚山足,登楼看山酌醽醁。风吹岭雪云气变,阴晴旮霍入微漠。举杯不饮无奈何,大好江山红日落。

登宣城北楼

谢公吟处李公醉,流寓名臣两可思。今我偶来一登眺,古人不死此题词。楼头明月仍秋色,城外青山尽好诗。最是敬亭无限意,夕阳留我看多时。

二月望后对月寄怀蕴姬

别时同看皖江月，今夕月圆两地愁。梅帐怯寒熏锦褥，柳条惹恨紧帘钩。思深红豆君南国，望隔青山我北楼。料得夜吟无问字，玉钗敲断不成讴。

客 中 夜 雨

短榻孤眠久，春寒夜未央。雨长悬屋角，风紧缩灯芒。滞事愆归约，思家恋梦乡。劳人偏易醒，卧听杵声凉。

古 意

客路三千里，妾心十二时。明朝阿爷至，口谶卜雏儿。
昨日家书到，家中老幼安。函封待君至，亲手与君看。

留别李康侯大令（长郁）

鹿鹿兼旬空复嗟，未遑同嚼敬亭茶。疏灯尘榻留徐稚，明月山楼怀谢家。迟我使车循召芰，约君别县看潘花。君令宣城将瓜代人生容易黄粱熟，且共吟诗度岁华。

事原难得糊涂好，刻水劂沙亦太憨。余查办宣城书稻案，土客争讼，月余未决蜗角小争空尔剧，燕堂大梦正多酣。归横祖楫江流澹，去润郇厨雨露甘。此别水阳三日路，吟魂夜夜宛溪南。

游敬亭山寻太白楼旧址，招魂祭之

昨夜被酒醉且狂，梦乘白云披帝闻。众星的砾若莲房，太白煜煜光翕张。谪仙之神列帝旁，辇龙招我参翱翔。讴吟天半穷八荒，撒手堕醒昭亭乡。（敬亭古称昭亭，避晋讳改）昭亭山色公方羊，相看不厌诗连章。落落千载谁嗣芳？今我来斯意悲怆。笋舆十里山风凉，松青滴袂晞朝阳。石龛半辟闻余香，枯僧若树坐以僵。太白之楼瓦砾场，日色不旸枯草黄。公灵皇皇在何方？山谷噫喟呼风长。彳亍上山招手望，四顾云天何渺茫。宛溪东流双石梁，宣州古堞烟青苍。北楼一角陵阳冈，牛渚西江秋月光。公怀谢公今岂忘？魂兮归来山之阳。荔之醴兮椒之浆，灵留连蜷且尽觞。云回雨暝神凄伤，夏声变夷诗既亡。吁嗟其何不涕滂！

龙　潭

龙之为物昭昭灵，古我圣人书之经。世非其时蛰不见，一飞腾攫青天庭。呵云沫雨神哉沛，夭矫诡变穷幽冥。怪哉古称豢龙氏，操刀屠醢羞羹铏。龙之不遇有如此，翻然窟宅来沧溟。汉魏俗世夸符瑞，史书媚笔诬丹青。此物于今更希贵，是岂为神非可形？敬亭山坳有积水，澄泓不波俨渊渟。老僧语我龙之窟，祷之得见气为宁。宛蟺游儵潄波沫，仿佛蜥蜴缘石屏。磔须鳞爪具体微，龙邪非邪胡敢名。方寸万丈此瞬息，一怒而震驱雷霆。为霖天下泽苍生，布濩万物僵枯醒。世不知龙龙为怪，宁共尺蠖蜷泥泞，平潭十里风雨腥。

登天柱阁集饮，呈沈乙盦方伯<small>（阁为方伯重建，在皖藩署后）</small>

灊岳山头天柱峰，罗刹洲前天柱阁。摩空秀削两崱屴，下有大江气喷薄。登阁望峰云杳冥，江流划界山城青。城低如埒手可拍，八埏无障天围屏。大龙小龙相蜿蜒，龙脉直走趋东南。挟江入海不可遏，此阁欲砥中流澜。吴兴老子发蟠蟠，开藩八皖英奇罗。自公退食神委蛇，手挟书卷且高歌。有时樽酒集宾僚，明月入座青山邀。江潮如醴吸不尽，开襟大醉风萧萧。王粲登楼一何豪，阮瑀记室争濡毫。滕王高阁不足数，子安文章奚敢骄。我吟浩气充四纮，招李呼杜天空应。投诗阁下声嘈呹，蛟龙负走雷霆訇。

钝庐诗集

答友人问近况

骨瘦腰支健,时艰宦况知。钞书兼课妇,尝饼每分儿。未著养生论,徒吟励志诗。少餐能却病,醉饱欲何为?

十月二十三日生辰

弹指光阴卅八春,陆离书剑走风尘。潘舆未遂迎亲志,皖水方漂拙宦身。两祀孤儿今五子,百年夫妇共三人。余与妻沈均三十八,妾沈二十四,合百岁细君笑酌双卮劝,堂上斑衣岁岁新。

(庚戌)

悲　遇

良禽择木栖,嘉荫葱茏悦。翰音抗长风,矫翼厉霜雪。高枝结巢户,声闻重霄彻。下临俯群鸟,藩笼笑鹦鹉。托荫荆榛林,守株亦太拙。饮啄觅常食,瘏口复据拮。翘翘风枝弱,栖息虞倾折。薄翳不芘身,矰缴防机括。高飞自有翼,好音讵无舌。鸿何为遵陆?鹳何事鸣垤?萋梧引冈凤,郁林起风鴥。托止宁可苟?遑言无饥渴。

感　赋

入宦谋生拙,持家力已疲。不才难徇俗,多病渐知医。债尽疏亲旧,时穷厌妇儿。寝门视晨膳,惭愧读陔诗。

十年囊韫璞,刖足卞和羞。世事成薪厝,文章等瓦钩。夷氛真变夏,天谴屡无秋。徒有救时策,耿然怀杞忧。

大官自贤圣,下吏总凡材。筹国惟加赋,酬庸不论才。空仓肥硕鼠,峻坂走驽骀。算到缗钱尽,君王筑债台。皖藩库储罄,借公债百二十万金弥补

欲去从陶令,归田田亦无。勃溪见僮仆,交谪愧妻孥。对菊

还争傲,系匏宁笑迂。穷通自天命,讵必问贤愚。

九日皖城登高

摇落深秋作客嗟,三年重九尽离家。山城高瞩东南水,江雨飞迎上下槎。故国青枫初落叶,愁人黄菊又开花。淞鲈湖蟹新丰酒,诗味乡心属海涯。

九日寄怀陈竹孙同年(延昌)泗州

西风搔首望天长,天末来鸿字数行。(前日方得君书)乱世又惊秋气候,宦交难得古文章。一樽寒雨重阳酒,万户沉灾百转肠。(来书言水灾正盛)料有繁霜入潘鬓,县花应胜菊花香。

自题电影小像

霍霍须眉满镜春,哑然一笑故吾新。折腰未惯难为吏,强项何曾解媚人? 衣有悬鹑惭素食,骨犹留骏市红尘。电光石火中藏影,化百东坡此幻身。

易　　衣

青衫澒落未曾归,木叶催砧败絮飞。棖触秋风纨扇意,天寒犹袭旧罗衣。

画　菊　寄　友

苦被重阳风雨催,荒荒篱菊为谁开? 无从折向天涯赠,写与诗人自剪裁。

怀　　旧

顾雨甘(毓棠)

竟为科名误,文章未汝愚。狂来笑不已,穷到命俱无。垂死青衿惜,浮生白堕沽。红尘今摆脱,负负莫徒呼。

王侠翰(清治)

慷慨谈新学,龙头华子鱼。西河分席讲,东海筑楼居。旧谊仍投契,遗孤能读书。如君磊落士,侪辈竟无余。

张轺丞(鼎勋)

我恫无兄弟,君为异姓昆。青衫同落魄,白酒一招魂。大梦炊粱觉,遗书演草存。君精畴人学,著有《算草》勖哉孔怀谊,珍重抚孤恩。

袁保香(鸿镳)

卯角娱征逐,中年感死生。乡枌数知己,坟草又悲卿。患难倾肝膈,文章见性情。数奇竟如此,没世负微名。君己酉拔贡,后二月即卒

哭沈蔚如先生(汝豹)

先生原父执,小子况师承。怜我孤儿读,惭余高弟称。癖经传杜预,余受《春秋左氏传》于先生狂酒病陈登。先生酒后得病欲补乡贤传,抽毫愧未能。先生文行可入县志,拟为传而未成

哭沈友白先生(汝驹)

三年来执贽,坛席霭细缊。沆瀣师生契,云霄属望殷。闭门潜泄柳,愤泪饮刘蕡。竟此冥然逝,招魂不可闻。

除　夕

漫研浓墨写春联,手劈泥金绛蜡笺。草草劳人聊卒岁,匆匆来日又新年。驹鸣盐栎徒增齿,雌熟炭廖小割鲜。腊酒醉人还易醒,满城爆竹警晨眠。

(辛亥)

病　中

终岁劳劳病始慵,眠休十日恋衾重。移床小近徐伸脚,揽镜

徐开怯瘦容。药好总嫌瘵口苦,茶香每惜弃渣浓。都缘一事添烦恼,馆粥曾无宿米春。

思　归

彭泽高风溯不遥,耻将五斗贬清标。断无侠骨称强项,犹抗尘容学折腰。晚世功名成弩末,前程声影逐鞭梢。生平未解揣摩术,归去依然一敝貂。

犹有精神未肯销,豪吟痛饮气昂霄。甘因拙宦贻人笑,耻谒尊官受仆骄。狂至笑谈当歌哭,愁多诗境入萧条。归田漫续张衡赋,渠有田归尚自聊。

画　梅　却　寄

钝吟吟诗欲瘵口,梅花一笑劝我酒。对花痛饮醉如泥,花为狂飞满襟袖。囊花作枕傍花眠,花之神兮若予就。罗浮梦醒月在窗,花影娟娟人影瘦。见花不见梦中人,为花写生春入手。笔所未到神先传,是花是人两娇秀。聊当一枝寄将去,郁伊满纸君知否?

送汤蓉峰大令(兆玿)之任旌德

握手官亭日正西,使君东去玉骢嘶。一尊旧雨酒初熟,满县春风花已齐。美政仁观桑野雉,爱人小割武城鸡。旌阳二月江南路,此别予怀渺渺兮。

题　画　八　绝

杏　花
连宵微雨酿春酣,买酒前村次第探。消息已从墙外透,玉楼人正梦江南。

桃　　花

漫说春皇雨露培，东风嘘拂上天台。眼看三月春将尽，要唤刘郎及早回。

牡丹梨花

羡说燕支一捻痕，沉香亭北拜春恩。未央宫外人多少，风雨梨花夜闭门。

芙蓉枫菊

不堪重傅何郎粉，已赋兰成枯树篇。纵是江南秋色好，黄花红叶总萧然。

秋　　柳

秋尽江潭客未归，西风摇落不胜悲。寒蝉也抱炎凉感，自曳残声上别枝。

蔷　　薇

槿篱根畔棘门间，密叶藏花未许删。休怪满身芒刺利，要人留意莫轻攀。

蜡　　梅

岁尽不知寒，酿取枝头蜡。欲嗤岭上花，争春已先发。

古　　松

劈崖势摩霄，伸出擎云手。化作苍龙飞，长向天风吼。

哀　皖　北

长淮一涸二千年，上无蓄泻下无泄。沟渠成陆水脉绝，膏原眽眽尽垅堵。春霖如海地卷波，十日不雨土罛裂。东村击鼓驱旱魃，西村灶觚踞蛙鳖。十年种谷九年无，土花红腐犁头铁。饥不事耕耕徒然，枵腹惰游衣悬结。穴鼠熏尽河鱼枯，草根屡掘无萌蘖。卖儿止充数日饥，卖妻尤痛生离别。未忍宛转填沟壑，骨肉流散相弃撒。弱者为乞丐，强者为盗窃。持刀拍张力易疲，蹶地不振气已荼。主人缚盗如缚鸡，官复歼之若虮蛭。朝为饥民

暮为囚，含笑就戮意弗憏。盗胡不知法？忍掷头颅易饷啜。盗
胡不畏死？与为沟瘠宁斧锧。官乎念兹应恻然，头上青天刀下
血。吾闻皖北豪吏，一岁决盗动千百，十吏将使靡遗孑。日杀一
盗少一民，丰年谁与事耕垡。常平仓粟斗升耳，赈尽犹然苦饥
渴。吁嗟乎！长淮水利议前哲，盍循禹迹事疏决？上通睢涡下
沂泗，东肥西颍水溁溁。土膏沃润灾黎苏，川云渠雨新秧苗。卖
刀买犊剑买牛，耕凿饮食相慕悦。斯亦鼓腹熙皞民，咄尔屠伯胡
自孽？

苦　雨

　　江城水气重，雨势欲撼楼。沉霾亘旬月，积潦漫平畴。檐瀑
接飞湍，直挟江声流。村村漂禾黍，家家湿薪樗。顿闻市价踊，
蔬蓏值珍羞。斗米易千钱，哀此穷黎休。更闻宿泗间，平地可方
舟。漂摇室家尽，欲食无粮糇。树栖鸟共宿，陆行鱼同游。昔年
水潦降，赈粟未遍赒。今春又苦雨，安望寸田秋？于皇何不仁，
饥溺职谁忧？誓拨阴霾开，阳和煦九州。

望　山

　　望山山如睡，我欲诅山灵。乾坤自清旷，曷独郁峥嵘？兀此
挺奇骨，戢然呈瑰形。高峻绝攀跻，惟见云冥冥。仰止空踯躅，
或怒触崩霆。鞭驱石出血，錾凿穷五丁。更有愚公愚，运移手弗
停。盍遂潜幽旷？迥野开广庭。奇气郁中条，天柱卓亭亭。屹
立无少变，盘窣仍不平。是气所磅礴，万古长青青。世路自夷
巇，日月任朔暝。惟此岳岳者，宁共不周倾。山灵若诏予，斯意
尔常惺。

雨　不　已

　　入夏伏阴动，月无三日晴。狂雨如恶客，日夕相缠萦。潇潇

止还作,沛若天河倾。漏屋无寸干,庭户成沟坑。雷池走蛟鼍,夜半江声鸣。洪潮陡壁立,急浪挟风行。漫堤复决堰,泛滥漂禾粳。嗟民垫泽国,困我坐愁城。岂伊燮理乖,倮怒干天刑? 吁苍宁无闻,何辜罹此氓?

食蟹闻武昌乱事

凭尔横行一世枭,提戈披甲气雄骄。肠无经纬空彭腹,血战元黄激祸潮。诅对黄花嫌汝瘦,可怜汉土共君焦。楚歌四起秋风急,借箸何人为镇嚣?

重九寓楼独饮

飘摇身世托危楼,残破江山说上游。风雨满城浑战气,烽烟六省警高秋。川、鄂、湘、赣、吴、陕均有警变持盃欲沥盈腔血,看剑徒伤左肘瘤。醉唱大风歌未已,黄花笑我太狂不。

避乱宿迎江寺

避乱入萧寺,斜门关夕阳。野榛崩断路,风树震危墙。佛泣通宵雨,钟号满地霜。塔尖明月在,照此血痕凉。

钝庐诗集卷二终

钝庐诗集卷三

感　时

天纲淳裂人心死，畔夫欲羞忠义士。邪说横流砥柱摧，獝儿跳荡反戈指。十年豢卒如骄狶，朝揭竿磔毛猏。夥颐为王重瞳帝，蹈海不闻鲁连子。肉食肠肥心似灰，黄金斗大轻敝屣。高牙坐拥十万兵，执殳前驱为谁使。守令何人效常山，藩镇于今尽朱泚。朝披华绂夕反斾，故君如仇恩如纸。是可忍欤孰不忍，二十四朝可无史。谓君为胡羯，胡为食其饩？谓阙为虏廷，胡为策尔氏？豫子漆身为智伯，国士之报固应尔。史不没右侯，贤士不耻王猛志。元鼎沦陷朱炎兴，张吴陈汉皆绝世。君不见褚侯祠畔劲草风，余阙墓前大江水。

闵　乱

巫峡哀猿一夜啼，楚歌四面激声凄。长江上下烽连堡，大陆东西血溅泥。横海楼船天堑失，敖山仓粟盗粮赍。督师未战先亡命，欲借尚方叹噬脐。

陈胜一呼天下震，汉皋鼙鼓动江湘。山东豪杰亡秦族，泗上诸侯霸楚王。南北鸿沟争地险，古今战局辟天荒。八千子弟多英武，莫问乌江路短长。

猎猎秋风海上师，石头城又出降旗。王敦悖逆原公敌，孙皓倔强犹可儿。六代江山归掌握，一家臣主判华夷。不堪回首看钟阜，重读皇陵御制碑。

百越雄风互荡磨，东南地坼海扬波。春秋霸业称勾践，皇帝玺书却尉佗。洱海风云生叱咤，黔中草木助干戈。请看天下谁家物，半壁焦原可奈何。

雍梁自古帝王州，秦晋联盟扼上游。河朔旌旗皆变色，关中豪杰本同仇。土门已失常山险，幕府方参景略谋。又见中原沦战祸，二陵风雨不胜秋。

孺子何知付托轻？鸟裳负扆愧阿衡。空颁罪已兴元诏，谁起勤王神策兵？将相怙权皆莽卓，朝廷新法误舒荆。最怜至正遭亡日，北狩何方是旧京？

四十遭乱

一梦槐柯忽醒来，春秋四十老将催。经书满腹多陈腐，石火藏身未死灰。待世澄清嗟寿命，为天板荡困诗才。余生未暮先萧瑟，赋续江南无尽哀。

陶令归来理废园，梅真涵迹入吴门。故君一命衣仍袭，老母常梳发未髡。到处穷途悲阮籍，何容长揖说桓温。今朝还记我生日，甲子应书旧纪元。

陡闻项籍雄西楚，纷见兰成入北周。两姓家奴黩青史，一朝名士付黄流。夥颐遭卒皆开幕，牙纛元戎竟倒矛。愁绝汉江潮涌血，余生还有几时偷？

蜀道崎岖到处同，前蹲虎豹后咆熊。避秦有路穷源水，封卫无人倡霸风。欲弃衣冠逃海外，问谁姓氏识墙东？百年自有非和是，宁在雌黄众口中！

述皖乱与同里诸子

为君零涕说舒州，乱降匪天孽自由。群盗大驱饿鹳队，满街纷走烂羊头。军门牙帐倾巢燕，吏士衣冠弄沐猴。最苦搜牢穷日夜,孤城腥雨血声流。

大　雾

大雾弥天天不见,日月韬光六合变。群阴冱结长夜漫,刑天舞戚鬼抽箭。披发大荒我号啕,欲走东西不可辨。忽然狂风吹我回,海水飞立沙扑面。散为霹雳雨冥冥,中有血腥杂泪霰。柳下衣冠入涂炭,李陵发髻突胡弁。浮名已同幻泡灭,微生又如风烛闪。但闻群鬼声啾唧,跳荡驰突相激战。长荆利棘森刺天,天吴曚睒目光眴。巨霆一声劈山岳,云开列缺地流电。风伯反旆雨师骄,怒撼北辰枢轴转。我欲乘云排九阍,天门诀荡开一线。玉京群仙夜戒装,帝将出狩阅西苑。六龙夭矫驾空行,攀髯不及空鸣咽。下界黄尘又乱飞,呼啸长风归赤县。扫荡烟霾镜宇清,红日一轮升海甸。

(壬子)

改　历

羲和治历日,三百六旬六。置闰正四时,周岁无差错。寒暑别阴阳,晦朔视盈朒。于以定岁月,支干互回复。宵中与日中,四仲仰星宿。斗建正春首,房集季秋朔。于以判节序,农事便耕作。地气应天时,截管葭莩竹。飞灰遇阳动,吹律候阴伏。于以验物候,鸟兽蕃孵鷇。萋荑知闰生,桐叶感秋落。顺时布律令,古法衍颛顼。孔圣行夏时,姬公赋豳俗。《吕览》月令篇,小正残书续。历数在尔躬,精意圣所托。三统殊正元,月朔存饩告。秦历不及期,莽年何太促?皆以闰余乖,建星与月错。重黎未失司,畴人醉夷学。上不历象窥,下与人时黩。但月无朔望,丰岁殊寒燠。摄提失方纪,孟陬殄岁俶。蟪蛄昧春秋,蜉蝣仅昏旦。浑沌羲皇民,蜷局武陵谷。欲书晋甲子,且取陶诗读。还用汉家腊，爆牲祀先穆。

自　　愆

昔称刘勰雕龙手，未逊祢衡赋鹉才。不遇休文名故贱，即逢黄祖死何哀？只惭断发循胡服，无表通天上汉台。每向江头来痛哭，杜陵心事已成灰。

六经何罪付蟫鱼？边笥便便腹负余。秦代尚留焚后火，贾生空著愤时书。人心冯道伦常尽，世事龙门谤史余。三载不飞东海鸟，避风我欲问爰居。

剪　　发

生不能为李将军，结发沙场荡夷氛。又不能为屈灵均，晞发阳阿吊泽濆。世无朱家布何髡，乃有让国非文身。弁髦九鼎等浮尘，群盗如毛乱毵毵。囚首何用谈经纶，濡头不草羽檄文。豫让未衔国士恩，髡钳自污蹈海滨。海中之地桃源津，孰为黔首先避秦？鸿妻椎髻布为裙，霸子蓬头读且耘。板舆皓首日娭春，潘郎两鬓何彬彬？世事棼丝并剪分，杜陵千丈长愁新。诸夏元首已无君，群龙战鬣血元纁。沐猴袭冠咻楚人，秃鹙啼来笑齐昏。一丝何以维千钧？余颠种种心则缗。君不见烈皇殉国发披纷。素衣袒括悲遗臣，冲冠浩气干霄云。毋宁断脰发斯存，搔首望古将何云？

施及之园菊盛开招饮即席口占

二十年前此酒杯，红尘梦里醒重来。黄花犹是新知己，褐布依然旧秀才。世外陶潜园涉趣，江南庾信赋成哀。羡他不识王家腊，傲骨凌霜十月开。

赏菊赠瞿蓉甫

爱菊已成癖，归田无半亩。故人远相招，重话十年旧。今为易世人，昔是同盟友。文章镜里花，世事风中垢。黄钟劣瓦釜，白云变苍狗。蹉跎遂半生，皋落无一偶。我从红尘来，君故青山守。旁薄解衣带，风埃荡襟袖。命樽酌佳酿，餐此秋英秀。白酒如君清，黄花比我瘦。汶汶众夫醉，独醒复何有？狂吟笑不已，挟笔风雷吼。声情裂金石，村童倒惊走。霜风郁花际，落日下虚牖。踯躅向归途，明岁还来就。

遣 悲 怀 二 首

义熙甲子任消磨，奈此天心板荡何？世变已成苍狗迹，军书未断白狼河。羊头侯尉勋衔贱，豚苙杨儒党派多。周召不生巂王废，国民泄泄说共和。

铜山崩裂债台巍，病国曾贻海外讥。上将不嫌珠薏谤，元勋纷辇橐金归。屡闻溃卒呼山鞠，谁见遗民食野薇？空向西邻书乞券，仰人鼻息太歔欷！

癸丑元旦书感

乱世愁生浑沌天，憧憧又过鼠儿年。夏时牺告正元废，春酒羔系旧俗沿。已弃衣冠挂神武，自摊诗卷祭阆唐韵叶，鲁当切仙。汉家腊尽屠苏暖，醉看潘郎鬓黯然。

马齿徒增髀肉生，夷门监卒老侯嬴。昨宵又堕炊粱梦，除夕梦入皖彻旦俄惊爆竹声。敬献椒花颂康健，戏拈蓍草卜居行。瘏哓风雨营巢亟，海鸟何能久不鸣？

我生叹和施琴南槁蟫篇韵（琴南名赞唐，宝山人）

有目不识横行字，一卷遗经犹在笥。有口不读齐物篇，一发纲常惧将坠。冕旒降卑皂绨尊，沐猴衣冠等儿戏。操戈竟将同室戕，卧榻偏容外人睡。五蠹六螫吻翕张，瓦釜鸣雷黄钟弃。杜陵吞声空复悲，贾生痛哭几无泪。杯中热血沥酒肠，灯下寒花拭剑鼻。我生汶汶自不辰，天胡沉沉长此醉？黄冠草衣故里归，青门瓜圃闲身寄。却看侯尉烂羊头，畴识英雄老猿臂。华发俄惊戴满颅，青山何处留埋骴？侏儒饱死臣朔饥，朝朝乞券书米肆。范叔何寒须贾温，恋恋绨袍薄故谊？卒瘏予口予室漂，海鸟爰居风雨避。

<h2 style="text-align:center">其　　二</h2>

咄咄书空无一字，腹书宁负边韶笥。仰天不语悲填膺，挥涕西风和霰坠。我生十一茕然孤，少小趋庭失娱戏。慈母机声儿读书，篝灯五夜人无睡。荻灰画字苦揣摩，筠籯遗经忍抛弃。青青我衿缁我衣，廿年未浣襟前泪。黄粱易熟梦旋醒，胡卢笑掩妻儿鼻。半世已历两朝身，千金难买中山醉。悬篱匏系宁可烹，著树菌生暂焉寄。愁闻世变沸蜗声，何事雄心奋螳臂？俭腹且铺古人糟，吮牙莫嚼屠门骴。扬云堕阁美新朝，梅福监门隐吴肆。采薇不袭首阳清，蹈海犹轻鲁连谊。家山故是小瀛洲，大好桃源浊世避。

<h3 style="text-align:center">澹园丛菊盛开，率赋二律，征县署同人属和</h3>

青门不种故侯瓜，黄鞠亲栽老圃花。舍我田园开此径，澹园荒废已久，余入署后亲为辟之傍人篱落岂无家？余佐县政已二年矣任评环燕谁肥瘦，自饱风霜曷怨嗟？莫笑孤芳太迟暮，秋阳原不煦春华。

恨我夷门卒伍侪，泥君高迹入官斋。非缘升斗腰倾折，为护根荄手拥薙。圃菊余亲植灌溉之乱世泪挥秋兴尽，小餐色爱夕英佳。不妨多醉重阳酒，得晤黄花且畅怀。

<h3 style="text-align:center">（甲寅）</h3>

<h3 style="text-align:center">张桴园师见示百老吟和章，依韵为寿</h3>

吾师旧文学，丹青不知老。廿载走红尘，暮年仍潦倒。达观

齐彭殇,胸中自了晓。宁采西山薇,耻啖东家枣。亦夷亦惠间,劲风挺孤稿。示我袖中诗,新词振华藻。不作寒俭语,意出常人表。寡营祛百魔,觅醉解千恼。即此是寿征,奚啻明哲保。

将军犹善饭,谁说廉颇老?脱巾漉酒尊,颓然玉山倒。夜深扶醉归,板桥霜破晓。健腰莫灼艾,却饵休服枣。偶作污漫游,闲编退听稿。买脂绘春花,抽毫抒秋藻。皓皓华发颠,轩轩白云表。薄衣胜酒寒,清梦被花恼。年来世事非,康乐长生保。

杂感四首叠前韵,并呈桴园先生

苍天久已死,黄天胡忽老?阴阳改常历,寒暑俄综倒。天以民视听,至理非难晓,孟冬行夏令,十月开杏枣。今立冬前后桃、杏、梨、枣花盛开夏畦苦旱蝗,秋田僵秸稿。褐夫病黄馘,沟瘠逐飘藻。惊闻算缗钱,令书达海表。空囊负国恩,热肠转凄恼。俯仰七尺躯,遑说妻孥保。

红尘已隔世,未老先惊老。少年意气豪,欲蹴昆仑倒。击楫誓江清,闻鸡舞天晓。屋盖望童桑,户荫测檽枣。长安射策归,三易天人稿。一第遂等身,橐笔空扬藻。故刘独登楼,荐祢畴修表。三年皖江波,宦海增穷恼。黄粱忽醒来,贫贱侪佣保。

胡服耻达官,黄冠逐野老。每访曹邱生,一醉壶卢倒。吴门溷市卒,姓氏防人晓。门前邵平瓜,海上安期枣。宁须首阳薇,间属灵均稿。世事镜里花,余生波中藻。莫哀斫地歌,休上通天表。虫沙劫余生,一喜易千恼。且著犊鼻裈,赁作酒家保。

贞珉百尺高,灵萱七叶老。欣上万年歌,拟以翁不倒,明烛照华堂,寝门辟晨晓。挈妇省眠餐,进羞杂榛枣。梁空莫辘釜,薪贵且抽稿。菽水聊尽欢,匜盘洁蘩藻。恐伤倚闾心,免作陈情表。蔼蔼三春晖,欢笑绝烦恼。宁闻世征逐,天伦乐常保。

严三友潮新墅落成,仍用前韵贺之

瀛洲旧甲第,故家乔木老。楚狐起妖鸣,排山海波倒。君离劫火归,尘梦天方晓。不食等系匏,有秋课剥枣。衣租食税余,闲订豳风稿。结巢风雨中,赭垩祛丹藻。家山故桃源,鸡犬喧云表。城居自清旷,市远绝嚣恼。抱瓮灌园蔬,短衣杂佣保。

潜溪一尺水,溪石千年老。为君点缀工,错落复颠倒。非伊人境庐,独悟意谁晓?满屋绕狂花,小园足酸枣。兰成耻仕周,哀南属赋稿。桐江希祖风,钓竿拂荇藻。羊裘五月披,逃名入海表。莳竹却俗烦,听鸟解愁恼。考槃斯窸歌,勿谖永矢保。

九叠前韵,贺严二亚邹新居

连云起夏屋,轮奂美张老。崇墉拟山岳,长城屹不倒。亚子悟道深,华衰理彻晓。阿房片瓦无,荒烟蔓棘枣。盗过通德门,不劫注经稿。臧孙乃居蔡,节棁文山藻。贤愚何太悬,陋巷今师表。苟完善居室,繁华易生恼。衣裳考钟鼓,勿令他人保。

衡门有客栖,庭花傲秋老。(亚邹署其居曰"衡栖",庭下栽菊百本)穆穆月舒波,演影楼台倒。敲诗人未眠,海曙东窗晓。抱孙兼课儿,融融让梨枣。阶墀鸟雀驯,仓粟啄余稿。不愁季女饥,锜釜湘苹藻。饱餐一敞轩,霁色开林表。门前可雀罗,车马屏喧恼。流莺故比邻,徙乔托芘保。(旧居与余对宇,新迁仍与为邻,故言)

十一叠前韵,赋呈张稼生先生

先生旧经师,文章斫轮老。少壮翔盛誉,一时尽倾倒。博览富群书,古今洞通晓。辚辚问字车,门墙列脯枣。青眸瞩鲰生,论文赏奇稿。龙门声价高,春风振寒藻。惭余腹瓠枹,珉中而玉表。浮名过眼云,人憎己亦恼。益念劭德贤,夙夜终誉保。

李广不封侯,冯唐已衰老。时命自舛乖,冠履实颠倒。六经闭漆室,长夜何时晓？荒唐演神怪,离奇翻梓枣。独著《太玄篇》,不卖封禅稿。飞蝇集溷樊,枯鱼唛毒藻。复辟夫何言,劝进俨陈表。多事冷观人,偏为热中恼。轼辙皆时贤,家声足持保。（谓幼禾昆季）

征集消寒诗社十三叠老韵

清谈误国亡,湎酒速人老。不饮亦不言,铜山何崩倒。华屋多鼾声,膏粱梦未晓。人生谁不死,宁有长生枣？盐骥伏车枥,俯龁驽骀槁。伏龙局行潦,栖息游鱼藻。楂玉耻求沽,裘锦恶文表。且借浊酒浇,聊涤尘心恼。勿须闷葫芦,珍重孱躯保。

江山正昏睡,合住醉乡老。玉如意击碎,金叵罗倾倒。抒将愤时心,掬与来人晓。围炉共啖芋,祛寒且煨枣。聊占口头吟,同搜腹中稿。孟韩斗险字,庾鲍摘哀藻。焉知风雅坛,不卓沧瀛表。嗟彼灯上蛾,趋炎正热恼。诗亡夏声微,努力同障保。

十 月 兰
涉冬盆蕙忽开花,非其辰,我生同感,赋此志异

未渥青阳雨露培,深山沦落溷蒿莱。只争劲节风前草,不让先春岭上梅。空谷晚香难自闷灵皋光气为谁来？萧萧霜雪侵寻甚,珍重寒泥一寸荄。

二 色 菊
庭菊有紫白两英同萼,非种也,赋以寄讽

秋衰劲草亦随风,绚素迷离变相中。清白半生俄改节,夺朱间色本难工。繁霜故国方披缟,薄暮残阳又带红。翻笑陶潜太孤傲,一心守黑向篱东。

再用前韵答同社和作

自伤沦落自栽培，长卷芳心伏草莱。为惜秋容将老菊，故教春信莫先梅。美人寂处甘迟暮，灵气空山独往来。小草本非称远志，任他雷雨发新荄。

漫地飞蓬尽转风，繁华迷罔逐尘中。野花未免芳心动，劲草何能媚态工。傲骨恐镌霜月白，羞颜强对夕阳红。幸他本色非全改，好脱缁衣濯海东。辛亥改国，弃官自皖江归。勉襄邑政三年，今还故我矣

张桴园师作水仙花画帧赠龚少荤丈，集饮分韵得图字

张纲年老胆气粗，手挽荆襄分郡符。红尘厌倦走千里，归弄丹青以自娱。秃笔伸纸写花骨，水石粼粼清且癯。花清如人太幽绝，出污不染纤泥无。招我看花却看画，杜陵诗客高阳徒。拍手入门笑不已，脱冠掷地科头颅。群仙乘云集高宴，杂遝襦裳飞履凫。龚生天年故耆宿，长裙不揖莽大夫。斗酒莫欲自饮劳，为我劈脯开香厨。烹羊炰羔一酣醉，仰天耳热呼乌乌。座有狂客掷杯起，拔剑击缺玉唾壶。悲声裂帛出觱栗，吁嗟客也胡为乎？天纲沦灭海扬沸，日月失旸鬼睢盱。猰㺄舐糠及米粟，臣朔饥死饱侏儒。子有酒食不醉饫，镵铻岂须人为屠。及时与子且行乐，今日对酒当歌呼。饮醇即死亦无訾，引吭高咏轩天衢。黄冠野服步于于，生斯世也将何图？毋宁征逐人笑愚，勿令花笑不如吾。

消寒社集饮，再赋四十韵，赠龚丈少荤

洛社千年后，风流绝代无。沧桑陈迹在，瀛岛众仙俱。地是烟波宅，人遗沧海珠。诗亡离黍感，梦唤熟梁苏。鳌折江山柱，龙摇天地枢。狼弧光噆赫，蛮触血糢糊。国事蜩螗急，人心燕雀

娱。猪肝累冠带,羊胃贵屠沽。南郭竽休滥,东皋田未芜。桃源何魏晋,蓬牖足轩虞。且买中山醉,同淘浊世污。西园纷席履,北海启樽盂。暖阁张温绮,丰筵列鬴𫗦。消寒花满幅,迎至日方晴。越二日即冬至绿茗春浮酦,红泥地炽炉。菜肥庾信圃,酒漉步兵厨。雪缕刲生鲤,霜膏臛野凫。芳羹寻冻笋,饫馔胜伊蒲。锦里多诗老,高阳聚酒徒。主人原郭太,荦荦清门亮德,雅似林宗座客尽淳于。席间,高谈诙笑甚豪华发濡张旭,谓桴园师狂言嫚灌夫。余被酒放言,殊非雅德机云衰世风,严亚邹、友潮昆仲纶益外家驹。施赞丞与亚邹、友潮为外弟樊重南阳隽,柳江刘郎前度呼。刘丙岳未与席兰亭留墨妙,王霁洲师书有家法山谷本诗臞。黄伯钧苦吟雅量三杯尽,吟才七步输。余酒浅诗劣醉时少陵泪,风度曲江模。张稼生先生忧时感事之意,恒寓诗歌,得风雅本旨罚酒严金谷,催诗缺玉壶。烛花红见跋,翰藻墨濡须。险斗尖义字,奇操急就觚。腹书搜古宿,囊句索奚奴。风雅千钧发,讴吟一海隅。小儒毋舌咋,大雅共轮扶。壮士雕虫惜,浮生涸鲋枯。迹哀王者熄,人笑古之愚。醉榻容谁舁?穷途任我纡。膏粱今饱德,蜡腊载欢醵。后会订稼老愿借五花笔,追摹九老图。在席得九人泥鸿留雪爪,凤鸟倦云衢。佳话存觞咏,余香润酪酥。山枢戒荒乐,良士总瞿瞿。

桴园师作《鹤守寒梅图》赠张稼老,
集饮征题分韵得题字

风振危巢堕入泥,九皋天远不闻啼。寒香孤岭谁偕瘦,残雪一枝聊借栖。枳棘何曾来集凤,粟粱宁肯啄群鸡。依依愿作林逋子,长伴神仙不老妻。

萎蕤毛羽照清溪,翘足风前亦太凄。瘦影山亭明月下,梦痕烟雨断桥西。裴徊暮雪心常恋,顾视残阳首未低。此意丹青描不出,落花人去待谁题?

施大赞丞集饮拟雪前十二题，
分咏戏并赋之，呈同社诸子

忆　雪

黯黯愁云冻不销，西风回首总飘萧。鬓边寒影成诗梦，须上坚冰没酒瓢。泥爪天涯伤往事，玉颜人对怅今宵。当年驴背风花扑，记否寻梅过小桥。

思　雪

未见邻翁踏冻归，酒旗风勒掩村扉。寒林落叶萧然瘦，老树无花兀不肥。风雨恼人三日外，江山余粉六朝非。何堪撩乱西窗月，夜夜瓶梅纸帐飞。

望　雪

镇日彤云压短檐，开门却立朔风严。远山落木见峰骨，平野寒烟拥塔尖。盘树鸦归天欲晚，倚楼人冷酒频添。何时驿使传梅至，一片冰花著手拈？

话　雪

百无聊赖暮云天，冻水风欺白发颠。恐对寒梅添瘦影，且烹苦茗说残年。万峰玉积终南岭，八月沙飞漠北烟。此境梁园吟不到，与君评骘惠连篇。

问　雪

天空云日太模糊，万木风号草色枯。衰柳欲揉何处絮，老梅垂槁几时苏？讵怜换酒貂裘薄，故倩栖崖鹤影臞。底事寒江潮不冻，孤舟蓑笠一竿无。

梦　雪

不是僵安卧后嗟，无端梦境入南华。瑶池仙曲歌黄竹，玉女寒衣舞白纱。姑射幻情团柳絮，罗浮长夜误梅花。醒来月色朦胧里，犹认琼楼十万家。

拟 雪

封条未见冻花团，想像空空色相难。银海月华仙阙迥，琼楼烛影佼人寒。宦情冷对冰山笑，诗骨清同玉屑看。昔昔撒盐浑不似，谢姬吟絮重琅玕。

祷 雪

日日同云盼远岑，灵旗不卷夜沉沉。黄鸡遍沥沟塍血，白鹤应知天地心。拜竹有风低佛首，酹梅余酒灌墙阴。玉田万顷豚蹄祝，未及心香一瓣忱。

酿 雪

氤氲冷雾郁霄空，大冶元阴鼓荡中。山鸟不鸣村渐黯，晚鸦无影日沉红。云容盘盘天如醉，炊气膴膴地有霜。何事麹尘飞不起？连宵冻雨勒西风。

寻 雪

昨夜严风结冻昙，疲驴踏遍灞桥南。山坳槲叶堆前过，村曲梅梢香外探。不信落花飞满地，羌无一点照深潭。乘舟访入山阴道，白石泠泠但草庵。

待 雪

风澹枯林叶不翻，小檐乾雀静无喧。安排暖阁焙新炭，坐看顽云拥晚村。数点寒梅香暗敛，一樽新谷酒初温。围炉预有联吟约，驴背人来未掩门。

迎 雪

满街腊鼓响冬冬，报道丰年瑞气浓。急卷重帘承玉屑，便扶曲杖看山容。鹤随人起巡梅笑，龙戏云团析絮秾。恰与蜡神同迓赛，雾淞花下慰春农。

再 咏 待 雪

檐雀无声地不埃，冷云含水郁江隈。防风吹霰窗虚掩，仁鹤归巢门半开。冻砚裁诗频搁笔，小炉温酒且停杯。梅花撩乱催人护，暖阁安排客正来。

香　炉

净手摩挲佛案前，重帘未放博山烟。雨窗恐受花脂蚀，月夜
微添檀屑然。好藉余熏融冻砚，偶吹落烬爇吟笺。吉金不袭钟
彝古，款识犹镌宣德年。

花　瓶

巧琢蟠螭俊样夸，色如悬胆晕苍霞。一泓偶注清溪水，四序
常看随意花。过雨润黏青玉案，移灯香映绿窗纱。韩罂败甓千
金价，应笑长安骨董家。

茶　瓯

鸡缸旧制任翻奇，瓦缶于今胜玉甆。七碗不消尘喝候，一瓢
新注夜凉时。清泉满贮都诗味，渴饮狂来当酒卮。寄语热肠人
注意，桑芽春雨淀琉璃。

酒　斗

亚父摧撞恨不消，淳于狂醉亦无聊。北辰未许天浆挹，东海
宁容蠡勺浇？万斛愁来提玉柄，十千价重换金貂。百篇诗在青
莲去，把酒临风何处招？

题黄夫人夜织课儿图
黄君伯钧太夫人勤俭起家图，此征题为寿

黄郎手持纺织图，再拜向我述且吁。云是我家起拮据，母氏
劬劳手辟纑。先人（伯钧先尊补陔封翁）蚤岁惸然孤，宅桑曾无八
百株。硗确数亩颗粒租，秋来剥枣复断壶。饘羹一瓯粥半盂，夏
葛十浣冬敝襦。衣裳在笥弗曳娄，匪敢休休乃瞿瞿。连云吉贝

霜不枯,西风摇落玉莱铺。恐儿号寒啼呱呱,母为结裳下堂趋。弓床月落絮萦纡,吴绵百叠温雪肤。簷灯夜青凝室隅,纺车轧轧摩机枢。呼儿就灯读且劬,机声书声和喁于。机丝万密无一疏,儿读织功如絮铢。十年饫勤九捋荼,仓有余粟儿膏腴。孙曾绕膝拜黄姑,一笑扶杖欢姁姁。吁嗟乎!比邻夜读相应呼,予有嫠母胡卒瘝。朝抟棽絮夜织蒲,荻灰画地字模糊。伤哉菽水未可娱,白屋愧对青云衢。绰楔表贞节不渝,义也捧檄空印须。曹交负负九尺躯,我题此图徒咽呜。(予母龚太淑人守寡,茹贫纺织抚孤,屡谋丹青而未果,深用疚然)

题 画 七 绝

本是空山顽石头,无端飞走逐尘浮。被风吹落青云外,依旧还山枕碧流。*画石*

愁绝狂风雨打来,绿阴捶破蚀苍苔。小窗鹿梦蘧然醒,为底春心卷不开。*画蕉*

万壑涛声卷碧空,老龙鳞甲化青铜。无心飞蛰封岩洞,咒起山灵作雨风。*画松*

老树担花力颇胜,秃毫自写骨崚嶒。年来不作调羹想,嚼雪空肠冷过冰。*画梅*

闲种昌阳卜引年,清斋静对石如拳。日长渐见苔衣厚,小罐亲添活水泉。*画蒲石*

故园荒落感秋深,彭泽归来策杖吟。犹有黄花依白石,共君磨厉傲霜心。*画菊石*

孤山残雪只留痕,洛浦微波总断魂。难得神仙成眷属,亭亭双影立柴门。*画水仙、梅花*

桴园师题岁寒三友图,索和次原韵

众芳摇落万山枯,我友印须何处呼?云壑千盘龙矫变,雪窗双影鹤清臞。吁嗟迟暮知音少，浩漭乾坤正气苏。添个诗人扶杖立，翛然便是四贤图。

又和雪里芭蕉图原韵

片片冰花入砚池，冻毫自写画中诗。满天风雪凝千尺，何处春光著一丝？僵卧有龙酣未醒，覆阴无鹿梦尤奇。灵苗自具冲寒力，岂让村梅独冠时？

祀　灶

噬嗑于今卌四年，苟无饥渴意翛然。糟糠妻子休辘釜，菽水晨昏屡罄钱。小俎黄羊循旧俗，大书绛腊换新笺。如何报赛家家遍，犹有寒炊未举烟。北沙岁歉乏粮，民有数日不炊，举家自毒死者

祀灶日大雪

寒突烟不起，万囱亭玉峰。漠漠天垂幕，戏水矫璆龙。鳞甲纷散堕，碎玉戛琤琲。起视沟塍满，荦确布圭琮。江城澈不夜，月意澹溶溶。俄惊爆竹裂，天为战寒容。匪赛滕六神，执爨为谁共？黄羊列折俎，老妇鞠诚恭。寒醅发冻蘖，湿薪烧斫松。载拜荐牲醴，饱饫祝飧饔。宁知口腹餍，何与刀七供？丰年谷如土，瑞雪兆先冬。勿须蓝田种，已看琼枝封。土膏冻脉润，僵蛰札螨蠭。菜铺满陇玉，抃舞欢三农。庖厨乃香溢，落日千家舂。饮啄思食源，酬此六花庸。有斋尸中馈，明禋审所宗。

乙卯元旦离感

枥驹增齿意怆然，镜里霜花落鬓边。人惯清寒忘卒岁，天教风雪渡残年。春秋谁识正元义？诗卷空题甲子篇。且醉屠苏一杯酒，无聊自写送穷篇。

汉家腊尽百忧讧，咄咄频书向太空。横海风云移战祸，新朝

宵旰议和戎。繁征头会千铢细，瘝债台封万级崇。除夜叩门逋赋急，最怜人是卓锥穷。

犹有空山旧历存，饩羊已废夏时元。烂残官礼缊刘秀，绵蕞郊仪演叔孙。龙衮九章崇帝制，爵封五等靳侯藩。长安裘马憧憧客，新制冕裳朝至尊。

扈扈臣僚故帝居，新年宴赐醉春醑。裸京殷士扬髯服，锢籍亡人拜赦书。金马有门多待诏，锦貂无梦不华胥。传闻歌舞升平象，夜夜丝桐溢女闾。

秦年无燠气凌兢，岁旦云霾日色凝。乞籴儿呼晡食市，索逋人走隔宵灯。新朝礼简衣冠废，比屋财穷物价腾。冷落廛门炊气薄，谁家春酒暖兰陵？

忾偄先灵荐薄醪，俎肩不掩瘦豚羔。时艰未觉冠裳贵，礼佚宁忘揖拜劳？健饭老慈跻七秩，晨朝儿妇髻双髦。贫家尚有新春意，海日初红燕寝高。

元宵后一日饮富春山庄赏月

纤云无翳天黝碧，海风吹波月舒白。春灯满城犹昨明，烛龙戏焰衔珠出。一年月满昨宵始，今夜月圆非昨比。山人好月邀客醉，月入山庄清似水。演影明窗竹数竿，一湾溪水照人寒。伸手欲将月捉起，掬水如弄宜僚丸。青莲已逐月波去，欲往从之月不许。谪仙不降酒楼空，月明夜夜都无趣。今月犹然古月圆，主人况是酒中仙。举酒属客客当歌，灯前月下影婆娑。穆生不饮仰天笑，古来几见诗人老？苍茫万古一卷存，青山无数埋残稿。安得诗人长不死？对月狂吟和月醉。如何月落客散归？湛然水木清辉阁。

严亚邹五十生日赋诗为寿

少年问学洽比邻，中岁论交属几人？无济时艰同涕泪，各将身世付秭尘。里中冠服南阳旧，座上樽罍北海新。且饮坡翁生

日酒，卯君诗好捷如神。友潮诗脱稿最先

鸣琴放达养生术，运甓精神习苦来。良士戒荒吟蟋蟀，名驹伏老涸驽骀。陈登未短豪夫气，原涉能轻乱世财。遮莫愤时多酒泪，劝君更尽酒三杯。

避世墙东计亦休，海城僻处筑菟裘。春池草梦联佳句，邻圃瓜香识故侯。君新居与友潮别墅及予侨舍比邻，诗酒唱酬甚便绿柳任环陶令宅，红尘不到管宁楼。栖迟岁月衡门下，露白蒹苍无尽秋。

休从海上话游仙，君亦顽民似葛天。墓树已收嬴博泪，掌文况验小同贤。亚邹长君逸渔有遗腹子，甚慧簏遗不废传经笥，囊畜多留买酒钱。上寿几何今半百，糊涂一梦即彭篯。

芦　花

一声寒雁落沧洲，瑟瑟西风满眼秋。人已白头惊雪压，诗将红叶隔江酬。老渔夜宿孤舟稳，大泽烟深末路投。怕有芦中人唤我，天涯污漫水云游。

绨袍败絮觉身轻，变幻风花说旧盟。四海飘零怜汝影，一寒沦落见人情。本如水月空无色，总为风霜浪得名。哀到江南头半白，庾郎萧瑟话平生。

除 夕 感 赋

汉腊于今尽，穷愁此未终。人情聊卒岁，世事迫残冬。元朔颁天凤，祥符俦石龙。交章臣劝进，望幸去朝宗。

世乱无常历，时艰遇歉年。索逋欢夜市，报赛冷祠烟。旧俗乡傩改，新朝帝号悬。国闻我欲恻，烽火烛南天。

（丙辰）

人日冒雨自南城学舍归

春为余寒压，人都冒冷行。斜风攲盖重，细雨袭衣轻。履坦迁途直，心晷滑路平。皇皇欲何事？天意未开晴。

哀孝定景皇后

外家戚里旧姻昏，椒殿春寒岂负恩？匪感龙漦留女孽，为伤燕啄尽王孙。眼前常见房州帝，梦里空游洛水魂。廿载长门花自落，恶姑声急有啼痕。

万里蒙尘翠辇过，六飞仓猝渡西河。芜亭豆粥同饥饱，茅舍牛衣相泗沱。乍见血沉景阳井，几教心碎马嵬坡。长安并驾回銮日，依旧庭花隔院歌。

长乐宫门叩不开，两髦视疾夜深回。鼎湖忽痛龙髯堕，玉几先颁凤诏哀。大内秘闻收泪咽，蚤朝衔恤上帘来。伤心一勺瀛台水，无复愁斟万寿杯。

薄命偏教国难遭，赵家块肉任劬劳。殿阶玺角撞新莽，海宇人心怨赵高。忍看小朝栖燕幕，悔迟一死系鸿毛。最怜让诏辞哀切，满眼貂蝉误若曹。

（丁巳）

题过孝子刻像思亲图

君不见吴宫有女慕古人，买丝日绣平原君。又不闻越王沼吴思良臣，冶金欲铸范蠡身。他山景仰且如此，况是劬劳生我恩。兰陵奇士天所启，初事诗书后阛阓。市脯亲承菽水欢，体贴温存尽旨味。生事不终死哀泣，朝朝悬像肃拜揖。音容色笑常若亲，忾僾见闻或虚袭。举世尽笑孝子迂，孝子乃笑人痴愚。江南风俗十八九，香楮家家拜土偶。不知堂上活佛尊，垂老饥寒死骨臭。此非愚乎谓吾愚，且有终身慕父母。丁兰刻木自奇士，至今乃见过孝子。

钝庐诗集

九日偕樊柳江、张幼禾、周子康、孙毅甫、
徐乐三、邹驾白、施景卢登鳌山海苍阁，
酌酒贺水香榭落成，赋呈严亚邹

海外烽烟紧，风前木叶多。感时惟蓄泪，对酒不成歌。立马雄心尽，登鳌梦想过。欲来消块磊，山石更嵯峨。

放胆题糕字，狂书乱石中。秋深风雨晦，天暮海山红。酒尽余杯热，才悭万念空。无聊来佞佛，新葺梵王宫。

置酒风浴亭赏菊

嶙峋自是非凡品，篱落风霜位置低。携向山亭高处立，与君矫首夕阳西。

晚季风霜骨可支，无聊对影太崟崎。怪余不乞陶潜米，酒力犹胜七步诗。

漫信长房避祸方，故园六载耐寒霜。杜陵今日休弹泪，趁醉西风酒未凉。

读罢离骚感不胜，独清独醒醉何曾。落英餐惯知秋味，肠胃无须再饮冰。

（戊午）

黄树铭归自辽，严友潮归自越，觞于海苍阁

二三千里外，南北客归来。欢笑平生事，登临几辈才。山林仍面目，须发各于思。此会知多少？同君且尽杯。

轩昂两君志，独我倦游何。邱壑故乡美，风波孽海多。野云遗世想，残日醉时歌。犹恐林泉邃，秋声撼树柯。

题施闰秋丈(启华)七十小影

鄂渚廉泉一勺明，卅年留取好官名。义熙甲子催人老，神武

衣冠待世清。石奋平生惟长厚,苏瑰有子绍循声。惠儋太守风流在,笠屐图应几幅成。

修髯垂腹好风神,锦里乌巾故逸民。鲁国灵光岿殿古,赵家爱日照人春。太真浑璞犹完器,浊世磷淄未染尘。从此优游林下乐,年年兰玉彩衣新。

重九上鳌峰为登高之约,乘月归赋示同学诸子

七年重九两登高,风卷霜花入鬓毛。此地尽弹名士泪,余愁且付大江涛。无端落叶衣襟满,为赌斜阳酒力豪。暮色逼人归路黯,长歌催月出林皋。

聊借新醪沃古愁,不堪乱世又逢秋。天留佳日开寒霁,地有神山结幻楼。东海谁鞭秦帝石,南冠我泣楚臣囚。漫吟晞发阳阿句,落帽风来已秃头。

（己未）

和桴园师题七影图原韵,即以为寿

莫嫌倦宦涩空囊,云梦曾经话楚襄。惯涉风尘腰脚健,宁须海上觅长桑。

逐逐名流号智囊,阽危何术定匡襄。从容且续归田赋,遑计成都八百桑。

独啸空山老鹤孤,岫云出处岂模糊。志和已遂烟波志,休进五湖范蠡图。

老骨嶙嶒卓影孤,濡毫自写墨模糊。依稀老子婆娑态,风雪青牛出塞图。

谁将屈子晋申申,朝楚人看暮入秦。不觉义熙添甲子,双丸日月走黄尘。

嵩岳何时降甫申,忍看三户竟亡秦。遂初自服黄冠旧,愁煞

京华十丈尘。

廿载荆襄陈迹看，黄粱梦醒转成欢。为言江左夷吾出，知是无心作谢安。

和惠清夷等例看，逍遥杖履笑言欢。槎丫肺胃生松竹，题上新诗字字安。

施曾田(补经)五十初度征诗赋，赠四章

少小文章壮不如，论才几辈目无余。十年误我黄粱熟，两鬓催人白发疏。旧事已忘闲岁月，新朝无意重诗书。纵横学说淆朱翟，君应知非似卫蓬。

吁嗟世局劫棋争，望古苍茫百感并。抱璞不营非义食，执经同是老儒生。郑公雅有通诗女，伏胜犹存博士名。最好养生玄秘诀，清晨满座读书声。

磨兜坚阁倚朝曛，丱角论交意气殷。诗稿待呈萧颖士，画图闲展李将军。壮游越棹五湖水，挥洒湘裙六幅云。愧我皖公山上望，空浮宦海自输君。

无计安危谢俗缘，中年事业冷青毡。老来朋友真如命，后死文章未绝传。裘马五陵尘扑地，烽烟万国杞忧天。与君偷息人间世，且阅沧桑几变迁。

重阳后一日觞青浦沈叔葵，于鳌山口号留行

江东沈叔子，风雅超流辈。买舟渡江来，蹑足金鳌背。豪情欲薄云，酒力能欺海。开襟坐夷旷，倾樽浇块磊。黄花解人意，命我约君醉。奚妨信宿留，欢言使人慰。知君妙解音，雅乐声流喝。何以迟君行？江上青峰在。

(庚申)

和严友潮五十自寿韵

休将孤愤说韩非，心事拏云愿已违。我落红尘多倦意，夕阳

自爱半山晖。

一命难忘故国恩，猖狂无泪洒苏门。黄冠自有逍遥乐，避地新来畏垒村。

夹岸垂杨尘外天，一溪花雨钓丝牵。此间绝好烟波宅，不让五湖范蠡贤。

手辟蓬门剪径莎，春秋佳日未蹉跎。隔篱呼酒同君醉，梦看天河洗玉戈。

风云意气属青春，肝胆交情手足亲。中岁友朋零落感，买山仍与故人邻。

独抱残经坐倚床，暗弹涕泪痛诗亡。欲呼吾友卬须涉，共话溪头一草堂。

领略风尘味几分，荷衣芰制且休焚。一杯淡饮油江水，又踏明山一片云。

容易人生过百年，升沉转眼即沧田。君家啬事丰稌黍，无虑囊羞买酒钱。

老来白首胜温柔，苏蕙能诗互唱酬。东海红尘飞不到，最宜坐卧管宁楼。

王霸蓬头原有子，谢阶宝树更多才。两家鱼麦同溪水，扶杖相须步草莱。

为严友潮吊梁节庵太傅讳鼎芬，广东番禺人。
国变后崎岖忠节，辅导幼主，至死不渝，谥文忠

黄尘浊乱九天昏，日坠虞渊只手扪。诸葛未亡蜀犹汉，文山一死宋为元。长陵抔土孤臣泪，蹈海余生烈士魂。岂谓文章无补国，八年辜负小朝恩。

此老胡天不憖遗，私恩公谊两衔悲。孤忠海内知心少，一见床头病骨支。风雨晦辰完节日，春秋华衮盖棺时。经皇埋骨安魂魄，陵树年年鹤守枝。公初奉命督崇陵工，亲负土植树。死后遗奏

乞葬陵外门右

和苏稚卿（人权）五十述怀韵

空山独署义熙年，乱世浮生只自怜。野老黄冠畴是侣，故人
白首岂无缘。委心松菊陶元亮，负腹诗书边孝先。大衍我今虚
一岁，鲁戈逐日未能还。

老辈无多白发旛，群侪竞唱百年歌。慰情聊说吾衰未，壮语
如贻人笑何？漫诩文章腾虎豹，渐看剑气顿龙阿。与君徒郁伤
时恨，抚枕犹抽待旦戈。

十年前事影模糊，椟玉原求善价沽。春梦蕉阴空覆鹿，秋风
莼菜便思鲈。时趋谐媚宁辞拙，旧学商量自笑迂。文字劫灰行
又煽，而今诗债或能逋。

矫矫坡翁意气豪，笑言涎涎亦嚣嚣。灌夫骂酒人非醉，摩诘
工诗画更高。双璧灵光钟女士，一经旧德付儿曹。愿君同作羲
皇侣，且学长生海外逃。

丁少尉（介石）为陈少将（瑞麟）六十征诗，赋此却寄

紫琅山色大旗风，陈时以团长驻南通城细柳营开落日红。武
帐明灯欢拜舞，军门高会论英雄。尊前合醉千金酒，壁上犹悬十
石弓。蒿目天南氛祲恶，正思矍铄未衰翁。

翘首银河洗玉戈，隔江且和百年歌。大风壮士婆娑老，末路
书生蹭蹬多。莫竟封侯迟李广，愿常健饭祝廉颇。牙门校尉犹
儒雅，介石工书能诗裘带雍容更若何？

题西溪放生池

佛言戒杀儒言仁，道原一本何殊伦？不坼不疈无灾害，物性
好生理不泯。斯人秉彝独灵秀，体天爱物皆在宥。磨刀霍霍物
转号，几砧肉跳血溅手。腥脓入口顷刻事，骨胔狼藉忍反视。远

庖莫啜易牙羹,弃筌不入棠鱼肆。西溪有泉清且漪,荇藻春流鱼子肥。清河太君佛性慈,勒石规作放生池。枯鲋得沾西江水,孳生孵卵千万尾。唅喁咶喝尽生机,攸然而来撇然逝。濠梁故是乐庄生,校人不敢欺子美。龙门变化风雨兴,莘莘满堂孙又曾。金鱼佩带天式凭,三鳣落地公侯征。宁惟鲐背祝黄发,年年沃雪开春冰。

题孙子钧侍御道服像

峨峨柱后惠文冠,古道清风铁面寒。一入桃源身世易,逍遥何虑避秦难? 国变归里筑小墅,曰"瀛海桃源"

休从辟谷赤松游,门外三山海尽头。龙野元黄犹战血,山人皮里有春秋。

太息黄冠故老稀,义熙甲子未全非。更谁晞发阳阿去? 我亦山家种蕨薇。

钝庐诗集卷四

辛酉五十述怀

浮生芥子著须弥，况值天心板荡时。两鬓二毛感秋兴，一堂
四世蔼春熙。五噫椎髻妻佣作，三藐菩提母佛慈。节母龚太淑人，
年七十五，幸康健为念劬劳五十载，呜咽忍诵蓼莪诗。先子弃养，不
肖甫十二，两妹幼，太淑人资纺织，教养以成

少时聪睿老迂疏，犹忆咿呀试读书。三岁，先祖抱膝试授方纸
字百余，颇记诵七月之无惭白傅，十龄夭寿贰苍舒。十三患痘痘，几
危凌迟科第同刍狗，苗轧文章化蠹鱼。鲍落一官钟鼓歇，避风我
欲问爰居。壬寅乡举魁选，戊申拣知县，发安徽。辛亥国变，弃官归隐。
迄又十年

无济时艰动郁忧，皖山空忆旧时游。梦沉牛渚江西月，诗赌
宣城郡北楼。两度敬亭怀谢李，万间广厦起枚邹。己酉奉檄理宣
城，积案，汰病民册书数百人，革书稿，留取什三移作学费，岁得十万缗，逾
年学校林立聊将一曲句溪水，模范山庄绕舍流。敬亭二溪，曰宛、曰
句，余新辟草堂，有水似句溪，因以名之

神武衣冠付劫灰，翛然彭泽赋归来。闭门学圃瓜瓠种，横舍
新阴桃李开。丙辰余创治崇明中学校，生徒达千人五子都非张负相，
一经且仿郑同材。庚申九月，长孙同申生；本年二月，次孙同酉生海邦
文献沉湮惧，惭愧虞初识小才。近正典纂邑志

自割辽东坐席寒，且鬈华发戴黄冠。义熙甲子余生惜，李杜

诗文后死难。乱世政因贫贱乐，寡尤权较是非宽。只今汉腊更新历，无意春秋计服官。

叠前韵酬和作诸子

达生厥月诞初弥，荏苒流光半百时。讵乐莽年行大酺，宁知汉腊尽延熙。白杨墓骨孤儿恨，<small>先子早世，贫无以殓，质居屋于嗣祖，得钱二十缗，市棺薄渴，葬十年改葬，已骨露</small>黄竹歌声阿母慈。斗酒枭羔聊自劳，仰天酺唱落其诗。

绝爱知几汉两疏，束担还理旧琴书。一官归去随元亮，三策贤良负仲舒。忧入短歌园有棘，羞弹长铗食无鱼。满街侯尉羊头烂，应让顽民北海居。

杌棁神州郁杞忧，思从尘外赤松游。宦情如水浮泡影，世事看云结海楼。吏隐何甘嗟饿朔，天荒未惯和谈邹。<small>近世邪说横行，一唱百和，深有人心世道之忧抱盅</small>只惧横波溺，白石清溪澹不流。

燔经祸又煽秦灰，学易知今否极来。匡鼎谈诗功利薄，郑玄通德里门开。墨朱豚苙驱邪说，雨露牛山养美材。敢拟河汾传绝学，漫期房魏出群才。

畴恤绨袍范叔寒，何堪忍辱溺儒冠。舌非驷及招尤易，媚不狐工入世难。半亩小园锄庾信，一经旧德食儿宽。句溪水自分泾渭，出处原来异达官。

观海楼即景

推窗一色海天齐，新涨平潮漫赤堤。胸次云涛相上下，眼中日月任东西。夹江水落沙痕迤，远岸烟开树影低。莫笑登楼无李白，上头诗句问谁题。

入冬久旸，海气如春，恋景晚归，叠前韵

江云垂幔与檐齐，楼下江声浪拍堤。咫尺晴沙烟水外，两三

归鸟夕阳西。风因近渡帆频转，月似亲人影渐低。料为天寒吟兴瑟，故留佳景待君题。

楼望阴晴召霍海气欲变,赋此迎寒

浩淼烟波东复东，天留寒气郁晴空。云阴平划江心黑，水彩通明日色红。树杪轻帆来远渡，潮门余溜激回风。莫言正月繁霜变，蓬岛楼居自不同。

观海楼感赋和徐吁公（煦）

城外江楼楼外江，江声流恨水淙淙。烟波未与神仙隔，湖海何曾意气降。落日酒酣风入座，满天诗景月横窗。无端弹尽伤时泪，玉茗新添雪一缸。

晓晚长栏辄试凭，海波滂濞荡胸膺。排云路指三山近，逐日心灰一醉瞢。座有陈遵惊客语，楼非王粲让谁登。阳阿孰共晞华发，前面清流濯未曾。

题 画 菊 寄 意

漫艳陶篱说异葩，年来佳种集余家。余挂冠后艺菊特盛不知秋讯从何泄，开出徐熙笔上花。

清寒傲骨瘦能支，欲写芳心寄阿谁。新墨不教磨盾鼻，让君投笔试胭脂。画出武士又能诗

余情兀自信芳菲，古貌含霜俗艳非。犹恨秋风留色相，丹青未识首阳薇。

题吴江王纫衷浮图服像

掷却头巾发已髡，前身故是老沙门。空空色相分明在，尘点能无净六根。

久作人间行脚僧，十方照见湛心灯。何时聆得圆音澈，参透

禅关最上乘。

传说神仙不死方,却从何处觅长桑。寻常草木皆知性,十万人登苦海航。_{切衷精医理}

采药东山归未迟,青囊贮得九茎芝。济公纵有慈悲愿,瞑眩谁将国病医。

冬夜不寒,喜观海楼得月,仍踵前韵

断云一片雁行齐,海气生明霜满堤。月色平分波上下,天光不辨水东西。风来远浦渔灯乱,潮落浮梁客艇低。若作南楼今夜景,庾郎心事向谁题。

长至偕樊雨三、徐吁公、袁一飞坐观海楼,
纵谈至夜分,叠东韵

横流谁障百川东,日日江楼望眼空。大陆烟尘天未白,中原王气日沈红。青梅酒冷弹雄泪,离黍诗亡入变风。此志澄清谈不尽,夜长心事祖生同。

(壬戌)

落 日 放 歌 行

生不逢汉武唐宗,重师儒,烂尽边韶腹中书。又不逢信陵公子枉车骑,老死侯生监门吏。年华逝水不可驻,独向江头悲日暮。天生吾材繄何用?拥肿不教绳墨中。岂虑焦桐爨下灰,龙门百尺栖丹凤。风雨如晦鸣不已,负声努力飞不起。我行踯躅归何处?人涉卬须急舟子。波光摇景月喷吸,怪风吹江水壁立。鱼龙万变态惶惑,双瞳眩耀气为慑。横塞此身洪流闲,手抱残经仰天泣。叱咤风伯呵阳侯,鞭石出走海东流。秦灰余焰复将炽,斯文一发危轲邱。四维地绝国乃覆,断鳌立极几摇足。落日鲁戈犹可回,

共提夸父杖追逐。毋听长离灭幽谷,独令野老吞声哭。

被酒题观海楼

公孙坐大辽东豕,管宁片席无容处。景升复呼荆州鹰,王粲
登城乃作赋。南介烟尘北介水,莽莽神州几完土。东海丸泥塞
尾闾,欻有高楼起江浒。百川倒流入沧溟,此楼突兀撑砥柱。淮
南名胜绝天下,齐云落星何足数。环瀛稗海神仙居,三山楼阁非
人睹。蛟门不启鼍梁空,祖龙鞭石真伧父。何如杰构结层云,非
蜺非蜃嘘烟雨。晨暾发曙波摇窗,南风来薰海当户。云阴水气互
辟翕,日月走丸相吞吐。我来矫首天可梯,若欲乘云御风去。簪
裾裙屐翩翩举,列仙之伦姹之女。谈瀛客至座生风,玉液琼浆满
瓯注。烹泉瀹雪入诗味,倚槛看云悟玄绪。桃源避秦寓言耳,海
外何曾知此所。漫地飞尘不到旁,且共赌诗醉醇醋。人生幻蜃百
岁过,青琐门前几易主。南楼明月北楼山,庾谢才名只今古。为
问秦宫汉殿在何许,槛外江流咽不语。嗟尔城狐窟兔尚焉取。

寒食循海堤望南沙饯春

大海流荒外,平沙接混溟。苴蒯风偃绿,榆柳火藏青。帆重
知鱼足,林喧搅鸟醒。仓庚何事急,能有几人听。

悼 亡 四 首

贫贱夫妻廿八年,累君饥渴百忧煎。赁春皋庑炊无米,卖赋
长门值甚钱。黄竹衣箱留破衲,綦巾发裹检遗钿。平生未饫膏
粱味,斋醴何能沥九泉。

尸饔执爨妇承姑,婉娩能供菽水娱。孟母有机同恤纬,范丹
空釜待行厨。病中惧乱衰亲意,梦里犹闻小字呼。最痛弥留牵
手别,慰予温语未模糊。

月上疏窗烛半灰,悄无人影入帘来。忍收药椀除新垢,为奠

蔬斋发旧醅。空藉僧尼冥福荐,只怜儿女哭声哀。向平心事丁宁甚,此去泉台几日回。

乱世曾经宦海波,考槃迂轴硕人歌。衣裳典尽冠笄旧,巢户营成风雨多。有约玉鱼同穴瘗,无端毒蝎命宫磨。葛藟樛木留恩意,憔悴姬姜涕泗沱。

夏日晓行东村即事

笋舆晨出郭,密树翳长河。野岸高临屋,江田下接波。渴禾知雨少,病柳得风多。何限悯农意,桔槔声里过。

谁说今秋稔,我怜此夏畦。鹿卢争戽水,邪许远担泥。压树风欺屋,惊人浪扑堤。芦菽寻丈岸,未觉夜潮低。

孟冬月朔,同人观菊鳌山,饮水香榭

西风昨夜扫园亭,黄叶初飞草尚青。霜菊正肥嫌我瘦,秋山如梦笑人醒。花前酒胆随诗壮,江上潮声隔户听。相约白衣携榼至,落英餐比蕨薇馨。

不惯腰支折向人,东篱十载义熙民。歉年秋雨荒畦菊,家园菊种,今秋为霪雨所伤满眼繁华堕溷茵。醇酒且休论后世,好花欲与证前身。黄中未改天然色,红紫凭看斗样新。

望日薄暮江行

水平日压气鸿蒙,一叶轻舠趁晚风。山月未高人影淡,满江秋色落潮红。

水彩通明接断霞,万流回薄动金蛇。浓烟疏树江村近,三两渔舟入蓼花。

读邸报有感

惊风猎猎震危柯,大厦犹喧燕雀窠。残日不旸漫暗幕,锦城

长夜沸清歌。计臣仰屋空筹握,悍将横刀向阙磨。无术羁縻勋爵滥,满街金紫软尘拖。

岁币频输亿万千,尚方久竭水衡钱。群公日议亡曹社,与国新盟返鲁田。朝党难于河北贼,人心不与洛中贤。羽书络绎军粮急,愁苦民瘝十一年。

登北极阁望天保城

高凭危阁身如叶,低瞰雄城气似山。两腋风声催月上,满天雪意逼窗关。晚鸦犹护荒陵树,衰草徒惊壮士颜。十丈新碑京观在,可怜碧血未曾殷。辛亥之变,浙兵攻天保城,死三百余人,立碑志焉

鸡　鸣　寺

一径坡陀款步登,石梯雨洗滑棱棱。黄沙已压台城草,碧火长明佛殿灯。小鼎烹泉迟过客,晚钟传饭走闲僧。舍身施食嗟何益,饿帝于今唤不应。

（癸亥）

和刘乙青广文七十述怀

大雅声微久不听,征诗忽到草堂灵。龚生未沾新朝爵,伏胜犹传博士经。遂以高年推绛县,无缘奇字访玄亭。千秋著述传芳阁,夜夜藜光照汗青。曩余授经师山,闻先生名有《传芳录》,辑其先人讳羽仪,字渐于者,七十称觞时明季遗老所赠诗文,各系传略,曰《传芳阁名贤真迹录》

木铎无灵赋退居,儒冠挂却肇牵车。先生历丹阳镇洋金山松江太仓学官,旋弃而隐于商,颇善居积文章未误经生事,平准能参太史书。丹穴布金怀旧德,蓝田种玉播新畬。传经授砚寻常计,满室

春风画不如。

寿沙鉴渠丈（玉沼）八十

扬翁先生地行仙，芒鞋踏破水云天。家在江东海尽处，浪游
时泛五湖船。少时征逐游侠儿，五陵裘马夸轻肥。软尘十丈长
安市，桃花门巷醉扶归。邀游声动公卿间，捐金上书列郎官。黄
门待诏二十载，芥厔青紫翩然还。田园未芜足餐饭，兄弟分门南
北阮。宝钗列座兰梦征，瓦璋自弄房香满。名珠出蜯老逾喜，岂
似贾逵充闾子。凤翰双举池上毛，一翼中折一翔起。先生旷达
齐彭殇，逍遥庄叟游大荒。手书百遍养生论，有时服气搜青囊。
兰亭茧纸定武本，虞褚临摹出已晚。人间墨妙尽揣摩，钩画趱勒
力通腕。平生功候在五指，伯英尽黑墨池水。求书门限铁裹穿，
声价遂腾洛阳纸。龙蛇入笔烟云走，掀髯动墨一挥手。老来姿
态逾妩媚，此是寿征气温厚。先生书法学赵吴兴，而时有兰亭意味，
晚年姿媚不衰。东坡晚岁书通神，墨猪不肥骨肉匀。遁世入禅空
色相，六如诵偈呼朝云。子野八十苍毛鬈，倩倚红妆烛光映。先
生爱花老眼舒，酒阑犹促箜篌引。人生行乐须及时，百年过隙白
驹驰。黄花满地酒如海，时正展重阳日劝君多醉三百卮，婆娑月
下花影移。

江上望落日如火齐

落日江心炽，熊熊水欲然。涴云波异彩，灼树焰无烟。大块
流金冶，洪炉补石天。照人须发影，都作佛光圆。

寒夜自东村归

款款篮舆数晚程，隔河村舍认分明。小桥侧板防偷过，荒店
留灯便夜行。野渡霜皑添月色，乱流冰走接潮声。寒烟满路来
人少，何事群龙自吠惊。

蔡铁笙、龚墨香重集消寒社首唱，龚漱薇出和，作踵韵赋二律

无聊征逐腊残天，两度消寒近十年。座上应刘常感旧，酒中贺李半成仙。前社张稼老、龚莘老、王霁师、刘丙岳均已作古宦情冷对红炉火，诗味清添碧玉泉。小量亦拼醇醴醉，倚窗吟定烛花然。

自种山薇十二年，何须酒泛五湖船。里门不少黄冠侣，野薇同参玉版禅。席有鲜冬笋却饮留樽常满酌，苦吟得句便飞仙。君家况有麻姑馔，馋鼎奚劳世味煎。

甲子元旦登观海楼感赋

江头哀尽意怆然，心史徒将甲子编。两介山河仍战国，一天风雨入新年。是日甚雨未妨谈笑消棋劫，休论廉贪别酒泉。且莫浮生惊岁月，楼前桑海五经迁。

岁换桃符被不祥，眼前云海正苍茫。久闻杜老吞声绝，变作苏门发啸长。漫地欢场牵傀儡，满城歌舞笑儿郎。中原正朔纷夷夏，未强陈咸汉腊忘。

人日得雪，效东坡禁体，即用微雪清虚堂小饮诗韵

朔风卷海天扬沙，腊鼓罢催报春衙。七日层阴雨不断，一夜缬水冰生花。落梅飒沓随风舞，点缀彩胜来谁家。出门躞蹀石棱滑，却坐呵砚涂寒鸦。肤皴忽起万粒粟，笔僵欲堕五色葩。檐淞击碎白玉箸，炉火活煎红芽茶。压窗老树万花放，未有羯鼓严催挝。琼屑满地裂纹细，枯竹低捎鹤爪爬。玉龙盘屈尚瑟缩，白战心雄徒啐嗟。热肠冷已如汤沃，会须开霁餐朝霞。

答宣雨苍（铎）见访吉林人，能诗，时参县幕。

辽东老名士，生小入南洲。自割管宁席，尝登王粲楼。曾入

友潮公安县幕只肩诗卷重，寸管海山收。瀛岛随仙吏，成连把臂游。

旧雨邻翁约，新交诗介媒。春巢怜幕燕，海国定沙鸥。畏垒皆尸祝，天涯共酒楼。此才宁抱椟，人世几枚邹。

上元后一日，同人约从吴凌霄邑侯（鹏）饮鳌山，赋呈雨苍

昔有良吏范五峰，_{乾隆中}，_{知县范国泰茸治鳌山园亭，尝游宴并判事其中。}步春出郭游青骢。偶载扁舟琴书酒，山亭判事慕苏公。百年风流才瞬息，吴公治平今第一。玉皇香案吏谪居，犹近蓬莱仙海国。黄尘洗面风入袖，舆骑不惊挈村酒。洪崖赤松相后先，齐上金鳌一招手。江云如幔天如盖，苍烟点点几人在。蛟龙下闻酒气酾，波光摇动杯中海。初阳已发梅花香，新条欲活柳丝黄。面山寒翠松柏动，倒影入水鱼苗长。山蕨野笋不论味，且酹沧江尽一醉。园亭非复旧时春，八景诗题更谁记。山灵笑迓使君骑，愿君来苏百花瘁。劝农典废坛墙荒，山下耤田芜不治。今夜天衢星月明，万竿灯火照春城。黄鸡列俎满塍祝，吏安民乐丰秋成。还期叱犊三推末，细侯竹马儿童迎。

上元观灯集饮

烛龙出阴海，火齐熠南交。熊熊吐神焰，离坎互参爻。寓言殆八九，天地靡不包。百年几元夕，人世视浮泡。江城开不夜，鼓乐喧钲铙。繁星动橚隙，澹月笼烟梢。长竿揭兰炬，彩树粘松胶。须臾灿烂发，闪闪影轻捎。万瓦编明贝，老蚌暴阳嶅。又如掣流电，晶甲矫龙蛟。漫空火珠撒，落焰危橧巢。得风乍明灭，映水入混淆。秉炎祀田祖，野草燎东郊。沟塍列炬灿，欢祝腾蓬茅。儿童走狮兔，衢巷锦球抛。良宵演灯戏，欣赏足吟嘲。张筵然炬烛，呼酒出中庖。列座相辉映，属客举樽匏。寒菘发玉甲，

春韭荐黄苞。飞觥尽十斛,笑我量斗筲。酡颜映残蜡,既醉饱嘉肴。提灯照归路,堕月偃弓弰。萧斋剔银釭,动墨砚深坳。走笺征诗侣,细字商推敲。

题泰兴殷孝子祠(名士谟,居季家市,
壬子十一月,其室火,救母同焚死。)

炎精衰熄篝火红,飞焰不烧邺王宫。群鬼嘻嘻复出出,灾星夜坠季村东。季家村市里仁美,十步芳兰杂蒙茸。中有苦笋抱慈竹,年年劲节凌霜风。天留孝子在草莽,不扶自振孤生蓬。困心横虑复何事,岂以菽水易鼎钟。孤寒不读耕无土,短衣腰斧樵青枫。长兄游食出门去,独与老母相驱蛩。持筹乃索枯鱼肆,锱铢入橐量斗舂。归来奉母劝加饭,甑釜无复劳尸饔。伤哉母病瞽且瘓,以舌舐之目不瞢。足痹手挛杖无力,兜舆负辇春风中。有时婆娑学莱舞,村讴杂曲鼓胡咙。寒夜温衾细熨贴,燂汤入罐代熏笼。执爨涤溺寻常事,服劳岂必需人佣。鬼神失呵火入室,昆冈一炬玉石同。母陷不救生岂独,奋与烈焰为敌雄。燎肌灼髓死不惜,其神飘荡凌清空。直排阊阖讼天帝,驱驾飙轮追祝融。巫阳招之授神箓,众灵纷迎翳麾幢。握抱日月烛八极,魂兮归来曳长虹。崇祠香火烈万祀,姓氏照耀光熊熊,孰与椿机穷奇遗臭蒙。

题千龄宴集图(张子彬先生,
集里中年六十以上者十五人,合千岁共摄一图。)

德星复聚高阳里,里人尽饮郿泉水。海上神山古瀛洲,岛中日月长春秋。居民半是仙家子,逍遥不系桃源舟。一十五人合千岁,拍手洪崖笑联袂。子野苍毛最矍铄,买酒常呼故人醉。膝前况有承欢儿,五常妙俊谁白眉。惭公惭卿更惭长,元方才器自偶悦。谓张子嗜莲辞官始从晋阳归,披上斑衣献灵杖。召彼故老

叙年齿，暮春三月正修禊。兰亭有序今有图，不使右军专前美。但愿图中甲子逾绛老，宛彼子鹤亦黄髦，年年醉唱风光好。

感 时 和 吁 公

几人掷手碎金瓯，分割河山十二州。正朔不承沿魏晋，春秋无义战孙刘。久闻河北轻朝命，又与江东论世仇。吴越一家缘底事，连宵烽火望城头。辛亥革命后，拥兵者各据一方，树党称兵，迄今未已。兹者江浙启衅，沪淞镇将附浙战，旬余糜烂数县

一怒喑呜死万夫，焦原满眼血模糊。天教战祸移江左，人痛残生托海隅。诸夏无君谁是统，阳秋有笔不胜诛。最怜黔首登刀俎，豺虎磨牙白骨枯。

铁胫铜马肆淫威，师尽无名孰是非。巨鹿章邯难取胜，吴山金亮已无归。浙内变，主师者奔沪军中，然犹相持在黄渡青浦间负嵎困虎余哮怒，入釜游鱼漫奋飞。徒苦疮痍三百里，自昆山以东至嘉湖，蹂躏殆遍，刘河黄渡尤惨酷辽东战火又京畿。奉天起兵，应援京洛，皆会师出关

邺水崇封受禅台，公孙跃马入关来。会师九国临骄敌，叱咤千人逞霸才。涿鹿称戈谁肇乱，咸阳得鼎早成灰。中原大统今无定，蛮触徒伤战局开。

大雷雨刘河正剧战

十日天垂泣，春雷怒岂平。阵云屯不散，战火夜逾明。龙斗犹余孽，河倾未洗兵。江湖漫地涨，添助血流声。

赠 惜 字 胡 翁

斯文将丧天意愎，仓灵夜号沮涌泣。祖龙死后二千年，劫火复扬灰未熄。蟹行文字西域来，狂狡珍之若球璧。六经刍狗古道亡，朱书绿字几磨灭。覆瓿藉履犹保存，堕涧沾泥乱抛掷。卓彼胡翁古

之愚,惜字若命老成癖。焦皮汗背三十载,残经剩稿资收拾。世人笑翁何太迂,翁劝世人毋自孽。书田谷种须少留,请君三思应叹息。

（乙丑）

京 变 感 事

谁念东周尚有君,禁垣黯黯锁妖氛。覆巢乳燕难完卵,阴雨鸣鹗未忍闻。新室岂甘容孺子,故宫又见逼华歆。式微何处黎侯寓,五国城头护片云。直奉军战榆关正剧,南苑军忽变应奉,逼故帝出宫,旋避东交民巷日本使邸,直军遂亦溃败

十万貔貅下洛川,辽阳鼙鼓振阗阗。雄心并欲蛇吞象,暗弹难防雀捕蝉。突有叟兵通李傕,遂教淝水走苻坚。雨云朝暮多翻覆,犹是阴晴未定天。

混沌天机凿不开,万魔劫煞几时回。九州烽火焦原圻,十国春秋痛史裁。官渡袁曹谁顺逆,楚军陈项自兴衰。般般大地疮痍满,又恐黄巾卷土来。

太息虫沙此劫余,空仓犹为备储胥。饥寒比户催科吏,风雪劳人转饷车。悉索来年输国课,惊传昨日下军书。可怜十室逋亡九,上将腰缠未肯虚。

次韵和严亚邹六十述怀

黍谷阳回已浃旬,潘郎鬓发见风神。闲扶藜杖看春色,笑与梅花证后身。东郭自韬尘外躅,南柯未醒热中人。义熙甲子初周岁,山野何知莽腊新。

千金善保此孱躯,乱世衣衿未误儒。纵与人情常枘凿,却于道谊见棱觚。君看云物成苍狗,我叹光阴逝白驹。相约黄冠终隐老,王符多事论潜夫。

莫须愤世自悲伤,排脱尘鞯任卷藏。园有给孤开夏广,田无

弃亩课春忙。曾轻一命辞官橄，为厌群嚣出选场。旧事已非新泽远，争教发短例心长。

达观等例视华衰，蒙叟名言岂我欺。舐犊已收思子泪，篝龙还见发孙枝。象舟不验苍舒寿，蝶梦新调锦瑟词。俄看诸郎腾逸足，飞黄未可络金羁。

漫将一篑障江河，手抱残经互切磨。总角论交留侠气，壮心垂老胜诗魔。望衡共植当门柳，同颖原称异亩禾。与友潮结昆弟，故言知有惠连春草梦，妙词合唱百年歌。

比邻长挹钓台风，接荫墙桑五亩中。十步有兰莸亦化，他山无石玉谁攻。折腰并耻陶潜米，耐性同尝庾信菘。请尽一杯千日醉，宁须赍酒遣庞通。

樊雨三六十赋此为寿

落拓青衫一酒徒，逍遥杖履醉春酤。鲁侯有母同称寿，莱子犹儿老更娱。母王太孺人，八十犹健在堂上歌声黄竹奏，膝前舞席紫金铺。华辰刚过天中节，艾虎悬门换矢弧。

下床答拜樊英妇，甲子平头伉俪贤。每制嘉肴勤款客，为藏斗酒待开筵。麴糟未厌刘伶醉，花月常安李白眠。且整布裳亲井臼，春风长护板舆前。

休道经生结习多，诗书沦溺奈时何。苏湖教授分斋舍，朱墨腾喧脱白科。老杏古坛香发越，绿槐新市荫婆娑。手栽桃李三千本，瀛海珊瑚入网罗。君任教授四十年，门弟子甚众，因筑楼曰网瀛

雏凤清声彻九垓，天方曾读异书来。长君春甫游学法兰西高门重启南阳第，好酒新开北海罍。老子犹龙长健饭，英年腾骥轶凡材。宁须稼圃传家学，平地春芽发早雷。

赠扇寿徐潄六七十

青山白首老经生，笠屐逍遥行脚轻。三楚云山游客迹，一江

风月故乡情。衰时不入飞螭梦,侠骨徒留市骏名。豪兴偶然倾醉墨,风兰雨竹任纵横。

（丙寅）

龚伯厚六十

男儿堕地声覃讦,桑蓬三日悬门间。少壮投笔骋材武,岂惟赵括读父书。先将军是陇西李,膝下人龙霍骠骑。营前月黑刁斗严,万灶屯烟蜋山紫。君先尊润斋游戎,镇崛港十余年,君侍戎幄,为千夫长邺下黄须不足数,亚子鹅军犹余怒。羊祜轻裘忽体寒,岘碑泪堕同千古。君方强仕起英声,小范应统老范兵。佳金不跃宝刀缮,篝火忽闻楚狐鸣。秦历已改汉历差,世事泯梦如乱麻。老将俄生左肘柳,故侯自种东陵瓜。据鞍未服伏波老,抚髀徒兴豫州嗟。筚路蚍冒启山林,屯田充国犹韬钤。风蓑雨笠逾十稔,舄卤生膏土冶金。君主通海垦牧,获效殊丰君亦皤皤雪满须,居然老农谭稼书。我戴黄冠归故里,岁时羔酒来欢呼。南山其落不种豆,仰天耳热歌乌乌。陈遵入室谈惊座,孔融好客酒满壶。长公弃官仲负耒,伯歌季舞相喁于。稚孙胜衣解肃客,老妻扶杖犹督厨。今年周甲斗建寅,长庚小星曜三辰。请君多酿黄秫酒,年年来祝元旦春。

哭镛儿

门衰我单丁,生汝六昆弟。幼儿既札殇,六儿碕三岁,壬子年殇五鄂鲜常棣。灿灿田氏荆,郁郁窦家桂。汝维我叔子,埙篪叶伯季。勖以龙伯高,敦厚呐辞气。纵无白眉良,宁与黄须例。山静自应寿,石砥不虞砺。如何玉叶摧,蓦地悲风起。

诗书满尘簏,汝读胡弗终。斯文亦既丧,酒削称素封。我为儒冠误,科名腐鼠同。命汝执一艺,饘粥安家风。吴绵甲天下,杼轴东人空。汝手斡机枢,经纬代天工。黾勉敢告瘁,力厚禄匪丰。积劳乃成瘵,所得不偿功。

汝疾非不治,浊世无良医。奄奄日沉绵,所职惧或亏。晨兴入工肆,恶气蒸成霉。飞绒散霾雾,呼吸黏肝脾。呃噎郁炎吐,血缕濡凝丝。纵求三年艾,莫疗一日饥。我戒汝勿尔,汝犹勉掌支。淹缠秋气尽,膏肓不可为。瘠马恋栈豆,深悔勒崖迟。

汝冠越四年,汝婚才逾岁。孤雏靳遗育,寡鹄迸哀唳。嗷然呼汝魂,曾不入梦寐。祖慈正八十,予亦过五四。饭啥汝辈事,胡转予汝襚。悲来辄填膺,未暇汝谋嗣。汝终有攸归,常华绽新蒂。

鄞县董景安五十

绝域归来五十春,异书移译百篇新。海邦文献推东越,横舍生徒仰北辰。自古苙豚严学派,于今皂狗笑经神。愿君不废千秋业,携手同扶大雅轮。

沪 江 所 见

新样时妆窄短衣,缩裾褒袖露琼肌。玉虫钗首翘花朵,香引游蜂绕鬈飞。

卷发飞蓬约素绫,蛮皮高履响登登。轻绡半臂酥胸褪,笑盼秋波绿未澄。

手挈皮囊笔缀襟,小书闲展立花阴。香车不掷潘郎果,背向东风候足音。

惯见同车坐舜华,飙轮驰电眼迷花。双双扑朔娇儿女,知是倡家是宦家?

题吴江仲节母刲肱画荻图卷,次费韦斋韵

柏舟诗诵共姜贤,古无文字谁为传。中垒史例相后先,浅儒眼孔小于钱。斗米佳传卑可怜,高徽岂宜俗笔宣。悲哉末世轻

妇节,泷冈不慕丰碑镌。彝伦就致阴教晦,夏风乃杂胡腥膻。仲侯(名颐,字少梅,宰吾邑,出卷索题。)有母节炳然,圣善欲逸凯风篇。青云仕宦子勉旃,封鲊遗箴清且坚。此图光烈足千年,纵母不见奚憾焉。愧吾负母涕涟涟,白首徒瞻衣锦旋。

哭同孙(孙名家栎,生七岁,端慧殊绝,
病疫仅五日,以八月二十九日殇。)

今兹岁在寅,与申相刑克。孙以庚申年生。阖门十四属,惟予汝同物。予同治壬申年生。仲秋月建申,黄杨适丁厄。阴林虎出穴,哀谷猿啼夕。予生幸跳兔,汝弱遭龃龁。恸汝三叔死,寅逢寅岁月。镛儿光绪壬寅生,今丙寅正月十四日瘵死。三虎相磨牙,畴能逾此阨。峨峨铁门限,浩浩生人劫。韵会,居谒切,音许今叶。

汝生有自来,来处我何知。我梦白鸟集,越日英声啼。岐嶷头角起,广额隆剑眉。双瞳湛秋水,鼻准悬中规。朱唇编贝齿,出语爽浏漓。三岁试之无,匝月尽百词。六岁就傅读,背诵无呀咿。抱书自塾归,汝病知者谁?恨予不早视,迟汝三日医。哀哉瞑眩中,揽予手坚持。云吾欲归去,吁汝归何之。溘然竟此逝,苦予长悲思。

悼年气英迈,爱汝逾珠玑。亭亭玉森立,阶户生光辉。上博太姥欢,绕膝常依依。偶予郁胸臆,见汝开颜娭。抱汝一抚弄,仰捋予须髭。问汝所读书,琅琅玉屑霏。赐果不盈掬,欢跃入寨帏。喁喁弟妹偕,嬉笑逐春晖。今兹入汝室,惨澹秋蚊飞。狼藉书数卷,老泪沾重衣。

伤哉食贫难,析爨才四月。嗟汝离我餐,幸未餍糠籺。急读噪迟炊,晡归望烟突。呼来同予食,汝黠避谿勃。汝亦有怙恃,顾复宁荒忽。胡令冒烈日,往报复来拔。曷不蠲越席,独卧秋窗豁。伏暑蒸郁寒,沉淫彻肌骨。疾发不可为,误汝徒嗟咄。汝父迫饥驱,晨出汝昏殁。七年毛里恩,死别乃卒卒。

茫茫太虚空，悠悠泉台路。予生逾半百，曾不如朝露。汝来未久滞，胡为亟归去。登高望西城，恍惚见汝厝。丛棺积陈尸，异鬼杂新故。汝幼将谁依，孱魂泣零雨。招汝复归来，仍我同居处。聊慰长悲思，梦中时一遇。

重九登鳌山悼同孙

阳九今年厄未逃，霜天雏凤羽摧毛。悲秋已尽胸前泪，感梦犹黏额上糕。芥落须弥身是眇，松生培塿荫难高。此中消息谁能达，且结萸囊饮菊醪。

漫地烽烟此幸逃，海天秋气入霜毛。临风痛饮长房酒，濡墨争题小宋糕。嗟有岵瞻游子远，恨无台筑望孙高。苍茫百感填膺至，冒雨犹来醉浊醪。

登 高 遇 雨

轻车载榼手奚囊，相约登高趁夕阳。醉坐山亭人渐散，酒痕衣黦海波凉。

秋来高树叶初飞，菊绽新苞蟹正肥。酒气未销天未暮，满江风雨逼人归。

同孙殇十六日矣，髹其棺而哭之

七载昙花影，三秋桐木棺。黝丹空尔沃，骨肉未应寒。墙翣封尘易，邱原瘗玉难。强言抛堕甑，老泪不曾干。

恨汝生多慧，无端来恸予。前生应李贺，后死又仓舒。砚石空留箧，籯金悔置书。殢魂归不得，呼与阿翁居。

王溯沂大令(绍曾)饮观海楼留题和韵答之

客至陈惊座，欢迎喜欲颠。地留棠荫厚，辛壬间，大令捍邑难，功在口碑人数竹林贤。座中施氏叔侄，严氏昆仲咸在茗椀风生后，江

楼月满前。障澜君有力,遗爱又千年。大令今驻邑堡镇,为保坍督办

展重阳晓登舒啸台

再试登高酒,西风泪雨悬。海云排列嶂,江树接垂天。目缬秋阳耀,衣承宿露圆。灾星应退舍,荑佩落樽前。

悲来一舒啸,天近岂无声。愤泪胸前渍,炊烟脚下生。望孙魂梦隔,思子海山横。复触伤时感,天涯战火明。

同人再登鳌山,赴展重阳之约,即席口占,叠前韵

冒雨何曾饱酒囊,山灵笑我负重阳。今朝再约黄花醉,添入霜风十日凉。

漫山黄叶绕人飞,顾影斜阳傲菊肥。万斛长愁一杯酒,满身风露不思归。

未许悭钱涩阮囊,劝君日日醉重阳。墓门几处松楸老,寒食东风酒易凉。

多少丛鹛逐鸟飞,青山如我笑人肥。海隅不识秋风厉,且酌黄花带醉归。

再叠前韵酬半开菊

莫结芳心锁锦囊,郁伊迟暮怨秋阳。天留妙景人知否,花半黄时酒半凉。

耻与春花逐队飞,休嫌燕瘦妒环肥。最宜小朵连霜叶,满插诗人头上归。

展重阳答友潮韵

酒徒历历聚高阳,有酒浇愁且莫伤。黄菊正肥湖蟹美,两重阳日一般香。

庾信江南自赋哀，谪居独住小蓬莱。鞠劳多少人饥渴，解甲何曾一醉来。

秋兴八首用少陵韵

一夜浓霜赭万林，草堂风雨竹森森。欃枪未扫银河黯，天地难清白昼阴。江上蟹肥雄酒力，汉东鱼烂怵诗心。萧萧木叶催人老，怕入秋声怨妇砧。

远闻地险失褒斜，兵气销沉日不华。黑水有沙通雪岭，黄河无路阻星槎。丸泥未遏秦关道，清泪频挥柳塞笳。淮上秋风应作厉，夜寒徒映剑头花。

大江西去黯残晖，潮拥哀声入翠微。满地虫沙原草莽，当车螳臂血花飞。八千子弟乌雅逝，九月风霜白发违。知否辽阳弓角劲，高秋丰秣马方肥。

秋尽山河付劫棋，楚江月色动人悲。中原鹿铤天无主，大陆龙潜雨不时。城濮敌骄师渐老，邯郸围解救嫌迟。匈奴未灭萧墙阋，矫首轮台有恨思。

西风吹雨过燕山，铁骑长驱京洛间。落日大旗乌集幕，跳梁小丑鼠当关。倒戈惯喋前徒血，弹铗应羞壮士颜。多少纵横饶舌客，封侯谁是虎头班。

吴淞带水剪江头，冷落丹枫隔岸秋。霜角有声严戍警，月光如雪照人愁。征夫远信衡阳雁，避世风情海上鸥。留此一隅干净土，杞忧何日奠神州。

八部旌旗溯霸功，辽东跃马入关中。白山王气封寒雪，翠辇呵声避下风。三海游人寻御墨，六宫怨女散残红。路隅谁恤王孙泣，痛哭江头一杜翁。

怊怅红尘路弥迤，驰风骏马勒危陂。忘忧堂护灵萱草，弹泪窗挹稚竹枝。老感清霜催鬓落，夜吟新月上墙移。为怜游子天南北，检点寒衣涕暗垂。

苏亦髯约登鳌山赏菊 稚卿晚号亦髯。

苏髯有酒招我醉,再上蓬莱会仙吏。秋山怪我何郁伊,十日不见竟憔悴。我来登山草树黄,海波照眼琉璃碎。烽烟已塞天四隅,此身一叶风前坠。朝阳色澹青旻高,沙虫著处空无地。苏门独发孙登啸,痛饮自吞步兵泪。空肠已沃火焰焚,得酒槎丫迸诗思。瘦影欲妒篱菊肥,疏牙细嚼霜螯紫。人生百岁俄蜉蝣,尘海群嚣等蝼蚁。故乡便约赤松游,伸手还牵洪崖臂。与君乘醉相歌呼,江山如夜天方睡。

落 日 江 望

铁丸新发冶,堕地汞流金。散作满天绮,平横远岸阴。霞光明鸟背,沙影暗江心。回首城头月,疏烟出短林。

薄 醉 晚 归

散发下山腰,江堤候落潮。水声渐骙栗,野火射团蕉。归鸟开烟径,村庞护板桥。照人双月影,风叶满衣飘。

秋晚行自西村即景

清晨出郭绕田家,塍路霜晞碾小车。秋色悦人三十里,满村红树胜桃花。

炊烟树里几人家,河曲新庄且驻车。疏网不收鱼上市,鹭鸶偷立水荭花。

新茅盖屋是谁家,小女垂鬟理纺车。棉已上篝粳饭熟,绕身暖雪坐弹花。

黄叶村帘出酒家,晚风猎猎送归车。满畦豆麦新苗苗,芦荻犹摇两岸花。

粤警用少陵诸将韵

霜秋面目变庐山，风急楼船碇下关。老我师徒三月外，笑人奔走两雄间。江沉铁锁天无堑，云起朱崖日不殷。空说上游犄角势，淮西犹有李光颜。

三关楚北首方城，河上逍遥久偃旌。霸业已推辽右主，援师未出晋阳兵。殽函后顾封泥薄，江汉何时洗甲清。卿子冠军成算在，南蛮犹诩刻期平。

沅湘西去尽然烽，剑阁东来水万重。谁肯雷池安故步，漫收洱海入提封。山川分裂纵横势，刍秣疮痍悉索供。从此江淮非禹域，辍耕群蠢说劳农。

嶻嶪巑岏万丈标，英雄跃马气难销。辽东豕大天骄放，塞外驹肥秋泬寥。玉帐材官鸣铁骑，绿林豪客珥金貂。军容南北今谁盛，惭愧羊头爵满朝。

燕山京阙梦魂来，桥上鹃声尚诉哀。胡越膻腥流夏甸，同光民物忆春台。雨云时局翻棋劫，风月江楼冷酒杯。坐看群雄争国土，问谁一统霸王材。

夜登舒啸台

夜长愁不寐，兀望倚高阑。自顾形魂小，未容天地宽。江明残月近，风荡众星寒。伫觉缊袍薄，霜花缀树端。

钝庐诗集卷四终

钝庐诗集卷五

（丁卯）

大雪赴龚伯厚招饮

桦皮高屐踏冻泥，须端落霰纷毳衣。款门入座客尚稀，梅花压户雪窥扉。红炉小火煨蹲鸱，煮冰已沸茶烟霏。黄鸡列俎豕狗肥，左酱右醢酒初酾。何物老饕腹鸱夷，牛啁马饮尽百卮。握拳来斗巨觥飞，罚筹如蝟严皱眉。穆生设醴酒力微，主人意厚如醇醨。笑余怯饮犹能诗，何以报之琅玕词。冰花缬砚呵凝澌，谁与白战分雄雌。唾壶击缺铁笛吹，四座无言客且疲。我吟未已漏箭催，门外雪深寒不知。小奚蹩躃僵行迟，昏灯照路扶肩归。满城晶白天欲晞，冻犬不吠寒鸡啼。

临 城 谣

芒砀山中王气销，赤龙潜伏白蛇骄。连峰北走百里遥，群山结脉争岧峣。大泽烟深起怒熛，飞焰不爇萑苻巢。林箐邃密蛰雄枭，卖牛卖犊买宝刀。三年旱魃土裂焦，中原羹沸盗如毛。饥鹰攫食饿虎嗥，磨牙谷口屠肥羔。腰橐解金命则饶，盗犹有道我何褒。官军十万穷兜剿，溃兵弃甲揖相招。虮虱入褥空爬搔，谁为之教木升猱。高牙坐拥腹如瓢，杀人不眨将军豪。洗村掘冢工搜牢，畴非血汗民脂膏。辕门竿首申令条，吁嗟盗乎谁饕餮。君不闻古来大盗天刑逃，几曾白昼戈矛操。

赤 塔 歌

炎精火灼真龙须，灵谶不验赤伏符。汉帜易章五色殊，椠瓠强种天骄胡。夏风失竞哀狂且，梼杌作圣仇黄虞。北方貉道今不孤，一切夷等人兽俱。丛渊竟为鹯獭驱，狖禽夏种如封狐。赤塔有君主为奴，齐民无齿智臣愚。赤塔有女人尽夫，烝报不罪攘公翰。暴工持梃田莱芜，牧场聚食牛羊刍。影缨革鞬盗跖徒，黄金满橐饭真珠。沟瘠填委生亦臞，战原迸命血不濡。悲哉青衿鄙孔儒，跳踉为执前驱殳。君不见绿衣战甲白皙躯，黄沙皓月凝骷颅。

兵 车 行

铁甲车，激飞轮，风驰电掣雷啍啍。一车输载二百人，万头攒聚如蜂屯。肩枪腰弹胜百钧，军衣一袭涉冬春。血腥染体肤鳞皴，百战雄兵今几存。昨者鏖斗雁门关，今日移师江汉间。十人上车九挥泪，此行知有谁生还。羽书十万星火急，芰舍一餐停不得。吞饥疾走敌在前，沙场草殷月色黑。晴雷忽震烟漫空，前茅壮士皆洞胸。蛇行伏地三距跃，铅丸激转随飘风。胜不相让败虏辱，挟辀争穿指可掬。督师已乘后车逃，一将偷生万夫僇。回轮不复知何时，决肠断脰魂谁依。白头屺岵少妇闺，玟杯犹卜斑师期。黄昏月落梦醒啼，车声门外无人归。

输 役 行

军书电令急征发，行营帐幕刻期拔。后队辎重三十车，人有衣粮马刍秣。骄兵如豨不可役，仓皇何处募输卒。抱布者氓众蚩蚩，罝豚入苙鸡缚埘。哀号觳觫宛转啼，狰狞鬼面加鞭捶。缩首忍涕不敢昂，长绳贯拽如驱羊。麾使前敌膺刀枪，百钧累身匐

钝庐诗集

匐行。顶踵流血负千创,若撄虣怒饮刃亡。或户穷索人搜遍,如捕逸兽张攫罟。耶娘抱首妻儿呼,刀光一晃血盈颅。祖龙黩武骨已枯,赭衣犹发骊山徒。彼卒豢养自捐躯,斯民耕凿乃何辜。吁嗟乎!黄沙白骨尽壮士,荷役荷囊同一死。豺虎相搏犹未休,避役不遑催科矣。

坐仪苏斋偶成

一炷清香一罐茶,手携经卷发楞枷。虚斋静坐消长昼,窗外群蜂喧午花。

闲　　居

闲居理书翰,独念每歔欷。才退虚名累,身轻俗事稀。谭经峨岸帻,肃客曳长衣。知与时趋迕,山梁雉早飞。

世道竟如此,我行何所依。横流无土障,群鹜满天飞。大貉人夷等,羘羊血不肥。后生羞学孔,梦奠两楹希。

饮鳌山观荷赋呈奚度青大令(侗)

颒洞烟尘此息游,同来痛饮解烦愁。江城六月天无暑,水国孤亭草未秋。酒厌麴糟谁醉醒,人随瓜李且沉浮。猗傩菡萏迎风笑,羡尔何知百事休。

何事风尘叹式微,旄丘长葛绾君衣。时大令以交代未结,留崇荫留南国甘棠芾,味试西山野蕨肥。雪藕调丝消喝尽,风花过眼逐烟飞。碧筒杯溢我行醉,槛外红莲未许归。

和奚度青大令韵即以赠别

横流势挟百川东,宦海尘生路亦穷。鹰隼满天飞鸟尽,宁须得失问鸡虫。

瀛岛仙居东海偏,十年前已赋归田。郑玄门外黄巾遍,空抱残经未许传。

沉沉天意醉难醒,凉凉人情眼不青。鸡肋科名羊胃贵,文章知己数晨星。

劫运红羊历数番,吠尧桀犬理何存。壶浆祖道寻常事,官去官来谁怨恩。

君自怀瑜发韫藏,且分清俸鹤余粮。弦歌声为干戈歇,犹是黄粱梦一场。

尽道慈君惠恤嫠,风巢海鸟不知危。军输万急催科拙,未为苍生一展眉。今春三月,檄征军饷巨万,君忧民力弗胜,卒计却之

十万人号歉岁忧,单车行部小句留。从容谈笑耰锄散,楼皱无惊李兖州。客秋西乡佃农为莠民鼓煽聚万人,要求减地主租,君驰谕解散之

琴鹤归装整一舟,红尘扰扰脱累因。劝君暂避风波险,长夜何时识饭牛。

海内论才沙拣金,文章气类引磁针。十年未面先心许,风雨来人慰苦吟。君前司李海门王君溯沂,函述君甚赏予诗文。今宰吾邑,遂相唱和

夹江烟水涨苍湾,一角危楼茗话闲。除是诗笺传和韵,公门咫尺万重山。

妙理南华悟漆园,君著《庄子补注》,甚精核一官穷达道心存。秣陵关外烽烟紧,多醉江楼酒几尊。

跕跕飞鸢肃肃鸿,升沉只此幻尘中。雀儿称帝朱三贼,五季风云转眼空。

寇君未借我怀惭,小饮清溪水不贪。且借旄丘长葛绹,召南多憩芾棠甘。

江潭衰柳曳残蝉,似聒征帆莫早旋。满地干戈行不得,未应辜负菊花天。

出　门

出门何惘惘，徐行故纡轸。挂冠十六年，县车结鞅靷。贫园芋栗收，慈欢菽水尽。吁嗟仉母贤，偕作介推隐。形影相蠜蚕，泥涂息蛙黾。苤藫采山薇，咒竹生寒笋。聊供晨夕餐，色养惭曾闵。庭萱历秋霜，喜惧心常蠢。谈经席不暖，夺食臂已纼。儋石宿无春，捉襟肘见窘。时交铩鲍金，古道悭鲁困。挟书复远游，卖赋宁辞哂。问视入寝门，衰病方求诊。珍重一声辞，呜咽谁能忍。伤哉饥胁驱，竟此翛然引。不如守拙愚，伏雌常安牝。转得晨昏亲，疾痛相怜悯。回头望白云，此恨何时泯。

休沐日偕陈渭士，吕二楳步自沪江大学至虬江

吁嗟马枥三奇士，踯躅虬江二月春。倦鸟出笼仍铩羽，伏龙无水且浮尘。渴时野荈皆甘沥，憩到山茨亦雅人。校东里许，有王氏辟地，结茅为小园，题曰"虬溪草堂"便是逍遥庄叟乐，满田生意麦苗新。

休厌公羊卖饼家，饥来何处饭胡麻。一餐村瓮尝燋麦，校午膳已撤至村店，市麦糗以饱十里江楼试好茶。小市河桥难觅酒，夹堤烟树不须花。无聊听罢萧郎曲，虬江桥畔茶楼有弹词者归逐飞尘队里车。

东　陵　骨

昔有沧洲盘古坟，苍梧帝阙横秋云。禹穴万丈不可测，几见古皇石椁焚。祖龙辒辌鲍腥腐，骊山高冢穿泉户。人膏灯炷水银池，牧儿火引咸阳炬。汉文薄葬黄老师，赤眉犹暴吕雉尸。昭陵玉鱼在人世，阿瞒疑冢嗟何为。生拥万宝死犹靳，朽骨乃斠明珠殉。一抔黄土魂体寒，知谁瘗玉免灰烬。裕陵圣武轶唐宋，万

年基局山陵重。当因文字凿人棺,玉髓遂发明皇冢。定陵帝后东西分,东陵骄佟牝司晨。珠襦玉匣五千万,廿年息壤僵尸陈。临安暴骨谁掩土,哀我遗民谢皋羽。群盗如蝟兵如狼,椎埋不慑绣衣斧。吁嗟乎! 荒邱白骨何卑尊,古来陵寝今几存。帝王残局尚如此,曷如赢葬杨王孙。何为万锹凿石隧,钟陵又启佳城门。

龙 潭 血

天狼张口舌甜甜,赵帜易赤哀江南。横流铁索忽开锁,元黄战血鏖龙潭。雄师昨北天堑阻,奔牛回首搏虓虎。木罂潜渡啐嗟来,十万貔狖掷孤注。凌山背水陷绝地,轻险乃触兵家忌。首尾遂截常山蛇,骄敌扬旗摩中垒。赵括大言徒读书,李广跳兔几受俘。苍鹰脱韝鸥厉吻,倔强犹负辽东隅。横尸膏野春草碧,鲸鲵京观封百尺。谁家子弟死前驱,健儿半是江东籍。吁嗟乎! 岭南燕北皆同气,何忍阋墙成屠肆。过门大嚼伺有人,卞庄斗虎乃下刺。君不闻孙吴善战服上刑,十年九役谁聊生。请君来吊龙潭血,应有哀魂怨泣声。

海 丰 城

古今罕有此奇劫,廿四万人尽流血。猰貐狂噬国狗瘐,杀人如草眼不眨。云使寸木高岑楼,达尊具是齐民雏。广场大戮众欢咻,万尸骈首无人收。哀哉子衿何骇狂,城狐作蛊虎驱伥。狰狞若中魇魔术,每牵长老如屠羊。石碏杀子义犹忍,白头竟饮儿孙刃。生人曾不枭獍如,天崩地坼彝伦尽。楚人怒暴火秦墟,今汝何仇燔里闾。咸阳三月烬已熄,复见飞焰祝融居。黄巢焚戮尚有数,惨酷无如黄面虎。千年痛史忍复繙,邪说误人祸如许。北方大貉祖椠狐,羯犬种与人性殊。神农并耕亦剿说,演兹惨剧哀狂愚。谁与引狼入室门,渴来饮鸩甘如醇。毒肠腐胃不易撅,奚啻操刀脔吾身。吁嗟乎! 牧野革命血漂杵,义士犹将叩马阻。

驵吾不杀兽且仁,虎牢乃并牧羊圈。投肉况引出柙阑,何时不可张牙距。为谈海丰色已变,茫茫浩劫吾悲惧。

皇 姑 屯

大盗移鼎九州裂,群雄竞喋中原血。公孙跃马起辽东,意态堂堂何雄杰。榆关百战载橐弓,河北诸军趋下风。雄都九门建高纛,策马长安气如虹。南苑屯骑尽西走,河洛骄帅旋携手。华元忽登子反床,争刑白马推盟首。韶阳鼙鼓渡江来,豫南晋北纷喧豗。前师十万望风溃,津门不守蓟门开。将军传令列营拔,沈阳驰道飙车发。哀哉彭亡地出雷,硝焰漫空飞肉骨。昔有张良博浪椎,韩雠未复秦几危。于今死刺不用击,谁与仇者颇猜疑。吁嗟乎! 豺狼满地猇虎搏,肘腋危机相倚伏。争城争地杀人多,几见枭雄逃天戮。君不闻岑彭来歙皆贼死,死为国光亦雄鬼。朱三称帝弗令终,自有春秋南董史。

和蔡季甸五十述怀韵

华发戴吾颅,缅言丱角始。奄忽五十余,华胥梦犹记。每怀对酒歌,一掬愤时泪。冥鸿息天游,无复青云志。阳九厄百六,蹭蹬浮生事。读书乃违时,卷怀耻求试。譬彼海扬波,应知风之自。四维既绝纲,六经等废字。祸孽匪天降,噂沓由人致。忆君年少时,英卓颇无愧。宁惟青子衿,文章售有司。挟书走长安。读律加精邃。金门羁妙才,天未欲平治。玄黄欻反覆,缁白淆愚智。奥诉轻节义,朕兆先昭示。嗟嗟肉食人,蒙面拥高位。元功皆渠魁,谁敢市朝肆。君亦隐市门,菑畬聊充馈。亭亭珠树森,嘉荫延丰植。乱世得苟全,长生便已遂。

再依前韵寿季甸

大雅久沉寂,风诗变正始。奚斯颂鲁僖,古义今谁记。诹生工媚词,不值唐衢泪。卓荦蔡季子,少小挈云志。弱冠弄柔翰,文章等闲事。郁郁制锦才,未获操刀试。十年滞郎官,登高仅卑自。世变入暴秦,烈炬燔文字。儒冠受人溺,秒行荣华致。矫矫君勿污,俯仰何滋愧。退为市门卒,笔札娴专司。时衰变加厉,世途历弥邃。郁憀久思嘑,乱极终还治。蜮狐乘垝垣,乃矜挈瓶智。货悖入复出,天理分明示。恣睢拥百城,瞥眼皆虚位。幸君穷半生,未索枯鱼肆。孟光赁庑舂,麻姑典厨馈。传经有充闾,书带蕃庭植。百年但如此,所愿终当遂。

新历准时历以戊辰子月十九日为己巳岁首,而月不入朔。

龙尾辰犹伏岁星,腾蛇起蛰海漫腥。月正已废夏时朔,天算谁详周髀经。寒夜春灯新俗变,冻瓶腊酒隔年醒。满街箫鼓迎神赛,八蜡祠荒社不灵。

侯疑始毅,无锡人。见示所作,和其新元日诗韵

浮生更两历,心事厴云挐。畏垒尸谁祝,侏儒腹尽皤。文章轻瓦狗,荆棘叹铜驼。又报残年尽,空挥逐日戈。

月朔饩羊废,悬书未许评。叫欢人似醉,康乐我何名。远国新盟约,繁征旧课程。车书今汇一,曷以慰民生。

和疑始丁卯题狱壁韵

矫首西风拭泪痕,烦冤何自叩天门。一寒谁解绨袍谊,群喙难容绳尺论。已叹儒冠成溺器,却看匏土胜彝尊。茫茫岁月残年迫,风雪压庐干雀喧。

焚砚君苗剩墨痕,笑持布鼓上雷门。无聊歌哭愁中遣,有数文章海内论。五季人才黄土贱,一囊诗酒白衣尊。空山自有千秋在,扰扰风云厌世喧。

前韵题六不居

勒马危崖立,回舟逆水挐。世情双眼白,予发满头幡。伏枥嘶盐骥,担囊瘁橐驼。吾劳且小息,休逐鲁阳戈。

月旦人伦鉴,谁容许劭评。友朋难识性,妇孺任呼名。有笔摅时愤,无田应税程。不耕日馈粥,穷饿亦虚生。

(己巳)

沪馆枕上漫成

缁衣适馆市门开,夏屋渠渠意未恢。骏骨千金宁有价,蜗庐一梦几曾回。晴窗灯火添寒月,欹枕车声走晓雷。笑摘儒巾晞秃发,西风吹雪满头来。

合肥高懿丞七十<small>高豪商也,索诗漫应之。</small>

天上神仙籍,人闲货殖书。故乡推祭酒,远贾肇牵车。市隐侪梅福,朋交慕蔺如。挹将肥水泽,来卜武林居。<small>有皋园在西湖</small>大厦经纶展,小东杼柚舒。<small>以机纱厂起家趋工人挟纩,</small>勤绩女慵梳。云雨俄翻覆,机枢互龃龉。刿心悲堕甑,只手护储胥。昃月还圆魄,惊涛奠具墟。肩仔多况瘁,心计妙乘除。驹隙催人老,菟裘遂服初。泛舟湖上蠡,钓玉渭滨渔。星聚高阳里,山环罗隐庐。八龙纷撰杖,九子胜充闾。园杏青春艳,眉梨白发疏。登堂酬介爵,献颂乐嘉鱼。

再 和 蔡 季 陶

京尘十丈软红铺,襕带唐巾逐紫朱。岳岳经师刘子政,翩翩书记阮元瑜。廿年蹭蹬郎官署,两度兴亡帝邑墟。我赋南归君滞北,尊前应否忆莼鲈。

盥诵中郎绝妙辞,巴渝属和怪迟迟。一双劳燕江湖梦,万变鱼龙宦海悲。每忆青春怜顾影,自循华发诧生丝。多君未老桑蓬志,为颂台莱逸黍离。

答沈幼瑜臧寿,海门人。原韵

鹿鹿浮生半百过,西风勒马下危坡。朱家华发髯残少,白傅青衫泪颗多。蓬累行踪还蹭蹬,草玄心事任蹉跎。故人犹说题襟字,慰我无聊对酒歌。二十年前都讲师山,曾为沈君书扇,原诗及之

盗水横流拍岸过,奔泉渴骥骤山坡。谩藏仍憾黄金少,伏莽何愁白刃多。羞入匠门宁拥肿,笑看禹步亦蹉跎。窃儿留得青毡片,障此嚣尘且寱歌。时余设帐沪市朱氏寓庐

记愤示锟儿用前韵

愧说诗文诏迈过,才名敢拟小东坡,绨袍范叔知寒少,市袴淮阴忍辱多。有挟凤嫌毁侮者粪上佛头何玷污,毒防虿尾未蹉跎。看他伯有门生荐,坐听舆人诵怨歌。

凭有高轩门外过,莫随骏马上前坡。吠声瘈狗无端起,射影封狐到处多。埋狱丰城留宝气,饭牛长夜发清歌。色斯已举山梁翼,应笑张罗设雉罞。

哀江南六首

雨云翻覆黯烽烟,埃黩神皋十八年。白水无人光赤帝,黄巾满地死苍天。毁巢鸥吻秋风厉,旷野狐鸣火焰圆。争说金陵形势壮,断流兵又起苻坚。

草草崇朝获十禽,王良诡遇一时钦。蛙生智井窥天小,鼠穴陈仓啮土深。戚里大封怜碧玉,吏门如市莘黄金。清廉跼蹐随夷溷,何处能芟恶木阴。

百计搜牢虎政苛,三吴财府半销磨。公庭狼藉锥刀竞,法令

牛毛盗贼多。悍将羽书横索饷，流民图画避追科。邓家私库钱应溢，万亿京钞市价讹。

门楣真倚女儿光，溱洧芳兰次第香。不惜桑中赠勺药，便容天下弃糟糠。春衔给事参红纷，锦市招摇斗冶妆。翻笑秋河牛女隔，未妨行露湿衣裳。

吴沼当时祸衅开，于今又耸越王台。三年鈇钺余威在，十郡壶浆揖盗来。白袷机云文物尽，乌衣王谢故家摧。勋祠神社都夷毁，颇见平民陵阙嵬。

由来朋党乱蓬麻，季汉衰唐有覆车。偶语酷于秦尉律，大言翻却鲁儒家。河山俨峙东西帝，城野徒讧内外蛇。留得江南生一线，请抛戈甲惜虫沙。

冬　　暖

时日害骄烈，天心岂应人。无知桃李靥，偏袒苎罗身。沪女冶服，宽领短袖高裈，胸臂踝皆袒露，严寒犹然笙管催长夜，山河割小春。西风冰自薄，又起战原尘。

戒　　夜

隘巷熹阴火，撤闾夜带刀。幸无金满橐，未见血凝袍。月黑城狐隐，风严市虎号。门前横鹿角，警枕独眠高。

蔡翔如倪培生日，同人置酒为寿，得诗十六韵

结发论文字，平生数我曹。龙门旧声价，鹿野古风骚。年事催华鬓，交情见缊袍。乘槎回博望，读律祖皋陶。雀鼠平牙角，鸡牛试笔刀。翔如以法学士任律师廉泉分勺澹，恶木畏枝高。宿醒黄粱梦，同餔白酒糟。仰天呼拊缶，席地坐倾醪。家擘麻姑脯，盘登曼倩桃。围炉融芋火，滴雨听春槽。世变悲千态，浮生感二毛。忧时常寤忾，痛饮亦雄豪。市虎风声急，尘驹日月滔。

歌诗来介爵，朋酒且枭羔。岁暮忘愁至，天刑借醉逃。愿君斟满斗，为尔动吟毫。

冬至前日风雪舟出沪江，归见观海楼题诗满壁，旋赴友潮晚餐，踵韵赋二首

客窗寒夜梦，每忆竹林贤。未缩长房地，同登山简筵。江帆回雪渡，酒市嚼冰天。载醉邻翁约，山厨起暮烟。

葭黍动微阳，枢榆乐故乡。风檐催日短，暖阁引杯长。玉屑霏三白，菘芽葅半黄。汉家原有腊，会荐灶头羊。

伯厚雨三连日招饮，再续前韵酬之

莫问时忧乐，来评酒圣贤。得钱常挂杖，随兴便开筵。心有宽闲地，身容板荡天。真成传食客，墨突不黔烟。

把酒问巫阳，伊谁寿命长。独醒悲屈宋，高卧见羲黄。流血无干土，逃生入醉乡。莫言人鲜饱，羵首尽牂羊。

废夏正朔，用罗马历，己巳十二月二日，适为元旦，答寄施景卢_{锡纶}润州

日月光华旧，山河涕泪新。人心都入冷，岁首已非春。月不推正朔，星难定建辰。农田思报赛，八蜡社无神。_{上年禁淫祀，并毁天地、山川、社稷、水庸、五祀、八蜡诸神}

绵绵寒雨泣，天惨意如何。盗是椎牛急，官犹猛虎苛。离家行乐少，逋客殷忧多。余本无租赋，青毡老骨磨。

君下南徐榻，我抛北海竿。不知王氏腊，犹岸汉儒冠。骨肉纷劳燕，毡裘敝貉貒。春糕春待渐，应共拂归鞍。

雪夜客馆卧疾不寐

消渴连朝病茂陵，布衾如铁足凌冰。夜长斜拥蒙茸坐，窗外

无声雪几层。

风戛檐冰响玉钩，送来隔院俏歌喉。雪飞不到流苏帐，春在红楼第几楼。

迟眠步雪

月出林阴黑，悬枝络雪白。搴茅覆睡鸳，踏冰过溪石。
竹梢压短栏，刷雪皆成画。添足五字诗，明朝便陈迹。

病起楼望快雪

吾宫火厄气怫郁，体局不寐肤粟凸。窗冰缬花灯焰青，夜明疑冻千家月。西墙老竹声裂帛，檐淞柱折鸣相击。不知门外几尺深，寒鸡未叫天凝白。晓来强起披重裘，冰天四合人登楼。卓如瑶台月中立，迥然玉峰山尽头。满城寒光银海摇，高甍低皐堆琼瑶。粉壁犹著树腰劲，玉绳不汲井干牢。墟烟晶漫朝炊起，瓦纹欲裂雀声碎。喈嘍似向人诉饥，啄雪不饱冰结觜。吾亦十日未食粒，内热犹思饮冰汁。呼童扫雪烹沸泉，玉瓯液胜琼浆浥。莫嫌疗渴不疗饥，荒年无雪饥且疲。君不见终南之南西河西，饿殍千万冻僵尸。吾安得抟云秦树炊作糍，道旁普饲王孙饥。又安得斧冰渭川煮为糜，嗟来遍致黔敖辞。吁嗟乎！热肠沃雪百忧煎，太息苍生亦徒然。病夫穷困吞啮毡，曷糊余口分橐饘。天矜下民渴望岁，西北凶灾东南水。况复江北飞蝗螽，蛰坏得雪僵蝻蛴。吾欲呵笔书上瑞，老妻蹙颏嗔逋税。正恐三农未庆计，臣喜明年财赋增新例。

狂雪勺园试新酿，迟客未至

今冬寒气烈，十日三霏白。连宵朔风号，重云四罨墨。曜灵匿不翔，海水立陡壁。恍驱白衣兵，转战琉球国。玉虹匹练光，璆龙鳞甲赫。嘘雾撒凝珠，跳冰喷流沫。顿作漫天黄，共逐旋风黑。欻然云脚翻,骤如阵马突。驳骁风伯旗,靡乱滕六辙。如飞白羽箭,攒簇齐激发。如拆银花铠,乱片纷扯裂。横株若弃戟,杂霰犹礋石。漫谷捐屯粮,封坎掩遁迹。坐观六合变,中心何惙惙。天门叫不开,妖雾九重隔。山川改常色,林木森鬼列。点染血玄黄,哀此沟中瘠。茆檐压欲欹,冰柱垂三尺。忽讶鹤毛肥,自笑鸡皮缩。起拨红泥炉,深杯酒初炙。斗室回微阳,北向户堭塞。煮泉消中渴,饮冰澹内热。独吟苦寒行,冻砚花凝结。呵毫走诗笺,去速白战客。不闻屐齿声,松门任风辟。

咏　事

畚凿开驰道,辒辌走鲍车。榆沉香万里,麦饭冷千家。弃妇悲人彘,僵尸出帝豝。骊山焚野火,犹怨祖龙奢。

庚午夏正元,旦伯厚赓举长春会置酒祝严潜园、苏亦髯六十,吴采莼五十,苏春帆四十,赋此并寿诸君

汉剑蛇应斩,羲图马不飞。大横星纪岁,小正斗旋玑。行夏干时禁,迎春爱古晖。座中严助醉,白发散长衣。<small>是席潜园首座</small>

此是香山社,传觞十六年。廉颇仍善饭,<small>会中长老张梓园师开九,施笠老开八,皆健食</small>潘岳亦华颠。吴君采莼少壮亲朋在,文章气类联。穆生常设醴,<small>最感主人贤。予饮食量浅,伯厚每置别尊</small>

不知人世事,且共醉屠苏。白首余周子,黄冠几鲁儒。频年招绮夏,此境即唐虞。谁见彭聃在,何劳牛马驱。

余亦能豪饮,今朝病体宽。前尊乡祭酒,<small>谓梓师后进惠文冠。春帆弟治法家言</small>瘦骨支鸡肋,长生陋马肝。延春明岁旦,努力为君餐。<small>予明年正六十</small>

和伯厚韵,并贺新居,兼谢赠药

春酿开椒柏,新诗投木瓜。青阳回大宅,红鄂照常华。孔座

客频满，杜邻酒尽赊。相如本消渴，杯影岂疑蛇。（元日席后予病，又作故言）

落落中年友，黄台三摘瓜。（前昨两年，陆宾谷、施曾田、吴少谷皆作古）感君分笼药，慰我惜春华。对酒神犹王，催诗债不赊。相将息牛马，何事竞蛯蛇。

闻两河警报

殿屎声已遍江南，又听英年扪虱谈。三晋干城老颇牧，二陵风雨郁崤函。山鸣虚响皆疑虎，茧尽春丝自缚蚕。徒见疮痍相蹙頞，军输万亿问谁担。

群盗纵横十国分，五朝八姓十三君。尊王自有阳秋笔，讨贼空传露布文。东汉党人谁祸首，南唐昏主已腥闻。巫云楚雨犹翻覆，未见苍头起异军。

昼晦雹

庚午春三月，庚寅日正午。盲风起阴霾，天低如覆釜。重云压深檐，闪电晃虚户。惨澹颜色黯，耆栗毛发竖。天变吁可威，惊雷欻破柱。雹尔如礫石，磊砢积庭庑。哀哀此褐夫，蹙頞相告苦。六畜生瘯蠡，二麦成枯窳。巨目张恶鸱，苛政哮猛虎。原野斗麇麐，城社窟狐鼠。腥闻彻九霄，怨气充太宇。下民方殿屎，上帝犹俾怒。沉冥十九年，天日暗莫睹。今春百日阴，又逢甲子雨。凝寒郁不解，羊裘御百补。斗米价十千，市税仍抬估。蔬菜斤值百，楮钞杂难数。黄金入贾胡，水衡拥空府。猰貐血齿牙，饕餮腹皆鼓。一战掷亿兆，人膏没沙土。沟瘠满洛潼，宰割来江浒。山漫炮车云，暴风之候有炮车云，见《国史补》烟腾烽堠橹。郁结为沴厉，天戒垂黩武。弗戢将自焚，惧灾盍鉴古。关弓谁涕泣，横矛正跋扈。何时捷昆阳，风雷助真主。六合荡祲氛，翔阳赫昈昈。披云见昊苍，负曝献歌舞。

雨阻宿十六浦候渡

风烟合沓九旭哗，静夜犹轰霹雳车。海气黯蒸棋阁雨，春灯寒照酒楼花。河鱼上市腾新价，巢燕依人宿旧家。莫说波涛行不得，吴淞江外望归槎。*时海盗正肆掳劫*

题万竹草庐*南汇吴氏大竹园*

揽取吴淞江上春，绕门流水绿粼粼。天涯丛莽森荆棘，犹有闲情种竹人。

避秦何处觅桃源，洞口迷花亦寓言。江上山茨尘外境，绿云如海掩柴门。

万绿成天罨午曦，海门烟雨欲秋时。渭川千亩休论价，吾诵淇园有斐诗。

赠歙县洪明度

笑指松萝别旧庐，绮龄曾诵计然书。廿年彭蠡江湖梦，两度虞山水竹居。大厦经纶初试展，小东杼柚不嫌虚。支塘十里清秋色，领略蒐裘岁月舒。*赁居支塘治纱厂，筑精庐，辟小圃，莳花畜鸟，颇得清娱之趣*

为厌群嚣近市尘，吴门大隐老梅真。雍容未脱书生气，平准常安货殖身。日课有诗花满径，天机无限鸟鸣春。黄金觊破王阳术，岂似长年草草人。

宿淞口，将渡永定沙分稼，闻盗警不果

绝岸危桥枕险滩，暮潮激荡水门宽。沧江白屋鱼龙狎，老树西风鸦鹊盘。撇夜早闻鼍鼓急，照行远借蟹灯寒。迩来遍地萑苻警，且喜今宵一宿安。

秋社日忆乡中诸友

秋风吹我梦回家,客子衣凉御袷纱。巢燕笑人依旧幕,江鱼乘汛迓归槎。闲情月照楼头酒,好句风行水面花。知有小山丛桂意,暮云斜日望天涯。

馆次归中秋病胃不食

觅遍西山薇蕨荒,阑干苜蓿满盘长。三年坐破危楼席,一室尘嚣近市场。病去眉头犹灸艾,老来食性却思姜。未堪饱啖中秋饼,圆月临窗药椀凉。

病中示锟儿白门、铽儿北平、钧儿兴和

哀哀早废蓼莪诗,今我劬劳欲诉谁。片语温存诸妇重,一身疾苦老妻知。马牛尘鞅毛蹄脱,劳燕天涯骨肉离。应尔伤贫怜菽水,瓶罍防有鲜民悲。

闻河北乱靖

海外传闻收冀豫,捷书犹带哭声哀。谁无父母尸饔恤,争为囚奴倒戟来。直北关山仍割裂,江南民物已尰颓。弭兵还是纵横术,只见夷吾小霸才。

黑河白岭拥天骄,策马榆关径度辽。聊假王齐辞蒯彻,谁将臣汉说隗嚣。崤陵风雨频翻覆,嵩洛声灵倏寂寥。真是弄兵儿戏事,最怜原草血痕焦。

病起重阳喜菊

频年不见重阳菊,得晤花开节已违。今厄黄杨逢闰早,尽沽白酒醉秋归。强支病骨相怜瘦,却嚼团脐转妒肥。医方戒食蟹休负满城风雨约,茱萸华发渐人稀。

施君亚参招饮鳌山赏菊，用前韵

九月新寒侵我病，重阳后约肯予违。怯风命驾巾车出，冒雨人提酒榼归。野渚水梭花味美，山厨霜圃菜根肥。醉来笑拟黄华寿，几度清秋尽古稀。席间徐君伯耕六十九、凌君少鸿六十一、严君友潮六十，予明岁亦六十，黄君树铭五十七，惟陈子宗山四十

对　菊

菊不病何瘦，人缘傲即贫。只怜霜满首，相对雨沾巾。冷绝谁因热，秋深独有春。黄中留正色，时艳竞翻新。

一卧沧江晚，三年老圃荒。饥来餐夕秀，影共吊秋阳。衰病揩孱骨，高华发古香。无言默深契，我意澹相忘。

次韵答施桂冬祖恒

宝刀不跃霜锋钝，冉冉老至只吞恨。西山石裂东海尘，灵珠明月湛方寸。十年读书仅知耻，未受嗟来食一顿。生不逢唐虞禅让，鸣条、牧野师颍湄，箕谷容谁遁？无盐效颦施不洁，鸡皮三变老还嫩。笑他蒙垢濯盗泉，宁酌句溪解渴闷。莽卓征车勿入门，烂羊侯尉毋吾愿。管楼纵无坐席安，吴市何妨门卒溷。鸡肋味啬君岂惜，白龙鱼服豫且困。雷鸣瓦釜声震天，尺寸短长今休论。

叠韵申前诗意再酬桂冬

铅刀为铦莫邪钝，贾生痛哭犹余恨。万言难感有道君，不敌如簧舌三寸。丰城气锐年少才，佳金一跃芒刃顿。况今玄黄反覆天地否，阴消阳逊利嘉遁。山木转以臃肿全，梗楠老朽杨黄嫩。尼父赞易乾初爻，遁世不知曰无闷。共欢舞蹈岳牧赞，禹稷昌言孔壬愿。清泾浊渭宁分流，岂有灵芝生圊溷。黄龙入井蟠

蟫欺,犹胜盐骥风尘困。扪舌更持抑戒诗,危言莫著潜夫论。
（予近以不欺己、不负人、不服官、不附党、不谈时政、不问地方事,自律号曰六不居士,然愧未能焉。）

病后馆餐却减

渴深不饮盗泉水,井李何来螬食余。枥马悲嘶非栈豆,神龙就槊且沮洳。青毡幸脱偷儿手,墨帖羞临乞米书。吾岂孟尝门下客,笑他弹铗说无鱼。

题　　画

雨过青螺欲滴酥,满山浓翠湿衣裾。开窗一角朝曦漏,照见丹黄校古书。

绝壑回峰路转深,阳崖阴树郁森森。白云满地无人过,自抚南薰一曲琴。

泛罢五湖傍晚风,归帆斜挂夕阳红。隔江三两人家远,我住山楼黄叶中。

石瘦岩欹树骨肥,万峰玉立雪花霏。飞梁悬瀑冻不断,错讶庐山面目非。

太仓张选甫明经重游泮水,赋诗征和却寄

寂寂桥门璧水清,大昕征鼓又闻声。先朝旷典青衿重,后进无文白发轻。国子自尊韩祭酒,遗民犹识鲁儒生。上丁释菜当年事,重见宫花老眼明。

燔书余火烈秦斯,乐泮无人颂鲁僖。乡社久虚三老席,学官谁拜五经师。郑虔冷宦曾宣铎,匡鼎耆年尚说诗。惇史乞言传故事,凭教绎与后生知。

记踏槐花廿八年,元方同赴鹿鸣筵。君长子毓麟与予同捷秋闱会闻杨相停科奏,遂罢虞庠博士员。僎爵未参乡饮介,犹龙应有

道经传。辟雍几杖尊南面，馈酳何人酹酒先。

秀才村里赋闲居，北史李懔与从兄普济并应秀才举，时号其所居为秀才村曲引沙溪水一渠。子夏小冠仍雅服，康成通德旧旌闾。棠巾笑倩儿孙整，花牒详推甲子舒。畏垒缘知尸祝久，未容佻达薄诗书。

答 友 论 诗

杜陵拗体非真涩，变古为今律更精。铁笛自吹群响歇，钧天独奏八风平。长河浩瀚龙门束，老树苍盘鹘眼明。近日江西诗派盛，援琴终是促弦声。

病闲勉赴友约却饮

款步长廊负手行，老知病少见身轻。篱花慰我秋容减，风叶催人旧褚更。偏爱穷时多酒友，生憎死后得诗名。无聊强入欢场聚，坐对清樽半日醒。

绝 句

大名标榜牛医子，高驷纷驰驵侩门。将相侯王宁有种，黄金能使白衣尊。

年少目中余子无，青蛇出袖胆豪粗。茧丝保障何须说，要使牛刀辣手屠。

左右闾门塾舍通，禅衣士女怪装同。六郎花貌何郎粉，薰炙青矜郑卫风。

蔄蔄家家被水滨，上宫期约去寻春。明朝弃妇悲桑落，即是当年赠芍人。

高筑苏台馆越娃，教坊舞女半良家。红颜浪漫成新俗，宫壶时歌杨白花。

虢国澹妆秦国浓，折冲樽俎态雍容。美人别具屠龙手，十万横磨尽卷锋。

当路豺狼未厌饥，狻猊食兽预探肥。公然市价论人肉，万亿金钱赎蔡姬。

市虎纵横牙爪磨，肝人盗跖老婆娑。绿林豪贵夸青紫，车马门前小辈多。

冬日肩舆归自东乡即景

支离病体懒扶笻，十里篼舆落照中。雪压团蕉芦絮白，霜黏酒旆柏林红。茅龙未暇新衣换，硕鼠常忧贮粟空。今岁秋粮增税亩，又闻蹙频话村翁。

咏　　物

黄蜂不酿蜜，虿螫只传毒。勿害螟蛉子，教之式尔谷。

穴鼠盗物兽，伊威为之妇。宜生粪土中，终古逐人臭。

明岁六十，钱镜平金曹应清请为刻诗，赋赠百韵依和答谢

大道如天直，吾生若梦浮。劳人长草草，去日苦悠悠。年少丰城气，时艰漆室忧。中兴思召虎，王命论班彪。廿载共和号，三占肥遁繇。神奸穷铸鼎，顽钝善藏镠。生计尚嗟拙，虚名易致尤。春冰时战栗，阴雨早绸缪。劲草争坚节，寒萌忍屈句。凝尘杨绾席，穿膝管宁楼。老至伤贫病，悲来发古讴。夏风亡雅颂，小技等俳优。谁肯笼纱护，君偏借箸筹。诗名惭绣虎，义路导骅骝。缟纻盈千辈，云霞第一流。酱瓿怜杠覆，琼佩意难酬。忆昔论文字，常承下问诹。错金攻并力，砆石价先售。天路鲲抟翼，洿池鲋上钩。扶桑探日窟，杜若贡芳洲。星汉从兹隔，云泥两不侔。头衔叨宰邑，手版谒监州。侃母虚封鲊，庖丁未解牛。养材登棫棘，同器杂薰莸。宦味尝鸡肋，干城失兔罝。上书徒太息，

下位任淹留。大泽龙蛇蛰，高堂燕雀啾。履霜寒葛屦，厝火积薪槱。衙鼓五年听，皇图一夜收。烽传江国堠，火起楚人篝。地拆迁陵谷，雷鸣速置邮。旌旗全色变，风雨满城愁。率土无完瓦，坚金有破瓯。疆臣挥节钺，爪士掷兜牟。降敌皆开府，勤王孰壮猷。中原滔祸水，列鼎沸烹油。心冷成灰木，身摇不系舟。浮家从范蠡，抗节慕黔娄。官耻陶腰折，宾应郗幕羞。只分乡社肉，旋息里门桴。黄雀防丸弹，苍鹰脱臂韝。买山仍栗里，傍水筑菟裘。理我琴书业，供亲菽水谋。忽闻鹯逐鹖，又慨鹊巢鸠。玉玺中宫出，台城饿帝幽。罪原浮羿浞，辟遂放伊周。白水微支裔，黄初俨冕旒。旧僚担列爵，深谷迓鸣驺。狡矣兔三窟，嗟哉貉一邱。天骄封豕子，朝贵烂羊侯。竟绝三纲纽，言寻九世雠。洪荒翻宇宙，大义晦春秋。谁信天无口，余犹骨在喉。狂吟声法皷，变征入空篌。谤史严司马，陈尸直卫鳝。群凶恣梼杌，元恶殄欢兜。九鼎移秦政，三川败李由。人疑传烛斧，帝梦幻风沤。民怨偕亡桀，天心不祚刘。公孙旋跃马，叛将起潜虬。内苑刀兵逼，尚方宝器搜。佗尊南粤号，单复北燕仇。白马盟寒冷，朱旗火郁攸。八公惊鹤唳，两介失鸿沟。负险撄嵎虎，缨冠笑沐猴。血牙来乳赞，鼾榻宿貔貅。故国金城堕，昭陵玉匣抽。小东空杼柚，大盗不戈矛。法令挦毛发，官门榜髑髅。山魔潜罔两，星祲孛蚩尤。害马骄阳子，贪羊饮沈犹。声讧牛李党，人激楚齐咻。仳蔌皆方谷，疮痍何日瘳。云山三晋变，岁月五朝遒。黔黮遗民血，纷厖下国球。不除心奊诟，难拯俗淫偷。吾道崇周孔，狂生嫚鲁邹。廉隅摧角峭，德本视毛辀。欲养童蒙正，端教圣学修。西河诗说夏，南国礼宗游。十二年毡席，三千束脯修。出身曹上舍，问业贾长头。风雅追宗派，浮华截赘疣。诗才推李杜，文律正韩欧。少薄西昆体，今悲南楚囚。时流訾褦襶，蛮语竞钩輈。为蜮沙常射，夫獒嗾肯休。豸行联蛩蟨，树撼集蚍蜉。自叹衰年近，何容暴烬投。门材培杞梓，墓木拱松楸。刀养余锋锐，刚成绕指

柔。麦倾庾信瓮，瓜种邵平畴。绝粜难春杵，无田可耦耰。幸离
武城寇，且应茂陵求。食不争鸡鹜，身堪狎鹭鸥。补兰思束皙，
逸蓼痛王裒。愤世宜焚稿，危词虑触眸。编非属门下，行岂远山
陬。但惜雕虫艺，徒劳刻鹄俦。千秋自有在，将与谷神游。

原韵寄慰陆渭渔梦熊青岛原诗悼其亡姬也。

月照华堂冷燕巢，夜灯独饮酒无肴。梦寒鸳锦衾犹叠，诗展
鲛绡泪暗抛。海上白鸥还泛泛，春来黄鸟自交交。劝君且遣闲
情绪，齐鲁青山满近郊。

新泥谁为补香巢，重擘麻姑脯作肴。中夜琴心何处诉，暮春
花事最难抛。美人黄土留长恨，名士青衫念故交。君亦首倡赞赏
梓予诗文集多少人生离合感，落英啼鸟过山郊。

祀灶日大雪，赴伯厚饮，作叶子戏

踏破冰鞋冻不知，屠苏入暖醉如糜。瓦钩欲胜黄金注，白战
难容寸铁持。爆竹无声厨突冷，时废夏历祀灶，禁爆竹雪花似掌帽
檐欹。长年草草劳人息，才是偷闲博戏时。

辛未元日，伯厚置酒长春社，
寿予六十，踵友潮除夕诗韵答谢

十年两饫辛盘馔，辛酉予五十，曾此受觞老至侵寻不自知。乡
社前尊惭祭酒，山厨寒菜啮冰丝。乡俗元日茹菜娃，今僵冻菜，斤售
五百余座中旧雨青春少，眼底浮云白日驰。敢傚坡公生日会，醉
来且和雪堂诗。是日正大雪
主人有酒欢长酌，伯厚主社巳十七年窗外梅花春早知。昔会
耆英尊潞国，客岁友潮六十首席今朝上客引袁丝。袁一飞五十列予
次座晚寒群作林鸦聚，老钝休嗟枥马驰。我愿盍簪尽黄发，循回
岁咏蜡兹诗。

元日醉归,午夜雪甚,仍用前韵书感

瀰瀰雨雪残年度,耿耿心灯暗室知。栈马嘶悲惟恋豆,桑蚕力尽尚含丝。西风六鹢飞群退,南海孤鲲息上驰。戈印少提终不验,消磨老骨几篇诗。

鲦鱼避网沉渊伏,海鸟移巢风雨知。经训公羊坚墨守,物情子翟泣玄丝。幸无靦面鸡皮变,未逊危言驷舌驰。惺我清明平旦气,朗吟抑戒卫公诗。

人日伯厚别墅赏梅,依前韵首唱答和

探梅有约期人日,雪后晴余消息知。笑我华鬘簪彩胜,报君青玉写乌丝。江瑶味别侯鲭录,海宇澄无野马驰。(墅临海,嚣尘绝远)醉罢罗浮清梦醒,笼纱添护壁闲诗。

前韵再酬和作诸子

庾老清新鲍俊逸,寸心得失自能知。奇觚笑注庚庚篆,妙绪纷抽乙乙丝。纯到红炉青火候,静看苍狗白云驰。古今道谊垂风雅,万丈光芒李杜诗。

元夕禁灯又雨

十日凝寒未放晴,沉沉星月黯江城。春灯无焰消阴翳,长夜何时见旦明。一雨淋铃听怨曲,六街箫鼓歇欢声。字娄火下占秋谷,聊慰田家望岁情。<small>乡俗元夕爆粟麦于釜,或就火灼果核,验其焰,卜秋成丰歉,名字娄灯</small>

渭渔展西山亡姬墓,赋诗再悼,依韵慰之

零落残花杜宇归,西山宿草黯斜晖。荒台旧雨悲神女,锦枕遗香感宓妃。中岁心情违独夜,别时魂梦尚双飞。谁曾解得怜

春意,无赖余寒逗客衣。

赵州慧眼照光明,珠起沉渊有夙情。春后惜花空复尔,梦中索酒尚呼卿。只缘红粉藞长恨,休向黄泉数别程。试听章台杨柳曲,人闲不少怨歌声。

美人心事剧堪悲,诉与东君感激知。葛藟未忘樛木惠,杨花终慰化萍思。谷风不弃三年妇,同穴犹愆百岁期。夜夜北邙山上影,怅无人对月圆时。

海峤春冷雨绵绵,杯酒浇愁了宿缘。青冢草长终古蔚,紫樱花发满山然。断云故自归深谷,瞽井何从起涸泉。堕甑勿须回首顾,春婆一梦足酣眠。

刘问刍七十五生子,征诗和之

湖上逍遥笠屐身,_{西湖有别墅,曰刘庄}犹龙道德鹤精神。天教金屋留春色,犹是蓝田种玉人。

春深南海结珊瑚,宝气新胎老蚌珠。知是麒麟天上种,胜他云梦小于菟。

徐陵已过孔年三,燕姞征兰梦兆男。等是老翁神矍铄,据鞍还笑马征南。

开出西湖陆地莲,祥征佳话一时传。贾家又有充闾子,公彦传经正晚年。

镜平题拙集六十韵,依韵答之并以寄感

翰墨无灵术,诗书足困人。怪余身濩落,兀此骨嶙峋。谈笑轻簪绂,讴歌动鬼神。直躬谯叶县,曲学陋平津。未衔藏珠椟,言收钓玉纶。丸泥障海浪,杯水沃车薪。三寸毛锥铁,千丝弁发银。为天留气正,何日返风淳。痛哭人伦尽,阽危国步频。祥金终不跃,顽石本难磷。君爱奇文赏,人訾不病呻。心源同证月,目睫众栖尘。雅誉韩陵石,高情鲁肃囷。空文嗟太史,揽揆度灵

均。卫武诗箴耄,边韶腹负贫。斯编分甲乙,吾降纪壬申。(予以同治壬申生,今辛未周甲,镜平以百金倡与老友门生醵赀,刊予诗文集为寿。)羽铩天池凤,波兴涸辙鳞。雕镌灾梓枣,披采剔荆榛。覆瓿经谁惜,沉渊鼎共沦。新声喧傑伃,雅乐咽韶钧。故国王风降,先贤道统泯。直言存野乘,大事数家珍。敢拟诗为史,毋忘德与邻。失时宁抱璞,磨错自攻珉。北斗依京阙,南音操楚臣。雄心犹虎虎,文采或麟麟。老矣书空咄,悲哉发自循。云门栖墨客,锦里岸乌巾。啸倚王徽竹,归思张翰莼。柳阴三月暮,花雨一溪春。啖芋围炉夜,寻梅踏雪晨。四时佳兴会,独立大江滨。有斐群才汇,如椽巨笔抡。韩非孤愤泄,杜甫殷忧伸。余事虫鱼注,怡情鸟雀驯。六书绅史颉,八体琭先秦。近著《说文约义》四卷,辑印存一卷法楷轻流媚,楬书杂草真。鲰生仍结习,大雅愧扶轮。世厌昌黎学,门无李汉亲。何缘逢沈约,自笑集王筠。莫说名山弆,将同笔冢湮。丰城蕴剑气,奎壁黯星辰。回首思孤蘖,伤心折大椿。机丝严课读,丸胆饱尝辛。青眼人谁眷,玄亭迹已陈。佣书勤阚泽,困学慕苏洵。诗训翻遗箧,先子有《蕉籍吟稿》一卷,幼取读之,遂解吟咏。文章感化甄。太仓王紫翔先生主讲瀛洲书院,谓予文可逮与道古,略示古文辞义法,始操觚焉。汲深虞短绠,味古得津唇。獭祭何工拙,龙雕漫等伦。西昆俳体薄,东壁古香醇。老泪频挥杜,违心肯美新。前芳追竞病,后步顾逡巡。日月催黄耈,衣冠隶白民。蓼莪悲废什,柔木戒言缗。愿假十年学,潜参百世因。小儒老占毕,大道溯由旬。此意天难信,予愁世不仁。典文衰郁郁,圣诲藐谆谆。奴主讧杨墨,师儒厄孟荀。苍茫千古事,人海且藏身。

次韵再答桂冬

白马清流尽浊流,衰唐覆辙渺予愁。无官便是逍遥乐,有梦常为污漫游。提笔大书黄檗传,明县令熊开元,国亡弃官为僧,号黄蘗道人,有诗十二首,预知清代兴亡,予修邑志,有传入名宦论诗不齿绛云楼。自翻旧历编心史,何事推敲触道骊。

江南文物逐东流,郁郁沉吟赋四愁。十万腰缠黄鹤去,百年心事赤松游。偶经小劫尘生海,老拥寒毡月满楼。毕竟神州无净土,谈天我欲问齐骀。

得白门锟儿病讯

久客还乡滞,连书报病危。郁予愁绪结,怜汝壮年衰。春冷风尘瘁,家寒骨肉离。焚香默祈祷,应有吉神知。

命为庸医贱,春从妙手回。病亟,入中央医院,谓不可治,将弃之。幸张君绥臣以人参枫蓟急救,樊君任卿连诊治之,得瘥灾星消白虎,梦祟祓黄能。昨夜惊魂定,何缘插翅来。老牛犊舐犊,踯躅望思台。

昔年余寝疾,寓尔有当归。地阔难尝药,天寒乍寄衣。穷愁添病易,忧患感人稀。何自长团聚,相怜莫少违。

高　　轩

高轩华盖气昂昂,风过尘来扑面黄。一足有虁怜马陆,六飞附骥笑牛虻。急障素扇纡行远,恐觑青衫拂袖长。东海鄙夫还逐臭,不知人事易沧桑。

同朱静安定成游武林

四百里程六阅时,方车铁轨飙轮驰。青山迎眼忽飞去,白日舒光乍见移。岭烟未散塔高耸,湖雨欲来云倒垂。西泠桥畔酒泉沸,明日醉写孤山诗。

登葛岭初阳台

仙岭遗踪渺,层台纵眼明。天低穷野阔,山豁见江平。东海睎朝旭,南屏送晚晴。宝峰相对峙,新月塔尖生。

登龙山 即阿育王山。

山势南趋尽,奇峰勒水涯。石岩雄虎豹,磴曲矫龙蛇。江近流三折,湖平瞰万家。天风几引去,高举入云霞。

南 屏 山

迢递南屏路,疏林动晚钟。石生定慧相,山蔼净慈容。古木留深井,经坛卓小峰。狂僧传异迹,谁与证禅宗。

龙 井

细乳出烟萝,泠泠白石窝。引来龙脉远,味胜虎跑多。深竹藏幽寺,新茶撷小坡。在山清似我,一勺复如何。

虎跑寺坐滴翠轩品泉

群山来伏脉,一勺试寒泓。灵石空青滴,禅堂虚白生。崖悬云外溜,溪涨雨余声。偶此片时坐,尘消万念清。

雨过谒岳墓上栖霞岭

西泠桥外路,仙岭出高坟。花气余霞结,钟声隔雾闻。风回泉作雨,山暝洞留云。仗有青峰在,忠奸万古分。

紫 云 洞

幽壑开灵境,清游入洞天。石苔涵宿雨,涧草沥余泉。穿谷曦斜漏,飞楼影倒悬。云深衣袖湿,惟有足跫然。

拜岳忠武王墓

绍兴恢复本虚言,二圣还宫失帝尊。南渡小朝宁忍耻,东窗片纸竟沉冤。青山徒铸奸臣像,白骨终镌狱卒恩。王遗骸,狱卒隗顺潜瘗之两字精忠祠万古,赵家陵墓几留存。

牛将军皋墓

痛哭金牌奉诏班,帐前壮士尽摧颜。十年战血同黄土,一骑遍师遁黑山。邱首未离霞岭背,灵光长护剑门关。岳祠南北遥相望,犹抱临安水一湾。

灵 隐 寺

灵苑岩扃路几重,参寥我欲叩晨钟。峰从谁处来飞鹫,洞在何时起伏龙。石罅有光延午景,山泉未冷响春淙。空空色相宁须著,且与禅家说正宗。

水 乐 洞

南山十二洞,此境最奇清。月窟开双窦,云根湛一泓。伏泉喧急响,悬石鼓空声。倚杖苍崖立,春衣冷暗生。

谒于忠肃公墓

只手担持社稷忧,殊勋显戮恨千秋。七年监国仍名义,万里迎銮出相猷。东市竟沉家令血,南迁未斩佞臣头。两朝少保同冤狱,徐石还应铁像留。

天 竺 道 上

香风吹作满溪烟,岚翠晴光缬眼前。佞佛万人齐北首,灵山咫尺近西天。阇黎午饭钟声静,荦确长坡石磴悬。一路奇花春不断,寺门高与碧霄连。

苍崖雨过霭浮烟,曲径回环古寺前。村妇摘茶晞涧石,山厨接竹引溪泉。岩花被锦天香散,洞草延青法乳悬。时有钟声来树外,白云深处断峰连。

法喜寺_{即上天竺寺。}

无佛亦名胜,高僧云作家。地留灵运宅,天散曼陀花。楼观中峰起,湖烟近树遮。阳崖开乳窦,我欲试新茶。

五云山绝顶放歌

天目群山矫如龙,挟江东走沧海东。一龙向南一北去,南山郁律气尤雄。天门双阙拔地起,耸然嶻崒五云峰。五云高处入霄汉,伏狮回象趋下风。左倚之江右挈湖,江为长几湖圆盂。皤然五老据中座,吐噏云烟幂四隅。上有青冥颢渺之穹天,下有喷薄浙洒之流泉。神龙划尾坎深井,丛箐密树翳澄渊。我持勺蠡沁骨髓,两足忽健凌崖巅。天风琅琅衣袂举,若欲乘云从仙去。俯瞰临安十万家,如黑白子满枰布。湖亭山馆侈繁华,涵白蒙青起烟雾。人生天地磨旋蚁,眇若须弥一芥子。钱家赵家启雄都,江山形胜只留此。当年宫殿满山阿,僧房道观都遗址。吁嗟乎!高峰登踞何岩岩,履危不惧终陟颠。眩足善走夔空怜,蜗角蛮触争徒然。我行下山且安眠,荒江老屋怡残年。

玉 泉 观 鱼

此闲不减濠梁乐,每叹游鱼入釜鬵。甘饵自贪罟网密,沧江大海亦蹄涔。

施罛不入濣渊深,白石泠泠绿水沉。可是山中湖市远,钓鱼人恤养鱼心。

游法华山谒岳庙

未爇灵山一瓣香,上清宫外且彷徨。飞舆不减云游乐,三竺归来觐岳皇。

花坞 在法华山麓

万绿中开径,双峰夹竹阴。春萌时触足,溪溜欲空心。好鸟传风磬,繁花被雨岑。我来悟禅寂,未觉入云深。

西湖坐雨晚眺

绿树戎戎碧水环,满湖烟雨罨春山。天然一幅南宫画,意在澹青浓墨间。

万炬琉璃照眼明,雨丝悬滴水纹潆,山风不动湖光靓,时有鯈鱼拨刺声。

断 桥 咏 古

断桥北去里湖湾,贾相当年乐此间。一代风流传骨董,满堂歌舞散烟鬟。平章军国难平寇,半壁江山误半闲。蟋蟀尚知临敌斗,忍看胡马近郊关。

湖 上 吟

圣湖澹春渌,名胜甲天下。点缀自昔工,风雅本无价。晴波六桥横,烟雨双堤跨。泉香漉山亭,风薰拂水榭。群峰云作围,万绿树弥罅。青骢花墅春,锦舫月潭夜。高岭表崇坟,忠义人脍炙。遗碑乍访苏,游屐初携谢。西泠最清华,乃为伧父霸。处士山不孤,梅鹤摧狼藉。欲毁精忠祠,豪侠抗议罢。共欢既罪虞,羿涅旋亡夏。功德亦自尊,崇报非可假。新祠炜山冈,华屋被夷化。西子面蒙垢,淡冶明妆卸。老生说古谊,朽腐遭人骂。湖君岂无灵,使我临风诧。

自武林归车中口占

杖屐山行日百里,湖君笑我来何迟。足疲未穷岩壑邃,世乱久息风尘驰。玉乳已醉中泠酒，白云满装归橐诗。人生行乐只如此，今老不游待奚时？

和桂冬见赠韵

龙门声价国士贱，贤书不复登公车。文章千古薄李杜，黯然日月无光华。鹿鸣已亡小雅废，谁欤自振蓬生麻。少时请缨壮击楫，亦曾耻号诗文家。何因薄德叹衰凤，徒有雄心式怒蛙。空文一卷十万字，敢学左氏矜浮夸。五经鼓吹才力小，正葩衰落喧聱牙。橐笔犹困风尘役，镜发渐愧霜毛加。快哉施雠老博士，切磋与我攻瑜瑕。不觉诗编日益富，甲子曾未书元嘉。

浴佛后三日自家返馆酬桂冬韵

作客厌家事，我心殊未然。午花香腻径，新竹绿成天。江鲎登厨脯，村酤贮杖钱。温存知夙性，深愧老妻贤。

辞家悲老大，一别一凄然。龟曳泥涂尾，蛙鸣井底天。著书探玉海，诹墓却金钱。授粲情犹惬，缁衣赋好贤。

述 世 德 诗

我祖出高阳，再世曰老童。重黎职火正，炎德彪祝融。六子锡八姓，同父祢陆终。安惟女溃子，聿启诸曹宗。夏殷官失序，邿侠崇周封。觥觥明德后，胙土绎山东。夷父眷少子，郳友列附庸。振振衍麟趾，蛰蛰蕃斯螽。烂漫盛徐沛，崛岉起豪雄。平阳佐皇汉，担爵酬丰功。披门坐薄谴，带砺河山空。侯宏绍爵邑，治礼别褒充。容城宗裔落，谯族支孽隆。门材炽魏晋，实祖夏侯嵩。倬哉真定系，远绍郑娄公。

武惠古良将，偃戈定江南。迈种降明德，七子皆奇男。灵寿发初轫，汴洛结华簪。门阀烨奕奕，风纪肃森森。五世泽衍远，南剑献名琛。睿睿枢密公，始祖讳辅，武惠王五世孙。起家南剑州，仕徽宗朝秘书院正字，谏徽行，贬郴州编管。钦宗立，召还，擢延康殿学士签枢密院事。直亮弼徽钦。忠谏忤昏主，放黜戍衡郴。靖康初赐环，北狩随尘骖。不受伪命污，间道走江浔。张邦昌请归，授伪职，乞奉祠，间从高宗南京。句曲邱壑美，解组入山深。辅公长子绅，居句容，子孙分流苏、浙、淮、扬、皖、赣。椒聊实蕃衍，好鸟各寻林。绸缪我世祖，一世祖讳景祺，辅公九世孙，德浩次子，迁洞庭桑土彻天阴。结巢洞庭麓，缥缈白云岑。

东沙两宗支，洞庭与常熟。常熟支为德溥子景祯后，元至正间迁崇东沙。异苔实同岑，并衍十余族。常熟支在崇分十二支，洞庭支明宣德间迁崇，分十一支，皆出洪武时孝廉启元公，吾家系洞庭第五支维发公后。吾族最清寒，十世单丁续。于穆我高祖，讳倬，景祺公二十世孙弃儒抱掾牒。遂大于公间，阴德平冤狱。救胁从盗五人得减死，辛皆为良八骏逸足腾，未肯盐车伏。峻坂戒颠隮，败叶伤零落，曾祖讳廷荣，高祖第四子独长厚，四乳勤闵鸎。高祖八子，惟曾祖有四子吁嗟王考贤，讳鼎享，曾祖第三子恨不十年读。少小入市门，化居贸棉谷。黄烽缥江浒，籴路遏来粟。嗷嗷十万家，比户饥儿哭。挈舟入鲸窟，转米五千斛。艰食分颗粒，众生欣有托。侠义周六亲，王姚黄氏尤明淑。生子顾复劳，从祖皆无后，惟先祖生二子。诗书严课督。指日上青云，高梯倚白屋。

肃肃我显考，发愤下书帷。文穷六籍奥，字讨三仓奇。枕葄马郑训，熏炙班扬辞。虵珠屡投暗，鼠璞皆售欺。蹭蹬科名第，侘傺经人师。壮心郁未已，天寿靳如斯。哀哉我小子，倮然一孤儿。遗书满尘箧，含泪对灯披。丹黄错简首，缅目生稽疑。呼号不我应，愤悱启云谁。勉持十挺脯，强忍三餐饥。服畴无半亩，经训为畲菑。栖椽日摩抚，一卷蕉簌诗。遗诗《蕉簌吟》一卷。忍同蓼莪废，若诏趋庭词。

烈烈我节母，卓苦造吾家。痛父畜不卒，寡鹄哺三雏。春揄无宿粒，藜藿不充厨。鸱鸮毁巢户，风雨抒秋荼。朝饥入糠市，暮宿揹绳枢。促织鸣东壁,机杼轧西隅。呼儿就灯读,一字一泪珠。穷冬雪压庐,指血溅寒襦。匹布易斗粟,忍冻饲饥躯。勿令修脯缺,勖我为通儒。岁时荐牲醴,收涕献君姑。两妹尽婉娈,七诫式袿裾。一经付旧德,三祀属藐孤。假无圣善德,沟瘠已沉枯。明发耿不寐,展转念恩劬。哀吟雪涕泗,后嗣毋忘诸。

钝庐诗集卷五终

钝 庐 文 集

序

光绪丁未,余奉命典学皖江。翼年,移摄藩篆。候县令曹君赍部牒循例告谒,余初未之奇也。比海陵吴棣轩阁学来主学政,亟称君才,通敏达政事,能诗古文辞。余延见,试与语,始佩吴君知人,亟引君幕下典文牍。天柱阁成,君为文记之,笃雅有法。会以所著《钝庐文稿》质余,盖劲直尚气,时复春容有韵致。方诸近代作者,颇似魏叔子、汪尧峰之文。叔子学苏,尧峰学欧,以君之才,锻炼而精纯之,可以登欧、苏之堂,魏、汪乌足以域之哉!今海内号能古文者,辄揭橥桐城。夫望溪、惜抱之文,矩矱绳尺,诚学者所宜知。然苟义理不足充于内,经籍不足煜其光,徒袭方、姚体貌,如优孟之为孙叔,或竟如木偶刍灵耳。昔曾湘乡有言:"欲从事古文,须义理、考据、词章具备。"余谓三者尤以理为本,积理以养气,积气以行词,而后以考据实之。不流于繁衍,是谓言皆有物,法自立而文成,故为文。不根柢六经,则陈义不高;不浸润子史,则光泽不厚。诗、书、论、孟、左、史、庄、骚皆文章之极,则法备矣,非方、姚所能尽也。学者博观约取而善师之,奚沾沾一家台隶为君?若绩古而通,岂区区文章尽之哉?理充则事明,气醇则才练,异日施于有政,以著学道爱人之效,斯不忝为文学士矣。余将归老南湖之滨,以观君之成,其勉之也夫。

宣统纪元己酉相月,嘉禾沈曾植乙盦序

自　序

　　子贡曰："夫子之文章，可得而闻焉。夫子之言性与天道，不可得而闻焉。"岂孔子教人独文章也乎哉？孔子之文，即言性言道之文，非后世之所谓文也。六经皆所手订，春秋谨严，易系辞文，言醇懿渊，茂美备矣，盖文章之极轨也。《论语》《孝经》《大学》《中庸》，或云出曾子、有子、子思之门人，大抵记述夫子绪言，无意于文而文自至，所谓载道之文也。游夏之徒得孔子文学，转相传授。战国孟、荀诸子，各有著述，其所言不无纯驳深浅之殊，然皆能以道自重。学至而气醇，文成而法立，盖三代之文于斯为盛。孔子曰："辞达而已矣。"斯皆以为法者也。又曰："质胜文则野，文胜质则史，文质彬彬，然后君子。"左氏史公叙事好议论，已流文胜。两汉作者义浅辞深，扬雄《太玄》，且不免焉。魏晋齐梁，浮藻虚华，俳谐杂出，与道愈离。唐韩愈氏振之于道，粗有发明。宋世欧、曾、苏、王踵武韩氏，力欲追古，皆所谓后世之文也。逮乎明清，归、方之流为之立义法、别源流、定绳尺，揭其名曰古文辞。学者奉为宗匠，亦步亦趋，辄嚣嚣然示人曰："吾归，方家法也。"噫！归、方以韩、欧、曾、苏、王为法，韩、欧、曾、苏、王以孟、荀、左、史为法，孟、荀、左、史则法孔子六经，吾不知孔子之文谁法也？夫文以载道，辞取达意。六经子史百家之文，随所好而善取之，皆吾法也，何居乎一家之法规，规以自拘焉？虽然，文固自有法也。譬诸筑室，其材瓴甓木石，则经史皆府库也；其制椽栌梁栋榱题墙户，则孟、荀、左、史皆工师也；其饰粉垩丹腹髹漆，则韩、欧以下皆圬匠也。然而结构位置运用之妙，则在乎吾心。予泛览失居,少时学制举文,即不憙守程墨。窃尝诵读经史诸家言,慨然以为,文者道之具,辞者意之表。道在人心,明其理,则吾之所言,即人人所欲言。而吾以文张之,何取乎新奇矫诡,立异以鸣其高?更何取乎拘挛盘辟,泥古而昧其通?理举而辞达,意尽而言止。其开合、呼应、转捩、顿挫,有自然之程序节奏也。若存工拙之见,执一成之法,而有意乎为文,则六经子史以外,皆刍狗耳。奚有于后世?又奚有于予文?

丁卯长至钝吟自序

钝庐文集目录

钝庐文集卷一

论

原 民 上

民治于人，而非治人者也，亦非能自为治者也。自天生民易榛狉，而文明不知其几变矣。圣人虑民之蠢然无知焉，为之教；杂然无伦焉，为之礼；涣然无纪焉，为之政；冥然不可化焉，为之刑。夫德，教之本也。故曰："道之以德，齐之以礼，有耻且格；道之以政，齐之以刑，民免而无耻。"夫上世之民耕田凿井，鼓腹而游，熙熙如焉。三代之民，贤其贤、亲其亲、乐其乐、利其利，皞皞如焉，欢虞如焉。此道德齐礼之效也。自秦以后，民德日偷，礼教亦衰矣。于是驭民者以繁政严刑务为深刻之治，民慑息于下，无敢戏豫，无敢歆羡，无敢畔援，安其分而听治焉。然暴民不敢作，惰民不敢弛，贼民甚者民弃之且亡之矣。贤者在上，则煦妪之、噢咻之，民亦小休焉，此政刑之效也。且夫圣人爱民，非任民之自由也。孔子曰："民可使由之，不可使知之。"治民固有道也，失其道则民皆晓然于政刑之有所穷，乃敢为败德蔑礼之事，教之不率，威之不服，杀之不惧，于是民气嚣而治道亦变矣。今之民非上世三代之民，亦非秦以后之民矣。以治于人者而转以治人，人治之不治，而欲自为治焉？呜呼！其曷以治哉？修德于身，复礼于己，自治之极则也。然可不教而能乎？则教于人即治于人矣。且自治可不以政、不以刑乎？则所以政之刑之者即治于人矣。谓昔之治民无权，今则权在民矣。然所谓权者，仍举而委诸一人，民皆听治于其下，则与治于人者何以异？谓今之为治者，民得以意之得失而进退之。然古之得天下也，非皆得其民者乎？其失也，非皆失其民者乎？孟子曰："民为贵。"民非自今而贵也。然要非民之自为贵也。民有自贵之心，而以为今而后莫我治也，是暴民也，是乱民也。暴乱之民日多，而民之愿治于人者日苦矣。呜呼！其曷以治哉？虽然，治非无道也。果天下无不教之民，道之德而格焉，齐之礼而耻焉。政不肃而成，刑不用而措。民皆有自治之能，然后可以不治于人而无不治。今之民果何如哉？委治权于暴民、乱民之手，而为之鱼肉焉。民且求治于人而不可得，而天下更无有治暴民、乱民之权。顾犹揭自治之名，以欺天下之民。然则此暴民、乱民之为贵，而非民之真为贵也。吾执天下之良民问之，果乐为自治之民乎？抑愿为治于人之民乎？

原　民　下

　　民既不足以自治，然不能无治民之人与治之之道，以行治之之法。治道体也，治法用也。法根乎道，道本乎理，理禀乎天。天即理也，理者性也，性者生也。天生民而立之君，使司牧之，勿使失性，以安其所遂其生。故圣人受天之命，体天之理，因人之性而为之治，使民优游焉，各适其天，而知其生之可乐也。是所谓道也，非所谓法也。道不变，法有穷，道衰而后法行，然法之行必其不离乎道者也。父子、君臣、夫妇、昆弟、朋友，天之秩民之伦也；礼义、廉耻、孝弟、忠信，天之经民之德也；饮食、男女、布帛、菽粟，天之彝民之欲也，皆道所在也。圣人本之以礼乐为经，政事为纬，教化为准，法制为绳，而纳民乎道，顺乎天，率乎性，而无所惊疑骇动于其间。圣人之治民如是，民复何求而不受治于圣人？且虑民之伦易涣也，为之宗法以系其亲，为之姓氏以辑其属，为之祭祀以笃其本，为之庆吊婚姻以联其情，此族之制也。由族而推之氏，由氏而推之姓，由姓而推之所自出本支百世，亲亲之谊油然而自生，由此族合彼族，由一族合众族，而天下之民聚矣。《尧典》曰："克明峻德，以亲九族。九族既睦，平章百姓。百姓昭明，协和万邦。黎民于变时雍。"唐虞三代之治，所为上下之情通者，皆族为之纲维也。民情既通，亲疏有序，上下不阂。然后好恶同，是非公，利害悉，黜陟明，疾苦以宣，怨咨不作。一人之心周乎天下，天下之心喻乎一人，若身臂指之相，使手足之捍卫头目也。民不必有天下之权，而有天下权者，虽欲寄权于民，不可得也。是以尧让天下许由，许由逃之，盖古之民惟不屑有其权。虽让之，而若浼。今之民惟各欲有其权，故畀之而益争。夫民至纷也，权至不可散也。以至纷之民，竞至不可散之权，天下于是溃讧矣。且夫民所欲得其权者，何哉？虑权属于一人，或至苛暴刻虐而不获遂其生耳。然求生者千万亿人，而行权者只数十百人，此数十百人未必尽以千万亿人之心为心，或适以权之纷扰，反不若寄治一人之有专责焉。故民得权之名，无生之实。《传》曰："民生在勤，勤则不匮。"孔子曰："因民所利而利之，择可劳而劳之。"劳使之勤，利使之不匮，民则生矣。矫之者曰："天下之民劳逸不均也，利禄不平也。欲强富贵、贤智与贫贱、愚不肖者，齐等而一之。"堙高增卑，窒灵浚昧，冠履倒植，钟缶并宣，卒使厚生者不能生，而生之薄者亦莫由以生。呜呼！亦儳矣。夫天之生物，必因其材而笃焉。故富生于勤，贵生于劳，贤智生于材之笃。而贫者，勤可以富；贱者，劳可以贵；愚不肖者，笃可以贤。且智矧富者，贫之母也；贵者，贱之牧也；贤智者，愚不肖之师也。天不能使民尽富贵、尽贤智。而彼贫贱、愚不肖者，犹幸有富贵、贤智者相济，以资之生，盖有隐为调剂者焉。孟子曰："物之不齐，物之情也。……比而同之，是乱天下也。"然则民之生固必有其道矣。尧舜三代治民之法，不适于后世者已屡变，不一变。然民生乐利，欲求如尧舜三代之世，千万而莫可得其毫厘，此非法之不可变，乃不善变之患也。三代之治有革有因，若损若益，一衷诸道。秦汉以降，道固不足言，然犹有法焉，以因革损益之。故治权在上，民族虽不竞，犹未至于无生。今揭橥平民之治，而重民以权。举尧舜以来之法，无论于道悖焉否也，而一切斩艾之，将绝民于伦常道德之涂，而驱诸人夷狄禽兽之域。夫惟夷狄之俗，不与中国同者，其种族异、教化殊也。夫惟禽兽无礼，知牝牡，不知有父子、夫妇，故聚麀不耻而离群无族，强吞弱肉以为权，游食争攫以为生。今若恐民之有家族，则亲亲长长之谊未破也；民之有知识，则善善恶恶之公未泯也；民之有赀财，则乐乐利利之本未绝也。而必著之律令，刊为条告，使民父子析、夫妇离，杜家室之念以亡其族；私议熄，昌言忌，塞言论之口以夺其权；供亿苛，饥寒困，绝衣食之路以促其生。有摧陷之能，无补苴之术，施劫夺之教，遂龙断之私。而犹号于天下曰："吾将反古之道，以与民更始也。"呜呼！其所揭橥者如彼，而所设施者如此。宁有悖天理，戾民性而可以言治民之道乎？治民犹不可，遑云民治乎！吾叹天下之民果何所利，而蒙此平民之谥哉？

原　教　一

人之所以异于禽兽者，以有学焉。学不能无教，教也者，使知学为人之道也。道何在？在人心而已。孟子曰："无恻隐之心，非人也；无羞恶之心，非人也；无辞让之心，非人也；无是非之心，非人也。"恻隐，仁也；羞恶，义也；辞让，礼也；是非，智也。圣人本人所固有者，以教人而整齐之、次第之、扩充之、变化之，以尽人心之妙用，而全其本性之良。故道者率性之谓，教者修道之谓也。夫惟整齐，然后有尊卑、贵贱、亲疏、厚薄之等。夫惟次第,然后有君臣、父子、兄弟、夫妇、朋友之伦。老吾老以及人之老,幼吾幼以及人之幼,亲亲而仁民,仁民而爱物,此等也。无是等,则乱。君义臣忠、父慈子孝、兄友弟恭、夫爱妇顺而朋友信,此伦也。无是伦,则悖斯为人之道也。修于身充之,可以齐家治国平天下,行于天下化之,可以赞天地通神明,此教之所以为大也。教有本有末,道德本也,功利末也。古者庠序学校,皆所以明人伦也。人伦明于上,小民亲于下。唐虞三代之教,如是焉而已。而为之人者熙熙焉,皞皞焉。宅尔宅、田尔田、耕而食、织而衣,有无以相通,缓急以相济,各亲其亲,各长其长,各事其事,各生其生,无所谓功利,而利自溥焉。若夫稼圃之学、规矩方圆之巧、轻重长短多寡大小之价,皆小人之事,贱丈夫之所为。所谓末也,非教之所宜杂焉,是以君子之学在务本。今之人去古圣人远矣,然犹知纲常名教之大,以自别于禽兽,赖有圣人之遗教也。六经四子,昭如日星列于学官,士束发受书,所诵法者是,所奉行者是。而教者亦循循焉诱之,使不背于道。而犹有放佚其心者,乃今之为教者,废孔孟之书,以仁义为迂阔,礼法为桎梏,而曰:"四体不勤,五谷不分,术业之不精,货财之不殖,不足以生存于今之世。"于是教之并耕,教之陶冶,教之龙断,而或教之战阵,教之刑法,教之纵横诡辩。细之名物象数,粗之方言夷语,杂然而并投。无论学者不能尽知,即知矣,皆功利之末已尔,于圣人教人为人之本何与焉?且吾怪今之教者,与圣人奚慭哉?若虑人伦、道德、礼义、廉耻之防,不利于其所私。而人心之良桎之未尽亡也,乃创为灭绝人道之说,曰:"人类齐等也",无所谓君臣、父子,而非忠非孝之论哆然张矣;"人世大同也",无所谓男女,无所谓尔我,而烝报劫杀之事悍然肆矣。学者心志未定,以为是。未之前闻奇而好之,笃信而实行之。或告之以道,则非众咻之,即群斥为悖矣。呜呼! 人道绝、人心死矣,直教之为禽兽焉尔! 夫人之于禽兽,其间固不能以寸,禽兽惟无教,故不知道而莫由进于人。人之能万倍于禽兽，苟教之不以道，而群肆其欲，以尽天下之利，极利之所至，则必相竞相杀无已，而祸尤烈于齿牙角距之争。是人生不如禽兽之安，皆教人者不务治本之害也。

原 教 二

古之教也，系于上。而今之教也，系于下。《书》曰："天降下民，作之君，作之师。"盖道在上，则道尊而易行；道在下，必尊之而后明。《记》曰："师严然后道尊，道尊然后民知敬学。"又曰："君尊而不亲，父亲而不尊。"师，尊而亲者也，何其重也！唐虞三代，圣人在上，以先知觉后知，先觉觉后觉。设为庠序学校，以斯道觉斯民，民自不赏而劝，不怒而威。教化，固易行也。自后在上者不尽圣人，而圣人又未必在上。于是道不在君，而在师。古者学有专司，自乡学以至国学，教民之责皆官任之。民有不率教者移之郊，遂尤不率者屏之四夷，是以天下无有敢背圣人教者。及周之隆设官备，而邦教掌诸司徒，庠序学校务明人伦，使民知尊尊亲亲之道。而天子辟雍养老，执爵而酳，执酱而馈，亲列于圜桥而听讲焉，盖示民以道也。道之外无所谓教，巫医、乐师、百工之艺未尝无传授焉，然此非庠序学校之教也。庠序学校之教以道为本，而操诸上者也。周既东官师之教泽替，孔子起于匹夫，有作君作师之圣，而不得其位。乃集弟子三千，讲论先圣之道，阐发六艺之精，其成德达材者七十二人。孔子殁，七十二子之徒各师其师，各道其道，圣圣相承，贤贤相受。汉传其经，唐述其文，宋阐其理，明清衍其绪余。盖于是教化之权系诸师儒者，二千余年迄于今不废。虽当时百家之学杂然而讧，而纲常名教为立国经世之本，故欲范天下人心于正者，无不以孔子之道为归，此师之所以尊也。且夫尊尊亲亲人道也，即孔子教人之道也，天覆地载之中，凡有血气者莫能外也。今世学术几尽变于夷矣，然吾见夷之学者亦必尊其立教之先，而诵其书、敬其师，旦旦而讽焉，七日而拜焉。彼之所谓道，未必大于孔子，所谓圣，未必贤于孔子。而学者尊之且如是，夫亦不忘其本尔。而吾今之为教者徒嚣嚣然，曰："孔子之道不适于今。"乃为离经畔道之言，导学者于轨物之外而教之结会焉、树党焉、干国政焉、好斗狠焉、猱焉，而升之羹焉，而嗾之寻且以夫子之道害夫子矣。盖教不以正，则轻其师。逢蒙杀羿，孟子曰："是亦羿有罪焉。"夫至师之道不尊，乃务为苟且羁縻之事，以弭学者之衅，而恒或不能。呜呼！教之术亦穷矣。虽然，孔子之教，其徒三千人，至易扰也，而洙泗之间莘莘焉，弦诵而外，洒扫应对，进退以至步亦步焉趋亦趋焉，未稍有违焉者。无他，道之所浃，中心悦而诚服之也。则今之教者欲见尊于人，盍反其本哉？

原　教　三

　　孔子教人与今之为教异者，抑有道焉。子曰："有教无类。"又曰："吾学不厌而教不倦也。"不得中行而与必也，狂狷此无类也。循循然善诱人，博以文约以礼，此不倦也。盖天之生人至不齐也，上智者闻一以知十，下焉者人十而己千。圣人不能谓上智可教，下愚者不屑教，而又不能比而同之，齐等而教之，故惟无类焉，而教愈不敢倦矣。夫柴愚、参鲁、师辟、由喭、回不违、赐屡中，其质不齐若是。而孔子裁之各适其材，以成大贤。其道非今之为教者所及知也。今之教莫患乎以至不齐者而强齐之，上智下愚聚于一堂，传之者一人，受之者数十百人。无论一人之心，不及周数十百人之愤悱，而尽启发之，而又程之以课，限之以时，前者毕而后者继，投之杂而求之备，下焉者趑趄而不克赴，上焉者抑遏而莫之奋。谓是可以齐其所不齐者，而使之齐而后施教也易。呜呼！此倦之计也，圣人知人类之不齐，而天下无不可教之人也。乃为之因其材而笃焉，愚者智之，鲁者敏之，辟者诚之，喭者文之，不违者发之，屡中者裁之。而或以德行，或以言语，或以政事，或以文学，各从其长。或受《易》，或受《诗》，或受《礼》，或受《春秋》，各随其志。故一人有一人之教，数十百人有数十百人之教。然后所教者无不成之材，而所学者有悦服之感。今则教有定式，课有定程，学有定时，群至不齐者数十百人，而以教一人者教之。明明扞格焉，而曰："是齐之之法也。"乌可哉！且其所持以教者，其书不颁于学官，而出于坊肆，朝易而暮变，月异而岁不同。昔以为科律者，今则筌蹄矣。今以为圭臬者，未几又刍狗矣。盖于是教化之权操纵于书贾之手，教者既为其傀儡，又皆惮于用心，莫能振其不倦之神，以其所自明者使学者共明而悦服之。顾惟因循苟且，以塞其责。良由今之学校视教师如佣工然，计时而事，程功而食。学者亦遂佣视其师，师不一师，学不一艺，与众委蛇，学程毕而去，阅时而不复忆及焉。则今之教者亦何所冀，而为之不倦哉？故必有孔子之圣得颜、曾诸贤之仰高，钻坚至数十年之久，然后其不倦为有效而悦服，乃诚悦服矣。今教术之疏若是，而徒以师道之尊责诸学者也，庸有济乎？虽然，此岂独教者之咎哉？学校不宗孔子务本之道，不重三代明伦之训，则学者不知孝弟为为人之本，遂敢悍然不尊其尊，不亲其亲，而自趋于禽兽之途。有子曰："其为人也，孝弟而好犯上者，鲜矣；不好犯上而好作乱者，未之有也。"今学术之乱，始于学校，宜天下无可尊之师，而犯上作乱之祸嚣然，而未有已焉。悲夫！

辛亥作此呈吴学使，叹为有关世教，今不幸言中，能无喟然！

勾 践 论

越勾践之复吴仇也，论者多与其卧薪尝胆。曹子曰："是勾践之疏也，其成功幸尔。"夫处危疑困厄之中，必窃窃焉计一洗其耻，当何如深沉韬晦以磨厉其锋。阳则苶然，若无能有为，令仇也者安之而不为意。一旦乘间猝发，则事出于万全，此无形之薪胆，至神而不可测焉。故勾践者当有卧薪尝胆之心，而不可有其形。方其脱会稽归也，子胥策其必沼吴，则吴何尝一日忘勾践哉？乃未有复仇之事，而先以卧薪尝胆者示人以非常，安知左右无夫差之人为瞷者？所谓阴谋乃竟若是疏耶？浸假吴闻之而怵然戒备，以夫差之英悍，幡然思子胥之忠言，及种、蠡之谋未定，生聚教诲之势未成，先发以制之，率一旅师讨问卧薪尝胆者意欲何为？勾践将何辞以对？况夫差之报越也，立庭之呼何殊卧薪尝胆之心？推是以度勾践，即不能讨越，亦当知儆而备矣，勾践其能得志乎？故勾践之成功亦幸子胥死、夫差骄耳。嗟乎！沼吴者越也，杀子胥者夫差也。夫差知子胥之足以制越而杀之，以成勾践之功，则不啻吴之自沼也。夫勾践何力之有哉？

荆　轲　论

甚矣，勇而无谋者，不足与计国家事也。轻一人之生，入虎狼之穴，而欲以寸铁制万乘之命。无论其事之必不成，即刺万乘之君如褐夫，彼万乘之国之人能尽死之乎？鞠武所谓计浅而怨，深造祸而求福者，谅哉言矣！方荆轲之入秦也，悲歌壮气，一去而不顾，只知有太子之仇，不知燕之不足以敌秦也。太子亦不知其国之非秦敌，不增修国政，厉兵缮甲，俟秦敝而龁之，顾修睚眦之怨，托命于一刺客之流，是启衅而召亡也。于轲乎何尤？然轲而贤，则当为太子策万全，量力而进，观衅而动，约从诸侯扶义而起，西向叩关而攻秦，不赫然豪杰之举乎？顾乃邀功于一匕首，欲行险徼幸以尝之，自同于盗劫之所为，谋之不臧，死有辜焉。令轲之力，即足以劫约契死刺秦王，而秦廷之士百数交刃于轲，轲亦必死。秦立贤君如扶苏者，执复仇之义，声燕罪而讨之，秦有辞矣，燕亦必亡。特彼樊于期之冤、秦舞阳之懦，而同死于轲，为不值耳。虽然，秦王大下之暴也，奴役方民，鞭笞四海，以为莫余敢侮者。轲以一匹夫劫之，使绕柱狂走，奔命于呼吸之顷，事即败，亦足豪矣！夫天下怨毒秦甚，其差足强人者，轲之匕首与博浪力士之椎而已。俾独夫之雄,知天下之尚有士也,亦可以懔其魄矣。然为燕计则不足论已。

汉高祖斩丁公不杀季布论

汉高为人,忌才而多诈。忌才,则无下人之心。于是权谲以颠倒其刑赏,示帝王恩威之不测,使天下臣民愕然而惧,芒然而惑,不知其用心之所在。而后已得以操纵鼓舞之,菹韩彭、封雍齿、亲项伯、逮萧何、囚樊哙,胥是术也。故知丁公之死,忌其才也。云为项氏臣不忠,使人臣无二心,权词也。不然,季布之亡既千金购之矣,何为滕公一言则赦之且官之也?殆布之才不逮丁公,而高祖所能控驭者乎。且闻布之为人,千金不如其一诺,其长厚也可知。又逃亡畏匿,壮士不屑为,而布髡钳自鬻以求苟活,高祖已心轻之矣。故不必忌,则可以不杀。若夫丁公以一身纵横万军之中,能以短兵制人于死地,其雄猛威武固高祖所尝屈辱者。事急则曰:"两贤岂相厄!"事止则羞耻之情转而为愤懥。故丁公之脱高祖不为德,适以甚其忌也。且惟丁公死而布之赦,不为无名矣。盖丁公,布母弟也,杀其弟官其兄,欲示天下以无私也。丁公以不忠杀,布惟忠于项氏,故不杀,欲以实为人臣无二心之说也。且不惟赦之,而尤必官之者,欲令布忘杀弟之怨也。权谲之用心,而刑赏遂以快一人之私。于是帝王之威尊于万世,皆汉高作之俑焉。

读《史记·老庄申韩列传》

金寒于水而生于水,火烈于石而生于石,物固有越乎其所自出,而绝不类也者。学术亦然。《史记》传申韩于老庄之后,谓其学皆本黄老,而主刑名。刑名非黄老之学,而史公云然何与?盖黄老清静,申韩惨刻,其道似相反,而实相因。夫清之为道也,无容物之量。静之为境也,有孤僻之趣。积不能容物之心,而其以孤僻之见，其势将洸洋自恣，肆然有轻天下藐万物之志，乃敢于非先王、侮圣贤、薄仁义、蔑礼法，以自行其是而不知所返。有敢之心则忍，忍必刻，刻必惨，惨刻之所为又安所顾，而不以刑戮快其心。夫刑，阴道也，清静，阴之象也，当阴之伏也。沉凝晦阒，寂然若无所动。及其发也，则凛烈霽发，霜雪风雨交作。物触之则枯裂，人遇之则股栗。则黄老者阴之静而伏也，申韩者阴之动而发也，术虽殊，道则一尔。且夫申韩之所为惨刻，亦岂有他哉？身处万类之中，敝敝焉，日扰其神而靡所安止，几于求清不得，欲静不能。于是以钳制矜束之法，欲令天下人心咸詟栗于绳墨尺寸之中，使扰者清，动者静，然后优游焉，任其沉默无为。而天下事物之繁杂，皆非其心之所系，则申韩之心，即黄老之旨也。特申韩迹象之学，黄老精神之学也。精神运于虚，故清静得其旨趣，迹象征诸实故，惨刻极其流弊。而要其归，皆孤行其是而已矣。

刘渊、石勒之乱始于清谈论

刘渊、石勒先后乱晋，顾炎武氏谓清谈者致之，甚词也？夫蛮夷猾夏，关国家安危存亡之机有天道也，非人之所能为也。自来不仁得天下者，必有奇祸贻其子孙，魏篡汉而晋夺之，晋篡魏而刘石覆之。又甚以青衣行酒执戟前导之辱，尤而效者，罪又甚焉，故天之报之亦愈刻与。夫渊，匈奴也，魏武徙之内地，魏亡于晋，而晋即亡于魏，所徙之人一若遗之孽而假手以相图报者。君子于是叹天之可畏，断非二三清虚放逸之士所能任其祸也。且非有李斯、王安石之才，决不能致陈、项之亡秦与金之乱宋也。王衍、乐广之徒，其于晋也，以无足重轻之才，委蛇进退于清宴之地，则其所系亦无足重轻而已耳。若竟谓清谈者流足以召夷狄之祸，为国家安危存亡之所系，其重视衍、广辈多矣。夫木之颠也，必有巨蠹蚀其本根，而后风雨得以摧之。晋之蠹不在士大夫，而在宗藩。宗藩，国之本也。《诗》曰："大邦维屏，大宗维翰。"又曰："宗子维城，无俾城坏，无独斯畏。"言不可自坏其城，而莫知所畏也。今伦、义、颖、冏、颙、越之俦，六七宗亲，各拥强藩。国本非不固也，假以周召之亲，泯阋墙之隙，而相维相系，或屏东北，或障西陲，若枝叶之自卫其根，磐石苞桑，无逾斯固，虽有狡焉思逞者，安能间无衅之国哉？况羯胡遗孽乎！乃萧墙之内既如屠肆，则豺狼过门，谁禁其不大嚼乎？嗟乎！麒麟驹吾不生枭獍之子者，其为兽仁也。司马氏以不仁得天下，故天生枭獍之子，使自为屠灭，复生枭獍于枭獍子之外，就其所屠灭未尽者而屠灭之。盖若皆有天也，不然，齐王攸，贤者也，曷为不得其死，而必遗六七不肖以血其宗哉？且渊之必为晋患，攸与孔恂、杨珧皆早见之矣。而王浑父子以一言纵之石勒，倚啸东门，王衍心知其异，而不能早制之以贻后患，岂非天之欲留孽以祸晋哉！于清谈乎何与？虽然，清谈者尚虚名而招实祸，罪亦非可贳者。特竟以国家安危存亡之系，尽委咎于二三无足轻重之人，令后之不仁得天下者将不知有天道，而怵惕于奇祸焉，其何以儆耶？

狄仁杰论

予读《唐书·狄仁杰传》，喟然太息曰："嗟乎！处国家之变而能不激不随，从容拨乱以反诸正，卒保令名以终者，非所谓社稷臣耶？"武氏之乱，废中宗，幽睿宗，承嗣、三思日谋篡逆天下，岌岌已非复唐有矣。而朝廷上下率震慑于武氏之淫威，触之者死，逆之者斥，忍之者默，阿之者诏。独狄公以忠鲠亮直之节，进退俯仰于其间。感以精诚，折以谠论，喻以母子之天性，晓以姑侄之不衬，警以鹦鹉折翼双陆不胜之梦，令武氏心折，其毒焰乃欲发而不得。不然，武氏之欲子承嗣也久矣，久而不决者何哉？盖不能释然于母子、姑侄两言耳，则狄公调护之功多矣。虽玄武定策出于五王，公不及见，然柬之诸人皆公所荐擢者，则五王之功固犹行公志耳。况庐陵之复东都，固公所请也，庐陵不先复五王，能仓卒成功乎？故公之忍耻相武氏，欲存唐祚也。引柬之诸人于要地，为异日复辟地也。荐贤为国非为私，公固自言之矣。且夫国家遇非常之变，必有一二荩臣潜移默运其间，而犹恐一人之势孤，必多引慷慨忠笃之士以为之备。一旦祸起，则彼动之以猝，吾应之以豫；彼入之以暴，吾御之以暇。以无厚入有间，不操切而事未有不成者。古大臣济变之权，其用心固无不然矣。嗟乎！后世人臣不幸处狄公之势，顾惟是感愤，激烈轻其生以偾国事；其黠者又或委蛇进退，保持其禄位以自托于沈。几观变者之所为，此予所以叹狄公之不可作，而武氏之祸无有已时也。悲夫！

守在四夷论

水之行乎地也，壅而防之，则泛滥溃决而为患；顺其性以导之，则弥弥然归于壑。故天下祸患之来未有不成于相激，千古夷夏之防亦犹是耳。夫夷而夷之，听其喙而息焉，麛而处焉，不与之较强弱，而喻之以威信，惕之以声灵，使怀我德，而不敢不畏我威，虽枭悍亦驯伏矣。若必禽兽畜之，盗贼防之，绝其向附之阶，屏诸教化之外，彼夷狄独非人情，有不愤焉思逞者乎？故中国之有夷患，皆防之过者激之也。然遽以防之无益，竟坦然任其出入，撤我藩篱，窥我堂奥，据我要津，裂我冠带，蔑我文明，肆然以奇衺诡僻之言，方驾我圣贤道德之上，是虽不能自守之故，抑亦御之失其道耳。舜禹之有天下也，声教讫四海，苗民弗灵而干羽格之。秦皇北筑长城，而胡马窥边。汉武遣戍轮台，而匈奴不宾。然则不守之守，胜于守而自守之守，又不若代我守者之久且固也。故圣王之世以德为藩，以礼为防，相安于理，相忘于势，无强弱之争，无畛域之见，各守其所当守，已不啻为我守矣。盖自中国有边防，而夷夏之分严，故常见为仇敌，而不见为宾礼。中国强则夷为虏,中国弱则夷为主,称臣、称侄、称子,岁贡献焉,月朝朔焉。甚者,中国之政权夷握之,中国之生杀予夺,夷操纵之。夷曰然不敢不然,夷曰否不敢不否。嗟乎!守之者欲制之耳,乃始焉制之,继焉不能制,终且反为所制矣。是犹水之泛滥而溃决焉,非皆壅而激之之为害哉?故明王慎德,四夷咸宾。

《隋书》不为王通立传论

《隋史》无王通传,人皆谓作史者之疏,予以为非也。不立通传,以通非隋之所得而有,作史者有微意焉。古之为儒者,得志则行道于天下,为王国之荩臣;不得志则独行其道,为高尚之逸民。故尧典不登巢、由之名,周书不载夷、齐之事。鸿飞冥冥,弋者何篡焉,所以著天子不臣之义也。通生六朝之季,故非隋民也。隋文初年区宇混一,若将出斯民于涂炭者,通献《太平十二策》,救世之心亟矣。故虽知隋文之不可为尧舜汤武,而通不得不以禹皋伊周自期。孔孟处周末,未尝一日忘天下,不惜仆仆以干诸侯者,胥是道也。通既不用,归,教授河汾,裁成俊乂,为异日佐命之臣。禹皋伊周之道自不能行,而俾所传授者行之,通之志岂不古圣贤哉?则通固天民也,非隋之所得而有也,即非《隋史》之所得而传也。顾或谓严光钓大泽、管宁遁辽东,皆高尚士也,而范史陈志并为立传,何哉?曰:子陵,光武友也,不得臣之,固已友之矣,庸非汉之士乎?幼安迭经征聘,蒲轮应诏,疏称草莽之臣,是固以魏臣自处矣,史列其传宜也。通生不食隋禄,殁不受朝赠,门不登天子之车,名不入公卿之牍,献策不用,归隐以终。昔者伊尹五就桀,桀不用,桀不得臣伊尹,隋恶得而臣通耶?且修《隋史》者,唐魏征、杜淹诸人也。征、淹通通弟子,知通之行谊必详,如史例可以传通者,宁忍没其师哉?盖惟征、淹亲炙之深,平居服膺师说,确知有天子不臣之义,而以不为立传尊之,所以为尊之至也。夫然后读史者知通为天民,非隋之所得而有也。而隋唐通说，顾谓其有秽行，为史臣所削，岂其然哉？

汉法郡县秀民推择为吏论

吏少则世治，然今之世殆非吏莫治。士君子处乡里读书，不复知政令、法律、钱谷、簿书之事，一旦得志亲吏事，则一切委之于胥吏。彼吏也，又非读书励名节之人，遂因缘为奸利，有明知其弊而无如伊何者，盖无吏则政令、法律、钱谷、簿书之事莫为之治。故士耻吏而不屑为，吏亦傲士以所不知，士吏分而天下之治不可问。夫惟士而吏焉，而后天下不妨有吏，亦惟吏而士焉，而后天下不可以无吏。汉时郡县秀民得推择为吏，夫士民之秀者也，有文行者大都矜持名节而不屑为作奸犯科之人，则择其明练有治事才者，登之于令长、丞贰、相史之班，是吏亦入仕之一途也，士复何耻而不为哉？故以公孙弘之儒雅而为狱吏，龚胜之饬行而为郡吏，王吉、鲍宣之好学明经而为郡吏、县啬夫，张敞之忠直、王尊之威重而为卒史、狱小吏。又如胡广之贤，则郡散吏也；袁安之节，则县功曹也；文翁、黄霸、卫飒、仇览之循良，则皆小吏起家也。两汉得人莫此为盛，而吏居什四，则吏亦何害于治耶？自国家重士而轻吏，而其所重之士只重其名而轻其权，其所轻之吏乃轻其名而重其权。士之仕也，期月三年为已久。而吏则及于子孙，此后世之天下所以为胥吏之有也。士为官，而胥吏为所用名也；而吏实假官以舞文，则士为所用权也。以士之虚名而常加于胥吏重权之上，天下乌得而不乱哉？故尝谓吏不必尽汰也，士而吏焉可耳；士不必虚尊也，吏而士焉可耳。择之有道，用之有法，斯天下皆吏、天下皆士矣，无已，其惟行汉法。

论纲目帝蜀非史例

史家之例，重实轻名。名者，褒贬予夺之微权。实者，功罪是非之定理。理可以不言而喻，而权可以反用而明。春秋之例，弑君篡国大书而不讳。然既篡弑而得矣，则亦未尝不以为君、不以为国。盖名其所自名，予其名而罪乃益彰。如曲沃成师之类，即《通鉴》以统予魏之例也。自朱子作《纲目》，黜魏帝蜀，以为昭烈帝胄，丕睿篡逆、正名定罪，于理诚然。然魏之罪岂必黜之而后明哉？夫其所谓帝也，正统也，皆名而已耳。彼其所谓帝，则帝之而已。彼其所谓统，则统之而已。况彼既帝矣，安得而禁其不帝？既帝而统矣，又安得而强以为非统？自断断者争之力，而篡逆之徒乃知名之可贵，不惜犯天下万世之罪以取之。故春秋之意，轻其名而姑以予之，即以著其实而甚其罪也。若谓篡弑者必不能帝而予之统，则检点黄袍陈桥自立宋之为统，去曹魏也几何哉？况朱温篡唐、罪浮操丕，而后唐亦立唐七庙于洛阳，即云沙陀异种，不如中山懿亲然。吕政之统犹袭嬴秦，牛金之子尚承晋祚，则后唐、后汉例有同。然何独于朱梁则帝之，而魏则黜之；于后唐则贬之，而蜀则正统之？此岂有异例也耶？或曰诸葛北伐，《通鉴》寇之，宁有理与？然谓之寇者，魏寇之也。既予魏统，则史例宜然，其不得谓之寇者，理自在也。且编年纪事兴废相承，乃山阳废时，魏已改元黄初，而昭烈称帝尚在次年之夏，则其间四五月事，不系之魏，将略之乎？抑仍系之已废之汉耶？后主之降，其时曹奂俨然帝也。又越三年，而晋武始帝，则此二年间事，不系之魏，将系之已亡之蜀乎？抑系之未帝之晋耶？以是知《通鉴》之予魏统者，史例也。朱子生南宋偏安之局，与蜀汉同。朱子欲存南宋之统，故《纲目》以帝蜀发其例，谓之纲目之例可，非春秋之例也。

治　盗　说

治盗不在盗，当先治治盗之人；治盗之人犹后焉，当先治纵盗之人；纵盗之人犹后焉，尤先治诲盗之人。天下之盗皆上焉者有以诲之也，有诲之而后纵之者多，有纵之而后治之者宽，于是盗愈横、民愈苦矣。夫盗亦民也，民未有生而盗者。饥寒迫之，兵戈扰之，颓俗诱之，苛政驱之。民见为惰民死，为游民死，为良民亦死，则非盗莫生。夫驱民盗者谁与？枋国者厚集天下之利以自肥，取之无艺，用之无节，头会箕敛，岐名骈目，巧取豪夺，民顺之则力疲，逆之则法随。惟惕息呻吟于淫威横政之下，奔命喘汗，骚扰以相奉。其豪宗巨室、富商大贾称素封者则假名以罪戮其人、籍没其家，是盗行也。而又定告缗之令，行募贷之法，重许发之赏，尊聚敛之谋，牢笼囊括天下货财以输大农，而官府犹时虞绌之。岂盗人者不富，悖而入亦悖而出耶？然而均输之吏，干没者半，主计之臣，侵渔者半，守藏之司，肤箧者亦半，皆盗徒也。而莫或正其罪，盖上下交征则法不行，又何所惮而不相盗哉！民之铤而走者，遂皆盗矣，非上诲之乎？国之败也，法苛于民而弛于官。官非无捕盗、治盗之人，然捕盗者亦党于盗，分其赃而逸其人，或且资之盗而利之。盗以捕为护符，捕以盗为利市，欲其不纵焉得乎？盗或不幸而罹疏漏之网，有司者治之，而狡黠者无狱辞、无佐证，法不可以刑鞫，罪不可以臆决，爰书莫定而盗之受庇者多，盗于是生矣。盗之生，民之患也，于官何与而必穷治之？虽然，盗多则治不胜治、捕不胜捕，即不纵不宽，而诲之者如故，盗亦奚自而戢？故吾不专责纵盗治盗者之罪，而惟诲盗者为不可恕。夫诲之云者，固非谆谆然命之，然上以盗之道临民，而法又疏于盗、密于民，是不啻诱之盗也，则将何说以治纵盗治盗者之罪？更将何术以禁民之不为盗哉？盖必国无盗政而后无盗臣，无盗臣而后无盗民，斯之谓治本。

辨

《王制》、《周礼》五等封地不同辨

三礼最后出，其记载互有异同。如《王制》公、侯、伯、子、男，封地与《周礼》异，后儒多曲说以强同之。而吾谓据圣贤之说，断之以理，其义自明。按《王制》言，公、侯田方百里，伯七十里，子，男五十里，与孟子告北宫锜慎子之说同。而《周礼·司徒》载，诸公之地，封疆方五百里，其食者半；诸侯方四百里，诸伯方三百里，诸子方二百里，诸男方百里，其食亦以是为差。然海内之地方千里者九，而周之封国至千七百七十三之多。循《周礼》，必五百、四百里，小亦百里，则仅方九千里之地，又名山大川不以封者去什四，则为地不过方五千余里，又除闲田外，安所容千七百余国哉？即谓方五百里者以四周言其径，止百五十里。若是，则男国只二十余里耳，何以建国？此不可通者也。且谓五百里者，统山川言之，然山川绵亘非如弈子之在枰可匀布也。或数千里平衍，如兖冀两河之间；或重峦复水，如荆梁雍扬之险隘。必如《职方》所云，举千里之地，以方五百里者封四公，方四百里者封六侯之类，则必一州之地皆平原，而后可设山川间之，则地不足谓山川亦在封内，则有山川与无山川之国毋乃壤地不均矣？岂成周法制之善乎？此又不可通者也。或又曰：《王制》主禄言，故不曰地而曰田；《周礼》兼爵禄言，故总言地数又言食数。以《周礼》食数当《王制》之田数，适相符也。然《王制》之末有曰：“方百里者，为田九十亿亩，山林陵麓三分去一，其余六十亿亩。”则知《王制》云田，即括地言之尔。况孟子之语北宫也，自天子至小国皆曰地，其对慎子也亦曰地。虽当时诸侯去籍，孟子之说似亦无证，然其所闻渊源，孔氏圣贤传述自有由焉，且博物如子产宜可信矣。左氏尝志其语曰：“大国一同，杜预云百里也。”如《周礼》所云，则一同仅男国地耳，岂男国亦谓之大国乎？武成曰：“列爵惟五，分土惟三。”明乎爵五等而土三等。如《周礼》所云，则土亦五等矣。故孟子之说同于子产，武成《王制》之言同于孟子，而《周礼》特异，益知非周公之书也。

驳《集传》不信《小序》

《诗·小序》不知谁氏作也，或云子夏，或云毛公，或云子夏创而毛公附益之，均无征焉。惟《后汉书·卫宏传》云："作《毛诗序》。"似序乃宏作。然《小序》毛公前已有之，非宏作明矣。窃谓是。盖汉初经生，原本师说集以为序，合为一编，托名子夏，迨毛公作传，分弁篇首，后世遂又疑毛公作耳。大抵汉儒去古未远，齐鲁诸家师说授受皆有渊源，故《小序》据事说经。自毛郑服孔以来，名儒诂诗鲜有非之者，盖诗训之最古者也。朱子作《集传》始，幡然变二千年之师说而抵弃之。其确有证者，亦臆说更之，目论之讥，殆难免矣。夫圣人不删淫诗，固以示诫也。然如新台、墙茨、鹑奔、雄狐、敝笱、株林，诸凡有关名教者四五什足矣，盈编累牍奚取哉？若《集传》所云，则《国风》百六十二篇淫诗居什八九，甚以邱麻思贤之什亦为淫私望遇之词，木瓜报德之章亦为男女赠答之作。孔子曰："诗三百，一言以蔽之，曰：'思无邪。'"而《集传》概以为圣人取淫僻之言以讽世，诚如扬雄所谓"靡丽之音，惩一而劝百者"也，岂诗教之本旨哉？然则孔子云："放郑声何与曰郑卫之淫？声淫也，非诗之尽淫也。"夫以情思绵邈寄托深远之作，概指为淫荡之言，则摽梅、求吉、怀春、士诱之语，亦岂闺门所宜及者？而圣人不谓之淫，则变风之所谓淫诗，均不可以文害辞、辞害意焉。且垂陇之享七子赋诗，伯有赋《鹑奔》、子太叔赋《野有蔓草》，皆《集传》所谓淫诗也，何以床第之言，赵孟独斥伯有而不责太叔？六卿之饯韩起也，赋诗不出郑志，皆《集传》所谓淫诗也，何以韩子皆称君子？及季札观乐、郑卫之风，皆曰美。若《集传》所云，则季子非知音矣，况诗也者，皆牢愁抑郁之所作也。古人于君臣朋友之间，每不忍显斥其非，而故托男女之情以寄怨慕之思者，如屈平之咏《离骚》、陈思之赋《洛神》，皆风诗遗意也。《集传》于小序之说既一切变更之矣，其注《卫风·柏舟》为妇人不得于其夫,而何以注《孟子》所引"忧心悄悄,愠于群小",则仍本《小序》仁人不遇之说,非矛盾耶？或谓《集注》成于朱子晚年,几经改订,故较精审,岂或然与？

议

夫 为 妾 服 议

律五服皆报,而夫为妾独否。曹子曰:"此律之疏也。"夫礼,缘情而生者也。亲属之服相报者,所以示情之属也,其有等杀者,情杀之也。夫妇之伦,合两姓而为亲,故妇以夫为家。妾厌于妻,而夫不为服,是外之于亲也,是妾无家也。《传》曰:"妻,齐也,妾之言接也。"妻与齐,故为夫服斩衰三年,而夫报之以齐衰期,或且加杖焉。妾非妻匹,然既接于夫,宁有情不属者？礼为同爨缌,为朋友麻,夫同爨犹缌,朋友犹麻,而况情之接焉者乎？或曰妾,贱也,故于亲属为闿。然既贱之,又何庸亲之哉？律妾为家长斩衰三年,为家长父母三年,为嫡子期,为己生子期,俨与妻等也,是引而亲之矣,胡独夫之无服？若屏于亲之外,此情之不可通者也。《礼》曰:"嫂叔之无服也,为远嫌也。"今律嫂叔有服,为兄弟推也。《传》曰:"母以子贵。"妾之子为亲属服,与嫡子无以异,则援嫂叔之服为兄弟推之例,夫为妾不当为子推之哉！古者天子之尊诸侯之贵,故降其所卑贱礼。君不为妾服者,为天子诸侯言之耳。律非止为天子诸侯制也,则大夫士庶人之妾何得以君不为妾服之例概之耶？然则夫为妾宜何服？《仪礼·丧服》云:"为贵妾缌麻。"《传》云:"何以缌？以其贵也。"《戴礼·丧服小记》云:"士妾有子而为之缌,无子则已。"《正义》云:"大夫为贵妾缌,别贵贱也。"士惟无男女,则不服,洵是妾有子者,夫宜为缌,可以证律之疏矣。

折漕私议

　　江南之赋莫重于苏松太，而常镇次之。明太祖憾吴民为张士诚守，故以重赋困之。此前代之苛政也。国初赋额一循明万历旧制，额征苏州白粮三百五十万石，松江一百二十万石。每亩科自三斗七八升至二斗二三升不等，下田亦亩科二斗，折粳实完，上田亩二斗，下田亩一斗，民困甚。雍乾两朝共减六十五万石，并准米一石折银一两，其时银一两直制钱八百余耳。泊道光大水、咸丰发匪，叠经巨劫，银益昂，米益贵，民力益不支，苏漕常运不及五六成。同治初，由抚臣奏请准实运百万石之数，酌减苏松太三之一，常镇十之一，惟地丁及漕项银未减。现计苏松太常镇实征地丁银共一百四十一万二千六百二两外，又漕白正耗米七十二万九百余石，其余各县加派漕项及行月等米，无从稽核。而就全漕虚额计之，已减其什七，民力宜稍纾矣。而今民欠官亏反甚于昔者，何哉？其故盖有四焉：一由于科则之不均。苏松田制一县至多者五十余，则繁乱难稽。故赋之轻重视乎户之大小，大户折银石米止钱五六百，小户懦弱者多至八九千当一石。其狡者或遂以贿诡寄于大户，于是绅衿有包荒包欠之弊，或属胥吏注荒，或任意飞洒，或假名亡绝，弊混丛生，不可究诘。凡兹欠缺不浮征于民，即亏累于官。虽均赋之议曾有倡之者，而不核并科则归于简当，积弊乌能清哉？一由于陋规之不革。州县办漕，自漕督、粮道、府署、幕僚、书吏以迄本署幕书、丁役，向有漕规。自减漕折征后，一切开仓浮支、民间上仓私费，太半汰除，而加耗一项既成巨款，即有仓耗、舟漏，究应酌定几何而量移耗余以贴上下办公之费，则漕规可以尽革。且河运改由海运，招商轮船包运脚费，视旧时已十减其五，又无旗丁漕赠之贴，何以各县加派漕项？旧征平米一石加银三钱六分有奇者，曾不少减，此不可解也。一由于银钱之兑亏。苏属地丁向以钱抵银，大率银一两合钱一千四百，加公费一千，或八百六百不等，约征银一两纳钱二千二百至四百。今钞币充斥，钱市日落，且通用墨西哥银圆每圆合库平银七钱二分奇，市易钞百三十余，然径以钞百三十易库平银七钱二分奇，则不值远甚。以圜法之坏，而民于重赋之下复受银盘之亏，固已困矣。而正赋之外，原有耗银又有平余。平余，本州县吏之私，今已提为公用。州县以弥补无资，不得不抑勒洋银，短折钱钞，粮价市价每银圆悬短七八十，或一百以外。名则抵补兑亏，实则借私盈羡，是曰"洋余"。夫上既利州县之平余，能禁其不有洋余哉！然而上官之供张、公私之摊派、新政之提拨、胥取给于是，盖亦耗矣。民则重困，官亦未为纾也。一由于米价之奇贵。同治减漕之初，米一石值钱三千二百，漕价加费钱一千，定漕米一石折征钱四千二百。当时州县征漕一石，可赢钱一千，漕万石，赢万千。今米一石值墨银五六圆，以每圆合钱一千三百计，是办漕一石亏钱三千余，漕万石亏三万余千。向者勒民折钱以取盈，今则求民不折而不得。又或于征漕之后挪移耗散，不及早定米盘，市侩操算而居奇，村农窖粟而待价。及春起解冬漕，谷价腾踊，石至银七八圆，即仓皇购采而亏折愈多。故今之漕政不特民困，官亦大困矣。夫州县吏，亲民之官而治化之母也，今乃鼠忧狼顾，虑身家恤考成绸缪赔补之不遑，而暇尽心民事乎！故南漕不一切折解，即民困官累不能一日而纾，且折解亦何损于国家哉？河运解京漕一石，约费银一十八两，后改海运，归招商局汽船，运费虽减而米价日增，今漕一石，自运费、驳卸、仓耗及仓场漕督以下官吏丁役之需，综计在七两以上。若准同治折价石值钱三千二百合银二两有奇计之，则折解减实苏漕七十二万九百余石，可得银一百四十五万余两。较诸国初未减漕额时，石米折银一两者，已符原数。而汰除仓漕以下冗官丁役之费，驳卸起运亏耗之用，以每石五两计之，可岁蠲三百五六十万两，于困疲之民、赔累之官而国家不惟无丝毫之损，且已复旧额之数,不亦上下交纾哉!尝见太仓露积霉腐不可食,朝廷倍菔沽之,旗丁暴殄弃之,顾不痛惜哉?诚令折解之后,高悬价格以招商运,则赍粮逐利者将樯集辐凑于京津矣,何匮食之足忧?

移饥民垦荒代赈议

《礼》曰:"三年耕,必有一年之食,九年耕,必有三年之食。以三十年之通制国用,虽有水旱凶荒,民无菜色。"古者民生在勤,先使无荒土,故不患有荒岁。今惰民坐食弃田多而盖藏空,水旱一时则饿莩载路矣。国家发仓振廪,蠲给巨万,而升斗之颁饱饫旬日而已,甚者饥民得赈而惰愈甚、荒田愈多。则即日事赈恤,而仍不足救民于死。何如驱之于勤?使食其赈而事其田,其无田可耕者,量移百里之内,择官荒无主之田赈之而督其垦,垦熟即以授之,民日食其力。或不幸遇灾荒,惟惰于耕者乃转沟壑耳。夫授之田而复惰于耕,是弃民也,无足恤也。今西北灾歉频年,流徙觅食者不远千里,或遂以无可事事,而忍饥以死。而关陇以西河湟之闲弃地多有不乏膏壤宜谷者,诚使招集流亡编之甲籍,计丁授荒,计田给赈,量地硗衍,酌分科等,赈随丰俭。设垦务专官,先事调查人数、亩数,受赈、受田按造册籍。凡愿垦者,具状赴官领赈领垦若干亩,官为登册,不得侵克之、勒派之。其不愿垦者不赈,从民便也。故必因地之势、因民之利、因人之情,而不转徙、不强迫、不烦扰,然后可。若千里赢粮,挈妇襁儿,沟壑未填,道殣相望,不可也。饥馑之民,亦有田庐,舍己耘人,不辍则弃,不可也。钱谷入手,易耗而难存,赈之旬月,垦之穷年,利民厉民,不可也。远来饥疲,食息所资、牛种田器悉仰于官,每人给之,按亩授之,事扰而费巨,稍或不均,变生仓卒,不可也。然苟能虑之也,周行之也,谨为之也,得其人、明乎势、审乎利、顺乎情而制之,胥得其当,夫固有大利在焉。货弃于地,则民穷而国困。今以应有之赈,垦本无之田,使无业者有业,无租者有租,无赋者有赋,赈出而赋入,利一也。久荒之地,盗贼必多,冻馁迫而游闲者之所致也。资之食而事之耕,陇亩勤而萑苻自靖,所谓无弃田、无弃民,利二也。荒田多则储蓄少,故岁一歉而民即病。饥民垦荒,则今日多一垦荒之人,即异日少一食赈之人,利三也。故是策也,当行之于受赈附近之荒,行之于官荒无主之田,行之于饥困无业之民。未垦之先,谋所以救其死,既垦之后,谋所以安其生。缓升科之期,轻赋课之则,而犹必有贤长官以抚循之,意寓诸督率之中,民自不待赈,而相率以垦也。虽然,此缓赈而非急赈之事也。

考

东南水利考

《禹贡》"三江既入,震泽底定",为东南水利所自始。所谓三江者,说各有别。但就扬州言之,本蔡传以别于苏氏之说,则三江乃震泽之尾闾,而震泽为三江之星海也。然震泽源出天目诸山,其西南则上自宣歙、池州、武陵、富阳,而下湖州之安吉、武康、乌程、长兴,合苕霅诸水以入,其西北则上自金陵诸处,入溧阳,逦迤至长塘河,而镇江、金坛、丹阳、江阴诸水会宜兴、荆溪以入。合数郡之水,潴汇于湖,而东达三江以入海。盖其源之大略如此。古之人有从其上游治之者,相其水之可以他注,则并力距之,使不入于湖。故置五堰于溧阳,以节宣歙、金陵、九阳江之水,使入于芜湖以北入大江,开夹苎干于宜兴、武进,东抵隔湖,北接长塘河,西连五堰。所以泄长塘河水入隔湖,复泄隔湖水以入大吴、塘口等渎,而入常州运河之北偏十四斗门,北下江阴之大江。有从其中段治之者,观其势之不可遏抑,则递分杀之,使各入于湖。盖荆溪不能受西来众流之奔注,故于震泽之口疏为百派，谓之"百渎"，又开横塘以贯之，约四十余里，百渎在宜兴者七十四，在武进者二十六，皆西接荆溪而东通震泽者也。又于乌程、长兴间开七十二溇，在乌程者三十六，在长兴者三十四，皆于七十二溇通经递泄，以杀其奔冲之势，而归于震泽者也。夫苏湖居东南最下，而震泽居于其间，广三万六千顷，汪洋浩瀚，其势不可暂驻，或霉霖夏雨，山水骤奔，而三江之所以泄者不利，则东南数郡不皆为巨浸乎？古人所以论治，其委者亟亟也。震泽下委趋海，故有东南、东北二道。其东南趋者曰"松江"，从吴江县长桥东北合庞山湖，又太姚分支，过淀山湖，东至嘉定县境，合上海黄浦，而东北流经青浦、江湾，亦名吴淞江者为东江，松江既合东江之水，河浦最多且大，入海之势稍远，而要为震泽泄水之大道也。其东北趋者曰"娄江"，从吴县鲇鱼口北入运河，而经苏郡城之娄门。夫水势必趋东南，娄江在震泽东北，而水全趋之者，地近而势迫也。昔人以松江一川独泄震泽之水，势有不逮，故于常熟之北开二十四浦，疏而导之江。又于崐山之东开一十二浦，分而注之海。三十六浦所以节分娄江之水。而东北之派既畅亦遥，分松江之水，而东南之派亦遂矣。要之宣、溧以上西北之水可使入于芜湖，而不可使入于荆溪；苏、常以下，东南之水可使趋于吴淞诸浦归于大海，而不可使积于震泽。此则东南水利之大略也。况杭嘉湖苏松常六郡财赋肩天下之半，则水利农田兼营并重，观乎单锷之议，详于水道郏亶之言，工于固田，先正有型，后之治水利者其交注意哉！

排淮注江考

江淮之通非古也，先儒以孟子"排淮注江"之文为记者之误。近钱大昕氏援引傅会斡旋孟子本文可谓勤矣，特未知经文注之江下有海字阙文耳，亦非记误也。考《禹贡》导淮，曰："东会于泗沂，东入于海。"不云"南入于江"。明淮挟泗沂入海，非入江也。

钱氏泥"沿于江海达于淮泗"之文，以为排淮注江之证。然顺流而下之谓沿，又缘岸而行之谓沿，盖扬州入贡沿江入海，复沿海折西以入淮。沿江者顺流下也，沿海者缘岸行也。吴语云沿江泝淮，又越师沿海泝淮。此其明证焉。若禹时已可由江达淮，则《禹贡》当云"浮于江达于淮泗"，曷言"沿于江海达于淮泗"乎？钱氏据宋李易之《来南录》云自淮沿流至于高邮，乃泝于江，又有自淮顺潮入新浦之说，遂谓禹迹宛然。不知此后世之江淮非禹时江淮也。江淮之通始于夫差之凿邗沟，邗沟首受江水，东北通射阳湖，射阳亦名中渎水，又北抵末口入淮，末口即北神堰。隋开皇中旧渎淤塞，乃开山阳以通漕与射阳，末口又稍西。大业初，浚邗沟，加深倍阔，堑曲为直，而后淮泗之水南流入江，又地势北高，南下水流奔注，波澜浩瀚，江流反为所遏。诚有如孟子之所谓排者，此李氏所以误为禹迹，而钱氏据之甚坚也。或曰：孟子时邗沟已通，记者或据当时水道以逆揣禹迹耳。然孟子邹人也，门弟子大率齐鲁间人，去淮泗不越二三百里。又去古未远，考证易确，禹贡水道若纹在掌。宁有孔孟之徒不通书经而误以当世之疏凿即为禹迹乎？故知"排淮注江"非误文，乃阙文也。其文当曰："决汝汉，排淮泗，而注之江海"，言"汝汉"则"决而注之江"，"淮泗"则"排而注之海"。

曹 氏 姓 原 考

曹之为姓古矣。其轩辕之出乎。当高阳世，祝融之子曰陆终氏，其妃曰女㛩，生子六，其五曰安，是为曹姓。周武王克商，存先圣之后，封安后曹侠于邾，小邾者其同姓附庸也。后改国号曰邹，灭于楚，子孙分流兖徐间，其在沛者尤盛。邹未灭时有曹沫者，相鲁庄公，劫齐桓公，盟于柯，反侵地，即《春秋左传》称曹刿者也。又孔子弟子曹恤，孟子时有曹交，殆皆邾之支属，与邾鲁接壤，其或即为鲁人未可知也。《朱子集注》谓交为曹君之弟，但其时曹亡久，安得复有曹君哉？楚汉之际，刘、项将相都乡里豪侠，沛公左司马曹毋伤，项王，大司马曹咎，皆其著者。而平阳侯参，实惟沛人，传国长久，与汉祚相终始，遂为徐沛巨族。《后汉·郡国志》：平阳邑在谯，魏武兴于谯，谯沛属也。故王沈《魏书》、陈寿《魏志》皆定为相国参之后。沛与邾相去非远，故知为邾后无疑焉。独魏武自为家传云：曹叔振铎之后。岂以姬周胤胄，视邾为昌？且以为王者后而袭之与？而高堂隆《论魏郊祀》又云：曹为舜后，出于田齐，则以魏承汉祚，欲比迹唐虞，故附会之耳。蒋济驳之，以为横祀非族而作。曹腾碑文大书云：曹氏族出自邾。并与缪袭反复辩难，皆有理据。陈寿作志，号称详核，卒右济说，良以邾之受姓远在古先，氏族著于春秋。振铎子孙以国为氏，仅见于郃阳令曹全碑，盖东汉之季始有此说，而魏武袭之尔，旧谱摈绝曹魏，而受姓之说独宗，魏武毋乃有浅陋之见存乎？

钝庐文集卷二

序

《显志堂遗稿》序

古文,志古者也,有著述之文,有酬应之文。六经孔孟之书,下迄诸子杂家之作,皆怀古之道,不能以有为不获已而笔之,以待后之学者。虽见道有纯驳,而均不愧为著作之林,无他,其所志异也。古者,君臣朋友之间,非无酬应之文,或歌颂功德,或献纳箴规,或叙悲欢离合之情,然皆一衷诸道。盖古人之文,非徇人以为者,文之所以贵也。汉魏以降,斯道渐微,六朝靡靡,文敝极矣!唐韩愈氏出,慨焉有志乎古,其为文根据六经孔孟,而撷诸子杂家之精,以为佐使,固矫然三代后之作者,然其酬应之作居什三。盖世之衰也,士大夫不能躬行其实,冀惟藉有道君子之言,以取重一时,侥幸后世之名。其有所挟而求者,未必皆合于道也。苟信道不笃则徇于情,徇于利,徇于功名势位,即中有所不然。而既徇矣,不得不委曲掩护,以求当于其人之心,而三代毁誉直道之公,几或息乎斯民,此固为文者信道之不笃,抑世变之所趋也。韩子志古者也,且犹不免,况其下焉者乎?明归有光氏,近世学古文者称之。而其文酬应特多,非敢谓其无所徇,然其持义正能,时时规于大道,其为文辞约而义丰,气静而旨醇,盖非尽背乎道者,故尝称之为洁。粤东冯展云先生,学道而志为古人者也。当咸同闲士争揣摩时文以弋科名,先达者类以是掖后进,独先生有志乎古,肆力乎六经孔孟,旁及诸家之文,矫然自振于俗。为人尤清介峭厉,不苟同于时。仕京朝以廉直著,会巡抚陕西,为忌者所中,罢官家居,矢古益勤。朝廷察其枉,复先生官,将召用之,而先生殁矣!今其孙覃伯与予同官于皖,出先生文如干篇,谨受而读之。虽皆酬应之作,而循循然诱人必于道于纲常,名教之所系则极力昌之。其辞简,其义丰,其气静,其旨醇。其颂人而不滥,其规人而不激,其叙悲欢离合之情而无佚,盖取法归氏之洁,而进乎古之道以为文者也,岂尽徇乎人哉!呜呼!先生殁十余年矣,而读其文者,犹慨焉想慕其为人也,则志古之效焉。

《皖省理化专修科毕业生题名录》序

格致之说,昉于《大学》而佚其篇。说者谓西人取吾所佚而发明之,其说信否勿论。今其学渐被而东,吾国乃知有实用,令学子习之。皖理化专修科创于光绪戊申之春,以一年又六月卒业,今及期矣。某奉学使命,权试之,莘莘者皆皖之俊髦也,乃进而诏之曰:"《语》云:'一物不知,士者之耻。'故博学多能达于圣,知物者非知物之名已也。物有质,有性,有阴阳刚柔之体,有五行生化之用,有五味剂合之方,有五色变易之奇。名之,则一物析之,则物物化之,则万物或万物归原一物,或一物散殊,万物天地胚其元,人力会其通,而物乃不穷。圣人曰格物曰穷理,而导源于致知。致焉,格焉,穷焉,皆无尽之学焉。愿诸生无域于所知,而由是致之格之穷之。功足以尽天下之利,而学足以造圣贤之精。盖古之尽物者,穷虚理于恍惚,犹能探正心诚意之原,以极于治国平天下。今以实物穷实理,实体致实用,致之也有凭,而利之也无尽,是亦大学新民之一事也。且天之生物也,独厚于吾国。外人常贱取吾物以化合之，而倍蓰取利于吾。皖处长江之中，为南北通衢。外物骈集，轶出之利甚伙。诸生能进所知而精焉，极配藜分化之能。而吾利吾物则无尽之功，用基于是矣！或以其知之精者，进里党子弟而教之，俾知一物不知之耻，群奋然于格物穷理之学，以竞收外轶之利。则所期望于诸生，与诸生之于学也，将同为无尽，而岂浅尝辍止云尔哉！"

《闲鸥馆诗》序

诗易能而不易知也，然必尽得知诗者而乃谓之能诗，诗之道愈孤矣。三百篇尚已，而《国风》诸什，大都劳人思妇随感触发，应于心，顺于口，初不自知其为诗。然自有条理、节奏、声韵在乎其间，蔼然以和，旷然以远，叟然不可迹象，以求百世而下，犹令人涵泳唱叹，感动乎性情，此诗之至也。其所以至者，自然之妙也。风触于物则鸣，水激于湍则波。其所以鸣且波者，风与水不知也，自然而已。故执知之说以求诗，转无以得诗之真。诗之真何在？曰性情、曰阅历。性情正、阅历深者，言自亲切而有味，不假涂饰而自工。所谓工者，不必其全体也。或孤章短什、断句零词，苟出于性之自然，足以增长阅历，关系人心。世道之大者，虽不雕不琢，奚妨于璞？故纯乎天者物之真，杂乎人者物之工，而非其真也。少江沈先生，吾先友白师季父也。为人天性旷爽而阅世深，慷慨负志气，不屑屑于文字。凡人世离奇诡变之事，无不心目莹澈，如然犀烛江怪。晚乃喜吟咏，辄放笔疾书，嬉笑怒骂穷极状态，或细腻熨贴体会入微。求诸古人之诗，所谓格律声调者虽或未尽，然其辞意真挚，理解澄朗，固非根于性情、富于阅历者不能几焉。谓非知诗，其谁信之？昔白居易诗，老妪都解，惟其真耳。真，故于事理切，于人情通，虽不知诗者，无不知其妙也，白诗之工至矣！先生固不必自谓知诗，而要使诗之意无人不知，其庶几诗之真乎！虽然，诗之道岂易尽哉！壬子四月某序。

《冷观庐诗》序

　　袁君保香少予二岁，总角相慕，悦交二十余年，诗酒文宴、游戏征逐之事，无往不与偕。保香天资敏朗，凡古今诗文辞佳者，类能记诵，好吟咏，矢口成韵，诙笑谐谑，词皆绝妙，顾常吐弃不自惜。其论诗服膺随园。予尝从容语曰："诗固尚天机，亦须具人力。性灵情韵，天也；格律声光，人也。必胸有万卷之书，目穷事物之变，俯仰古今宇宙之大，返诸身世阅历之所得，然后取古人之作与吾相近者以为范，久乃变化以任吾志，自不至污漫慌荡而失所据，斯能言之有物，无俗韵而有光气。故为诗不可太易，亦不容过难。易则轻，轻则俗；难则滞，滞则涩。随园之诗以天胜，而犹或未免于轻俗者，易之弊也。然其淹博渊雅之才，要非尽恃乎天者？苟无随园之才，以尽人力之所至。顾惟视诗之道，若易然者，恐将不止于轻俗，而流为浅陋矣！"保香以为然。于是诗不易作，作则大进。岁戊申，予宦游皖江，不复得与保香论诗。己酉，保香以高材拔贡成均，后二月卒。予闻之出涕曰："嗟乎！保香之所成止于是乎！"辛亥国变，予归自皖，过哭保香，则墓草宿矣！求其诗，三越岁始得其遗稿，读之，声韵气格果非复二十年前保香之诗矣！忆夫青灯长夜，兀坐无俚，则乘月走访于城南寄庐，相与煮佳茗，或暖秫酒，对坐斟酌，评骘古今诗文，各挟所好，以争短长，至或掷盃拂袖，震骇邻右。迨释然相喻，则狂笑出门去。迟明，袖诗相质，携手步海堤一周，而推敲之字，磋磨乃定。今少壮已非，故人不作，而予则块然伏息海隅，孤吟无侣，此焉遂废。嗟彼后生梏于俗学，几于四声莫辨，遑论其他风雅云，亡非仅黍离之感矣！序保香诗，不知涕泗之横集也。乙卯冬月某序。

《冷观庐诗话》序

　　诗话非诗录也。话为经，诗为纬，诗所以实话也。无话而诗,则录焉而已。宋以来若黄鲁直、陈后山、尤袤、王方直之伦,迄今西河、梅村、愚山、阮亭诸家,其例可考而得焉。随园始务博采,而诗乃倍于话。盖随园负盛名,以风雅奖时流,上自公卿,下至舆台,旁及闺阁之秀、方外之彦、倡优之贱,苟能辨四声、缀韵语,各欲附龙门以取声价。而风尘困踬之士,山林潜郁之夫,苦吟终身而无闻者,尤愿一泽丹黄,藉光姓氏,故投筒抱赞者纷逐于门,知必有瞻徇顾惜而不忍尽弃者,诗之所以浮于话也。此随园之变也。保香诗步趋随园,予既序之矣。而其以生平所闻见所记诵者裒集之,循随园之例,为诗话如干卷。十余年来搜讨之功,拳拳于阐幽发潜者,可谓勤已。嗟夫!保香一书生耳,交游声气,无名流为之激扬,才望闻誉,无达官为之提倡,而能令海内诗人尔音不閟,珠零玉屑,充溢囊箱,其抱残守阙者,亦各出先人遗著、故老陈编就铅椠以求评勘甚矣。吟咏之道,其气类感人如是焉。天假保香以年而丰其遇,随园之业其足囿乎!虽然,诗话固自有例也。保香之例,随园之家法也。而零章断句赖是以存者,非鲜矣!是又乌乎忽之。

《乡土志略》序

古地志之书未有及掌故者。自后郡邑志乘循国史例,举一方之典要,而方舆之学通乎政事矣。昝君舜臣编是书,为学地理者始教授之用。要其大略,亦邑志之具体也。今学校之书率用坊本,书贾钞胥掇外国译书,稍易其辞句,以欺世而牟利,而教者奉为枕秘。于是言地理者,徒侈域外之谈,叩以桑梓见闻。虽咫尺庭户之间,有茫然无以对者,是非可訾之事乎?夫知远必自迩始,则是编也,于教授之道思过半矣。丁巳七月某序。

《为冯悦甫经理地方款产报告书》序

伊昔治统于官,地方财府之出纳则有司存。其贤者,固能浚利源,遏弊萌,慎守藏之司;其不肖者,黩货无厌,而侵渔干没之事或不免焉。清季,邑大夫迭历亏空,展转委积。迄宣统辛亥,凡侵公款有七千数百金之多,皆无可追索者。又以征缴之权委诸绅衿胥吏之劣者,弊更不可以穷诘。改国之始,邑绅佐县政。凡公款出纳之寄于署者,别有专司。又请咎君舜臣,剔公田之弊而正之,收益增于旧者倍。维甲寅孟秋,邑人士以地方财政非得公廉之士慎重管司,与县署分别其部居,终不能厘然。而当适会朝命,有各县地方款产经理处之设,遂合词请于县,举本邑地方财产与县署度支部分而理,而谬以闾模为能胜任者,趣与龚先生少莘共典斯职。既坚辞不获,则又惧数百万亩之田产,六七万金之岁入,其厘剔之艰辛,征收之繁扰,追逋之困难,囊箧怀保之危惕,盈虚调剂之错纷,当积弊丛生之后为澄清澈底之谋,盖冰渊战兢、寤寐未舒矣!乃乙卯春,教育款产又析而理矣。于时龚先生复辞谢,以菲才独肩其巨。幸赖审议诸君子悉心擘画,匡所不逮,差免陨越贻父老羞。且征租有黄先生眉峰、龚先生静泉、张君正揆主其事,会计有陆君颂虞操其算,皆册籍灿然,锱铢不溢。闾模则惟洗心涤虑,以总其成,此颇足以自慰而并可告诸邦人君子者也。今南郭之竽不复滥矣。谨列三年来出入款目汇数刊布,弁数言于耑。

《曹氏洞庭支谱》序

　　古者王族有玉牒,侯国有世本。《史记》述春秋来至汉王侯世家,所以尊贵族别于庶贱也。魏晋重门第,区九品,搢绅之子动述家世,矜门阀。迄宋司马光撰家牒,欧阳修定谱法,苏洵叙族谱,黄庭坚作家乘,由是世之右族辄相拟效,而一家之谱遂与国史相后先。盖宗法既坏,支衍日繁,敬宗收族之义不明,民益涣而莫萃。若乃亲尽九世,远隔千里,虽一本之亲视如行路。数典而忘贤者,亦将不免焉。自谱牒作,则昭穆相承,亲疏有等,因委穷源,本支具在,亲亲之感自不觉油然而生。是故民涣则联之以姓,姓别则系之以氏,氏分则统之以族,族大则析之以支,支繁则衍之以派,派多则合之以谱,而后知亲睦之有所属。圣人敦本之道,所赖以维系民族者,盖仅有存焉。然而后之为谱者,不皆博识多闻之士。易世既久,沿谬袭讹。或间世一修,或数十百年一纂,征访未周,考订失实,嫡庶无别,祧嗣不明。甚有以孙祢祖、以弟承兄,或且引异族以纂绝支,屏宗嗣而续养子,乱伦蔑纪习焉不察者多矣!吾曹氏崇明宗谱,昉于明嘉靖甲寅,修于清康熙戊申,续修于嘉庆丙辰。道光壬寅迄光绪丁未,又约略增葺。其间讹脱凌乱,偶一披寻,触目皆是。如世系考以曹为振铎后,而脱五世孝伯。以孝伯子夷伯、幽伯、戴伯兄弟分列三世。《史记·世家》惠伯兕即《年表》之惠公伯雉,一人而分为二世。《左传》亡曹者伯阳,伯者爵,阳,其名也。而曰伯阳王曹,何尝有王号?子循蔡人,受学孔子,而谓为伯阳之孙,奚据云?然参封平阳,传五世失侯,侯宗子喜贬为杜陵公乘,喜孙本始降为杜陵公士。公乘、公士皆军吏爵名,而误截乘喜士为人名,尤贻通人之笑。司马彪《续汉书》云:曹节,中常侍腾之父。陈寿《魏志》云:腾养子嵩,官至太尉,莫能审其生出本末。郭颁《世语》云:嵩,夏侯氏子惇之叔父,旧谱不列。魏系以为非我族类,信然。而犹列曹节,何也?皆由纂辑者不学,任取史传闻人,臆为世次而不自觉其非。庸知谱牒未兴以前,虽郡国大姓,且莫详其世系。况曹之受姓,肇于陆终之子安。周武王封安后曹侠于邾,入春秋为著姓。《史记·曹相国世家》亦未云参为振铎后。至东汉之季,始有谓"曹亡,子孙以国为氏者。"魏武遂引为周后,而后世氏族谱据之。然果曹之后以国为氏,岂邾之后独忘其本姓耶?邾最与徐沛近,沛郡曹姓最蕃昌,我不敢知曰非邾后也。吾族自宋武惠王彬起家灵寿,爰徙汴洛,签枢公辅,复居南剑。靖康之变避张邦昌伪命,间从高宗南京,命长子绅挈家徙句容,再传后子孙分流淮、扬、苏、浙、皖、赣,于是江南遂多曹氏。其在苏者,复由虞山、姑苏、洞庭先后来崇胥宇，于是崇明遂有曹氏。崇明之曹，厥有二宗。按辅公曾孙讳启元者，生子五，曰德溥、德润、德济、德浩、德滋。德溥子景祯，景祯子可振，于元至正末自虞之顾家山迁东沙。东沙者，崇明州治地也。传四世，曰孔昭、孔明，复南迁。曰孔亮，生子二，曰万章，生隆及丰；曰万和，生盛。隆生泰，丰生熙及迪，盛生会。泰、熙、迪、会之后别为十二支。旧谱所谓老支者，皆景祯后此一宗也。吾宗出德浩公，有子二，曰景祉，徙姑苏；曰景祺，徙洞庭山。景祺传可发，可发传我隆。我隆二子，曰孔安、孔禺。孔安于明宣德间，自洞庭来徙，三传至文、行、忠、信四祖。文传三世，曰维周、维邦、维玉、维森；行传三世，曰维发；忠传三世，曰维藩、维屏、维翰；信传三世，曰维新、维德、维泰。都十一支旧谱所谓洞庭老支者，盖景祺后也，此又一宗也。姑苏支景祉九世孙聪，亦于明嘉靖间徙崇，迄清雍正割崇北境十三沙隶通州，遂为通籍。故二宗子孙皆以辅公为肇祖，老支则以景祯为世祖，以二世可振为迁崇祖。洞庭支则以景祺为世祖，以四世孔安为迁崇祖。而吾支祖维发公，则行公曾孙也。维发三传至世荣公，则吾派祖也。旧谱创于熙公子廷信，续纂者大绥，再辑者洪周、庆良、立冈，重修者显廷，皆可振后也。故于老支特详。且又居海门，与崇疏阔久。间一征查，讹舛疏略在所难免。余惧同宗异支同支、异派者亲疏无别，源委不清，拟别辑洞庭十一支为一谱，而尘累扰扰，心优力绌，年事就衰，恐成虚语。因就老谱正其谬误，峕录景祺公后各支至一十三世止，名曰洞庭支谱。而吾维发公本支自为一卷，欲子孙知一本之谊尔。

《本支分谱》序

吾曹氏洞庭一宗，自景祺公四世孔安公于明宣德间率亚旅来崇，是为洞庭迁崇祖。子二：万彬生莹，莹生文，为第一、二、三、四支祖所自出；万文生瑞及珠，瑞生行，为吾第五支祖所自出，珠生忠及信，为第六至十一支祖所自出。吾支祖维发公，则行公后也。行公十传皆单丁，至文元公生进公、时公，而时公仅再传止。惟进公生二子，而其一绝，其一则吾七世祖玉儒公也。再传至高祖倬公，乃有子八人。然或无子，或一传即替。独吾曾祖廷荣公生先祖昆弟四人，而四祖又惟先祖有子孙在。呜呼！行公一发之系其在斯乎，盖尝与从弟炳彪言之而唏焉。予少时闻先祖铭冈公之生也，先曾祖妣虑多子为贫累，将不举嗣。先曾祖廷华公恻然曰："吾同产八人，无子者五，或将取他人子为子者？而斯子固血胤也，吾将子之。"于是先祖育。而行公后赖以不绝者，皆廷华公之赐也。溯自景祺公迄予孙辈，传二十六世矣。行公以下则二十世，维发公以下亦十六世矣。小子早丧父，高曾以上盖不能尽知。又家乘自道光迄光绪，族人间一修，修亦或不详，非我族类则数典而忘矣。良苗嘉种而荼蓼是芜，治田者之耻焉。予是以瞿然而恐，泫然而悲。吾祖二十余传之血统，既不能昌而大之，顾复听所自出与非所出者，羼杂紊乱而不一正，后有亢宗者，其谓我何哉？惜乎从弟死，其孤不学，又谁与语者？因据旧谱，自行公以下别为一支，谱至二十六世藏于家，以诏我子孙，使知所本而绵延以续于无穷焉。庚午七月炳麟谨序。

《洁盦印存》小序

古之为书也，于方、于策、于金石，皆以刀镌之。惟竹木之寿不若金石之坚且久，故碑铭之文，后世于书契之古犹可考而得焉。秦别八体，摹印刻符都用古籀。汉唐以来斯冰之体盛行，而结构犹存古法。厥后摹刻专家推明之文寿承彭，清之邓山人石如、沈凡民凤、丁钝公敬、赵扽叔之谦，皆有遗箸行世，循端竟委于六书之故，岂曰小补之哉？予始弱冠，戏学镌印而不精，又不常为之，于古人刀法心摹手追，知其然而力不能赴。呜呼！学力之限人，虽雕虫之技且犹如是，况其精且博者乎？集所镌印章得如干，订而存之，惧其佚焉，非所语于金石之道尔。

《读画楼诗稿》序

予修邑史志，艺文集部诗文著录者，一百有余家，然行世传后者，什无二三，何其耗焉？岂前辈执抑不敢自信，靳而不示于人，久乃散佚乎？抑子孙不知珍袭，以覆酱瓿填蠹窟乎？抑无力以登梨枣，或梓而不广、广而不传、传而不久，人或莫之恤以保存乎？吾叹士之沥心血，焦毛发，风雨哀吟，孤芳自赏，名不出里闬，无搢绅先生为之阐宣，未几而陈编遗箸荡析于风烟草露之中，或且随灰烬以灭熄，盖不知几许矣。呜呼？此后死者之责焉。吾邑以诗学著者，有施考功赞虞之《一山诗选》，何广文罕勋之《二山诗稿》，张征君敬谋之《观海楼集》，余如吴天府、徐南村、张象川、杨匏庵、黄菇野诸集，皆尝梓行，风动一时，而求之十余年未获一觌，是又何也？盖自乾嘉而后，士务俗学，沉溺于制举之文，鄙古人声韵而不为。虽为亦不精，其卓然可传于世者，人且夷视之，而不少珍护，宜文献有杞宋之惧矣。日者，施子曾田出其先祖小田先生诗一卷，盥而诵之。其清沉之思、隽迈之气，若不屑步陈后山、刘后村之尘者，盖骎骎乎入大历十子之室而据其席矣。予少时闻先生制举文极精，而刘蕡下第佗傺无聊，诗境勃焠，固其胸臆宜然也。顾先生既废于时，犹雨夕风晨曼吟悲唱，致力于举世不为之诗。知先生之名废于彼者，岂不欲振于此乎？而曾田珍袭爱护，不忍以覆瓿填蠹，委先泽于风露灰烬中者，于是先生为有后矣。虽然，文字不宣则不光，先生之诗固可传之诗也。曾田盍梓而传诸，久诸使知诗者共保诸，则后死之责庶几尽矣！夫为序而归之。

《为施颂嘉辑支谱》序

施氏在崇明者两系，其源皆出平一公，与嘉禾之施同祖。平一有子曰岑，曰峰。峰长子存治，四传至汝愚，又五传至自愚。自愚次子之梁，有孙曰衙。衙三子，曰伯彪、伯虎、伯貂。伯彪子廷椽、廷握。廷椽子天瑞，避宋靖康难自汴迁崇明，此一系也。而廷握子天寿迁句容，传六世至廷善，谱称淳熙举人者，由句容迁崇，以时考之当在元季，此又一系也。而岑之后在嘉禾者，自别为宗。廷善公孙士宗、士宏。士宗子三，曰文伯、文仲、文叔。文伯后迁嘉定。士宏之孙宗章、宗鄂辈迁通州泰兴，其后复归崇，于是有南分、北分之称。而吾祖实为文叔子。袁州公佩传子瞷，孙大鋐，有子三，幼曰臬。臬公四子，之美、之炳、之烨、之瑛，实维派祖。之炳公在明末监军川西，殉张献忠难，称忠臣。之美公痛明亡，杜门养亲，称孝子。遂分忠、孝两派。而之烨、之瑛又别为派，抑微矣。忠孝子姓并居治城，簪缨累叶、干糇筋豆无愆。每岁必偕往苏郡清流山拜臬公墓，不敢忘所出也。而吾家忠派，自监军公四传至震声、震远。震声公四子，曰成绪、成德、成裕、成慧。成绪公，吾五世祖也，有子四。吾高祖时泰公居幼，曾祖馨宜公同产兄弟六，而蕃衍惟曾祖最。先祖智珠公、先叔祖砺卿公以族姓支繁，虑后世数典而忘焉，乃手编本支世系图。先太守公丁，辛亥国变弃官归隐，既返苏郡祖茔侵地，复欲从事谱牒而未竟厥志。鸿元不肖，不敢坠先绪，即踵先祖本支世系图合诸旧谱，续为编辑。自受姓祖至六十二世始分系，尊迁崇祖也。而吾系迁崇，当首廷善公，其以天寿公分系者推所自也。自廷善公至七十六世而分忠、孝两派者，笃本支也。自之美、之炳公至八十四世而复分后明者，亲其亲也。其有同宗异派贤明长者，各溯本支循而览焉，以续其遗，备异日纂辑通谱之参考，不无小补云尔。

《自编诗集》序

诗妙于自然，非有意而为者也。有意为诗，虽工不真。夫诗犹风也，风生于地，流于天，其始滉漾，骀荡于太空，虚无所丽。

风非有意于自见也，水遇之而成文，草木遇之而成声。风不有意于文于声，而声与文之著乃莫大于风，此自然之妙也。惟诗亦然，诗根乎情，发乎理，畅乎言，其未发之先固亦无所丽也。有遇焉者感之，然后讴吟唱叹而为声，宣情达意而为文。诗之妙者，皆无意于诗者也。其有纤秾淡逸、清奇雄俊、幽沈旷爽之不同，则视乎其人之性情、志趣、遭际、阅历、学问、才力而为之。要皆各有其所至，非可执一论也。大凡人情，喜则和，怒则厉，哀则郁，乐则舒，欢娱穷愁之言，随所遇而发于自然者，诗之真也。若夫少壮衰老异其时，穷通得丧异其境，悲欢离合异其情，则遇之变也。遇变，则诗亦与之俱变。穷其变之妙，即叩诸其人而莫能自知。诗之所以为大也。自夫创格律宗派之说者，先存一汉魏六朝唐宋之见于中规。规焉，执古人之一篇一什穷拟极摹，以求其似。即似矣，其果古人之诗耶？抑仍吾之诗耶？且古人与吾性情不同，志趣不同，遭际、阅历、学问、才力又不尽同。古人以其性情、志趣、遭际、阅历、学问、才力自为其诗，而吾独弃其所自有，以尽假于古人，抑亦自薄甚矣！予于古人之诗非敢薄也。师其法不欲袭其迹，取其长不必专其好。融会变化以合于吾之自然，然后随所遇而各适其用。毋宁人诮予不逮古人，而决不有意为古人之似以汩吾真，斯予之志也。虽然，岂易言哉？勉之而已。

《崇明县志》序

郡县志例于史宜宽，其文宜详，前人既言之矣。然更数十年一修，每修而宽且详焉，则一邑之志皆将汗牛马充栋宇，可乎？惟有要焉，得其要，则详焉亦简，宽焉亦严，文不繁而事增，辞不滥而义备。斯亦岂易言哉！吾邑经五迁，志凡八修。其故家遗俗、流风善政，逐洪涛巨浸以沦胥者，既渺焉不复可知。而犹撮拾于流离播荡之余，存文献于什一者，实惟志焉是赖。则志之任,其孰胜之？宣统辛亥之变,国事纷庞。凡百更始,天下从风而靡。政令之歧,赋役之繁,官治民治之弛张,学校选举之得丧,人心风俗之淳浇,为秦汉二千年来一大乘除。凡先代掌故,无良窳无利害,一切厌弃之不讲,海隅之地被其影响,亦匪鲜矣！抱残守阙之士,惧杞宋之无征焉。适有续修《江南通志》之举,己未仲夏邑修志议成,谬以不佞为能胜其任,督之载笔。赖同人采访之勤,分纂之劳,阅时六载削稿始成,是何淹也？盖以档吏汰散,官书之调勘难,故老传疑见闻之征信难,故志之难非仅体例也。事实征讨不详备则漏,人物搜采不谨严则滥。与受公毁,宁有私责？昔德卿黄先生之修前志也,当时颇诋之,惟其过谨焉,或有漏也。然视前志,得失较然矣。顾朱志失实,沈寓讥之；张志多诬,宋孔传辨之；赵志疏略,张诒补之。又岂尽无当哉？夫言之匪艰,行之惟艰,则兹编也,将必有议于后者。果能正其不谨而补其所不备焉,则不胜厚幸也。已甲子孟秋某序。

《崇明志》"沙状"序

《周礼》县师掌邦国、都、鄙、稍、甸、郊、里之地域,盖均土地以稽人民,而周知其数。后世州、县、都、图、区、保,各异其名,而要归于任土作贡而已。崇地涨海为沙,或准邱形而谓之状,又与他邑称都、图不同。然且桑海屡变,旧日沙状恒有,地没名存、户亡粮在。区图百有十,而粮以户系。城厢东西南北村沙图地错综,一旦坍苗复涨,经界混茫,繁兴狱讼而可听其紊杂乎？爰条析之,凡坍除者不列焉。

《崇明志》"风俗"序

邑地悬江海,波涛喷薄,而为民情风气之感,视中土为敦厚。厥初生民自江南来者,相传多句容人。建治以来,隶通、隶扬,辖于江北。迨经五迁,地僻东南,隶苏、隶太仓,移徙往还,又染南俗。历世既久，其源流殆不可考。然处海隅，梯航不易。沧桑屡更，生事又艰啬，宜习尚之朴僿也。今海通大畅，殊方异化浸淫，而败礼俗。邑密迩淞沪，海上华靡不免有渐渍者。风教之责，非士大夫而谁与？

《崇明志》"田制"序

沙洲之制，莫崇善也。地悬江海间，沧桑倏忽，故有新涨拨补之成规。疆域混茫故有水面独分之特例。浮沙淤积，经岁成壤，故有水涂、荡田之别。买卖转移，朝田暮坍，故有三年大丈拨除之典。潮汐往还，害田伤稼，有筑圩浚渠旱潦之备。视夫川涂封殖，疆理井然，非若内地之湮沦无考焉。虽肇基未远，而经野之初，犹参古法。迨几经坍涨，奸豪欺占，积弊乃滋。若云厘剔，厥初之制犹足征尔，是在良吏。

《崇明志》"河渠"序

崇邑治田之法为近古，画疆筑圩，各凿民沟，即古十夫间有遂，十夫有沟制也。由沟而河，而港，以放乎海，即古百夫有洫，千夫有浍，万夫有川制也。往昔三年丈拨，凡两状交界例规，横纵河基如干步，惟民沟准田取赋，其外河基准、内地水道概不起科，故名官河。淤则疏浚，官董民役。尺寸广深，著有定式，无少侵争，诚良法也。厥后，一侵于报拨，再占于私垦，致河身狭隘，水流不畅驯，至民逊、公河亦坐此累。水利之坏，循是而不整，几何不使良田为瘠壤哉？兹官河报涨之例久除，而私人侵占之弊未绝。夫农政，莫先水利。因详谱于篇，为牧民者考焉。

《崇明志》"盐法"序

崇明，故盐场也。民煮海滤灰，自煎自食。当灶产盛畅之时，食余盐勣犹可接济松江，固无需于引盐也。故水乡有课，灶丁有役,包引有征,车朱有银,既皆摊并地丁,是崇地盐课编列经制赋额久矣。况盐田坍废,灶户逃亡,而课额不减。三年丈拨之产,既办丁粮,又包盐课。其海滨斥卤,民自刮煮,肩挑步担,以易银偿课,而复纳灰场之税,输牙户之银,盖已一田而三课矣。自畅官销,严私禁,盐快、弓兵、巡船、逻卒,名为堵绝淮私,实乃搜索肩贩。清季秕政,设局征捐,按勋加价,取民无艺。灶户肩商赔累不胜,逃亡殆尽,土盐顿减,淮盐遂充。然户部《则例》载,崇明孤悬海外,商艘难行,听民买食邻盐,岁征包课。是崇既包课购淮盐以抵灶盐之不足,讵得谓私? 乃旧制既紊,苛征烦扰,将于民必取盈焉。今盐勋之价已十倍于前,而犹有借包销引盐之名,以收垄断之利,民几何而不淡食哉!

《崇明志》"武备"序

邑为江海重镇,其来久矣。自宋嘉定时设边海巡检司,迄明永乐中设水寨百户,为邑有水师之始。清初与郑成功喋血海上,邑当其冲。朝廷设提镇大员,统兵至十营,后稍稍裁并,由八营四营而至三营。然终清世,苏松总兵驻节于此。考清代兵制,统于将军都统者,为八旗营,统于督抚提镇者,为绿营,绿营兼统水陆。而苏松镇辖则专属绿营之水师。将弁常处衙署,兵有马步战守之名,巡洋会哨虚应故事。迨同治初,曾国藩奏改旧制,水陆兵始截然。水兵加饷,别立舵工水手诸名。而陆防兵只留百名,殆无足比数,乃邑人士固争至五百名。未几,别募防勇,而制兵亦寻改练兵矣。盖是时,绿营窳苦,为世诟病。勇营固戡定大乱者,然至光绪中叶,其无用与绿营略等。至练兵、巡警诸营,亦只改易名目。辛亥变起,竟以哗饷酿巨祸。吁! 可畏已! 夫崇明以弹丸封海口,与大江南北相犄角,晚近形势虽稍变,然一旦海上有警,则长江门户宁可无一夫之御! 况萑苻之迹固未尝戢哉! 述宋元以来军政沿革,志武备。

钝庐文集

《崇明志》"人物"序

闻之南海盛衣冠，吴越多秀民，盖人才荟萃，皆山川灵气之所磅礴也。崇越在海隅，土啬而俗朴。肇域迄今，仅及千岁，桑海五易矣！土著之民，什无二三。四方负耒来者，衣食佃渔，播迁既定，乃稍稍事诗书，习礼法。故至元以前，文献不足征已。然民简质，重信义，尚气节，乡里多硁硁自守者。而忠孝义烈之士，文章经济之才，亦往往自拔于农亩，非必有王导、谢安之门第，颍川、高阳之世德，以为之先也。梗楠挺于深山，龙蛇起于大泽。天既位崇于长江大海之汇，其灏瀚雄博之气，必有时而大泄焉，宁此落落数君子而已哉？

《崇明志》"选举"序

《周礼》大司徒以乡三物教万民，而宾兴之。汉置五经博士、弟子，对策设科，贤良文学之士称极盛。隋唐以来，明经、进士、道举，制或不同，而士由是进者，名臣硕彦，史不绝书。夫人才之兴，上以是求，下以是应。功令程式，只以限庸愚，不足为贤豪困也。晚近取士不崇经术，科举之弊为世诟病。然孰为为之哉？邑人士颇尚朴学，科第之盛不逮他邑，而人文之懿有足称焉。若夫征辟入仕，纳赀为郎，及荣亲任子崇老之典，亦皆古法。因兼综文武，分谱于篇。

《崇明志》"艺文"序

史之志艺文，重文献也。伊古右文之世，秘书之府，皆有典守之官，如汉之兰台令史，唐之四部知书是已，清代四库，搜罗尤富。而郡县典籍之守藏，概无闻焉。《周礼》外史掌四方之志，按其职事则犹今之主簿也。然而掾史之属，惟案牍是司，盖文物之不见恤于官吏久矣！即故家士族，陈编断简，犹有存者，亦或未久而旋亡,或烂坏而不惜。岩壑之士抱一编以老死者,又孰为传之,孰护惜之。呜呼！耗已,岂不哀哉！邑之文学,宋有李重发,元明之际有秦玉、秦约父子,张浩继之。有清人文蔚起,经济如沈寓,博学如何焯、张大受,经术如张洽、陈奂、施彦士,词章如施何牧、柏谦、何忠相。最后李凤苞,以使才汇中外学术,成经世之文,皆崒然有巨著行世。阅时未久而佚者已太半,其他何论焉。夫郡邑之书无保藏之所,典守之职,征文献者滋惧已。旧志所载,有录无书者什八九。兹稍附益之,志艺文。

《崇明中学校十年纪念刊》引

世之衰也,人情趋时好夸,一切无益之事纷然竞作,縻财力不恤,窃尝病其去实而近名。改国十余年来,诸务未遑,天下骚然,民生亦至瘁已。然而国有庆,家有祝,百工之肆,商贾之市,皆有所征发期会,于是学校亦有所事,以纪其成立之绩。盖例举也已数见不鲜矣！炳麟遭世变乱,无远志四方,退伏里门,思与群子弟论学,乃经始中校,长其事者忽忽十年矣！诸生循例以纪念请。顾自维鲜薄,资用之绌未有以充焉,设置之简未有以周焉,训练之精未有以餍责望者之心焉。夫大海之宏深,源于江河之灏瀚,源涸则流不畅。事求其备而靳于资,其何以济？故常皇皇焉。日有求而不获,而犬马齿日长。公私憧扰于心,精神非复少壮时。幸赖诸先生交修其职,匡吾所不逮。诸生亦循循矩矱,以遵约束,勉焉而为之。薪毋陨越,斯已难矣,而又何绩之纪？且自三代,学校之制,废教化之权,系诸师儒明伦讲学,力足以振颓式靡。而训导不良,则害中于人心,其极至于亡灭国族而有余。今六籍不登于学官,先圣之教熸焉殆尽,迁道德其若浇薄廉耻而弗为。而惟震异国之势,炫其风教,凿而枘之,移译其文,穷研其艺。若舍此,无足语学术者。遗体而求用,舍本而逐末,上有好之,下则甚焉。于是偏党之士挟奇邪之说,恣其簧鼓以惑青矜,听其驱策。盖东汉太学之生,激于忠愤,以成党锢之祸,后世犹讥焉。今学者出位之思,屡动而嚣,其发如飘风骤雨,挟怒潮而至,惧或波及焉,常防其微杜其渐,顺其性而导之于轨懥乎,若朽索之驭六马。嗟乎!师严然后道尊,道尊然后民知敬学。今学校之风若是,司教者之耻焉!予亦未能免也,又何纪为?语未已,有欢于列者曰:"此先生之自贬焉则可也,而吾党小子奉先生教惟谨,未尝僭越悖慢,以同于嚣然不靖之所为,又未敢崇信邪罔,有骇世炫俗之行。业或不敏而未荒于嬉,行或不纯而未诡于随。其卒业去者升上庠,膺职事服勤于外,亦举刻厉自奋,未有以贻吾校之羞,非教化之明效而可纪念之成绩欤?先生乃谨谨焉,靳而不与,岂所以鼓舞小子于善乎?"予辄然而笑,重违其请,然亦夸矣!因略陈梗概,以谂邦人君子。

《崇明中学毕业同学》序

予年四十,遭阳九之厄。既遁世而无所闷,端居多暇,披览陈编,未能除结习。顾惟世有治乱,道有隆污,而人不能无学,学不能无适于时。时既变矣,则必有应变之才,以备当世之用。在昔汉末黄巾乱天下,郑玄、卢植之徒,皆谈经讲道于乡里。隋之衰也,王通讲学河汾。唐兴,房、杜诸贤皆出其门。呜呼!孔子自陈、蔡归思,狂简斐然,而有以裁之。道不行则传诸其人,期诸后世。古之圣贤,所乐得英才而教育者,良非得已焉。予昧道惜学,何足以语此。然自少壮陪经席,从乡先生后者,三十有余年矣。今学术虽变,而诲人之道不外以明体达用为归。崇明在江东为僻县,海通以来,风气丕变,小学达三百余区,而学子求深造则负笈于外,非岁縻数百金不能其窭。而有造者,率趑趄中道而废,故得升上庠为高生者仅耳,窃于是有人才之惧矣。岁乙卯,予得请于县大夫,初以岁赀银千圆创中学校,负艰任重,历四载始邀京省报可,而岁赀递增至四千七百圆而止。凡经官司之驳诘,乡里之揶揄,疑谤交乘,怨尤丛集。日在危疑震撼之中,忽忽焉已周纪矣!幸与诸生相切劘,先后列学籍者都千五百余人。其卒所学去者二百七十一人。其才半中人以上,而其家半中人以下,类能不负所学,以用于时或且深造焉。设中校未果成立,则此二百七十人以赀绌而中辍者,殆将八九。此予可无憾于诸生,而质诸贤父兄者也。今世局又变,予力益殚校事,亦益棘十余年来所讲论者,又将不适于时。变之不已,时之无定,教者学者将谁适从? 而予固钝物也,其能无善而藏乎? 古者师友之雅,弦诵一堂,如父子昆弟,然一旦离群索居,缅怀言笑不复得,晨夕相聚之欢,奇疑赏析之益,则尝有喟然思慕者,此程朱之门所以有弟子录之刻与,而后世学士大夫,顾假是以相标榜,又学道君子之所羞焉。且今学校都讲,非一人。予又懵昧,何敢自居于人师,而私诸生于门? 惟夫群居终日,犹不能无离索之感? 矧相处之久,相爱之挚,而可习焉相忘乎? 则是录焉,足以审里居,考职事,时讯问,亦聊相慰藉焉。尔若谓学之,以其道传之,有其人不因时世之变,尽离于圣贤之正,此由诸生之自爱。而予所爱望诸生者,亦莫或逾是。至斯校之存亡兴废,岂敢复引为予之责哉! 丁卯四月,曹炳麟序。

《江夏诗文检存集》序

予少闻德卿黄先生云,乡先辈治古文学者,有倪西江、黄晴谷两先生。窃尝心慕焉,求其文久之。岁乙丑,得见倪先生所为《樗园文集》,以为未称所闻。而晴谷先生侨海门,其后式微,曩予都讲师山,欲得先生所为《菇野诗文集》,徧征之而迄无闻见焉,然予心耿耿者二十有余年。今丁卯春始,介陆君斐如斌得黄君伊生挚手录菇野诗九十余篇,古文三十余篇。又伊生先德若虚先生《荫梧书屋稿》、经锄先生《练香馆稿》各诗文如干篇,都为两卷,曰《江夏诗文检存集》。予受而读之,菇野诗清雄峭洁,取韵不在盛唐下。其文冶古入范,凝整雅赡,大抵得力于南北史居多,故所为传状特工。诗则古体尤长,以视樗园,固瞠乎后矣! 夫古之作者,必根柢于经史,而选材考义,非融贯周秦两汉之书,则文不雅驯;非咀茹庾谢杜韩之章,则诗不雄深。盖自嘉道来,邑人士溺制举文,六籍诸史涉猎盖寡,诗文殆无足观。菇野以史行文,以文律诗,故能吐嚼菁英,发为古华,固非当时号能诗文者所可比拟。若虚先生亲炙其门墙,经锄先生私淑于庭训,观其所作皆有体要,知菇野之有传人,而嘉伊生之珍袭爱护,为能世其家也。嗟乎! 世变极矣! 士废经史不读,鄙诗文不为,天岂欲丧斯文耶! 菇野生盛清右文之世,其集犹且沉阁,征之数十年而不易得见。而伊生处横流溃决之会,独能掇拾于风烟荡析之余,录而存之,并存其祖若父之遗著。而予亦藉伊生手,得尽读菇野之诗之文,以慰生平之耿耿,宁不慊然快于心与? 虽然,今日惟伊生存之,而予读之,予惧后此者虽或存焉,将无复有读之者矣。斯岂特黄氏子孙之责,抑亦吾邑文献之羞已,伊生将何以善其后乎?

《湘波室诗》序

徐子栩公既冠儒冠,诵诗书,能文章,不翕翕因人热,周旋当世所谓达人显者,以投时俗所好,顾独好吟咏。日者出其诗二卷授余,使读而序之。嗟乎! 徐子之诗宁独余知之而序之哉? 抑姜桂同辛、芥珀同引物类有相感与? 夫士不生清明之世,锵球玉,刻宫羽,歌卿云之章,奏咸韶之曲,而顾穷愁偃塞于老屋中。风雨沉吟,悲来啸作,与候虫时鸟相答和,自诉其无聊、抑郁于举世聋瞆之时,不复知有窃笑于旁者。由显达者观之,鲜不谓此不祥之人也。然古来作者三百篇,半劳人思妇之词,外如屈、宋、苏、李、应、刘、三谢、二陆、庾、鲍、李、杜而下,以诗鸣者都数百家,其卓然传于世者,大抵身世苍凉、声情激越,其言未必取悦一时，而百世之下乃皆感动而兴慕，则洵乎诗人之诗穷益工，而不穷未有能为诗人者也，谓之不祥其奚辞？徐子少孤且婺，鲜兄弟，事堂上七十老母，妻孥仰食者，指且数十。乃发愤为诗，尝橐笔走数千里，遨游大都会，与一时知名士相角逐，而卒侘傺以归。其所遇盖与余同。诗之外间为古文辞，溢其余为骈俪，尤瑰丽。不饮酒，不博弈，不征逐声色，独议论，通古今，伤时变，一发于诗。其所性又与余同。余既以不祥之人见弃于时，而徐子又曷为余同而质以诗哉？今余序徐子诗，嘤嘤然不自以言之不赶于时，虽有笑于旁者而莫之顾。固以为其中之橐籥，能探而知其隐者，亦惟徐子同之，诚未易一二为流俗人道也。且夫世之所自谓祥者何哉？口不诵一经，胸不著点墨，工时趋弋上秩，出高车入华厦，餍腐肠之腥脓，溺伐性之妖冶，哇声曼调、郑卫之词、巴渝之曲，荡志摇神，以为此足傲穷愁老屋中士矣。然未几而身名丧败、烟云消灭。举其姓氏，乡里或不齿，子孙且羞称道焉。孰与夫屈、宋、李、杜诸贤，苟知其名者，无不敬其人；苟知其人者，无不爱其诗。其孰祥焉，孰不祥焉，必有能辨之者。徐子勉之！穷愁者天所以玉诗人而成之也。淬而精之，锻而老之，椟而宝之，非其时，非其人则勿暴焉。若为跃金，诚不祥矣。徐子其与余有同情也耶！

《小定山堂诗》序

天地有自然之声，风雨雷霆波涛是也；天地有自然之色，花鸟虫鱼金碧丹铅是也。不宫商而韵，不藻缋而华，此造化之神尔。自五声以为节奏，五采以为彰施，而复协之律吕，范之镴黻，文章于是非调节不和，非雕饰不美，则皆人力为之，而后有雅俗工拙之分。诗之道亦犹是焉。夫言为心声，心有所喜怒哀乐忧惧，则长言之，永叹之，以极于陶。犹咏，辟手舞足蹈而发为歌诗。诗者，言之文而声之韵者也。三百篇以《风》为始，《风》之诗皆出劳人思妇。其词随感而发,自各极其性情之真,非所谓不宫商而韵,不藻缋而华,其声其色合于造化之自然乎?而孔子以为难,故尝诏小子学之。岁己巳,予适馆沪上,授朱氏二生诗书,得交合肥龚君少如。君隐于市而嗜诗,尝以其所作诗曰《小定山堂稿》者质诸予。读其词,质而不俚,宛而能达,不谨谨于节奏,不屑屑于彰施。而其声其色,自豪然以可诵、斐然以成章也。倘亦得天地之自然,而所赋禀者特厚欤?不然,何成之易也?顾吾尝谓,造物之生成若甚易然者,由元气浑沦涵煦亭毒于无外,故不复觉其化工之妙。若夫人力,则必穷研极索,熟思审处,范古而化绩,学而通取。吾心之当然,以合乎天地之自然,乃能心规矩而手锤,可以极人工之妙。故诗之为境,非可以易而封也。天赋厚者,其始业也必易,进而知其不可易,复进而不知其所谓易则难矣。难而至于不知其所谓难,则诗之道成矣。定山堂者,芝麓尚书以名其集者也。尚书诗文已进乎难之境而工矣,少如知绳其武而有志于诗也,其以予之说参一解焉,可乎?

《年 历》自 序

《崇文书目》史部列年谱,昉于宋。以后名人大抵出门生故吏,记述其生平行事,为一人之史。或后学就前贤著述考核其事迹年月,而编次之,盖谱牒类也。然必其人道德文章足为法于天下后世,而名位侧微功业未著,事实爵里史传不详,景仰之士惧其泯焉,故为记述焉,且皆身后为之,鲜有自述者。予何人,斯敢傲然自拟于古人?况生平碌碌无可记述之事。少困孤寒,长罹丧乱,名不出于里,位不尊于朝。道德文章不足以自信,更何足以信于人?固知没世而无称焉。顾独俯仰身世,天之生我,我辰安在忽忽焉?自少而壮而衰而老,已六十矣。昔蘧伯玉,五十而知四十九年之非。予今六十,岂不知前之汶汶而去者何以过,后之茫茫而来者又将何以承?而视梦梦、而发种种,去没世复几何？人未或予称，子孙且或称之而不详，毋宁自述焉。孔子年七十，尝历溯之，曰志学，曰立，曰不惑，曰知命，曰耳顺，曰从心所欲不逾矩。圣人之道德学问与年以进，藉非自述孰能言之亲切，知之详尽如此者？夫予则与年俱退，又奚述为？其所以述者，犹伯玉知非之意，以自鉴省云尔。嫌其近于谱，署曰年历。

《陈亚雄印存》序

秦李斯作小篆，奏同天下文字。当时书有八体，有曰刻符者，古籀也，摹印者，缪篆也。然和璧琢玺独用斯篆，何也？盖秦制，帝曰玺，官曰印，私曰钵。符用古籀，印用缪篆者，防饰伪乱官也。玺用小篆者，尊同文也。玺为官吏，私章或临时镌刻，间用邈隶者，取简捷也。汉初文字一仍秦旧，以小篆为正书，隶为佐书。东京渐趋简约，公私简牍概尚佐书。故汉印玺文，篆隶参半。晋唐以来因之，或就印规定章法，增损字画，变化书体，时与说文牴牾，此考古者所宜知也。夫追琢虽小，道能详审，矜慎而考校之，可以正八体之讹，探六书之秘于文字源流，岂曰小补哉？金石之学至清乾嘉而益昌，以镌刻著者，如邓氏琰、沈氏凤、丁氏敬、赵氏之谦，皆于三代鼎彝、秦汉碑碣探究精熟，故篆法浑雅，而食古化，非特奏技工也。大抵官印多朱文，私玺朱白间出。而朱文多小篆或古籀，缪篆白文类参佐隶。其用古文奇字虫书龟甲文者，仅耳！以印玺始秦汉，施以三仓文体，为非宜也。近世刻家于古今书文变迁，未尝考核，只规抚邓、沈、丁、赵辈所作，奉为矩矱，而研究其奏刀运腕之工，抑末矣。陈子亚雄颖敏好古，喜从事刻印，与海上作家讨论。尝集所镌印章若干，留其模而订存之。于篆法、章法、刀法勤求精进不已，技何患不工哉？顾吾所望于亚雄者，篆刻之学当从古籀求之，幸勿以艺囿焉。

题　跋

题《张吉丞画册》

南唐黄筌父子工为赋色，体物神妙。北宋徐崇嗣本之，宣和院体益畅，宗风自是。而后一变于青藤，再变于白阳。易妍细为纵荡，衍于新罗，肆于瘿瓢，移貌取神，化机洋溢，世所谓北派也。南田恽氏宗院体，而运青藤、白阳之法，故艳而不冶，凝而不滞，纵而不弛，繁而不乱，斯集大成，南沙南苹并得斯旨，是谓南宗。厥后，萧山任氏舍南北宗派，而一以跅弛之笔出，去院体益远，而体物之真微矣。故尝论画法之坏，自任氏始。而海内奉为宗匠，盖古法之亡久矣。夫作画犹文也，以理为体，以法为用。理明而法备，理所寓则法自至焉。善体物者以物为题，于濡毫之始凝神静思，得其形态姿势，印于心目之间，而若现于缣素之上。然后审其部居，放笔而行。变化错综，惟志所之，无不尽其妙趣。古人所谓起以象外者也。若泥物而拘陈法，袭古人之迹而演之，则皆死笔矣，俗韵矣！吾友张君吉丞工绘事，出此册，命题。其命意遣笔，雅近南宗而犹未脱萧山之习。顾其资地朗秀灵气在毫，亦非近世炫俗之笔所易及得。吾说而究诸黄徐之法，与诸家之所以变而不离其宗者，斯参画家上乘禅矣。

跋《沈启南山水卷》

白石翁画导源董巨，而取径大痴。中岁后喜用秃笔，粗枝大叶挥洒纵横。其排奡郁律之气足以横溢八表、弥纶千古而有余。此卷用笔沉厚，取势雄伟。邱壑盘郁自有灵气往来，结而不凝，疏而不散，奇而不诡，直而不平。虽一树一石皆精神湛然，可想见其沉酣落笔时也。麓台司农云："画山水欲毛笔端须有金刚杵。"观石翁此画，固有以导其先者矣。

跋《郑千里摹清明上河图卷》

金燕山张著云：上河图，宣和时名手张择端作也。其屋邑之繁，舟车之盛，商贾财货之充羡，民物熙攘之气象，可以见当时汴京之富庶矣。宣和君臣沉酣逸乐，忘忧盛危明之戒。择端直翰林时进此图，盖示太平之盛至于此极，欲在位者知天下无极而不变之势，其庶几憬然而惧乎。不意靖康之变，图中景物悉成荒烟蔓草之墟，亦徒足令人想象感慨者已。而是图也，历金元至明，始藏宜兴徐氏，后归西涯李氏，陈湖陆氏典诸玉峰顾氏，卒归分宜严氏。分宜籍没，入内府。小臣窃之，藏御沟石罅。适骤雨水涨，渍二日夜，索得已糜烂。则此固尤物也，抑成败自有数耶？张氏原本在嘉隆时已亡，郑氏作此谓摹王鹏梅本，或者孤云居士有临本，为千里所据耳。顾此卷笔意近俗，似非高手，岂原本亡失辗转，临摹便少神趣与？董文敏公《容台集》云："上河图骨力少弱，原本犹然。况临摹辗转者耶？"

题《沈子居山水画卷》

子居学于嘉禾宋石门，与同里赵文度同出一源。文度兼法倪黄，气韵深秀，自成一派。而子居宗北苑，邱壑葱蒨，皴染淹润，开思翁、眉公之先，为云间正宗。此卷法米元，而墨晕不肥，清润如沐。其峰峦坡陀、烟云树木点染布置，大都取法云林，而逸韵清神，有非见山若周狮峰诸后起，所能几者？甲子暮春既装池毕，雨窗展读，仿佛在蒙笼烟树间也。

题 潜 舫

潜溪之阳，吾友严子友潮所隐居焉。因溪为屋，垂柳绕之，若系画舫然。啸歌容与其间,不知世之有沧桑也。《易·乾》初九曰:"潜龙勿用。"孔子谓:"不易乎世,不成乎名?遁世而无闷。"严子其知潜之义矣夫!

钝庐文集卷三

书

上冯蒿庵中丞论吏治书

某维天下之安危系乎吏治，吏治者，人才为之纲维也。治以学为体，以才为用。才与能不同，才由学成，能以力著。才能之实混，则矜夸矫厉者见称于世，而为吏者不复知学之为贵，治道遂不可问矣。善乎，魏禧氏之言曰："州县得人则天下治。"夫州县，亲民之官也。州县非其人，则切肤之患民先受之。世之所谓能吏者，不恤刻民以媚上。民无所控诉，咨嗟怨愤之所积久，乃横决而为乱。故古今治乱之机，无不自州县始。比者民党会匪蠢然四动，天下乱形见矣。若得良有司，循而抚之，教督而粜宁之，固皆良民也。无所迫于苦，岂忍铤于险哉！今天下吏治之坏，在官多而品杂。淘之不清，则严甄以去留之，试诸文字，征诸言论，以觇其学识，畀诸事为，以验其才器。小事治则畀之大事，大事治则试之简，简治则委之繁。能治繁，则其才可知，而学亦概可见矣。然某皖吏也，请言皖之为治。皖握中江之枢，为吴、楚、赣、越、鲁、豫六省之交衢。皖治则三江之势固，皖乱则六省之局震。诚弗敢谓六十州县之吏概非其才焉，然而巢湖上下，盗匪逋藏，六英之交，民气不靖，则防务弛也。庐、凤、泗、宿荐岁灾饥，民习于惰，忍饥而嬉，则实业疲也。皖南山岭绵亘，北则长淮壅遏，水利不兴，地多旷废，则地力弃也。长江中界风气截然，腹坏尤甚，则教化窒也。天下大势振振然，将趋于革新之治，独中江一隅跛焉，其不整奚可者？整之道，不外州县得人，而尽其才之用。尽才之要有四：一，破资格。班次积压，选轮胶滞驯良之士。恒有青年，听鼓皓首而不获一用者，岂皆弃才乎？而或朝纳粟、暮绾符，用之惟恐不亟者，又岂皆异才乎？朝廷屡诏内外大臣，破格用才自应变通成例。凡有签补，无论正途捐例及花样之大小有无，而一断之以人才。苟上无所徇于私，自下不敢有所营，则贤才奋，而不肖者无幸心矣！二，严考察。州县距省治或千里数百里，恃耳目远、声息滞，污黩者乃不复自检。故事有旬报、月报册，固以验勤惰考治绩焉。今则具文，尔应别颁州县要政月纪表，饬令分项填注，按月详报，不时派员密查。有不实者以闻，其有善政循行可称举者亦以闻。三年一课，殿最而明，黜陟其摄者，以期为程。三，重责成。州县吏之怠于公也，必诿。曰无赀非真无赀也，惎利公则不利私耳。请自今饬州县，统计其岁入，正杂公私之款，可预计者如干。其要政如善举、学校、警察、实业诸大端已兴举者，未兴举者，兴举而未成立者，责令据实详报，分别各类赢绌实数，列表以呈，乃遴员按查。其应改者，责之改；应成者，责之成。其实绌于财者，权其轻重先后而责。以必不可缓之务，必令无可诿，而不敢不黾力，则治理举矣！四，正权限。宪政行则地方执自治之柄，而官吏行政之权愈微醇。谨者退处于无为，骄桀者冲激而多衅，均非人民福也。是惟界之权而示之以限，使为官吏者得平衡众庶之公议，而裁制其是非，以尽行政之职务。而地方亦遵自治之义，不得荡闲逾分，以抉统治之范围。自州县吏之才者，犹得尽力设施，不至沮丧而废事。然而古之用才也，不出于人情之外，而责备人以不能之事。《经》曰："忠信重禄，所以劝士也。"国家岁颁既廪加以养廉，百里之寄诏禄千金，非不隆渥也，而州县吏得实领者几何？乃以地方之繁赜，敦而坤诸势，不能无幕僚、丁役、吏胥之支应，及妻子、衣食、宗族、戚友之需，赖悉于是。千金之俸不能尽得者，取之不有所私，其能给乎？且例州县任期真授三年，假任一年或数月。孔子曰："期月已可，三年有成。"惟圣者能之，岂所责诸中人下哉？矧地方刓弊久矣！民情风俗之窳敝，政治教化之堕废，民刑讼狱之丛脞，钱谷簿书之委积，欲爬罗抉剔而廓清之，事未就绪而瓜期至矣。宜贤者扼腕，而不肖者视为传舍焉。故古之制官也，惩贪之必严，其禄重也；责治之必理，其任久也。宜乘改订官制之时，奏请酌展州县吏任期，而严定贪污之律，庶官方饬贤才奋，而庸劣不滥于仕途。下吏多才，则上官之治优游也。故曰州县得人则天下治。今之所谓吏才者，岂谓是哉！国家方恢张时政，以艰巨责诸天下大吏，大吏责诸州县吏，州县吏则穷民之力，张皇以塞责，令上焉者闻之，以为能焉足矣，又乌知其张皇之所为无益于时，而适以累民耶？宜民之怼时政而唏焉。夫为治不取乎备而务乎精，事不在虚夸而求实际。上之创一事也，指画间耳，而民竭千艰万苦之力以应之。若之，何不慎且重者？乃前事未成，后图又作。一或不谨，不中道而辍，即更弦而张。成效未征，民已重困矣。故今之要政，国家所责望于官吏者，非可一端缓也。然必审地方之财力，斟衡而定事局之大小多寡。力有不逮，宁寡营而精，毋滥兴而疲。取民之力以渐，而干民之事以勤于治，其或庶乎？且夫勤之为益，亦溥矣！事委积而为累于心者，以所事者不在民耳。勤民之事则繁杂。清而心泰，心泰则慈祥，恺悌之念油然而生。自不忍张皇敲剥，逞一时之能以丛怨于民，而负疚于心，此固学道君子之治，而所谓才者亦如是而已。虽然，得其人而治之，固非异人任也。

上沈子培方伯条陈善后书

窃维治乱者,名与实之所积也。骛名者遗其实,苟且于始者,必祸败于终。今天下坐是弊者居多,而皖不幸先兆其乱。混成协之成军也,竭全皖财力经营数年,二三匪人不崇朝而毁之。当时以新军官弁,非取材学校则名不副,并不问其人之心术如何,又不以时检察,拊之若骄子。然其敢为逆者,皆苟且以养成之也。今幸乱敉矣,而善后之事,方亟惩前毖后,要在循名责实而务其急。有应扩张者三,应厘剔者二,应整饬者一。其扩张云何?一,规复军政。变乱方宁,诛散殆尽,欲急切成军,不惟势难,抑亦财绌。今宜缓遣宁鄂客军,暂资镇摄,而澄汰叛余,新军酌量遣留,即行添募丁壮,必本籍有身家而驯愿者,不必设军校也,就营训练。训练之法当先以纯正学说端其心术,而后教以书数、测望、地形、阵势、炮械、骑步之术,复申严法,以使知畏,悬重赏,以使知奋。设谍以谲之,立监以督之,使隐秘悖谬之言动不得。而间之乃以时甄汰,三年而复旧时之军制。庶财力稍纾,而免苟且之患乎。二,扩充警政。省治警察仅有初基,无马巡,则无以赴急警;无消防,则无以备火患。坡石荦确、溲勃载途,则路政弛也;腐腥入肆、浑圊列衢,则卫生阙也。市约无章,拘夜不严;贫民无院,栖流无所;丐子游僧歌呼演技而无禁;审判拘繋有附设而无专所。自余节目阔略正多,夫仅警费十余万金,求备固难而整饬犹易。经变乱而谋治安,岂容复安于苟且哉?三,筹备财政。方今扩张军警,断不能无米而炊。第当库储竭涸、民力凋敝之时,理财亦难矣。上年新加茶引、运销税,近又新加糖捐,又为皖路加价盐斤。大宗税入无复可增,议者乃及于苟细,以为消耗之品华靡之物,虽多取而不为虐。如烟酒百斤加捐钱八百,宁省行之,可仿办也。印契由官发卖,征粮带收串厘,苏省行之,可仿办也。鸦片重禁而难绝,则重捐以绝之,谓宜于常税外加运销费，官膏加官熬费，自熬者准报验加私熬费。令贫者不轻食，富者不多食，此以捐为禁之法也。至夫冶容海淫，则花粉有捐，糜钱媚神，则香楮有捐，彩票近赌、屠场近暴、茶肆酒楼近耗，皆有捐。铺户、地摊、菜市垄断之所，罔亦有捐银。拆洋底钱，余牙驵之所剥，又有捐。然此权宜济急之计，非经常之道也。经常之道在地辟民勤而财自聚。皖多弃田而有惰民。濒江芦洲两淮荒原，皆货之弃于地者也。垦而种之，则财源之所在也。夫取于民者如此其艰，则用之宜何如，其节是在乎厘剔。釐剔之法有二：一，裁并局所。局多则财分而员冗，责不专而事相诿。自顷兵变，既裁督练所、撤讲武堂，移其赀以添练新兵矣，然宁惟是哉。皖省鲜有交涉，则洋务局为虚设。宪政统归谘议，则调查局为赘旒。发审既委多员，则督审局为骈枝。窃谓新政纲要，惟军政、警察、学务、财政、法制、实业，数大端宜各立专局，局分数科，科有定员，员有专司，其他皆可依类归并矣。一，澄汰局员。一局之设糜巨万，设职无虑十数，设员无虑数十。其实事事者几人，或悬名而浮支，或委蛇而坐食，或兼禄数人，或赋闲终岁。趋时者工，守介者拙，侏儒独抱，臣朔独饥。《经》曰："既廪称事，所以劝百工也。"若此者，何以劝哉！且局员之弊，莫甚于厘卡之司员贿纵而匿报，克私以蚀公。频年征解之不畅，职由于是，此尤亟宜查汰者也。然而治本在于择吏，择吏在于甄才，天下之乱未有不酿于官。今皖之乱虽仅省垣一隅，而影响已及于州县。故善后之策，尤以整率吏治、慎选州县人才为正治本、清乱源之要领。夫兵乱犹可言也，民乱不忍言也。乱兵之散归也，大率为皖北土著。当饥荒之后，流离失业者所在多有。叛亡者蘖牙其间，难保无勾结土恶，潜引盗贼，诱胁饥民，乘虚而为患。窃谓寿春南北之隘，旧有镇兵，以裁改而撤防。省城暂有客军，宜亟移浦口，防营驻庐寿间，乃严汰州县吏之颟不称职者，以干练英果者任之。尤以清积案、去抑勒、集流亡、劝农垦、练民团为今日皖北切要之政。因地制宜,因俗施化,因时通变,勤民之政。不获已而用民之财,自民不震于危疑,而奸人无所容其计。今之为吏者,未尝以民生为务,而惟藉组织时政之名,敲剥搜剔以竭民之脂膏。张皇而举事,又不免穷大而失居,或竟涂饰耳目,令上焉者闻之以为能焉足矣。而抑知民之疾首痛心,愁怨之气常思有所泄而无其媒,奸人乘之,则大可惧矣!窃尝忧世局之变,岌岌有积薪厝火之势。而官吏犹泄泄然,卧其上而不知惕。呜呼!危矣!且夫吏才岂以年资限者,士方释褐,诗书之气未磨,仕宦之习未濡,负俗之累未深,志气之厉未衰,此正有为者也。夫人才用之则为虎,不用则为鼠。良骥一蹴而千里,孙阳识之惟其壮也。及夫局盐车,伏枥下,仰首而悲嘶,虽有过而怜者,已驽老矣。其学识浅陋,乌足以谈治乱之本?然值有事之时,有可言之机。而阁下又为知言之人,亦奚容默哉?狂愚之言,罔识忌讳,惟垂省焉。

　　书上,方伯深加赞叹,为转陈朱中丞家宝。朱以语多訐直,滋不悦。会方伯去皖,吏治益败,库储告罄。未二载而辛亥变起,朱则受都督印绶,仅数日而又遁矣!自识。

寄吴学士书

　　棣轩学士阁下:三年薰德,两月暌违,謦咳不遥,已劳梦想。知高邮湖畔殆将为硕人窠歌地也。某自皖江避乱,伏息海滨。原期杜口塞聪,不欲与世事。适里中骚然,兵哗匪劫,国纪已隳,官威为诎,梦丝之理不綦难乎?乃父老以大义相督,县官以诚意相要,不获已勉勤县事。案牍盈尺,程日而理;旁午纷错,不能无从臾焉。盖承委积之后,为整理改易之计,胥吏掉弄于前,幕僚匿笑于后。而欲竭一人之耳目心力,以应万变之机,抑可谓不自量者矣!顾窃自维天下之乱,皆由治事者无责任之心。官吏任期促数,听政未几而代者已至,于是簿书钱谷之事,幕僚胥吏得以左右操纵之,其弊害中于人心。天下遂疾首蹙于其长上,而土崩瓦解之势卒然而发矣。曩者在皖，追随从者之后，思欲操刀小试，以奏一割之技。顾怀欲陈之而未有路。适会国变，此生已矣。乃欲屈于掾佐之间，与幕僚胥吏争一日之短，以塞乡里父老之期望，只是而已，不亦可羞之甚乎？鸿飞冥冥，志岂在巢户耶？吾生不辰，逢天僤怒。阁下亮节，必有以谅我者矣。在乱离之顷幸承厚贷，藉庆生还。大德铭肝，容少苏垄息，报称不忘。汉家腊尽，风雪多寒，惟珍重自爱。某顿首。

与张蔚丞书

曩徐季青自京师来，述足下近状，健食勤学问，甚慰，惟屡空耳。然至今日，亦何庸作富贵念？吾见达官大吏，仆仆然趋势。要酒食，声伎阗，咽喧聒，月俸万钱不足供挥霍。而国势穷蹙日濒，于阽危嫉焉。不以为虑，嘻其末路更不知将若何？毋宁穷困，安吾素耳。若学殖荒落，斯真怠矣，且天下亦耗矣。即以皖论，自宣统纪元，司库存金只十余万，而政烦赋急，民生凋敝，天灾频仍，州县吏穷于应付。积亏率巨万，少亦数千金，甚或破家亡命而不能偿。仕宦至此，尚何言哉！仆宦皖四载，昕夕从公，未或遑处。然劳不见功，无尺寸之藉，无奥援之阶。征逐奔竞非吾所能，亦非所屑焉。其沉沦固宜，惟今年四十矣，老母幸康健，亦六十有五矣。子女七，长者年十八，幼者生才一月。月入三十余金，事畜渐以不支，旅居称贷穷，室人交谪，俯首面发赤，无以解，行能无似。我生不辰，]每念世事穷达，不足计矣。读书辄忘，学业愈不足言。恐遂泯然于世，牢愁所遣，偶托于诗。古文辞谬，欲窃附于古作者之后，又以绳墨自缚，不敢轻试。恒累月不成一篇，岂智尽能索耶？抑竟颓然不可振耶？令先兄韬丞传蓄意，殆一年，今方脱稿。鄙浅漏略未足阐扬，潜德负吾良友，只增哀耳。谨录呈是正。江水泛滥，灾荒已成，家乡滨海，饥溺如何？凉秋天末无由握谈，惟珍卫自重不宣。某白。

与杨黍农书

黍农足下：皖江赋别，曾几何时，已非复汉家腊日矣。世事不可言，天下岂无辽东楼？如管幼安读书终身，其中不然。若龚圣予、郑所南窜匿山谷，以诗画自给，亦士君子处变之道也。敝邑小有警，已粋平矣。足下爰居乐土，长材于何展施？某迫缨冠披发之义，勉赞邑政，案牍旁午，非所愿也，行自去之。霞初也安，均来书言无事。覃伯飘泊沪上，此君实可怜。昔日同舟，伤哉，离索天涯！搔首望如何？其惟自珍重。某白。

与严友潮书

友潮足下：索居六载，江水千里，思慕何如？学问政事进益，甚慰。若弟驽劣，不足道也。皋落半生，行自伤已。昔祢衡负才，不容于乱世。孔文举荐之而不用，卒遭黄祖之忌而见杀，孰与夫冥然死于牖下者，得保首领乎？今世之变，为五千年来未有之祸。人心已死，天理沦亡。利欲炽而道德丧；名教隳而邪说恣。四维不张，国乃灭亡，盖不第纷争俶扰而已。吾惧天之坠而地之陷也。吾辈在曩日朝廷，本无足重轻，国士之报自有分量。九月十七日皖变起，有官守者皆弃而逃。弟一待补吏耳，未食升斗禄，亦无职可弃焉。乃奉老母率妻子出围城，间关归里，将闭门种瓜为老圃以没世。然宅无余亩，春无见粮。仰不足事，俯不足畜，岂竟充仲子之操，食槁壤，饮黄泉，蚓而后已乎？越月受县大夫聘治簿书，毋宁以掾史自污。昔梅福避新莽之乱，隐于吴门为市卒，君子未尝不高其行而悲其遇也。夫士不幸，感易世亡国之痛，固不必尽如首阳之饿死，然亦岂无人焉。抗节逃世以争不降不辱之志，如汉之管宁，唐之司空图、谢枋得，宋之龚开、谢翱，明之王夫之、李颙之流，窃尝读其遗文而慨然慕之矣。吾邑悬江海中，环水而居。所谓三神山者，不必于海外求焉。桴鼓息声，庐井宴然，非复有自扰者矣。沪渎繁华，非久居地。《诗》有之云："十亩之间兮，桑者闲闲兮，行与子还兮。"足下其有意乎？出处之际，幸有以教之。

答张蔚丞论销浙盐书

得惠书，并渭渔、历甫、醉石诸君函，敬佩荩画甚善。盐署主政，以总稽核，所为趋向，不可不兼顾也。惟淮浙并销，乃至不得已之事。而要先以灶盐不敷，采食邻盐之成例为言，盖食纳税之淮盐，原以济灶盐之或绌，能使旧例不破最为得当。即不然，亦宜执引地场地名义争之。崇明场也，非引地也。若止食官销，是以引岸例崇矣。势且禁绝灶产，则吾民岁输地丁摊征之盐课银四千余两，是何取义？且既设引商，何为不撤场，官犹颁灶帖，此名义之不可通者也。若论事实，则崇盐向纳包课，故有额灶。今虽减存四十五灶，然以每灶岁出盐二百石计，尚有本盐一万石可供民食之需。若尽为官商垄断，则灶民生计净绝，业户输纳盐课反不能食自产之盐，理可通耶？故即承受淮浙并销之令，而不为灶盐留一线之命，民其遂无怼乎？鄙意惟坚持纳课之地自煎自食成案，以灶盐为主体，淮盐为补充。灶盐既纳课，不应复纳税。淮盐浙盐自须纳税而后销。或官运商销或商领运自销，均可无妨于本灶。今浙商横暴，首禁灶盐，指为私产。不顾崇之为场与否，民之纳课与否，灶之有帖与否，即变通收买，亦任意抑勒折收。既收，则昂价以售而渔利，此至不平事也。根本既清，则盐巡陆丁亟宜裁撤。盖崇地环海，私盐不能飞渡。既缉私有船，则水巡加严足矣，陆巡复奚为者？陆巡原为堵绝本灶而设，是以迭次肇祸，戕杀乡民，皆出此辈。此辈太半枭匪、游兵，磨牙而来吮血而去，所谓不去庆父鲁难未已者也。夫能保存灶产，则场官自存。而场署旧额弓兵稍事扩充，即为陆地巡缉之用，无庸招外来之兵，以留祸种。而国库亦岁减万余金额饷之支，宁非两利之道乎？愿诸君加意焉。邑中有主张包税、包销，仿海门近例者，是引刀自割也。果尔，则本商销，引民之仇怨，必视反抗官商为烈。销额不畅则自坐亏折，徒丛怨府。而官吏嗛之，必以为与引商争利计，无左于此者。要之，不维持灶盐，无论食淮食浙，皆夺吾利也。明鉴当能辨之。某白。

复王丹揆丈书

辱教敬佩。奉正志目，遵将海塘、邮电、警察、采买入经政，铺兵并驿递武备志，绿营、防兵、水师分三目。顾崇明初有水师，后设陆防，其统系未可淆焉。且通志体例各县未必尽遵。如《松江志》例全是独裁，讵能一律？鄙意以通志特辟经政、故事二纲，乃沿张文襄公《顺天府志》例。然经政赅列多目，删并骈枝具得要领，可为准则。而故事本杂志变例，不过欲降巡幸大典与常事等伦，因将兵事、古迹、灾异等目杂合成篇，论其类别，未免羼混，况所志孰非故事，特标门类，实近矫揉。苏省有江、淮、黄、运为经流，三江诸水为通派，震泽、高邮为巨泊，河渠之名实称。吾邑水道带线蹄涔，只备旱潦蓄泄，谓之沟洫名实乃符。通志人物列先贤，以前有季札、言游、高平诸贤，后有桴亭、确庵、亭林诸子，足为标帜。吾乡前哲孰克当此？而夸饰其名，宁非虚滥？且人物义在阐扬，杂人一目似宜因仍，旧志入杂志，而分杂事、杂人为二类。志家统编列传，夹注。以上云何嫌似？类书早为章实斋氏所讥，未宜采用。至兵事仍入武备，古迹仍入地理，正类别也。鄙意于通志拟例，去短从长，不须全体因袭班范，祖述龙门。其书互有异同，要当各存面目。载笔矜慎，讨论不厌精详，匪敢词费也。诸祈裁正不宣。炳麟再拜。

再复王丹揆丈书

承函索李丹崖先生传，拙稿甫脱，谨录呈是正。如尊处得档卷，或须有增益，请条示一二，可修饰焉。尝愤旧志沈忠节公传，简陋疏略，为别拟一篇，参酌沈寄庐、全谢山文集，陈沼忠节碑记，旁证他书，考订征实，恐或有未尽，并录请审定。邑史人物，关系文献，事实不容漏略，备国史通志采择，不宜但取简约也。至其人无关轻重者，简亦可，漏亦无妨。前志发刊时，滥增小传百。余事既空衍，文亦僿俗，存之则徒占篇章，去之则恐腾口实。然欲求征信，要不得顾流俗是非。施楚珍先生治南皮，政绩卓炳，传亦甚略，未识有无闻见，抑有他书可采录者乎？诸维答教是幸。某白。

答 友 人 书

顷诵惠书，南金良玉，绉佩勿谖。仆有何长，致劳拳挚，固当引为同气者也。顾仆粗读诗书，赋质鲁直，圣人不遗狂狷，而踽踽凉凉，不免见讥于庸俗。然仆行事固磊落。《诗》云："礼义不愆，何恤人之言？"凡事内省疚斯，自讼耳，流俗毁誉何足以较短长哉！仆自辛壬之际，丁阳九百六之厄，弃衣冠归井里，心如死灰槁木，极不应与世论荣辱。只以慈亲在堂，贱累多口，不获已重理寒毡，以舌耕笔耒之劳，尽啜菽饮水之欢。自谓学校之地当为纯洁，不至有青蝇樊棘之嫌，而孰知有大不然者！仆手创中学校，拮据九载，始有端绪。岁修所入止六百金，而地方得中等学院。凡中人以下子弟，苟有志问学者，皆得以极少修赀，跻秀士造士之阶。仆自问无负于乡里，若为区区修脯之资，而欲枉己徇人，则仆何不皇皇出疆，奔走形势，求人间富贵，而顾于樊笼之中，争鸡鹜之食耶？窃不意人心之至此也。中学校减费，是学子蒙其害，仆何与焉？即地方以为中学校可废，则仆秃管犹存，天地之大，何所不足以容身？彼见恶者，亦何快于心？行当为婴人子弟痛惜耳。吾邑城乡之见，新旧之界，老少之异趣，皆是非憧扰之魔。而况相煎之急，每是同根物腐虫生，夫复何说？然仆岂屑与阘茸者依违其间,效诡随缱绻之行乎?耿耿此心,利钝非所计焉。果乡邑不可居,天下虽汶汶,讵竟无畏垒哉。辱注敢抒臆,固以为爱我之君子而尽言也。幸勿讶其狂诞。

复奚度青大令书

奉教,并示大著《庄子补注》《老子集解》,感佩莫名。猥以委巷之言得不虞之誉,私心自忖,益复忸怩。六书音义,散见于周秦诸子。以子证经,以经训子,旁通引申,可以探古文之源流。惟苦诸子字义奥衍,讹脱凌杂,时或不免。少壮涉猎,未窥堂奥,遽撄尘网,辍而弗治。今且衰羸,学殖荒落,譬诸蚁垤之卑,乌足以语泰华也。皖南朴学名天下,江戴胡诸先正,传授师承,渊源有自,固知渊雅,何敢谬赞一辞?迄以邑志杀青将毕,卒卒无暇豫之晷,少闲,当闭门静息。恭绎盛著,获益必非浅。鲜或有愚,鄙所不及,愿以时请益,勿吝教焉。近作拙诗数章,缮陈是正。夫雕虫之技,壮士不为。颜习斋谓:“诗文书画为四蠹。”此则固蠹物也,而以贡诸大雅之前,气已慑矣。倘不遗葑菲而教之,幸甚。

复王慧言书

某顿首,慧言足下:客冬晤李君林士,知文贞先生遗集已梓,属转求,顷得惠书并集九册,拜承嘉贶,欢慰平生,甚感!甚感!曩者郡试娄城,间岁一至。迄来世变迭乘,末缘纡轸,故交疏阔。足下名父之子,学行茂懿,企慕为劳。犹忆先生来主瀛洲书院讲席,不才方逾冠,颇有志古学,献艺辄承奖勉。一日侍宴龚丈心友家,先生中座指曰:“此才可与道古,因言为文犹制锦然,义法为机杼,经史为经纬,词章为采色,笔墨为剪裁,考据为尺寸之绳栻。”谨受此言,服膺三十年,稍稍窥古作者门径,先生之赐也。尔后锐志进取,北走燕,南游皖,一官匏落,比有寸进。

适会国变，束担还山。理旧簏，得所为诗文数百首，思就先生正其纰缪澒涊。趑趄，人事变迁，竟不获再亲謦咳，深用嗒然。先生经为人师，行为仪表，风节嶙峋足为正学之防。当改国时，天下负重望者，都诡随缱绻于时，不复知气节为何事。窃尝太息焉。而今学校之教，尤以六籍四子为禁书邪说，诐行充塞于人心佻达者，耳食而心惑之，非圣贤，薄道德，荡廉耻，蔑礼法，去人伦。所以为识时通变者如是，将决五千年名教之大防而横溢之。孟子所谓异端之害甚于洪水猛兽者，不幸于今之世见之矣！先生养望林泉，犹自发挥经术，阐明性道，作为文章，泯汉宋门户之见，故天未欲平治。天下如欲平治，天下斯文岂终丧哉！昔秦燔诗书，伏胜藏遗经，汉遣晁错受之，嗣是壁中杭（坑）头次第发见。足下所赐先生书，将什袭珍之，安知异日无晁错者？书不尽意，肃谢惟鉴詧。不宣。

钝庐文集卷四

赠　　序

送于啸仙之任蒙城序

　　史公传"酷吏"，如郅都、宁成、义纵之徒，用法皆严刻，诛锄搏击，不避权贵，豪暴敛迹，良民颇亦义安然，皆廉介有志节，非若后世以墨为酷者，犹或不得其死，君子以为戒。呜呼！今之为吏，盖非酷莫为。然酷而治，则郅都、宁成、义纵辈在今日，民且颂戴之矣。蒙城为淮南剧邑，地僻民悍号难治。于君啸仙将奉檄往，习于吏者怃之，谓蒙多盗，官始至，盗必多劫杀以尝其能否，官亦必多捕杀以威之，不然盗且肆。盗就执皆不刑，自承惟求速死。于君闻之意沮。予喟然曰："夫岂有人而不爱其生者，民至为盗而求速死，必其生之苦有甚于盗而死者。田野之不辟，灾荒之不恤，流亡之不集，教化之不施，是驱于盗也。生聚之，教诲之，勤勉之，使各有生业，而蠲其苛征，民知有生人室家之乐，宁忍盗而死哉？且未闻治民以多杀者。果多杀可治，则曩治蒙者，既以杀为能矣，盗曷为而滋多哉！夫以酷为治，能如郅都、宁成、义纵辈犹可为也，若犹不治，毋宁弗酷焉。蒙之民望君矣，行自择之。"

赠皖省陆军小学毕业生赴部覆试序

立国之道，以人材为先。而人之报国也，必先有学问道德以端其志向，邪说诐辞不得而歆之，然后义理之积，发为忠爱君国，有事如疾痛疴痒之在身，而相扶相救相保卫，以成不可弱之国，此教之所以重也。孔子曰："以不教民战，是谓弃之。"夫弃民者，民弃；自弃者，弃国，均天下之戚也。吾国学校之古诗书干戚并习焉，故战阵者皆曰士。后世黜武而言兵不以其道甚，驱市井游惰以入伍，其幸胜者，必敌之无教甚于我耳。今东西列国武力相雄，国内之民尊荣其军人，父诫兄勉其子弟，以不死敌为耻，其将佐卒徒胥准学级为差等，殆无兵而不士也。国家知兵之窳呰不足用也，乃淬而新之，简天下英壮，学校以教之，非特轻骑健步、良器利械之术精也，将使以学问砺其精神，道德尚其志节，湛然义理之界，惓然自有忠爱之忱，而国家倚之为固，盖所期望者如此，其厚焉，则对于国家者当何如也耶！夫人之视己愈尊，则己之自任愈重，立志励行，固在受教之始也。皖陆军小学之成立已三年矣。光绪戊申之冬，滇南朱中丞再接厉之，以观察汪君莹教督之，校事益振。今诸生毕业矣，部试升学行有日矣。南方之菁，江淮之灵，思皇多士，惟国之桢，此行壮哉！然而武士之道，浅言之，则衽金革而不厌，戎衣执殳而前驱，战必胜，攻必取，血气之豪尔。而深言之，则韬钤末也，忠信本也，智勇外也，志行内也。三军可夺帅，匹夫不可夺志，诸生勉哉！古名将如诸葛忠武、岳武穆之伦，出万死无一生之途，而不挠其气；临大节，见危授命，而不变其操，卒能精神丽乎天地，志节洸乎万世。无他，其学问道德沛然充乎素也，岂孙吴之略、贲育之勇所能几哉？皖介江淮剧战之地，魁奇之士特多，中兴淮军之烈尤炽，桓桓诸生有余威焉。学成而归，承平卧甲，则谈艺讲武，捍卫闾阎；羽檄来飞，则戎衣洒泪，慷慨而驰，举所谓学问道德、精神志节扬厉而发

钝庐文集

皇之，而忠君爱国家之效为不虚于以叹，中丞公与观察君之教所成就者大矣。

送冯紫腴之任五河序

皖北多瘠县，巧于宦者，皆不欲焉。其强而莫可辞者，盖自肥县调焉者也。五河滨淮，多水患，仍岁灾饥，其瘠视他县最。辛亥五月，冯君紫腴奉檄往摄。冯君初试吏即得此，人莫不歉之，而君忻然往。同僚饯之枞阳江上，予谓冯君："仕非为贫也。国家制县令，升斗之饩，益以养廉，千金其禄，足以代耕。而赋税之羡，未尝无私利焉。苟不欲取盈于民，岂犹不可以已乎。"晚世仕者，以官为市，日揣于民而工为取之之术，得百里而吏之，不问其他，而先较量之，曰肥焉瘠焉，此何说也！夫县何瘠？民瘠之。民何瘠？官瘠之也。官先有瘠民自肥之心，于是天下多肥官，天下遂多瘠县。今冯君不以五河瘠而欲之，其无肥之心存乎？有阴典史嗣卿者，治五河有惠政，其卒也至贫不能殓，五河之民常思之。夫官五河而瘠之者多矣，阴典史曷为独有其民哉？呜呼！君亦可以慨然而慕矣。

寿　　序

吴淞营参将张君文甫六十序

寿非以年齿也，有一身之寿，有万世之寿。世之高年蒙厚福者，优游逸豫，而康而健，无所表于世，宴然而终身焉，是谓一身之寿，世俗犹称祝而荣之。昔者彭篯寿八百，孔子曰："窃比于我老彭。"为其贤也，非以其寿也。童汪踦鲁之殇也，能执干戈以卫社稷，孔子称之，鲁国赖之，虽殇焉，而至今犹生焉，是谓不朽之寿寿于万世也。颍州张君文甫，立不朽之功者也。君起戎伍，积功至将领。咸丰同治间，捻匪扰颍亳长淮，左右蹂躏几遍，当事者失于抚驭，星火燎原。朝廷以东南甫定，粤西余孽越江北窜与捻合，相臣将臣奔走捍御，竭力救扑，仅而熄焉。时君隶淮军，转战千里，堵发逆于郏城，攻捻匪于莲池，解蒙城之围，枭苗酋之首，抚下蔡，徇寿春，克五堤，迭奉保奏，朝廷以君为守备，此君之立功于淮阳也。嗣檄防清江，首擒赖逆，驰赴山东，剿德清、宁远之贼，直东肃清。淮军督帅李文忠公、将军都公迭保君，以都司进游击加副将衔，用酬君勋，此君之立功于清河也。君谙悉风涛沙线，尤长水师，大帅知君才，委君以师船，历官苏松镇中营游击，补通州营游击，摄吴淞营参将。今年六十矣。昔马援年七十余，犹据鞍顾盼示可用，烈士暮年，壮心未已。君不朽之功，宁有既乎？方今国家多故，外夷蟠蛰我要津，睊睊然伺衅而动。夫吴淞，长江之外户而东南之屏蔽也。自英吉利入江，诸夷踵之，武汉以东商埠凡八，夷舶荡行若康衢，东南天堑与敌共之，江防尚可问哉？而吴淞一隅犹屹然，有君在！《兔罝》之诗曰："公侯干城。"《无衣》之诗曰："与子同仇。"故天下幸无事，彼终身逸豫者，真足以高年厚福被于流俗人之口矣。苟为不然，则三吴十郡之干城，固必有所寄，而江东子弟同仇敌忾之心，皆将属望于君，而祝天之多假以年，俾淮阳清河之功，复恢张于大江南北也。洵是，君之不朽足以寿万世矣。今某年月日，君诞生辰也。公子三人及君之属将称觞为君寿，而乞予言。予不敢以世俗之所寿寿君，而进君以不朽之寿也。

为龚绍康郭节母七十寿序

世清以知县需补汴梁，与故南阳总兵徐州郭公松亭为婚媾，知其先公善一将军之忠节母司太夫人之德甚详。同治初，捻匪扰颍亳，势张甚，将军以都司率千人与战，屡捷，贼恚，驱大股来扑。战方酣，有飞炮洞将军腹，仆地宛转。公适随侍，泣裂甲裳裹之，血涌溢。将军曰：“勿怖！贼且来，促挥戈杀。”贼退，将军亦遂瞑。太夫人归未旬，将军即从戎，逾年而及难。太夫人抚公为嗣，苦节五十年，尝谕公以驰驱报国，毋遗厥考羞。公之居官不怠，以治河积劳，卒荷朝廷恤典，建祠旌忠，由太夫人之教也。太夫人既康健，孙文煊大令方摄治商邱，诸曾孙绕膝含饴取乐，非所谓哀始而荣终者欤？今年某月日，太夫人春秋七十，商邱君将称庆于官舍，祝嘏者举欣欣然，而太夫人谦让未遑，愀然曰：“今天下多故，贫之者饘粥且不给，我搢绅之家当以节俭为乡里率。矧今天子恭勤宵旰万几，而皇太后颐养深宫，犹日命太官减膳、尚方损衣，不欲辄举万寿之觞，以节用而恤民艰。余一老妇，得优游太平以终天年，足矣，其何寿之为？”世清乃奉爵而请曰：“夫俭，德之共也；孝，德之本也。太夫人以共姜之节、欧母之训，为郭氏贤母，为严师，为承先启后之功臣。既享大耋，犹抑抑持恭俭，不欲以觞豆扰亲故，诚甚盛德焉！然田舍之子，终岁勤动，每当伏腊，烹羊炰羔，酌兕跻堂，犹介其亲之眉寿。而太夫人膺上品之封诰，夫若子以忠勤殁王事国家，方岁颁缣米，诏有司存问，而孙曾辈以一尊为大母寿，亦一则喜、一则惧之意也。而却之，是不蕿子孙以孝也。”太夫人乃逌然而笑，受世清爵。遂为序。

杨母王太夫人八十寿序

今上御宇之二年，奉皇太后命诏天下有司，存问高年，赐帛肉，爵人一级，凡子孙逮事父母大父母者，笙簧酒醴勿禁，此朝廷教孝之大政，吾臣民所欢戴于无穷者。而杨君黍农兄弟适会其母王太夫人八十之庆，乃诹七月之二十日，称觞于里第。夫孝之道，生事为难，古之君子，恫其生之无幸，一再咏叹于“生我劬劳”、“生我劳瘁”者，何其挚焉！其贫贱者，又或啜菽饮水，未足尽其欢。洵乎！家庭衎衎，孙曾忾忾，白发在堂，青紫满室，此非特人生之厚福,抑亦圣世之熙祥已。杨君先人听梧先生为秀才时,太夫人归之,方值兵凶,家事棘,舅姑笃老以疾,太夫人主门内事,厘然秩然,而馨饎帨燧、潎瀄酒浆,曲承意旨,服奉罔或,不谨用是。先生无内顾虑,得专意问学,卒登上第,入翰林,有声京朝,而太夫人不以贵显改常,弥复奋厉不敢弛。先生官侍御,晋给谏,侃侃能直言,章凡数十,上剔弊政数事,朝贵肃然,苞苴绝,俸薄不足以赡。太夫人布衣疏食,节赀以济其困,盖先生于国事、太夫人于家事,以忠勤俭苦交相勖励,为名臣,为贤妇,知当日先生之盛德,太夫人赞佐之力实多。而今门庭之内,衍衍尔恀恀尔,子生孙,女生甥,孙复生,曾祝噎祝哽祝康健者,百有余人,春秋佳日,板舆扶侍,方羊乎家园。斯乐也,先生虽不复见,而太夫人以耄耋之年躬享其盛,天或者酬恭勤相夫子之德,锡杨君兄弟以生事之荣,俾知一喜一惧,以勉为不匮之孝乎!太夫人生子七人,其显者:子青,以廪生官通判;若米,以进士官军机郎中;咏莪,以廪生官湖北知县;荟亭,以进士官河南知县;君亦举人保用知县。孙由之,廪生;宜之,亦服官;余孙曾皆幼学,崭然见头角于一见。杨氏门祚之昌,而太夫人俭德之食报长矣。然恩斯勤斯、鬻子之闵斯,杨君兄弟之孝思,其与太夫人之享年,俱无已时与。谨序。

为沈乙盦方伯吴学使五十序

曾植识当世贤士大夫甚众,尝翱翔京邑,蹭蹬吴楚,历仕赣皖,以迄退休,居游聚散,纷遝数十年余,颠毛种种,而乡所知识,亦都耆艾矣。光绪初,识吴君棣轩京师,时方角逐文艺,声誉相埒。庚辰,同捷春官,君于同榜年最少,旋入词林。余徙倚郎曹者十年,君则文誉大噪,朝廷畀君文衡,历典山西、河南、贵州、广东乡举,甄擢多知名士,尝试御史,记名大考高等,晋詹事府赞善,六迁至翰林院侍讲学士,年未四十也。希荣之士慕之,然乌知君之大者。君之持己也，信言果行，博学笃志，而归本于主敬，介然义利之辨，泊然其无营，与人恭而有礼，上不谄，下不渎，久交而敬弗斁，君子以为难。昔融斋刘先生清德硕望，以濂洛关闽之学躬行实践，为后学倡，江东之士被其薰陶者，皆恂恂然望而知为先生之徒。君于先生，甥也，其渊源固有自乎。岁丁未，余奉命提学两皖，将事之始，诸务错遌，厅事偪塞，上雨旁风，散无友纪。乃营公廨，厘章别部，析事而理，众材毕呈，艴有端绪。戊申，忝权藩寄，君适膺简命来摄是职，幸继事之得人，果规随交欢，匡余所不逮也。且国家求治锐矣，方以教育为庶政之纲，重有司以责，计日而程其功。而皖贫困为天下最，民力不足应所求，江淮南北风气又殊阂，忸忕故常，蒫于兴革，故学校之隆稍逊焉。然君温恭，朝夕简率僚属以倡于上，郡县吏自不敢堕弃厥司以奋于下，寒暑三易，而全皖校舍达七百以上，学子逾二万人。吁！亦盛已！非君之能修其职，曷克臻此。宣统庚戌秋，余以病乞归，朝命君真授，旋亦开藩，仍复厥职。今辛亥七月，奉旨留任，盖君劬劳惇笃不懈于位，舆诵翕然，圣明鉴之，故知其可任也。余与君少相知，名为同年友，又同官久，君律己待人服官之道，是以能知之稔，而言之无闷也。今君年五十，于古为服官政，以君之才，勤敏不怠，济之以忠贞，国家多故，固当发愤，激奋努力，以策有为，而朝廷隆眷贤才，或将畀君要寄，斯可以生平所学，致力于躬行者充之，以任天下之重，异日勒钟铭鼎，寿于无穷，兹余所称，乌足以尽君之所止。懿夫！学道君子得志于世之所为，其成就不当如是耶？皖中僚友将以诞君之辰，颂茂德以觞焉，问言于曾植。曾植老矣，不复能用世，然如君之年，固将大有为者也。谨举其生平，及余所厚期于君者，以为祝。遂序以贻之。

王封翁叙九六十序

丰润王君溯沂，以名进士宰吾邑。未数月，丁宣统辛亥之变,率土分崩,自王臣疆吏以迄牧守丞倅,莫不弃职遁逃,蒙耻苟禄,或且反戈与故主敌,盖骚然无复有伦序矣。君甫受任,违家数千里,陟岵而嗟,倚闾而望,人情皆不免。即弃崇去,谁得非之?而君独不然。崇固海壖,密迩淞沪,好事者与暴乱为响应,逐镇将,建白帜,群不逞乘之,旬日间,劫暴四起。君则奔走呼援,流涕开谕,仅而救焉。时邑中游宦者皆避乱归,君乃延揽而进之,相与收拾零散,从容整理于戎马之间,使民畏怀其威德,而桀骜者不敢逞。盖辛壬之际,崇无君其殆哉!故君不忍去崇,崇亦不听君去。事平,其封翁叙九先生负杖来观政,闻巷衢歌诵,万喙一声,则莞尔而笑,犹谆谆勖勉以君所未至。然后知君之临变不乱,处常不忒,洁于己而信于民者,皆先生义方之教笃于素也。君尝称:封翁少读书,习举子业,以先大父母春秋高,不忍久累生产事,乃辍学,理商肆,勤菑畬,井然皆有法度。家稍起,先大母患肝疾,燥发易怒,则与家慈黄恭人朝夕侍左右,愉色温言,取悦乃已。惟督子弟攻书严,节衣食,给膏火,市书籍,无少吝。里党有不赡者,恤之;其游闲者,必反复开谕令悔,激而称贷,以资其治生。某奉檄南来,则训之曰:吾家世醇谨,尝为胥吏困矣。县吏亲民,官治民如治稿,去其螟螣及其蟊贼,则良苗硕矣。夫胥吏,民之螟贼也。毋役货利以府怨于民,而负疚于心。盖君之所述云尔。吾观封翁之恂恂,言温而色庄,举止端而衣冠朴纯,固知其养之有素。而君之奉训不渝,以奏治民之效,亦可谓之善承志者矣。君既去崇之三年,封翁适周甲,君将率群季子姓称庆于里第,而吾崇人士以君之遗爱爱封翁,固莫不庆封翁之寿无疆,亦且知君之遗爱不独在崇,则爱封翁者,宁独崇为然哉?谨为序。

蔡施夫人四十序

夫人,今之女师也。韩子曰:师所以传道解惑也。道恶,在德是已；德恶，在庸行是已；道德者，固不以男女而殊焉。《易》曰："乾道成男，坤道成女。"乾道健以行，坤道凝以成。坤以凝静之德，辅乾健之行。阴阳相位，刚柔相济，而天地以宁，万物以成。凝者不静，与健且行者相激荡，则戾气生，在天为迅雷、烈风、暴雨灾沴之变，在地为山崩、川竭、土壤颓裂之患，在人为凶悖、狂戾、犯乱贼杀之祸。是故圣人之为教也，欲男女各安其位，各适其分，以宁天地，成万物，乃为定内外之别，制夫妇之礼，恐其不静而激焉，则敷之五教，齐之八政，申之七诫，约之四行。庠序学校之外，有门右之塾焉，有女师焉，保姆焉，盖女教之隆自古而然矣。夷考古来女教之旨曰："无非无仪，惟酒食是议。"曰："妇无公事，休其蚕织。"《内则》之"洒扫纫针"，《国风》之"筐筥锜釜"，《闺门》之"轨雍雍然和肃肃然"，敬如是而已矣。刘向《列女传》盛称姜嫄后妃之德，为姬周王化所基。范晔因之，亦以为有孟光、桓少君之行，乃成梁鸿、鲍宣之贤，若班昭、蔡琰之才，抑其末焉？故室无诟谇之声，家道康；国有贞静之女，风俗淳，皆庸行也，古之女教然也。自六经道微，学校束孔孟书不读，邪说诐行充塞于瞀乱之人心，好奇之士耳海外夫余之俗，演荒唐不经之论，为立教之本，乘国事纷更、宪章凌替之会，煽焰扬流，紊男女之序，易阴阳之位，欲使凝者健、静者动，率天下之女而路焉，盖惑是而误者匪鲜矣。其尤桀者，竟悍然不屑为人妻，不乐为人母，将居中国去人伦，与天地万物、自然之理相轧轹背驰，或且有攘臂轩眉，慕唐赛儿米鲁齐王氏之流，而称述之卑，孟桓之行为不足道，则惑之尤甚焉。人心世道之变害甚于洪水猛兽，而仔女教之任者，顾尚持此说不变焉，不已乖乎！夫人为稚桐施先生之女，以诗礼世其家，归蔡君南平，未三十而所天殒，茕居砥节十余年，悲哀思慕之情一发于诗歌，若深憾妇道之不终，而柏舟之贞殊足以励世，固笃于庸行者也，于古女师之教，必有以知所本矣。今春秋四十，孔子所称不惑之年也，知于世俗邪诐之说，亦必灼然而斥其谬甚。望其以己之无惑进已惑者，而教之古圣人之道，以拯其陷溺焉。则其为益于人心世道者，岂特百年之事哉！

陆炽青先生七十寿序

吾邑僻介海峤，风淳俗朴，士重廉耻、敦节义。自有土七百年来，乡先生贤行可称道者，元明之际有孝友秦先生玉，明清之间有含斋施先生之美、子犹宋先生龙，皆丁世变，介然不易其操，以笃行高节，矫出流俗之表，又皆享大年、考令名以终。盖当玄黄错乱之时，天必生一二贤者于穷荒寂寞之区，使之优游涵养，以遂其性，以富其年，以全其节，以愧寡廉鲜耻之徒，殆皆有深意欤。今吾党有炽青陆先生，天或者资其行谊，假之岁月，以矫世而厉俗焉，则其享大年、考令名也必矣。炳麟居同里，与先生季弟宾谷交最久，长君铭九又共事于典学，知先生稔，当莫予若者。先生弱冠失怙恃，同产弟妹皆幼稚，先生躬任教养，与元配陈孺人时其寒暖饮食之节而卵翼之。命仲弟禹畴、叔弟海君，因遗业以治生而自食于馆谷。宾谷之成立，皆先生衣食教诲之而未尝有后言，手足气谊之重，足以愧世之阋于墙者。先生中年失耦，有男女子六，而不复娶，谓人情莫不爱其所生，而异其所不爱。家庭骨肉之乖，基于后母不慈者什常八九。虞舜大圣不能逃井廪之灾，闵损大贤无以免芦衣之薄。故老夫得女妻，不暗潴孽水以祸子孙也。呜呼！此足以箴世之溺后妻者。虽然，此犹未及先生之大也。昔欧阳公《序五代史一行传》谓："天地闭，贤人隐。"欲藉草莽志节之士，存人道于几希，而所得只石昂、李自伦辈数人以为之。数人者，中国名教之微而不坠，胥赖以系焉？窃尝怪汉唐宋明之末，清名之彦史不绝书，如管幼安、司马德操、司空表圣、谢叠山、谢皋羽、郑所南、李二曲、王船山之流，尤荦荦大者。而宣统辛亥之变，天下嚣然，不闻有抗志厉节者著国家养士之效，荐绅耆硕之士或且从风，而靡佻佻之子恣为悖谬，非圣无法以裂纲常,竞趋于富贵利达者,益无论已。是学校教化之坏,不本于诗书礼义,所以为邪妄者,资至利便也。独先生处乡里,布衣疏食,泊然无营于私而自乐其贫,规行矩武,色温而肃言,谨而通志,洁而不激,学朴而不迂,其足为后生矜式者,固不仅内行纯笃已也,而世莫知之。予以例汉唐五代宋明季世诸贤殆无愧焉,宁止与乡先贤相颉颃哉!然则先生之寿,其不可以世俗所谓寿者称之,盖可知已。先生授经为人师五十年,门弟子数百人,多饬行自好者,史称陈仲弓德修于己,而化行于天下,先生岂其伦欤?今丙寅某月日,先生年七十矣,将备酒脯为先生颂无疆之休,以予知先生行谊,乞一言以进觞。则庄应之曰:先生自有不朽之寿,在若第云介康爵、颂黄耇,非所以重先生也。遂援斯义不辞,而为之序。

杜翁化如七十寿序

昔太史公传"货殖",慨挽近之人无岩处奇士之行,而设为名高,不免以长贫贱为羞。孰与趋末业者,斗智争时,不必有秩禄之奉、爵邑之入,而与王侯同乐,命曰素封。故用贫求富,农不如工,工不如商,刺绣文不如倚市门,此言末富之贵于世也久矣。人富则好行其德,而得势益彰其道,计然以施诸国而霸越,朱公以用于家而富陶。故孔子罕言利,而子贡亿中结驷连骑,声闻四国,后世称为大贤。虽然,亦得之有道耳。陶朱公之治产也,十九年中三致千金,再分散与贫,交疏昆弟,后年老而听子孙,子孙修业息之,遂至巨万。凡言富者皆祖之,化如杜翁,殆得其道者欤。翁行贾大江南北,积赀至数万,隐于市者五十年,今老矣。长君少如绍其业而昌之,因诏之曰:天下之民,四士志道。农,本业也,工成之,商通之,非可以偏废焉,而儒者以商为末。予不能事诗书而趋于末,然行之以其道,未尝不可以利己而及人。夫农末相资,则财用足。吾崇明,产棉地也,往尝以土布著声江淮间，燕辽市舶岁数至，必捆载去。自日本机纱入，夺女工之利，而土棉市价辄操纵于外商，夜宇机声歇焉沈寂，丁女停梭而唏，氓蚩抱布而怨，譬诸漏卮不塞，将竭汝图塞之乎。少如以翁命走上海，连大贾，鸠巨赀益以私财，规建厂肆，购机市土棉，集丁男女工作，千杼万轴雷动飚发，日出纱百捆，而日本机纱来源顿减，岁利不外溢者，奚啻数十万，即今堡镇东市称大通厂者是也。每清晨薄暮，担囊笈提筐篚，熙熙攘攘而往来者，莫不颂感翁父子之泽利足以及人也。而翁倚杖河干以观成功，有不莞尔而笑，快然慰于心乎？非所谓得势益彰彰欤？且夫堡镇，巨集也，南至江里许，与江南吴淞相望，汽航自上海来者，首碇于是，置船步焉。而自治城以东，村镇无虑数十，惟堡繁盛最，辐辏樯集，实往来孔道。今纱厂成，货物骈闐，舟运车载，担束者络绎于途，而河淤道萧，桥梁险仄，非所以利行人也。乃督少如募赀浚大通河，驾巨梁其上，砌聚星桥以南至当沙港石道。于市衢植杆引厂电缆列，炬照夜行。又建公善堂，综养老恤孤、救病扶伤、掩骼薶骴之事。次第以举，创育婴堂以收弃孩，设医院以诊贫病，皆首蠲巨金，为为善者倡。于是近堡之民惸无告者，又莫不颂翁父子之泽足以及人也，非所谓好行其德者欤？洪范五福，曰寿曰富曰康宁曰考终命，而实本于攸好德。吾于翁之富而好德，其康宁寿考殆无穷矣。《康诰》曰："肇牵车牛远服贾，以孝养厥父母，厥父母庆。"今翁之业不让朱公，而少如之善继善述，则贤于朱公之子。于是翁诚有可庆者矣。岁丙寅某月日，翁春秋七十，某等申康诰之义，嘉少如之能养志而足以为翁庆者，归本于史公富人好德之旨。以进一觞，颂翁素封之乐无疆焉。因为序。

沈母石太孺人七十有三序

今世为寿者，纷纷然矣。顾其所以为寿，亦知古之义耶？吾诵《诗》而知古之为寿也，必其人有功德以利及于人，或贤其子孙而颂其亲，于是祝其康强，介以眉寿，蕲之以万年，进之以无疆，虽天子之尊，公侯之贵，不溢辞而媚焉。昔鲁僖公能绍其德有功于鲁国，奚斯作颂上及其寿母，其《诗》曰："既多受祉，黄发儿齿。"盖亦无溢焉尔矣。故君子将为善，思贻父母令名，必果，盖立德立功之事无穷尽，亦无方体也。上之，则思天下之饥溺由己饥溺之，凡民之老癃废笃穷无告者，罔不恫瘝于怀，必有以拯起之，所谓视民如伤者，功之上也。其次，则民物同胞与思天下，有一夫不得其所，若推盲者而纳之沟中，执暍者而饮之鸩毒，是利人之生，忘己之劳，以为功也。又其次，则挟活人之术以救天下之疾苦，针膏肓，起废痼，所谓生死人而肉白骨者是也。范文正公尝云："吾不能为良相，当为良医。"盖医之良者，功亦足以利天下也。沈君云扉，今之所谓良医也，其先尊予良先生以困学笃行闻乡里，生云扉昆弟三，以养以教，皆使之有室，执一艺以治生。会先生卒，云扉齿尚稚，伯子亦旋逝，赖太孺人含茹辛苦，以织纴资修脯，督云扉治学，而抚孤孙。云扉承母命，布襦葛屦，负笈走江宁，辗转沪上，从海外老师受方书，其秘在青囊肘后，书外数年，尽其术以济世，颇有声于时，求活者踵趾相属，无识不识皆知云扉之学成于太孺人之德，而慨予良先生之不及见也。倘非所谓利泽及人，令名贻于其亲，而无愧为良医之功欤？云扉既多活人，取药笼资，市甘旨献堂上，太孺人尤康健。仲子亦精会计，率子妇孙男女交承其欢，家庭衎衎，虽王侯尊富之荣，曷以易诸。斯盖予良先生种其德，而太孺人收其功、食其报也，可不为之忻慕哉！今年乙丑某月日，太孺人春秋七十有三，云扉与其仲将率家人补七十之庆焉。太孺人曰："汝家世食俭，汝父生平不衣帛，非岁时宴享，罕御酒肉。又余茹檗二十余年，今幸汝辈能自立，余无疾痛，得稍温饱，天之惠余已厚矣，复何寿为？且近世夸靡，仁孝之本，礼义之教，既弃焉如遗。而豪商巨宦齿发未疏，动辄称庆觞豆，一日之费，中人十家之产，而小康之子亦且循而举焉。

呜呼！若是，其汰已。揆诸古所为寿之义，不已悖乎？"某等乃进而赞曰："此太孺人之俭德也。然古之为寿者，惟功德及人，而令名贻于亲者为归。今云扉活人之功，既足以贻令名，而太孺人俭勤之德，即方诸古贤母而无愧。吾党非敢以溢美贡媚辞也，请进一觞，以附于奚斯之义，可乎？"谨为序。

王母施太孺人七十寿序

中治城而逵，嚣尘不上，其平如砥，其直如矢，称福民街者，我先人之敝庐在焉。衡宇相望而东其户者，我先师霁洲王先生之故居，我少尝从受经处也。比间十数，皆户弦歌而人诗礼，衣冠缤缤，出入相友揖，而语者怕怕如焉。暇日各出文字相切劘，或岁时宴会，酒酣耳热，抵掌谈古今，不及诗书以外事。夜则书声机杼声相应，妇女无故不出中闺，人或以颍川高阳之里、北海通德之门相称拟。而先生执礼之恭，植品之正，伯埙仲篪，交相师友，门庭愉穆之风，乡里薰而善者，尤无间于言。太孺人出施氏，为邑右族。既归先生，练裳提瓮躬执爨，与娣姒分事而理，以奉堂上舅姑。先生定省之暇，得专事问学者，太孺人之力也。倡随四十年，相敬而不衰。古桓少君之于鲍宣，孟德曜之于梁鸿，曷以过诸。先生以故居隘，购新第于城南转河之阳，盖乡先哲张敬谋征君遗宅也。先生因仍陋简，编篱莳菊，庭有嘉卉，室有异书。课子余闲，涉览黄帝岐伯书，旁参青乌子风角之秘。太孺人督家人操作，泛扫庭除，整洁如居福民街时。而慕先生术者，踵门告请趾相接，无祁寒暑雨，辄赴人之急，而无德色，盖役役于人者二十年。太孺人寒暖抚循之不少懈，而先生只知以仁术济人，不顾其身之衰且恙焉，致不获与太孺人偕老。墨子摩顶放踵利天下，孟子病其兼爱非儒者之道，然如先生之以孝友推爱于人，即不幸舍太孺人去，固亦有命存也。太孺人春秋既高，而长君芝生、次君旦生，皆卓然能自立。古者为贫而仕，惟抱关击柝为宜，或处而诵读,举所先知觉者引后生小子于道,薄取以供菽水,亦士庶人之孝也。今芝生宣揪闾捍卫之劳,且生负训迪后进之责,自公退食更视寝膳,迭承色笑,兄弟怡怡,妇子熙熙。于后庭辟小园半亩,丛兰茂竹,每春秋佳日,太孺人健步,孙男女负杖而绕曲廊,憩小室,徜徉于晴和风日之中,家庭之乐,孰有逾于此者?先生有知,应亦含笑矣,矧太孺人固亲领其愉快也乎。今年丙寅十月某日,太孺人七十矣。忆自迁新居后,福民街旧邻徙而之他者,亦且三四,里闾光昌之气,文物后起之秀,不复如曩昔,盖阅时未二十年而变迁已若是。于以叹太孺人子孙之贤孝,家室之祥和,方隆隆其未艾,知其获福之厚,固必有自来者,庸特康强寿考之足庆云尔哉。炳麟门下生也,谨随彩衣之后以进一觞,并为序。

张蔚丞五十序

予总角侍先君子,见父执往来至近合者,莫逆于秀翘、鹭翘两张先生。先君子授经乡校,则命受学于两先生,虽奉教未久,而与蔚丞昆弟交自此始。先君子畜我不卒,秀翘先生瞿然曰:"吾故人止此子,不可令失学。"因进而诏之曰:"汝器也,盍与吾子读,勉之。"忽忽四十余年如昨日事。日月云迈,少壮已非,今惟鹭翘先生健在。每念秀翘先生,常有耿然不释于怀者也。先生有丈夫子五,颉丞与予同岁;次轺丞最劬学,惜不永命;蔚丞少予五岁;又次襄丞、范丞,当时皆稚齿。蔚丞聪颖伉爽,读书数行下。君家后庭有老屋,纸窗蓬笪,绝幽敞。予每夜抱书与君昆弟挑灯读其中,辄漏尽归。君稍长,与讲论文史,雄奇不屑作常语,为文亦然。予畏爱君,君亦重予。予既冠游上庠,君亦舞象,斐然有文章。予食饩,君亦冠为高材生。予登贤书方壮岁,奋志于功名。君益磨厉饩虡廪居,恒抵掌谈时事,笑贾长沙、陈同甫之流徒痛哭放言而无裨于世,盖相期许者甚大。未几,制举废,君发愤负笈走京师，入大学。光绪丙午，予就拣都门，君意气发皇，旋以学成奖举人，签授吏部小京官改度支部，而予奉檄宦皖江，索居五载。会值宣统辛亥国变，正朔既易，予以强仕之年浩然有归去之志，固知所学之不适于世，世亦不可为矣。君负才锐进取，上官知其能，溽擢财部金事。顾君志在泽民，愿借百里奏茧丝保障之效。癸丑试，知浦江县事，适当改国之初，越人欢于自治，矫称蜂出，不安其职者以得去为幸。浦江故剧邑，民枭骜，时又亢旱，君到，土匪仇学校，邻邑逐长吏，构乱者藉游兵为变，恫喝要挟无不至，而君从容挥斥，乃专事振灾息讼，巨憝必惩，小眚肆赦，广学校，治道梁，饬农政。三年，舆诵翕然。予拟黄冠策杖游越西佳山水，溯钱唐而渡曹娥，观故人治绩以证生平所期许，未果，而君去职矣。己未秋，调山左摄治临沂，弛矿禁，兴棉利，为治如浦江时，未半年又去。呜呼！世诚不可为矣，不幸予之言中，而君之学果亦不适于世矣。君幞被萧然，归不获已，复偃蹇京曹，岂君志哉？予伏息海滨，默观十数年中人心世道之变，为有天地来所未有，贤而隐者固无益于世，而仕者亦未必不为世诟。端居揽镜，发种种然颁白，同学少年如君者一再试吏，亦未尝得志于时。今丙寅十月，君归自京师，精神犹昔，而豪迈非复为秀才时，盖亦垂垂五十矣。荒江大海之间，烟水混茫，沙屿萦纡，望之若神山仙岛，逃世者求莫得焉。而予与君生于斯庐于斯，予将俟君倦游相与，晞发鳌峰之顶，濯足沧溟之流，把臂尚羊，以乐余年；或则草堂风雨，邀君痛饮，出三十年来所为诗文，以商榷百年之事，其许我乎？虽然，欲如老屋青灯少年夜读时，岂复得哉？十二月某日君生辰，知必有循俗为胡耇之颂者，而君将返都于其行也。贻之言，盖予所能言于君者，止是若为溢辞焉。诬知己矣，则吾岂敢！

杨母陆孺人七十寿序

吾崇明面海负江，悬绝浩渺，具区中壤卑而沙浮，俗纤啬，重

钝庐文集

赀财,而甚富者亦不恒有,有之亦朴野椎鄙,锲锱铢不舍,视夫席履丰厚,挥霍无艺,沉酣声色,以斫其天年者,固有间焉。然吾谓富人之财,必有以答乎天者,而后能长享之。洪范五福,一曰寿,二曰富。子贡曰:"死生有命,富贵在天。"洵是!富寿之命悬诸天,然亦何尝非人自致之也。吾征诸杨母陆孺人而益信。孺人归杨翁,子飞初,犹窭也。清季,县政寄耳目掾吏,翁以才敏给事刑曹,得县大夫欢心,能解人之纷而不狃于法,抱牍来愬者,争趋之,荐绅之士亦乐与游。未几,富且甚富,非自致之欤,抑天欤,时为之欤?而孺人浆酒麻丝治内外,悉力以佐,家益振,膏腴连阡陌,营夏屋渠渠,课子孙以诗书,子干臣茂才,复开朗善治生。于是翁有富人之名,而乡里称孺人内助之贤,无间言矣。然翁好礼而能施,欿然自下于乡之贤者,岁输衣食惠饥寒者,备药饵济疾苦者,凡有称贷,悉斟量以厌所求者意。太史公曰:"礼生于有,而废于无","人富而仁义附焉"。岂非然哉!翁既逝,孺人行其德不衰,干臣亦善继述,斥私田四百亩为城治学田。而眩其赀者,思讼以劫之,有为孺人虑者、悚者、激者、劝者、怂恿者、恫喝者、借箸谋者,有挟求者憧憧扰扰,孺人持之以静,从容挥斥之,会讼解,人于是服孺人应变之才。干臣以是激奋思有为,孺人命之鄂、之燕京,参戎崛列部曹。越年归,遘疾不禄。孺人曰:"余二孙皆成立,足以持门户,何戚为?"遂督理家秉,一如翁之时,好礼好施,未或靳焉。二孙者:长君耀,次瑞明,皆恂恂自好,弗颓其家声,人于是服孺人达观之识。顾或疑孺人起寒微,其创业也,非有胼胝手足之劳,而温饱逸豫以享大年,膝下之欢,有孙有曾,以视终岁勤动,垂老孤茕,而不获一日之乐者,何天之颇焉?虽然,人惟视财重耳,富而好行其德,则纤啬之俗可以革其财,不至挥霍于酣嬉,则心广体胖,而天亦锡之寿,贫贱者自无所疑望于其间。洵乎!孺人之长有其富、克享其寿者,固由其好德致之要,未尝非天道福善之常,也且末俗徇利。史公尝称:季次、原宪怀独行之德，终身空室蓬户，褐衣疏食不厌，义不苟合当世，当世亦笑之。而宣曲任氏，为督道仓吏，秦之败，独取窖粟致富，折节为俭，以此为闾里率。巴寡妇清，能守其业，用财自卫，秦皇帝客之，为筑怀清台。其下者，博戏、贩脂、卖浆、洒削，皆称素封，而世且羡之。夫以末致财，用本守之，则天亦与之矣。况孺人之富而好德，固非仅俭而自卫者比乎！今岁戊辰三月某日，孺人春秋七十，其孙曾将称觞于室，以祝孺人无疆之休，征序于余。余因述孺人之致富致寿，固必有其由，而劝世之重视其财者，毋啬于为善；不善守其富者，毋轻挥霍以自斫，其天焉。遂为序。

太仓蒋伯言七十寿序

闻之：太上有立德，其次立功，其次立言，是之谓不朽。顾其所立有大小，即其所不朽有等差，而要足以寿世者，一也。夫事莫难于创，而利莫大乎公。古之贤者，其所树立，大之建天下万世之功，小亦开一乡一邑之利，其关系乎地方文化富庶之源，至非浅鲜。太仓肘江面海，受磅礴秀灵之气，人物甲东南。自明清以来，功业如王文肃，道德如陆桴亭、陈确庵，文章如王弇州、张天如，最后钱敏肃以书生杖剑谒曾湘乡军门，乞师戡平赭寇，拯江东四郡民命，是皆不朽之大者。而伯言蒋君先尊，亦谢太守，实从敏肃参幕府机要，敏肃倚如心膂，积功至二千石吏，守荆州。君侍宦久，盖习闻不朽之事稔矣。君弱冠为诸生，与弟仲京并有时誉。君负经济干略，尤有志于树立。会太守公捐馆舍，君撄家累。未几，仲京又不禄，公私丛脞于一身。亦会制科废，朝政失纲，积薪厝火。君于是喟然，无问世意。辛亥变起，俶扰十余年，而君亦皤皤老矣。顾士者立名，不以治乱为兴，仆所谓不朽无大小焉。志不行于朝廷，则于乡党；力不举于一人，则以众擎。当清光绪戊戌，朝议将变政，君首斥赀创学塾，曰"思益"者，成材达数十百人。嗣诏郡邑设学校，君复为州里擘画黉门讲舍，翼然奂然,三十年来男女莘莘,入则鼓箧,出则负笈,若麟之游,若龙之翔,若虎豹之变。嘻!其盛已,而安知皆君为之创乎?然而中国之弊在务虚而不责实。学校者,牖民之具,非足民之本也。故孔子论教先以富。太仓地饶,棉民纺织以为生,自海通不阻,夷舶输机纱,一载数千婆兰,而土纱遂落,丁女怨咨,厥筐不织,货财之漏,若海水之入尾闾。君乃奋然集巨赀,创济泰纱厂于沙溪,与海外巨商角,竭精劳神,再接再厉。于是踵起者率以济泰为先河,而太仓之纱遂颉颃于市。济泰虽折耗,而君固未尝为私利计也,只使机上多一缕,即漏危少一钱,厂中多一工人,即乡里少一游惰,此则君之为创,不以一己之利害为利害,而得公之道者也。夫论功德之大,伊尹以匹夫妇不被泽,若己推而纳诸沟中。孔子聚三千人讲道,洙泗垂教万世,诚不朽之极事。然岂概以例后之君子者?况世变乱至今日。纵有文肃、敏肃之功业,桴亭、确庵、弇州、天如之道德文章,人且践踏之、斩艾之矣。然则君以一诸生之力,能创学校立工厂,导地方文化富庶之源,使太仓之士、沙溪之工诵君功德不去口,此岂特百年之事哉!吾且为之颂,示后人矜式,傥亦不朽之一助与。辞曰:弇山之北,娄水之东,笃生耆硕,郁郁葱葱。有士黉之,有女工之,弦歌弗辍,杼柚奚空。谁与继者?缵之功;谁与缵者,扬君之风。今岁己巳七月,君春秋七十,长君经笙、次君鹤舫将率子侄称觞于里第,请即以斯辞命工歌之,代南山天保之诗。爰为序。

宝山金巨山五十序,代陆渭渔

宝山距吾崇明一衣带水,鸡犬声相闻,于地势皆扼江口,为东南巨防,其人文风俗、朴愿勤敏亦相等。在昔郡试娄城,四邑人士咸会,凡有学行文誉者,声气相浃,间岁辄一遇,申缟纻之雅,故乡邑之谊,视外郡厚。而崇明、宝山,以地近、俗相类、士相知者,尤若较亲。光绪己亥,学院校士选茂才,与金君巨山同注籍县学。洎游扶桑，识君弟侯城，尔后群从子弟与侯城过从密，以是知君之行谊加详焉。夫儒者，读书致用，出则任天下之重，处则负乡里之劳，遇有通塞，时有晦明，而济世利民无巨细一焉。孔子曰："书云：惟孝友于兄弟，施于有政。是亦为政。"成周之世，司徒官属有乡大夫、遂大夫、闾师、党正诸职，取在野之贤士才者为之，以佐治化民，所谓庶人在官者，两汉三老啬，夫犹其遗制。迨后，士应科目考举，竞奋于公朝，而乡遂官废，保甲之职贱，自好者不屑为。于是国家治民之政，乃悉裨于郡县吏，吏之贤者，以耳目寡不及周民生利害，爰折节于绅衿之贤者，而延访焉，诿诿焉。其绅衿之贤者，乃不得不宣力于地方，以佐郡县吏之政，而利一乡之民，盖与古庶人在官者同，而无其禄，夫是以可重也。君早以文学著事先赠。君竭欢尽养而勖侯城诸弟游国内外，习当世有用之学，节衣食以资修脯旅膳，无或不供。《书》言："惟孝友于兄弟。"殆其然欤？尝董治社仓，易积粟而积金，免耗蠹、增息利。又建言自淞口至刘家河辟康庄，利往来，凡农田、水利、救灾济溺事，苟足以利民者，罔不为而不自以为劳。物望既翕，群推为罗店市长。又以议士参省政，多建白，盖君处乡里，所以利于民者如此，非孝友施于有政之效欤？今年己巳三月，君春秋五十，于古为服官政之年。顾君未尝服官而政之施于民者，无间于乡里之言，奚其肰肰华仕而为为政耶。矧今国治在民，民之献者皆得分寄以治权，而服政于其乡，于周礼乡遂、闾党之职为近古。君固民献也，以服政之年，值民治之会，举生平孝友所施，次第而恢张之，由是而耆而老而耄而期颐，宝山人民将群祝君康强寿考、蕲利民之政，日进于无疆之休。吾邻邑之人或且闻君之风观，感而兴矣。抑闻之宋司马温公事其兄伯康，七十饮食寝处如护婴儿。侯城习闻孝友之训，异日率子姓祝哽祝噎，凡所以爱护君者，宁惟一家之庆而已哉。因本孔子引书之旨，申其义而为之序。

龚母殷太恭人七十寿序

粤屠维大荒落之岁，律中仲吕之月朔，越二日，为龚君皞如嫡母殷太恭人七十设帨之辰。皞如张绮筵，奉华觞，速诸父老昆弟甥舅跻堂而祝康强、薪万年，燕及朋友。于时，宾从杂遝，既醉既饱，群欢然颂太恭人之景福，而嘉皞如之能悦其亲也。猥以炳麟，与皞如先德雪岑先生有一日之雅，审知其世德，辄诿诔以文辞，藉扬太恭人之懿美且纪斯盛。炳麟乃作而言曰：古之孝子，其致养于亲者，不必鸣钟列鼎、膢鲜炙肥、日用三牲以为事也。尝诵诗而知之矣。《豳雅》曰："为此春酒，以介眉寿。"又曰："朋酒斯飨，曰杀羔羊，称彼兕觥。"知先王之世，化行俗美，民惟力田，孝弟、养老介寿，此为常耳。《小雅》之作，始于《南陔》《白华》，极于《由庚》《由仪》，皆言民知孝养，以燕乐嘉宾，斯风俗醇而时和年丰。故圣人治民以教孝为本，而儒者于经义不容或昧也。说者谓《小雅》废，则夷狄侵、中国衰。今天下大乱，学校废诗书，教不以明伦为重，子衿佻达者哆。然言非孝无亲，腾为口说，谁复知《南陔》《白华》之义，洁白其身，以羞膳于其亲者，良由诗教亡，人伦乖，祸尤甚于夷狄，君子慭焉。且民生糜烂于兵火，憔悴于虐政，饔飧或不给父母，不免有流离冻馁者，更安能酾酒烹羊，称觥介寿，极朋飨之乐，以悦其亲也哉？吾邑僻海表，不罹兵革，而俗朴醇。龚氏复故家雪岑先生通经习诗，为名孝廉，尝董理邑善堂三，简恤周惠，公不杂私，才誉翕然。皞如虽不及承色笑，而太恭人本其遗教以训皞如，笃爱逾所生，持家严谨有法度，秉大体以应内外事，从容挥斥而有余裕。先生遗籯不丰顿，于质库司管者，将浸润而干没之。太恭人廉得其情，亟谋脱之，已而果败人，于是服太恭人之明决。尝构新第，斥田以附益义庄，节衣食以赡族之贫者。每同室争，恒以大义折之立解，盖太恭人为龚氏肩丈夫任者殆三十年。皞如既自成立，太恭人乃授家秉，颐养康娭，谓非天之介景福以彰懿美欤？而皥如能读父书，明诗教，不惑于邪说，不怵于世变，知南陔白华之义，尽朋飧介寿之欢，固不必鼎钟牲养以为荣，亦岂必时和年丰而始言孝养哉？皥如有丈夫子三，皆鼓箧入学。窃愿皥如以所奉太恭人之教教之，使读《豳风·小雅》之诗，知有洁膳称觥之道，而斥非孝无亲之谬。异日者，皥如将以孝太恭人者，收之于三子，不且以家庭之美，而复风俗之醇哉？《诗》曰："孝子不匮，永锡尔类。"吾将援既醉之义，为之谱陔雅、奏笙歌，称诗以颂太恭人之福德寿考，而勉皥如锡类之仁，愧世之有其亲而不知养者，傥亦教孝明伦之一助乎？太恭人笑而颔之。既受爵，因书以为序。

张桴园先生八十寿序

吾读史至王莽之际，喟然叹天下贤者，如梅子真、王君公、任永、冯信、两龚、两唐之伦，皆避世逃名，没齿而无怨言，甚者假为青盲或至绝食，以抗节不辱，何矫矫焉。及今观之，然后知乱世之士，欲全其天年以保康强，宁胡考不能无韬晦也。夫兰以香焚，膏以明销，龚生八十犹有惜之者。呜呼！可无惧乎？故君子所谓疾没世而名不称者，争千岁不争一时。富贵利达，一时而已耳；气节勋名，则千岁也。吾师桴园张先生亦尝贵显矣，一判荆州，再判襄阳，不可谓非达矣。然分符十有八载，束担还山，萧然一寒素。视夫以官为市而罔利者，辇金累累，不转瞬而荡为烟尘，其贤不肖之得失，概可知已。当在荆也，武汉侨民悍斗，道府尹汹然失所措，促荆防军驰压，而势如燎原不可遏，斫游击伤颅，几成巨变。先生乃单身入，剀切谕其魁率，则曰："为张通判来。"徐解去。未几，湘侨愤榷关苛峻，燔沙市官橦，火及夷领事署，忌者将以中先生而制军，南皮张公烛其隐，奸弗逞。襄阳堤，六邑巨障也，频岁补罅，主者率偷减。适会襄水暴溢，堤且决，先生促工堵御、增库培薄，巩若金城。尔后沿襄诸邑无水患，民附郑公祠尸祝之，此勋名之荦荦者，已足以千岁矣。辛亥国变，中外臣僚胁幼主逊大宝，乡所称富贵利达者，皆全躯保妻子，或竟回面易向，视故君如寇仇，首阳为拙，柳下为工，滔滔者皆是，不复知气节为何事矣。而先生弃官返故里，构一椽，栖迟偃仰其中，暇则黄冠竹杖，与二三故老步海滨沙草，撷野花一丛，归而调丹青写生，得意则题小诗数韵，画致得徐天池之纵、陈道复之逸、黄瘿瓢之悍，而诗在剑南、石湖间，此亦千岁事也。先生殆以是老矣。先生犹健饭，步履竭然，子孙孝且贤。孟陶、季洲将以今己巳九月先生八十诞辰，率家人称庆。夫有千岁之名，乃可受千岁之颂，若先生者，可以寿矣。麟少也孤，冠衣不纯采，念昔先人与先生莫逆，而孟陶、季洲独能介康爵、蕲万年，盖不胜慨焉。慕之又从先生后，胥有志于梅子真、王君公辈之为人断断于君子名节之间。夫逃之愈深，闷之愈密，庶无恤于龚生之天年乎。因晋一觞以质诸先生，而为之序。

陆渭渔五十序

古之君子不汲汲于富贵，不戚戚于贫贱，处浊世而不污，居下位而不卑，顺时而动，随遇而安，其身心常若泰然者，无他，有道在也。孔子曰："无可无不可。"孟子曰："穷不失义，故士得已焉。达不离道，故民不失望焉。"盖圣贤立身应世、全生安命之道，不外是尔。吾尝谓陆君渭渔为能得其道者矣。今岁己巳，君年政五十，于《礼》曰"艾服官政"。际国家多事，义不容以退处，而君不屑违道干时，回翔审顾，纡轸却步，以自循于正轨。视夫枉寻直尺而为利者，其贤不肖何如耶？君弱冠为诸生，鉴天下之变，土之封于俗学，而不足以应世也，乃有志于自新，挈其从子三渡海，至日本国游学，得其所以致富强者。通而归，以学士试于廷，入词林，转交通部，扬历郎曹以长部政，先后殆二十年。当时与君同登若后进者，或且掇高爵厚糈，拥黄金数十万镒，恣为夸诞，亦或因此颠阶不保其生。而君谨厚恬淡，不奔走形势，虽朝宁选更纷纭得失，独优游进退，诎信晏如，无戚戚汲汲之心，有顺时随遇之乐，其诸可以立身，可以处世，可以安命，可以全生，而得养性保年之道矣。然而君之所贵乎道者，不第在乎得己，而尤在乎不失人望焉。君既显达，凡所知贤才，无亲疏远迩，悉称量材器而升诸朝，或展转推引，务尽其用而无或少滥。及长交通学校，则选乡人子弟之优敏者，列之横舍，督之成材，任之职事，斐斐然联翩腾踔，凡有声于通国路政电政者，皆受君之赐居多。昔唐狄梁公荐张柬之等数十人，具列显要，或曰桃李尽在公门。公曰："荐贤为国，非为私。"然则君亦岂有私乎哉？吾邑僻海表，在科举时达者恒数十年不一遇，即达矣，亦深闭固拒，牢落不轻与偶，是其一人之显晦，无系于乡邑人才之消长，即人亦无所望于其人，视其寿命之修促，何与焉？君毅然以汲引自任，则后生皆发愤力学，勉于有成，日望君之跻显秩、握铨衡，朝拔一人焉。予若职暮挈一人焉，授若事群，且祝祷君多一日康强，即多一人闻达，将以百岁期颐之庆，卜群材荟萃之林，是则君今日之举觞特滥觞焉耳。顾史称郑当时每朝，侯上问说，未尝不言天下贤者，其推毂士及官属，有味乎，其言之也。萧颖士乐闻人善，推引后进，所奖目皆知名士，后世论者，辄举为美谈。然郑初官，舍人萧位不过功曹，则举尔所知，苟不离乎正道，又何为可何为不可？吾知君必有以餍后生之望者矣。君少孤，至性肫笃，念伍太夫人鞠育之闵，生事尽欢，殁事尽哀，五十而慕终焉。弗谖又奉遗训，岁以俸余润内外族戚之窭者。配施夫人亦持大体，凡所以赞君者无不至君。他善行足为寿征者甚多，且不赘，特著其合乎道之大者序之，以授公子迈千昆仲，而侑一尊焉。

苏稚卿六十序

魏豹有言：人生百年，闲如白驹过隙。君子生于世，未尝不虑修名之不立，叹盛年之易衰，而惕然以儆，懔然以惧焉。予少壮时，以学行与乡里侪辈切劘，凡所交游，皆齿相若，蹈厉发皇，平生相期许，甚远大。乃未几，如风振霣箨，日萧条以稀其存者，亦复憔悴甿㢓。丁兹世变，窃尝顾影视息，有不胜其欹歔者。吾友苏君稚卿，今亦六十矣。君长于予一岁，订交在三十年前。光绪己亥，君伯兄少卿辟馆，延予授经其子春帆，暇则共君讲论诗文、平章、书画、金石。时方注科名，已先后挈青衿，志气益壮迈。会予荐于乡，甫通籍习吏事，而朝命止科举新学校制。君乃集乡人子弟教之，数年斐然，后生太半出门下。又数年，乡邑修揫间司暴之政，征材武者训以诘奸禁盗之法，君复主其事。比朝廷将以庶政公诸舆论，命疆吏征郡县秀杰集都会备谘议，君选于众，列省议席，侃然有建白。退而与县大夫、乡父老事兴革，若警、若工、若医次第敦督，以成如是。又数年，先是海啮，距治城不百步，糜帑金二十余万，筑砌巨防，亘四五里，为民命廛庐所托寄。而阳侯骇虐，榱蓏易陨，君与二三君子董察修捍，增庳培薄，无少窊罅，凡更十五六年。盖于是君之任事为最久，致力亦特深，此皆予所目击或躬，赞之非有所阿也。顾自逊国后，予亦弃官归思，为乡里润色。每有兴作，辄从君辈上下，其议论有不直者，面折争之，不屑诡随缱绻取悦于壬人。而君激伉或过予，遂一不为流俗所愒。世变益降，邪诐充塞，毁黄钟鸣瓦釜，老成彝宪无良，梏悉摧拉之，君与予皆朽株腐栌矣，能毋媿乎？予不佞，犹衣食于奔走。君则闭门养静，踞棐几，濡柔翰，弄丹青，倾写胸中块磊，烟云邱壑，坌涌泉溢，郁瀱缣素，间或纵笔题诗，淋漓酣适，视其气韵风格，殆将破王恽之藩，摩赵董之垒，以是进焉，寿诸百世亦足豪矣。夫人所不能强于天者，寿命也；而天所不能夺于人者，学术事功也。小人恒恐其不寿而无以自纵也，天若假之寿，使玩以稔其恶；君子惟恐其易寿而无以自慊也，天亦若速之寿，使惧而策其功。孔子晚喜《易》，韦编三绝，曰："假我数年，我于

《易》彬彬矣。"卫武公年九十五,作《抑》之诗以自箴。夫孔子大圣,武公大贤,其兢兢不自慊者,恐年既高而得之不易,逝之不复至也。此君子得年而儆且惧者,固有道已。荣启期曰:"天生万物,而吾贵为人;男尊女卑,而吾得为男。人生有不免襁褓者,而吾行年九十。以是为三乐。"盖老庄之流傥荡自放,以入世为出世者耳。予与君读圣贤书,既不能出所学以救乱世,而忽焉视茫茫发苍苍,百年之期,逝者已过半,顾惟蜷伏喘息以苟全性命,又何乐之有乎?佛氏以人六十为小劫,而世俗以为周甲。今夏正七月,君诞辰既届,与华夫人登堂受爵,公子女公子御采衣起舞,亲朋以次上觞。有酒在壶,有肴在厨,有粟在庾;池有鱼,园有蔬,室有琴书;可醉,可饫,可宴,可娱;由世俗观之,洵足乐也。然即以是为君寿,非以君子之道寿君矣。世扰扰且二十年,予意君平生所欲致力于学术事功者,岂必尽慊于心哉?则此六十以后之年,老而耄焉,而期颐焉,天或将渐进以策君,而相期于尽慊者正无尽焉。故知君今所得之年,必不敢自以为可乐,而兢兢焉不忘其儆惧者,斯君子之寿已。因本孔子武公学《易》《抑》诗之旨,晋一觞以称于君,固犹少壮相期许之谊尔。

歙县洪明度六十序

太史公传"货殖",谓国家致富之原,归本于农之食、虞之材、工之成、商之通,而称太公管仲用女工鱼盐,设轻重九府,以富强齐国,其意尤注于工商。今海通大畅,东西列国竞以工商雄霸于世,而吾国儒者狃于技巧荡心之禁,斥垄断罔利之为贱,而人民厌心之臧,不惟土物之爱,于是懋迁化居,外人得越国而享厚利,吾能无恧乎?夫民生之本,食外惟衣。今纺绩之利夺于机纱,不塞尾闾,东海之涸,可立而待。比者巨商集雄赀购机设厂,自用土棉制纱,杜漏卮之鳟,殆不止亿万万计,此亦挽回富源之一事也。岁己巳,予授经沪上,主朱君静安家,获识歙县洪君明度。

君须发皓然，仪观娴整，言论称道诗书，不沾沾为计家言，予心仪之。朱君曰："是吾二十年来挚友，而申以婚姻者也。君少尝读书，以失怙弃学，入赣之铅山，执业于质库，尝为榷盐司管。吾家幼鸿观察，方设裕源纱厂于沪，慕君才，延主会计，旋请主修水南昌质库事，盈虚出纳，月计岁报，先后十余年，厘然如掌上纹。幼鸿深倚畀之。宣统辛亥之变，君挈家徙沪，幼鸿请主裕通纱厂事。明年，改主支塘裕泰纱厂。越戊午，君集赀赁裕泰而自营焉。抉剔腐窳，整刷而新之，其赢倍丰。赁约终，君返沪，董理乡馆，相过从益密，盖君于纱厂历练有卓识，吾所深契于君者，亦由是也。君去支塘，厂事复弛，因怂恿复合资赁，迄又二年余矣。君性敦厚笃内，行重信义，不宿然诺，营利而不狃于近，积财而不啬于施，同产兄弟三伯兄旅宣城逝，奔赴为治丧立，后与季弟怡怡数十年无唇齿龃龉。于宗族戚友，庆吊必诚，称贷必应，佽助必力，推荐必廑，尤乐奖掖后进，排解人纷难，一以恳款和煦之词气感服于人，人所谓'诚积于中，信孚于外'者，君无愧焉。平生慕义好善，心有所感发，则慷慨解囊而无所介于名，此尤君之不可及者。"予闻之，喟然曰："君殆君子！"人而隐于市者，与史公曰：君子富，好行其德；小人富，以适其力。人富而仁义附焉。故子贡大贤，范蠡霸才，并事货殖，非黩货也，欲资富以成德也。况今天下熙熙攘攘而来往者，孰不为利？外人且握权衡，操纵上下而贵贱之，吮吾膏血以肥其国家，顾吾执争利国危之见犹谓贱，丈夫之事不屑为，非悖于时势之甚乎！君袭计利之名，行德义之实，虽一厂之微，而衣食于斯者数百人，岁制纱数万纯，皆所以挹外轶之利而利吾民者也。以君之业长国者，能奖而进之，不苟于征俾；拥厚赀者，群奋发以趋实业，与海外胡贾角抗，宁惟富国之效，可以操右券而责偿哉！朱君又曰：君雅好文学，喜吟咏，综内外事精核从容有条理。暇则手一编，闲以课其子孙，不知者以为老儒也。支塘故僻静，厂有隙地，君辟小圃，因洼为池，芟芜为径,构精舍曰"淡泊山房",有亭曰"悟机",长廊曲槛,繁花被砌,垂柳拂檐,所题额联皆自撰制。午阴既翳,凉月正中,则携孙男女偃仰嬉笑其间,或邀故人二三觞咏竟日。有丈夫子三,皆任负荷。君晚景之娱,其福寿殆无量已。今年八月,君生甲子,适周长君禹卿昆季称庆于邸,吾将次朋从之后,借先生之文,以寿君于万年。予惟洪范五福,富寿康宁,基于攸好德,君富而能行其德,此寿征也。因本史公传"货殖"之旨,诠次朱君之言,以附一觞焉。

钝庐文集卷五

记

天 柱 阁 记

潜山有峰四,绝而孤耸,屹立若柱,汉武帝南巡礼天柱山即此。宋时,安庆治于潜,有阁与天柱峰相望,遂名天柱。景定初,治迁盛唐湾宜城渡之阴,即今治。迄元,潜山别置县。明时,复有建阁于今治西者,亦名天柱。乱离变更,古迹荡然,不惟宋之阁在潜者不可考,即明之复建于今治者,亦不复可寻矣。呜呼!名胜之存与否,岂不以其人哉?古今崇台杰观,巨丽壮伟,纷华之士望景倾倒,穷拟极摹,瑰瑰华靡之辞累千万言,如扬子云、班孟坚之徒,侈矣。盛衰转眴,华屋荒邱,凭吊苍凉,感喟曷极。惟夫文章学问功德在人者,虽一邱一壑,下至陋室穷巷之微,亦且动人,景慕流连,不能置是,则名胜之系乎其人者,愈可思矣。嘉兴沈公,文章学问既翕然于时,朝廷命布政八皖,吏士喁喁,欢愉其声,知公之存乎人者大,而非徒文章学问已也。公复天柱阁之旧度,署后隙地建之。阁凡三重,下圆上锐若卓锥,仿佛峰之屹立者。然工简而费约,朴而弗华,飞梁曲亘,缘梯而上,行树杪间。既登,则八窗洞辟,龙山屏于后,青翠槷几榻。俯视,城垣如埂,廛庐、官舍、祠宇高下历落在前。回视,枞阳门寺塔仅与肩齐,城下江流喷薄,风帆往来,隔江洲渚长芦淠淠,水禽飞鸣声影渐入烟际。天晴日淡,遥望潜山,烟云荡合,隐约见天柱峰,此亦胜观也已。夫安庆负山阻江,本形势地,名胜燹于兵者,至粤逆而尽。窃尝登阁望村外,人烟萧疏,不蔽林薄间者,岁比不登,国用烦急,民力耗矣,知必有饥寒无告者。公之职于古为方岳,昔周宣王中兴,诗人颂之曰:"维岳降神,生甫及申,维申及甫,维周之翰,四国于蕃,四方于宣。"美其功也。公今为天子宣德行政,简赋税,饬吏治,节用而爱人,任贤才者以治民之事,亦周之申甫也。八皖之民皆将歌颂功德于无穷,尊公为潜岳之神。而斯阁焉,亦且如太室之崇,封于嵩高也。讵夫!寻常名胜之可比者,盖于是。天柱阁凡三建,得公而名益显,夫岂不以其人也哉!

安庆农工试验场记

皖,江南大都会也。大江亘其中,多圩田,宜稻;淮流经其北,多壤田,宜黍、麦、粱、秫;东南崇山隐亏,溪田硗确,间植稻粱,是宜桑麻、竹木、漆果之属,固天然农国也。于是有江南北之稻、和之棉、池之麻、徽之茶漆,皆农产之良也。其工,则怀桐之布、宣之楮、潜之文簟、徽之墨,若漆器,皆工产之良也。然兵燹后,田畴荒芜,户口流亡,湘鄂赣豫之民侨处而代耕,江南蕃庶渐复其旧。两淮之间,河流淤涸,水旱失时,民惰而嚣,穷则胠箧,或流丐四方,悍者杀越人御货,游手无艺者什六七。弃田多,而仅存之产亦耗矣。皖地方四万九千里,丁口三百亿,而实业之疲若是,欲不穷困得乎?国家致富之道,农为本,工为辅,古者械器易粟,而上下给足。今东西列国竞以农业、工艺、殖富称雄于世,而吾国庶政方新,罢于财力,榷算既尽,开节无方,生者寡而用者疾,其不毙焉者几希?夫神农后稷稼穑之教垂五千年,共倕输般机轮斫削之制,大备于《周官·考工》。自儒者以为小人之事、贱工之伎,辍焉弗讲,遂令老农曲匠沿故蹈常,学漓其本,术骇其新,兹事不振,国亦隐受其病。今淮上弃田万顷,滨江芦洲委为荻荡,夫土久荒,则地力内蕴,古反土粪壤之法,犹有存焉。淮流涸塞,沟渠不通,浚之无赀,导之无源,则凿井溉田之法,可仿行焉。且芦洲性淡,高宜棉,下宜稻,丛莽宜牧,沮洳宜鱼,诚不惜蠲芦租数年之微利,仿下江沙田之法,圩而垦之,不责近功,三五年后利将十倍于芦租。至夫器用之制,服御之品,其质不俟外求,仿制焉,改造焉,足以抵外物之来,而适于人情之所好焉已耳。然而行之不得其宜,则夸而无实,糜而寡获,学子撷东西国之绪言,以为吾国老农工师之法,概无适于用,又不审土宜物力之异同,胶泥成说,强而施之,致土性与物质戾,人工与物价差,培养之费浮于收成,制作之材违于适用,盖见有谋实利而转多虚耗者矣。此农工试验场之所由设也。试验云者,以今日所发明者与旧法相参较,果能费约而利倍,工巧而用溥,于国有益,于民无损,则以是为模范而推行之矣。故农之事,盈千百类也,取其切要者试之;工之事,亦盈千百类也,取其适宜者试之而已。异日者,鸠两淮之惰民以趋田功,来八皖之良工以居官府,荟货物于中江,堵泉源之外溢,则兹场其嚆矢矣。

记裁宣城册书事

宣城,皖南名邑也。地方三千里,水阳青弋,受大江之水析为宛句二溪,绕敬亭山而灌注,全境多腴壤。咸丰粤逆蹂躏,土著多死亡,客民自湘鄂豫来徙者居多,次则安庐滁和凤泗,又次则徽泾池旌太,间以苏浙赣陕,为籍凡十数,与土民杂错而意不相能。又乱后亩籍散亡,区全境为二百十八团,团各有造册,催赋者谓之册书。正供外,岁取于民,稻亩二三斛至五六斛,谓之书稻。宣邑田都一百万亩,以亩三斛平计,凡民岁输稻于书者三万石。初止一团一书,今且二三书,于是有册书六百余人,盘错皋牢,与官绅相倚为势利,盖五十年矣。光绪丙午,湘籍有周堃者,拟设学而绌于资,请以湘鄂豫籍书稻,亩定四斛,准钱四十,半归学,半以给书。而册书则浮收如故,土籍设学者亦议准行。而堃等欲并征而一之,土绅持异议,相讦讼者五六年,省檄员查办前后六七人,纠纷莫解。宣统己酉正月,予奉檄至宣,核档卷,访舆论,延接绅民之请谒者,审其词意,各欲取征收之利而擅之,而顾皆为册书护。予毅然谓:"不裁册书,不足以清积年之弊;不革书稻,不足以集巨万之资;不均学费,不足以平土客之争。"因拟劝释五则、办法十五则,质诸郡守,贵公以为然。乃集官绅而议之,决尽裁册书以造册,责诸户漕书催科,责诸保正去书稻改征地方公费,亩钱三十,岁得钱三万缗,以什七为学费,什三为推广学校储金,中取册费五百缗,又别征钱亩二文,以给户漕书工资。区全邑二十四公所增为三十,即规为三十学区,区设小学一,蒙学二三,其分配学费,视区之田亩多寡以为准,使各有限量而无事于争。既呈省大吏,皆殊奖,盖袪六百余之弊胥,结五六年之纠讼,增三万缗之公费,广三十区之小学,而无少张皇于事,不加毫厘于民,举以为难能,宣人士尤乐道之。是役也,凡二阅月而事竣。遂登谢公北楼,访太白旧游地,观所谓二水双桥者,皆有诗纪之。是秋,芜湖令沈某调摄宣城,则以册书应卯,例有私献,恚尽裁失巨利,乃假言催科无人,不能负逋赋责,悚省吏听闻,方伯沈公斥之。巡抚朱公召予,诘曷为尽裁册书误国课?予答曰:"册书,惟造册耳。征赋,县吏责也。今造册有户漕书在,如沈令以册书去不能征赋,请俟冬漕期尽,檄某去。假以便宜,克限三月,为沈令代征,如逾期不解,请参治。若某去,而沈令之言为安,将何以治之?"朱语塞,徐曰:"汝但知其一耳。水至清则无鱼。汝亦知为外县难耶?"予欲复有说,朱顾左右而言他。

辛 亥 皖 变 记

皖城扼大江中枢,为吴楚要冲,党人尝思据之以贯上下游形势。先是徐锡麟、熊成基之变，新军皆与约。宣统三年八月鄂变起，总督瑞澂逃，全楚陷，湘赣继之，自是皖军益歊动。九月三日，南昌警至，传民军将自浔东下，皖民震怖。九日，新军炮兵纷集，质库以敝，襦袢强质而哗，巡警伏不敢出市门。屇夜分，炮声起城外，城防兵豫有备，巡抚朱家宝撄城守。越日戌正，西门外马营、北门外协部集贤关标营同时火，变兵猛攻城，江防军乘城击之退。朱抚急电江宁增调江防数营入城，与商团巡警协守。军舰游弋江中，悉遣散新军，而谘议局议仍复新军撤防营。议次，突有人大言：自鄂奉命运炸炮来，大军随至矣。有王天培者，自称奉鄂督命给皖都督印来主皖事，炮营附之。又传浔军将过皖，众议决，推朱抚为都督，而以天培副，携印入谒请。朱迎拒犹豫，允以巡抚兼都督。谒者不可，请益坚，至环跪，家宝乃受印。十七日，张示安民，俨然都督矣。城上建白帜，军民皆臂缠白，市衢骚乱，杀劫者数人。予知事匦，即辰命仆送老母妻子治装先附舟归。果天培以不获都督，怒勒兵谘议局索印还，否即屠众。复谒家宝出印，天培遂称大都督，建军政府，将逐朱。十九日午夜，天培纵兵出巷衢，枪声厉，流弹坠，屋瓦铮然，予幞被伏地睡。诘旦，抚辕卫队及巡防兵突向军府鸣枪，纷夺门出城去，军民虑朱走，号集数千人拥辕门，朱不得行。众愤天培，旋拥军府索印。天培遁，而炮营挟巨炮八置通衢，民大骇，惧如沸鼎。予匦携眷提囊箧仓皇趋南门，未闭，抵江步，则司道以下官皆先至，露坐待船。安庆守豫咸旗人也，闻已前走，或曰于是日易服出。同僚友钱霞初焕绮、冯也安兆昌皆至，约同行。黄任生诞文来送，比返即闭城。午后，炮声起城中，众皆股栗无人色。予先雇小舟运行李，移棹江心。薄晚，有汽船一鼓轮东下，过步不下碇，缓驶时，月色微明，遥见乘客攒立如丛莽，盖皆汉浔逃难者也。予挐舟而上，他舟亦麕集，人皆攀舷蚁缘而登，物则抛掷散裂，或堕江浮去。既登，则无所容立锥。予幸觅得沪人为船役者引至舱首，以重资许让卧处。霞初、也安与偕，视露立者霄壤矣。二十一日抵沪，越日归里。又数日，任生亦归，为予述予行后家宝尚未走，皖绅昇都督印还之。又二日，浔遣兵至，会推家宝以都督任总司令，党人以次任职，事略定矣。而皖已无主军，浔司令黄焕章骄骜。二十五日，名索饷而噪，遂劫军械库、藩库，围攻都督府。家宝始穴墙遁，巡防营水师、商团卫队亦皆哗变，沿市搜牢随溃去。驻英山司令胡万泰闻变，驰归兵，驻集贤关，而浔又遣李烈钧至皖，约万泰入城。已而浔军去，烈钧为都督。先浔军乱时，黎宗岳至大通立军政府，自称都督。会烈钧返浔，皖复无主己，乃推寿州人孙毓筠为都督。而大通黎宗岳称都督如故，芜湖李葆林亦称都督，吴振黄代之，庐州孙万乘及他府县亦各设军政分府称都督。盖自予去皖至任生归时仅距二十余日，都督凡五易云。

复 修 澹 园 记

澹园不载于邑志，不知所自昉也。县治后有废地，广袤约二亩许，有老桂五丛，杂树数章，荒蔓络瓦砾，盖芜久矣。树环池生，池有菡萏，香影演漾，午风袭人，动荡有致。池东有潭，深广倍于池。池潭之间，有屋作船形，有社公偶象。面池有屋，皆颓圮。池西有小邱，其高可眺。曩昔园亭之雅可想像焉。宣统辛亥国变，予弃官自皖归，邑令丰润王君溯沂延致幕。公余散步，踯躅丛莽间，慨然有兴废之感，议芟夷荆葛，小筑以憩，乃葺船室而洞其周垣，饰窗户琉璃，徙社公而被焉，颜曰"宛舫"。左瞰清潭，绕以新柳；右搴池荷，前树竹篾。迤径百步，植女贞，间以繁花，晴翠蓊蔚，隐约见洞门。池南辟小圃艺，鞠百本，临圃筑三楹，曰"还就轩"。其西别院，曰"小阆风"，琅嬛精舍在焉。即邱为亭，曰"憩甘"，与亭相峙者，粟沧楼也。楼前西户者，曰"忆琴鹤馆"。自壬子夏鸠工，凡三阅月，而宛舫也、轩也、亭也成矣。癸丑秋，王君奉调去江陵，费君瑞庭继之。甲寅春，复营阆风以西。又五阅月，园之丹垩竣，而费君亦去矣。盖经营敦匠事者，殆终炳麟也。方筑圃时，发土得一碣，拭而读之，则乾隆壬子邑令何启秀《澹园续记》也，于是知所营者即澹园旧址。然必荒芜湮没至百二十年之久，而今修复之期，适又值壬子焉，亦奇矣。嗟乎！物之兴废固有数，而为之者人耳！古之良吏簿书之暇，必有清娱之宴，与二三文士揽胜园亭，诗酒唱酬，流连慨慕，非特示风雅，盖亦有甘棠之意焉。何启秀令崇三年，吏治良否不可考，然能于政暇治园亭，鸣琴弄鹤其中，读其记可以知其非俗吏比也。自何而后，令崇者奚啻数十百人，顾皆传舍视之，任其荒芜湮没，而吾邑人士亦无踯躅感慨为修复计者，甚举园之名而无复能知焉，不亦可悲矣！夫今者，亭台池馆、竹石花木之胜，增于旧记者倍蓰，独夫诗酒文宴之雅不可一睹，而转瞬之间，苍凉零乱已足有动人悲感者。予惧夫荒芜湮没且随至焉，是以记之。乙卯五月望日。

憩 甘 亭 记

亭，澹园胜处也，踞池西小邱上。邱高丈许，围可二十步，有卷石十数，荦确布四周。沿池循小径迤逦而上，亦十余步，砌石为级，环植棕榈、蕉柏、女贞之属，皆可翳景，间莳杂花茸草，如毳丰缛，掩映可憩焉。亭四敞，缭以曲槛，凭眺环城，睥睨蔚然深秀，近村景物皆呈露。春和景明，惠风时来，衣裳飒缬，泠然快哉！梅雨初过，池荷香发，倚榻小眠，午阴贡绿，尘喝皆消。亭下丛菊百本，秋来花如剪锦。重阳风雨，即亭为登高处。涉冬，屏以琉璃，天晴负曝，或大雪满城，弥望一色，与琉璃屏相映，如琼宫玉宇，非复人间世矣。盖亭之胜可以憩而得也。顾惟斯亭也，不于山庄、野墅、寺观、家园，而于官署之中，虽其佳胜，岂得尽人而憩？即憩矣，又岂得常常而至哉？毋乃惟官于斯者，得以久憩而专之乎？然古来游憩地，惟与民共乐者，百世不忘其盛。灵台之诗所以咏也，惟夫重垣深禁，侈然自乐其所有者，虽章华阿房,瞬息灰烬。故惟有灵台之意以感人,即其所常憩者,未必佳胜,而人固已不能忘矣。蔽芾甘棠,勿剪勿伐,一树耳,而保爱如是。憩斯亭者,可以思矣。颜曰"憩甘",以语官于斯者。亭成以壬子十月。乙卯五月,邑人曹炳麟记。

粟沧楼记

澹园既成之三月,觞于憩甘亭以落焉。亭面南,值园之西南隅,其地有古柏二,柯干苍郁,与其下破屋蔓葛相缭庋成穹盖形。屋后大榆可合抱,荫扶疏匝地,而败甃纵横,菁莽中浑圂杂焉。屋有淫祠,官于是祈禳求福者,乃议彻屋毁偶象而焚之,犁其庭以建斯楼。楼在榆柏蓊翳间,窗櫺洞启,清风四来,炎歊不生,新雨初过,几榻如縠,倚栏北眺,与亭中人相望而语。南望沧江波涛一线,从雉堞缺处见几渺乎,不知江海之大也。盖沧桑之变,昔人所悲,而自达观者视之常耳。邑之治城五迁矣。五迁以前,楼阁园亭之胜不可得而见;五迁以来四百余年,华屋荒邱不知又几更矣。即如澹园之名,沉沦于菁莽败甃者百二十年,迄于今而复有亭也、轩也、馆也与斯楼也。斯楼者,固亦菁莽败甃之所变观也。予幼时尝出崇安门南行,过马桥约十余里至江乡,所见田庐竹木,兹则洪波巨浸而已。则沧桑之变,予未五十已亲历之矣。况夫名胜之流传,必其创作者文章道德功业之隆,足以倾动一时,亦或有高人硕士为之觞咏品题,而尤有后之贤士大夫保爱而护惜之,然后足以长世。予既不德,不足以语此,而斯又在官署之中,都以为传舍,安知园之不复即于沉沦。而斯楼焉不终于菁莽败甃乎?虽然,物之变亦常耳,齐生死成败以观之,即沧海之大且犹一粟焉,又何与于斯楼。

重修育婴堂记

崇邑之有育婴堂,始于清康熙季年,遗址在城北里许所谓育麟桥者是也。乾隆中，迁城西南隅，又迁城北隅，即今址也。初有堂舍四十三，久而圮焉。一修于嘉庆，再建于道光，乃复有厅事三，东西厢二十，后房十一，门屋三。咸丰续修之后迄光绪辛卯，载加葺治，厘订规章，堂事稍稍整理，抱婴者踵相接。然屋宇偪塞，乳媪寡而收婴多，恒一媪而四五乳，垫隘之气勃窣庭户间，以是疠瘵夭札日有闻。宣统己酉，吴君少谷主其事，则憬然曰："堂舍不广，乳额不增，垫隘不通，是名育而杀焉者也。"逊国之三年甲寅，乃请于县，得公款银一千二百圆，邑人以私资助者一千圆。爰张中门两翼，而左右并拓三楹。其两厢舍，故东西向，促檐环堵，烈寒溽暑，气恶尤甚。乃中掣其六舍，析为二重，易纵而横，皆南其户，各仍其两端，二舍适位堂之西隅，厨湢在焉。前庭后院，界以短垣，通以委巷，疏櫺洞牖，饰以琉璃，工凡三阅月，糜银二千六百圆奇。舍增于旧者六，而湫隘者尽疏敞矣。于是增乳媪，简员司，谨抚字，严稽察，备医药，缮衣褓，呱呱啼笑，茁壮肥皙，坏副者十无二三焉。盖自康熙以来几经营度，迄是而规模略足称述者，吴君之功也。夫天之生亦繁赜矣，麀麋孵鷇，物爱其生，独奈何以人之灵，父母之慈，而隘巷平林之弃，顾不如鸟兽之卵翼腓字乎？嗟乎！上失其道，民不获其所，一床之丁，无半亩之获，自赡且不给，则生息为累，不得已而割其血肉之爱，委诸路人之仁，此亦至可悲悯者已。且仁人之术在乎心，吾邑育婴之举，垂二百余年，以吾所闻见皆食焉，而不事其事者也，其稍自爱者，亦名而已尔。吴君恳然，怀恻怛之仁，行幼幼及人之志，饥寒疾痛，拊循若己子，非笃于人道而尽心者，能黾焉而不倦乎？顾尝与君论人道之患，生而不育其害小，养而不教者其害大。堂之西偏有隙地亩许，可筑十余楹，异日者能从事于斯而置塾焉，以教堂婴之及年者，或且授一艺以资生焉，诚令各得其所，皆将自育其婴而有余。而斯堂也，至求婴而不可得，于是效乃愈宏。虽然，此非可专责诸吴君者，吾故类书之以告邑之君子与后之人。吴君名钟麒；助资者，苏万雄子英也。丙辰七月某记。

重修寿安寺后殿记

邑有巨刹四，寿安寺其一焉。寺建于宋淳祐间，屡圮于海。明万历时，迁长沙治城东三里，即今址也。清康熙初，总兵张大治于寺后筑金鳌山，凿玉莲池，建佛阁塔院。乾隆中，知县范国泰增庳饰陋，有亭台堂榭诸胜。迄今百余年，颓废尽矣。寺之后殿有巨佛，丈六金身，气象甚庄严，而椽朽栋摧，破壁穴风，尘缘蛛丝，络佛面纵横，将就圮矣。邑人士慨然感兴废，议集资葺之。陆君幼樵方卧疾，闻之瞿然起，愿出白金五百，独任斯役。复于殿后接檐而为之樘，以临于池，仰山俯水，回廊曲槛，自殿侧绕步而行，周还可通，即今水香榭是也。甫鸠工，而幼樵竟不起，其母夫人及其夫人严氏皆能慷慨成幼樵志。工竣，糜白金一千二百有奇，则复募资足之。邑人士倚槛临风，复慨然于兹殿之易废而兴焉。伊谁之力多与？乃犫斯革斯歌斯陶斯，而幼樵不及见也。惜哉！丁巳季秋，曹炳麟记。

句溪草堂记

辛亥之变，予弃衣冠，自皖江归里。旧庐湫隘，赁嘉乐巷袁祠居焉。丁巳，购祠西旁地四亩而弱，彻其败屋，构草堂其上，土木、瓴甓、丹艧之工几经营缮，凡七阅年而苟完。堂庑楼台轩廊暨庖湢圊牏略具，奉老母以居，率妻女晨夕视膳，辟斋舍，发旧簏经籍，命儿辈讽诵，稚孙嬉戏堂下，庭除闲杂，莳嘉卉，繁芳应时而发，后圃艺蔬菰，尝抱瓮自灌，慨然慕邵青门、王墙东之为人，有遗世苟全之志。西有沟，浚之而曲其尾，其源出城东南水门，环流经南西北转河至北隅，袞迤而南，过立诚巷西行，折北而绕草堂之西，渟于后垣之东，其形句曲，因命曰"句溪"，抑句之字象屈，曲形口声。又草未萌，曰句有屈伏之义焉。予遭世变乱，伏息海滨,足不出里门者十余年,世莫或予知,予亦不求人知而甘自屈焉,并以屈吾溪。溪之过予甚矣,其不幸亦然。昔汝南周颙隐于钟山,立草堂曰"山茨",后出令海盐,孔德璋移文讥之,鄙其变节求荣,使林壑涧溪胥蒙惭愧。予又何求,而不忍一时之屈,贻草堂之羞,以重辱吾溪耶?且古来贤者,不过于时穷居啸傲,以适其天。其所谓屈者,不必在山林草莽之中,而其所不屈者,不必在清庙明堂之上。颜子陋巷箪瓢不改其乐,原思环堵蓬枢匡坐而弦,皆游圣人之门,孔子不谓之屈,不谓之穷,而后世称为大贤。其陋巷、环堵至今犹若赫然存者,则士之屈不屈可知已矣。惟然,而予之命句溪。予溪屈耶?溪予屈耶?举无足计焉尔。

六 不 居 记

曹子既丧母,益厌世事。穷居无憀,顾影视息,嗒焉若丧。尝彻夜失寐,展转伏枕,涕泗交颐,盖不知鲜民之何以为生也。日啜糜两盂,或啖餐粝二三,不敢甚饱,甚则脘张逆呕,或回肠荡气,泄然后已。呜呼!何其惫也。曩少壮时,读书志功名,意气发皇,未尝不以古圣贤忠孝自勖,欲大有为于世。顾乃蹭蹬变乱,冠履易位,而予踽踽凉凉,不屑阉然以媚于世,即世亦厌弃予矣。昔荷蓧黄鄙孔子莫己知而不已,而孔子以为果。夫孔子之世,固未可以果也。予无圣人之德,所处又非圣人之世,虽欲不果,复奚为者?间尝于草堂之左除一室焉,洞前后而牖之,棐几木榻,拥书百卷,倦观则假寐,或发陈墨枃古帖,或展小轴读名画,清泉野蔌,疗渴忘饥,以息吾惫,以安吾穷,以慰吾无憀,以尽吾余年,凡以行吾果焉。因颜之曰"六不居"。夫"不"之云者,果之甚词也。吾见夫皇皇然,求知而不已者,世亦未必不厌之,是诚鄙也,毋宁果也,此予所以不屑焉。且士遭乱,有漆身诈盲,佯狂蹈海,或饮毒刎颈以死,自全者仅如予之不屑,又曷足为果之甚哉！"六不"云何？曰不欺己，不尤人，傥《诗》所谓"不忮不求，何用不臧"者非与；曰不服官，不附党，抑所谓"不僭不贼，鲜不为则"者非与；曰不谈时政，不问地方事，又所谓"不识不知，顺帝之则"者非与。纵予未能欲求免于世，敢不勉旃。

海 曙 楼 记

海之为物也，浑浑灏灏，鱼龙万怪之所窟宅，澄之不能清，淘之不见浊，凡天下涵容之大且深，莫海若焉。上海地滨其东，互市诸夷，介而居者，廛闬扑地，撤巡自卫，吾国吏治盖不能及。夷夏杂处，浸淫成靡俗，莠民蠚其间，为奸利渊薮，其渟污蓄垢亦若海然，宜君子弗入焉。顾犹能稍稍攸宁者，未尝不思之而恶然矣。自顷天下大乱，虎而冠者，操屠刀几砧以临弱民，狐嗥狼走，争磨牙吮血。而至郡县绎骚，反以上海一隅为乐土，搢绅右族相率赁一廛以居，君子读式微，琐尾之诗又不胜其慨然矣。海门沈君幼瑜先长灌云有治声，解组归，有林泉之志，营异园，筑精舍，莳花种竹，拥书百城，集名书画为屏障，四壁列彝鼎，以奉母娱晚景焉。丁卯之变，亦仓皇挈家扶太夫人栖上海，地当侨夷法兰西市区，寓楼一楹，额曰"海曙"。夫曙，晓明也。君岂以大地皆晦，独上海曙乎？抑蕲四海之内皆将曙欤？予谓：古今一昼夜耳。羲轩之世，旦也；唐虞夏后之际，日中也；殷周，盰也；秦汉，昃也；晋唐以后，暮也；清之季，犹末光也。今则昏然若锢漆室，熄明烛，塞牖囱，风潇雨晦之中，惟闻有嘻嘻出出者，狰狞列左右，将攫人而噬，虽呼号以求一隙之明，而莫可得。呜呼！长夜漫漫，何时旦乎？君不获已，舍其菟裘，栖息于嚣尘浊市之旁，莫或睹四海之曙，而只于寓楼晞一隅之曙，其亦恫。夫终身不见曙者，其所处又将若何耶？虽然，天未有常夜者也。夜者晓之几，晦者明之渐也。舜去四凶而天下熙。八伯歌之曰："卿云烂兮，糺缦缦兮。日月光华，旦复旦兮。"阴翳销翔阳曜，理有必然者，君幸护爱,日之暄如长离之永照,以待海内清明。复奉太夫人返巽园,迎东海朝暾献曝于堂上,报答三春之晖于无穷,斯真曙矣。然则此寓楼之曙,其嚆矢也夫。

勺 园 记

勺园并句溪之滨,为地径不过三十弓,广半之而弱,无周陂广衍之庭、林麓岑蔚之观,湫隘不足为陂池,欿仄不足治亭榭,有石数拳,随其垲堎纵横而棋布焉,有松柏、梅柳、桃樱、薇桂之属,疏密间焉。前有大榆,荫地可十数,笏垣其下,洞以为门径而通之。临溪有舍,曰"听鱼",周廊转绕达草堂左,荣则来雯轩、洁盦、钝庐、仪苏斋、六不居,皆园之有也。庭下箈以文竹,架以紫藤,坞以勺药、丛兰百韷,治墙千栽。主人晨起挟书徜徉,吟讽与时,鸟鸣声相应和。午后抱瓮自灌,或手荆苕扫败叶,移花刈草,锄锸自勤,有野人之趣焉。园后有楼,曰"五鄂",主人之所寝处也。楼左巉然而耸有若橧巢者,曰"舒啸台",可以远眺,望海云江月,波光动荡,主人常蹑而登,划然长啸,不啻孙登之在苏门也,亦胜概已。顾尝思天地之大,名园巨囿包原隰络山林,周环数十里,楼观亭台轩廊池沼之胜,花木泉石珍禽异兽之汇,妖姬冶童笙簧歌舞之娱,如大梁之兔园、河阳之金谷,非不夸侈一时,然今乌有哉!蟭螟巢于蚊睫,蛮触国于蜗角,而不以所托为小者,安其素也。夫句溪,一勺水耳,水莫大于海,然持蠡往所得,亦只勺而已。鼴鼠饮河,其腹易满,人惟有常不足之心,而后非分之念生,上林太液犹有以为小者。余傫然避世,顾犹得此一勺水,结数椽其上,而俨以园名,得优游而老焉。所幸多矣,敢复歉焉而小之乎?

钝庐文集卷六

传　状

先府君家传

府君讳上逢下泽，原讳文彩，字黼如，又号赋时，世为崇明曹氏。先祖讳鼎亨，先祖妣氏黄，生子男二女二，府君其长也，出为嗣先祖讳鼎亨。后嗣先祖厚养子，而弗子府君。养子死，妇专家政，析产与府君甚啬，未尝校焉。依先祖居，事之孝。家贫，授经远乡。疾风雷雨，必驰归定省。每令节，具酒脯尽欢。先叔父文亮、二先姑并亲教之。冠为娶，笄为嫁。恂恂然莫知为婆也者。为人体修俊，容色晬然，发长委地，言笑不苟，行视庄肃，衣布必整洁。寡嗜而劬学，性颖悟，九岁读《尔雅》、《诗经》，略解音韵。长好诗文辞，喜《离骚》及汉魏辞赋。搜讨奇字，博稽名物，精核而后已。其文学司马相如、扬雄，诗宗杜甫、韩愈，时俗以为涩，故困于试。光绪十年补博士弟子。十三年二月七日，以疾卒，年三十有六。所著多佚，存《蕉簃吟稿》一卷。以小子官，诰赠中议大夫。

呜呼！府君殁，小子炳麟方年十二，侗然无所知。尝泣请于母氏龚，母为述府君之言，曰：“'吾家故寒微，自明以来，世为农。多读书而未达，中斩于吏。吾曾祖倬公，有子八人，其二早死，其五皆为吏，皆无后，或一传而替。独吾祖廷荣公，以朴愿事商贾，有子四人：幼战死于卢家湾；长笃，老以疾死；次即吾嗣父，亦为吏，又皆无后；独吾父嫉吏事，命吾兄弟二人读。曹氏之不绝如发，吾惟诗书之泽，足以长子孙，毋宁穷困焉。'其言如是。每盛夏，洞牖纳夜凉，篝灯，手一编。蚊攒肤，扇挥掌击不已，而诵不辍。隆冬，衣薄不胜寒，则燃膏帐外，拥衾而读，漏尽犹咿唔焉，必屡促乃寝。虽困踬以死，无少悔。汝父之所以自励而谋亢宗者，其为志亦苦矣！汝必勉之。"小子闻之，泣涕以思。瞿然叹吏之可畏有如是者，又惧先府君之志不能继述而光扬之，后之人或蹈覆辙，贻宗祀忧，则小子之罪能擢发数哉？

书阴典史

阴典史嗣卿者，字聿修，山东肥城人。家贫，为县刑曹吏。廉勤奉法，给事二十余年，以吏员选典史。事母孝，菽水必亲荐。偶县朝晏归，必顿首谢。育孤兄子如己出，妻死，遂不娶，曰："兄子犹子也。贫不能养母，再娶，增累耳。"母卒，终丧。谒选签安徽。襆被挟雨盖一、营屩一，挈兄子，徒步至皖。递手版谒巡抚。典史秩至卑，上官奴畜之，谯呵叱咤以为常。阴缊袍布冠，容苍古、须发飒然，赞谒称典史而不拜。巡抚睨之，怪其陋，欲困以所难能而黜之。无何，金宝圩决，圩当水阳江。宣州，巨防也。时江水漫衍，秋稉在田，民奔省呼吁。巡抚檄宁国府宣城县促完之，而令阴任其役。则躬畚锹杂役中，编巨筏夹石作障，堵决口、杀水势，而筑土其后，工垂成矣。江湍悍急，挟骤风雨至，筏石雷崩，土随淖溃，役夫辟易。阴独冒雨沾泥涂中，叩头祷江神，忽霁开浪缓。复植筏，以工赈米千石，囊盛填之，加土筑之，圩成。是役也，工险费约而程功速，群以为有神力。巡抚于是知阴典史才。会凤阳饥，命阴赈之。阴趋至，潜行村落。默识其庐舍败者、号啼者、老羸者、茕独疾困者，笔之册而等第之。及期，躬临赈散，多寡适均，无滥无遗，不叫嚣烦扰，而惠泽周至。阴强忍卓苦，持糗升、莱菔一，能日行二百里，故任事勇而力足济其诚，补五河典史。五河有渔户百都，穷瘁为乞丐。官岁征渔税数百金，渔户无以应，或鬻子女偿逋。阴恻然。旋知税可豁焉，省司库吏索赇三千，许为题免。渔户窘，县官不为请，因循而不革。阴自度贫，乃首蠲俸半岁，复遍募，仅得千金，无可计矣。有质库主，合肥李相国族子也，素骄恣。阴衣冠谒之，长跽请曰："典史今日为民屈膝，有求于公。"不应，跽不起。李曰："起，吾应君耳。"乃出募册，请书二千金。李悔，则已许，无何，书之。阴为顿首谢，遂走。献金司吏，而蠲渔税。于是皖南北无不知有阴典史察廉，摄五河县事，异数也。旋卒，无以殓。五河民酿赙，市棺衾，而资遣其兄子归。予始宦游至皖，阴方摄五河，未之识也。嘉定徐蕊午为予道之，予喟然曰："典史，微官耳。而阴之自立如此，孰谓末世不能为好官者？奈何予不复一二觏也。"徐君，予姻家，名莲祥，安徽县丞。

王姒黄太淑人家传

王姒，出同邑右族黄氏。其先有讳炜者，工书能诗。父戕于盗，炜踪迹得之，刳其心以祭，称孝子。王姒，炜之五世孙也。父宿村店，亦为贼害。王姒幼孤苦，针黹纺织皆精绝。年二十四，归王考铭冈公。王考亦早孤，弱冠入市廛。既婚，王姒躬井臼，操作逾年。先考生、次弟生。二先姑、先叔父，皆自乳育。时王考贾棉，居货山积。内外戚属、往来估客，日食千指。王姒司饔执爨，从容应给，若甚暇豫；而子女顾复不稍假，臧获婢媪手，乡党称健能，无闲言。黄君访仙，王姒族孙也。延之教先考，忠敬不以亲狎少衰。迨先考就外傅，朋从征诗会文，鸡黍之供，必丰必洁。岁时具酒食，召亲党会，食必尽欢。祭享馂余，颁及佣仆，以为常。性侠而慈。娣姒四，异宅居：长姒蔡，老媭也，贫且无子;季姒张,亦苦节,王姒时周给之;仲姒朱,即嗣王姒,早世有养子,假于蔡之寝以婚。会死,其妇悍戾,尝无礼于尊长。二嫠辄来泣诉,王姒挟义愤诘,责妇不逊,即迁怒,久且仇视王姒。嗣王考不能制顾,并疏先考,盖名以为后,而弗子焉。先考治经教授,依王考姒居,孺慕若孩提。王姒喜饮,每食必市醇醴、烹鲜肥,供堂上醉乐。迨衣青衿、冠唐巾,献酒,王姒则益欢。曰:"予夫妇鞠育教训三十余年以成汝,他人不费丝毫而得之,犹若将浼焉者。予岂舍汝哉,顾义所在,不欲任异族乱吾宗耳。"二先姑皆读书,为饰衾衿,嫁士族。先姒来归,则爱如二姑。小子生,提抱不去手;稍长,过亲戚必携,御甘旨必赐。未几,先考暴卒,王姒昼夜哭。翌年,王考卒,王姒悲哀逾节,遽中风。三年,先叔父又卒,王姒悲不自胜,持小子语先姒曰:"此读书种,祖宗血食系是,其善视之。且汝贤孝苦节,保是子,天必或昌汝。"先姒泣,王姒亦泣,旋卒。小子思是语,未尝不悲涕自勖励也。夫吾家,屡宗也。先高祖有子八人,绝祀者七;先曾祖四子,又仅王考有二子,而皆不禄。予小子茕茕在疚,非先姒之节无以成,小子非王姒之恩无以慰先姒。则曹氏一发之系,得以绵宗祀而有今日者,吾子孙其可弗思乎?

张 辂 丞 传

吾乡有笃行君子张讳鼎勋,字辂丞者,予执友也。父秀翘先生,讳模,有五子,君居次。与予游,少予二岁,呼予曰兄。予寡兄弟,又与君世好,亦弟视君,故知君惟予最。君为人温沉而内断,少不好弄。读书不务泛博,而精于所专。钩索赜奥,稽疑必豁,穷日兀兀,不纷其志。及在广座,论古今事,或评骘诗文。予尝与人辩难,盛气高嗓,屋壁声震,梁尘飞堕。君隅坐寂听,乘间以一二言折之,皆中理。为文凝思默构,恒移晷不得一字;忽乃疾书,不加点,累篇立就。制举时掇衿,已逾冠,旋升上舍,食廪颇厌。俗学喜畸人术，于古《九章》、《四元》，略有会通。继读梅氏鼎、江氏永诸家书，及欧几利德之《几何原本》，曰是理邃而法繁，令学者困，因取近世代数术究之，悟执简驭繁之法。著《演草》如干卷。适会光绪乙巳制科废，学校多右艺术。君乃出所学饷后生，循循然诱人。夫算，困学也，而受君学者，微独无所苦，且皆尽其术以去。君家不逮中人，而食指视八口之家三倍之。先生治生于外，委家政于君昆弟；而君尤综核勤敏，以艰困自任。脯修所入，悉以资饔飱，无铢锱自私，衣履苟完而已。先生殁，伯兄鼎文任外事，弟鼎治、鼎荃、鼎枢方皆游学，家益棘，君负任益重。日甫升米盐，屑屑处分已，即挟书趋校课。一课毕，一课续至；此校毕，彼校又敦促。憧憧往来，日昃不食，祁寒暑两闵间。面苍黎憔悴无人色，或知其将病也，悯之。君泫然曰："吾为家也，吾不忍自暇逸，以累诸弟，使不专于学也。"然君卒以是死。

曹炳麟曰：君，天性孝友人也。其处父母、昆弟，闲人无间言。藉非笃于素，乌能若是？曩予受诬于里豪，君来书恳然为予戚。予虽坦坦然，视夫面怂恿而背揶揄且下石者，愈以知君之可感矣。顾闻君应拔萃，下第归，疾发卒。微夫名之末也，而以死搏之犹靳。天之待君抑何酷耶？

沈忠节公传

公讳廷扬，字季明，号五梅，崇明沈氏。弱冠为诸生，家雄于资，慷慨有志节。明季，流寇陷凤阳，江淮运梗。公虑京津挽输，断则大事去。偶游苏郡虎邱，遇嘉定沈宏之，出《海运书》五卷，公抚掌曰："此方今急务也。"崇祯十二年八月入京，援例授试武英殿中书舍人。时有诏议复海运。十月十日，公应诏上疏言："元时殷明故道，从太仓刘家河出海，径黑水洋转成山抵天津，视河漕费省而程捷。"因进《海运书》，再疏陈《海程图》，力言行之有八利。上命户部议奏。郎中赵浚以为可行，新饷司员外郎曹玑

极言不可行。十三年闰正月，公复疏，请自备船，凡艄工、水手、
银食，概不费朝廷一钱，倡先试运。诏以公试户部主事，赴淮起
运二万石。而总漕朱大典轻公，以为必无济，止予红米五百石，
别以船十二艘，兑运会发。六月一日，公率己船自庙湾出海，二
日至鹰游山，候总漕船，三日不至。六日，遂乘风趋灵山薛家岛，
拂成山、越始皇桥，抵津沽。凡海程三千四百里，止十日耳。驰
闻，部臣惊讶。上大喜，授公户部员外郎。十五年，锦州告警。
科臣张缙彦请急筹关外运道。内批加公郎中，往登莱，与巡抚徐
人龙计海运事。先是，宁远饷率用天津船，从登州候东南风转粟
至津，复候西南风至宁远。公请从登州径至宁远左，达鸭绿江，
可半月。时清师困洪承畴于松山，饷援绝。公运至，军中欢震；
而松山竟以无援败。公返登州，愤漕弊积重，事格碜不行，遂疏
自请罢黜。十六年二月，总漕史公可法请广明年海运。上加公
光禄寺少卿，命赴淮规画。适会抚宁侯朱国弼奉命督江淮运，上
语曰："居官尽如沈廷扬，天下何患哉?"因书公名殿门，出入必
顾。十七年正月，流贼事急，京仓匮。公亟诣户部尚书倪公元
璐，请以部檄促征淮漕二十万石，由海运至津犹及济。驰至淮
漕，抚路公振飞兑米将发。而三月十九日之变闻，公恸哭欲殉
国。会福王称制，弘光元年，诏公以原官督饷江北军。公疏言：
"臣有水椐船百，皆高大。每船可容兵二百，水手皆熟知水道，便
捷敢斗。曩运米，故船止三十人；今海运罢，如添练水师、习水
战，臣愿统之，则二万之众足成一军，亦长江之卫也。"不报，仅遣
公运米十万石饷吴三桂。刘泽清在淮上纵兵夺之，淮抚田仰不
能制。公与仰及淮海总兵张鹏翼、太监李辅国率部下归里，散家
财，部署师船，将大举而南。都陷，遂航海入舟山，依黄斌卿。唐
王隆武元年，加公兵部右侍郎兼右佥都御史，总督浙直水师。鲁
王授官亦如之。越二年三月，既与松江提督吴胜兆相应，乃统师
船三百与定西侯张名振，御史张煌言、冯京第图恢复江南。至崇

明,粮尽。泊鹿苑,逆清师,大战四昼夜,至福山。四月十四日夜分,飓风作,士卒多覆溺。公舟胶徐六泾,岸上兵呼:"剃发者免死。"名振、煌言、京第杂降卒中遁。公曰:"我,御史也,不可以无名死。"与部下七百人皆就执。巡抚土国宝,故魏阉义子,降清者也,谕公降,不可;许大官,不应。乃驱七百人于娄门外李王庙坑之,无一屈者。公槛车至江宁,经略洪承畴以松山之饷德公,欲脱之,诡曰:"沈廷扬已为僧,若敢诳耶?"公曰:"沈某何诳?洪某诳耳!岂不闻松山之败,先皇帝已亲祭之耶?"时公南向立,贝子巴某命武士转而掌其颊。公箕踞,大詈。洪命送之狱,令公故所拔士按察使周亮工入狱劝曰:"亮工昔与公同事,天命有属,何苦为?"公瞋目曰:"我不识尔。我同事者,皆先我死矣。"承畴知不可屈。七月一日,门人韩范入慰。公命酌酒,酣饮竟日。顾命侍卒曰:"刑时为我择利刃。"甥黄仲融泣询后事,不答;固请,曰:"我受国厚恩,死何恨?只念父母尚藁葬,兹以属汝耳。"二日酉刻,公方巾宽袍,乘舆至三山街淮清桥。南向再拜,讫从容就义。年五十三。嗣子元升死之。舟山民闻之,巷哭,立祠祀。仲融扶其榇,葬虎邱五人墓西。妾张氏倾资置祭田四十亩,守其墓。每夜必呼曰:"公乎,妾在此。"闻者悲之。及卒,祔焉。太仓袁云芝,尝从公游。护公家属奔宁波,转仙霞,窜兴化,卒获全之。桂王永历时,赠公户部尚书。清乾隆中,追谥忠节,邑立专祠。七百人者,职方主事沈始元,总兵蔡德,游击蔡耀、戴启、施荣、刘金城、翁彪、朱斌、林树,守备毕从义、陈邦定,余则其亲兵也。

陆 文 龙 传

陆文龙,字起云,崇明人。少贫,略知书。由卒伍积资劳,擢苏松镇标左营外委,获海盗赵天寿等。咸丰三年,随水师剿粤匪、复镇江,累迁千总、京口营守备,署苏松镇标左营游击。为人朴讷、果敢。有膂力,能挽二十石弓。习知海道、沙线、礁岛风飚险夷。当时水师称文龙谙练最。十年，粤匪陷苏常，趋上海，势张甚。自昆山达吴淞，烽火绵属。崇明距吴淞一衣带水，为江海门户，苏松镇将驻焉。上海严急，摄总督薛焕檄调苏镇兵五百，驻卢家湾。湾，沪西孔道。贼取势下游，以悍股猛扑；而苏镇兵裁千余，窳敝不习战。仅五百人，堵悍贼数万，必不敌。檄至，将士皆齿震。陆防中营，游击某，当行而葸，乃请于镇将，召左右营游击，枚卜三人，而遣其一。阴书三枚，皆文龙名，令先探，果文龙也。文龙慷慨曰："武夫捍国难、死疆场，幸耳。"遂诀妻子，命生祭，示必死。率五百人，渡海趋戍所。未蓐食，贼掩至。先是，有提标兵已空壁遁。文龙乃驱兵入垒，曰："今日，死期也，勉之。"文龙握刀荷铳，立马垒门下，严阵待贼。至百步，兵皆忍饥，乘垒发铳。文龙跃骑舞刀，瞋目，大呼，陷贼阵，杀数十百人，贼辟易。见后无继者，有大酋麾众进，攒槊文龙，坠马，犹蹶起杀数人。贼斫其足，鋻而踣。天大雨，铳药不然，兵遂歼焉。贼禽文龙，钉手足于扉，溃油絮裹焚死。贼退，求其尸，得一足靴，赫然在焉，有溃卒归述其死状如此。事闻，恤荫一云骑尉，祀昭忠祠。

曹炳麟曰：予先叔祖鼎铭亦死是役，盖五百人皆崇土著也。粤乱，官军死难烈者，岂褒恤所能周哉？文龙死，记载且不详，五百人者无论矣。则夫天下义烈之士泯然无称者，大都然耳。予闻忠孝之泽食报长，而文龙子孙不免于穷馁。顾某游击者，簪绂华阀，温饱累世，天道又可知耶？

李 朝 纲 传

李朝纲，字立斋，崇明人，世务农。朝纲为人修伟，多膂力，能挽强，百步命中。起家行伍，为苏松镇标中营千总。时粤匪陷江宁，提督向荣环师困之，檄苏镇兵堵上游贼。朝纲率兵趋戍所，战辄捷，擢右营守备，赏蓝翎。咸丰六年二月，从副将张攀龙督造战艇于仪征虹桥，地当贼冲。一日，攀龙巡旁地，猝遇贼谍报至。朝纲谓都司华封曰："贼来众，不可使张公独遇难。子且守此。"遂提刀，从数卒徒步趋救。贼方围攻攀龙急，朝纲奋呼直驰，杀数十人，贼披靡，乘胜与攀龙逐之江干。伏起，冲荡不能脱，从卒尽没。攀龙死，朝纲被十余创，失足堕江。贼钩出，拽至镇江城，见贼酋，谕之降，朝纲瞋目叱之。贼怒，鞭二百，囚之。诘旦，将杀之。适会贼中有事，停刑，得缓死。逻卒仇某，良民也，陷于贼。悯朝纲忠，欲脱之，而与俱逃。乘夜伺贼众睡熟，乃缒出之。疾趋荆棘中，踵破血流，惫不能行。仇负之，涉流而逸。抵军，水渍创溃死。事闻，恤一云骑尉，祀邑忠义孝弟祠。

沈 沼 传

　　沈沼，字用侯，号芷汀，世为崇明著族，雄于资。父龙辅，慷慨好施，建乐寿堂收养惸独。有质库四，皆减息，惠穷黎，沼敬承弗替。尤能斥巨资，独筑治城东垣袤里许，葺治黉宫书院，捐储公车宾兴，资以巨万计。歉岁，振廪贷钱，而瘗暴骨、修桥道，则以为常。为人任侠，喜谈兵。咸丰十年，粤逆陷苏常，邑戒严，流言纷至。隔江烽火宵明，而镇将出。守备御虚弱，人心惴慄。适会常熟庞侍郎钟璐奉命为团练大臣，檄沼募里中丁壮，以军法部勒。日校阅武技，演习行阵，戈矛、旗帜、火器、钲鼓之属咸备，壁垒森严。昼夜番巡，与镇兵相声势。凡丁饷、刍粮、幕客、教师、徒役之供亿，悉沼任之。贼谍知有备，不敢犯，邑以宁谧。时贼攻上海急，江苏巡抚李鸿章檄调沼兵助剿，岁余遣回。钟璐上其功，由原捐秩布政司经历加同知衔，赏孔雀翎。又自造战艇三、雇船二，募勇巡洋，获海盗张枭狗等十八人，盗踪绝。鸿章复奏闻，诏以同知归部签选，加知府衔，晋二品封秩。光绪九年，法兰西侵越南、寇闽粤，海防严急。两江总督左宗棠、江苏巡抚卫荣光，以沼团练著成效，先后檄办水陆两团，以为东南团练长。时沼年六十矣，犹奋厉，且夕召旧旅，会构疾卒。沼虽丰财而治家

严肃,佣仆奴婢数十百人,皆有职事。无声色狗马之好,衣食疏
厉不厌,而独于义举则挥斥无少吝。沼殁,子应熊字文卿,犹稍
稍循家法。应熊死,风谊衰矣。

黄 文 钟 传

黄文钟者,字乐之,崇明武学生也。任侠尚气而勇于义。瞿
某者,故中表亲,以讼事困文钟。一日,文钟遇之,邀至家,款酒
食如平生欢。忽闿门陈大杆于庭,而注水焉。磨巨刀霍霍,立命
瞿褫衣,将剐之。瞿笑而坦其腹,文钟拟之,不为动。则掷刀欢
曰:"吾表兄真不愧也!"然家人梯墙而号,已声嘶矣。讼亦遂解。
浙江提督张成龙,文钟友也。成龙死子,某值大丧。未旬月而
剃,于国制有刑。有讦于官者,官将绳以法而炙其贿。某窘,匿。
文钟突入室,挟某趋。渡江,历诉省州。会县牒至,间十余日,发
已长矣。大吏验之信,饬县惩讦者而释某归。道光末岁,大饥募
赈,文钟主其事。首书五百金,号于众曰:"文钟寒俭且输此,诸
君其如何?"于是殷富皆慨输,不数日巨万立集。人谓文钟名捐
耳,未必果输金;然已摒挡爬罗,不足则摘妻女钗珥,质以成数,
而先众输。县官乃皆惊服其侠类此。惟有不惬于人,则谩骂挫
辱不少假,人亦无敢有睥睨者。殆古朱家、原涉之流与? 弟死,
有遗腹孤,抚育逾己出,其友爱又如此云。

顾 骏 骅 传

吾邑踞江口,为国巨防。自明中叶倭夷扰海疆,邑耆民兵以
武健敢斗闻,如顾国、樊璞、施珽、陆朋皆以忠义殉国事。迄清粤
寇之变,邑人隶苏松镇兵籍者,死难尤多。咸丰三年,老鼠峡之
役,黄锡昆死焉;东梁山之役,顾骏骅死焉;十年,卢家湾之役,陆
文龙死焉,越年仅六十。而父老所称道者,已语焉不详。苟无记
载,其竟泯灭乎? 惟文龙死最烈,予既传之;若骏骅之遗烈,得诸

其子云程云。

顾骏骅，字伯良，先世自昆山迁崇明。骏骅少读书，有材武，补县学武生入伍。以精骑射，擢苏松镇标中营外委，历左营把总。获海盗傅利富、姚利己等，以功迁右营千总，署左营守备。咸丰二年十二月，粤贼自武昌东下，两江总督陆建瀛檄下游水师扼太平之东梁山，堵贼趋金陵之路。骏骅率标兵六百五十人往，而太湖、川沙、京口、孟河诸营兵咸会，然皆羸疲多道亡者。三年正月，贼合江西大股，蔽江而下，炮声震天地，诸营皆溃。或语骏骅"可去矣"，骏骅曰："奉檄讨贼，贼未至即去，惟诸君为之，吾则不行，即败当死此。"乃与外委马位中督部下合他营弁卒之未散者据险以守。二十七日黎明，贼大至，遽扑营，骏骅迎战。自卯至午，所杀伤过当。贼来愈众，士卒死亡殆尽；而夹江列垒皆望风溃，无一援者。遂与位中及额外张世昌、部兵高得胜等三十七人死焉。京口营把总胡兆庆、外委冯安正、太湖营把总杨殿金、川沙营把总徐宝庆、孟河营外委宋大忠皆死。贼遂长驱金陵而大营溃。事闻，恤骏骅云骑尉，世职，给祭葬银，祀阵亡地方昭忠祠、邑忠义孝弟祠。

胡先生传

胡先生讳集古，字阐儒，世居崇明堡镇。好学穷经，于"三礼"尤精熟，补县学生。所为制举文原本经说，而时俗尚浮华，试辄不利。因屏去，专意治经。尝愤毛奇龄氏《四书改错》诋朱子《集注》过甚，遂条疏其偏驳、武断、穿凿之处，援引经传逐为驳正，作《改错辨》十五卷，申畅《集注》，于三代官制、礼制、宗法、井田疏证尤详。自谓竭二十年心力，稿经六七易，每攻坚不破，寝食为废，至咯血齿堕，必贯澈乃已，斯亦勤矣。家贫甚，资授经以生。会江苏巡抚闵鹗元莅崇勘灾，至堡，甚雨，方闷，问有文士可谈者否，或以先生所为文进，闵惊诧，曰："奇才也。"促召至，则貌寝、语朴讷。闵喟然曰:"惜乎寒俭耳。"先生亦翛然而归。晚益困,惟日钞所著书。卒后惟《改错辨》存,其诗文集《毛诗管窥》、《诸史异同》皆佚。

曹炳麟曰:乾嘉学者汉宋门户之见甚深,各是其说以相抵排,著述多而经术益疏矣。予尝从先生从孙某得假读其所为《改错辨》、《羽翼集注》,可谓笃矣。然毛氏考据精博,确有朱子所未及者。顾惟谩骂诋毁,并《集注》义理之长而概轻蔑之,先生之不恕毛氏宜矣。特于毛氏之所精到而亦曲护《集注》以空言唐突,则又不免阿好之蔽焉。后之学者,平心勘之,以衷于是。此非寻常之功,而伊谁之责与?

二 黄征君传

黄征君向荣者,字桂轩。少慧,读书过目,有奇悟。善属文,累篇立就,而劣于书。补县学生,食廪。家世儒素,授经以给。生性廉狷,一介不苟取。葛巾布袍,容貌朴鄙而内行肫笃。事亲至孝,寝门内自枕衾至厕牏,必躬料检之。母惧雷,每天阴云布,即自馆趋归,伏母侧。夜侍寝,则蜷缩足旁,常如为儿时。馆餐有母所嗜者,不敢尝,馆主知其意,必先羞于母,告之乃下箸。故就聘必计程,若过远,虽重聘不去。行,男女避道,目不斜瞬。偶从田畔过,遇妇女,道窄不及避,则践水田以让。晚益究濂洛之学,与弟子讲大学、正心、修身,以中庸勉强而行。及其成功,则一为主。父思忠,字贡廷,仲叔父思孝、思悌,皆精性理,有学行。其学盖家法云。同治元年,举孝廉方正,不赴。并时同征者为黄文渊。

文渊字汇书,号酉山,与向荣并砥行,称"两黄先生"。而文渊修边幅,饬容止,衣冠端重整洁,望之俨然。然辞气温愉,喜称人之善。好宋五子书,工书法,学柳诚悬、参欧阳率,更进于颜鲁公。晚益冲穆,圭角尽化。作书日有程课,握管凝正,波磔萦拂,皆中法度。生平不作行草,所书多先正格言,其风轨如此。咸丰十一年恩贡,既应征,署常州府学训导。

曹炳麟曰:予少时闻父老称乡里贤者,必首两征君。虽未获亲炙其言行,然当时称道者,无贤不肖无异辞,两征君固自有真也。见贤思齐,斯一乡之善士多,而风教以兴。自顷学校废诗书,道德不尊,廉耻道丧,佻达之子以植品砥行为迂谬,甚则诋毁圣,贤,侮慢长德,以为名高。盖去两征君之世未五十年,而人心世道之变已如是。予传两征君,不禁潸然以涕焉。

祝 锡 祥 传

祝氏,故崇明儒族,而锡祥独以武闻。锡祥字子嘉,父勤字补斋,绩学有文行,为东台教谕,锡祥从之任。读书不屑治章句,而喜任侠。东台人便习弓马、刀石、拳勇诸技,从其老师学焉,尽其艺归。试于有司,补武学生。会粤匪陷江宁,武科久不举。逮乱平,已中岁,患臂疾,不获售所长。乃集乡里子弟,教之骑射、弓刀,奄有家法。其成材者,武学生百余人,武举人十数人,武进士为都司及守备者二人,侍卫一人。盖当时邑中材武多出其门下。然其律身教品颇狷介方严,言行不少苟,所交游皆耆德名宿,轻财利、重然诺,一时文学士不能过也。其为教也,与弟子约:不酗酒、不斗狠、不武断于乡、不荡游于狭邪;有不遵约,虽在门墙则挥之。故凡武士之彬然儒雅者,皆知为祝先生之徒。及卒,门人会丧,皆哭失声,服齐衰,无有讥逾礼者。

李 先 生 传

李先生讳凤苞,字海客,号丹崖,崇明人。生有异禀,就傅读《诗》至"定之方中,维参与昂",若有夙悟。因流览周髀、星经、历象、考成与诸畴人书,而折衷于数理精蕴,遂精历算之学。长益博览,经史诗古文外,尤专心地理、兵法,旁及音韵、金石、风角、壬遁、医方、卜筮，罔不淹贯。篆隶画法，亦精美，独不喜制举文，以为无实用，为士者笑之。同治初，部檄省吏绘江苏舆图。先生用准望术绘崇明图上之，殊精确。巡抚丁公日昌器之，荐于总督大学士曾国藩，亦奇其才，谓可大用。令驻上海制地球全图。居既久，与互市诸夷相过从、讲论，稍习其语言，览其书著，通其制造、格致之术，声名藉甚。日昌挈赴天津谒直隶总督李公鸿章，抵掌谈世事，为言旅顺为京东要隘。鸿章大激赏，即令乘舶往度形势，规为海疆重防，盖自先生发之。鸿章荐用于朝。光绪三年，督海军学生赴英吉利、法兰西两国，习航驶制械术，旋命为驻德意志国钦差大臣。与其贵人交欢、议订商约，务存国体。间得其战舰、枪炮、水鱼雷艇制造、施用之法，水陆战阵攻守之方，刺探其人情风俗，移译其书，撷采闻见，资为考镜。朝命制战舰二，手绘图式，与伏尔铿厂工讨论配置机括，变改旧式，使炮机能升降周旋射击。舰成，坚利冠海上军，号"致远"、"定远"者是也。七年，兼奥地利、意大利、荷兰三国钦差；十年，命摄法兰西国钦差。法构衅越南，挟津约胁我撤北圻戍兵，突犯琼山。受挫，乃执以索偿金，朝议无要领。先生与法外相茹某争曲直，侃侃不少屈，茹语塞。而法使巴得诺詗我朝臣暗懦，坚索金五十万兆。总督曾国荃竟允偿五十万两，虏乃藉词谓曲在我，遂夺基隆、败马江，南服震动。先生亦归国，道经澳门。澳门在明代葡萄牙人已税居，越事败，葡人议据之。先生与论，折之。亟寓书部臣，请旨与定约，杜后患。部臣寝之逾年，葡人遂占其地。既覆命，朝廷将大用。而权贵人以先生使外国久，且经造舰，瞰橐金必丰；而先生耻行苞苴，则力挤之。有旨发直隶李鸿章调遣。鸿章甚喜，命襄军务、督水师学堂。忌者交勘之，并勘鸿章，竟落职归。先生既废不用，杜门辑所著，购铅字，将翻印译书，以所得欧西艺术饷当世。未几，鸿章言之醇亲王，将复起用，连书招之，而疾遽作，竟卒。先生由县学增生援例入贡，历阶主事、员外郎、郎中，至候选道员。既使外国,赐二品顶戴,赏孔雀翎,加三品卿衔,记名海关道。未显时,尝与修县志。《日出入昏旦》《中星表》《道里表》《田制条议》,皆出其手。所著《广韵考正》《文藻斋诗文集》《自怡轩算书》皆散佚。已刊行《闻政汇编》《陆操新义》《海操新义》《城堡新义》《三才纪要》《四裔编年表》各一卷,《地球图说》八十卷未刊,《各国水雷鱼雷雷艇图说》《钢甲舰程式》各若干卷。

曹炳麟曰:嗟乎!我国外患之亟,津约成之也。琼山之役,法虏先衅而责我负约,迫我撤戍,恫喝要索。我愈让则愈狡,示弱故尔。先生以一介使,冲强虏机牙,苟廷臣毋持两端,厉兵以戒不虞,纵虏黠悍,其若我何?且先生在当日,号明习新法熟虏情者,有是才而龃龉之,使不竟其用以死,虏之荐食而国之弊焉,宜哉!

黄 先 生 传

黄先生清宪,字德卿,崇明岁贡生。性方介,贫而有志操。弱冠资授经以生。博览经史百家言,与李先生凤苞善。时科举学方盛,独李先生为经世之学,而先生治古文,得明归有光氏义法,简质谨严,以古人自期许。语峻重,不轻可人。衣履俭素,有儒先风,颇不洽于时。然县令下车访贤者,必首先生,皆敬礼就谘询,而未尝干谒焉。光绪初,任纂邑志。审体例、勤搜访,慎去取损益。旧志详略有法,以登采人物过严受抨击,群议削其稿,先生持不许。既临川李京卿联琇为总纂,略删润之,将刊梓,而先生去修《桐乡县志》。议者辄增人物志小传百余,非先生志也。尝董治育婴事,刊积弊、广乳额、厘公租、稽出纳,所活婴甚众。经筑海塘,亦多建议,而治公不私一钱。惟嗜酒,终日饮而不乱。所著有《半弓居文集》十四卷。

张赠翁家传

翁张姓,讳发华,字少梅。张,故崇明右族,而翁祖父以上世业农,有俭德,故居在县城东里许。至翁父,迁北沙之惠安镇。翁性孝谨,居丧毁瘠,祭享必垂涕竟日。为人苍颜,雪髯垂膺,恂雅有儒者气,言呐呐如不出诸口。然或剖析事理,辄娓娓动人听。每乡里争曲直,得翁言为解,皆翕然以释。县有公田在北沙,翁尝督租佃,有抗逋者,召而温谕之,不假追科吏手,皆如约纳。初,读书习举业,试辄不中选,则慨然曰:"吾族遍海内,多取高第显于朝,独吾家累世微,吾又命蹇,富贵固何常耶?"弟德华,有膂力、精骑射,乃促应武乡举,果以光绪乙卯中乙科,而教督其子,卒以诗书竟其志。有成名者,立家塾以教。乡人子弟贫者,或佽助之。晚益恬和,时荷笠杖藜蹑菅屦,款步阡陌间,引耕者与坐;或拄杖谈笑,移时去。人方之庞公、司马徽之流云。

曹炳麟曰:昔石奋父子以孝谨至三公、禄万石,当世以为荣,史亦亟称焉。翁何遇之啬耶?然醇谨为乡里式,藉其子孙能世其德如建、庆者,万石君岂足云哉?《中庸》言:"庸德之行,庸言之谨",可勉焉而为君子,翁其恺恺者欤?顾世方务吊诡以徼幸名利,如翁之行不为士大夫称道久矣。呜呼!可以觇世道已。

高老愚传

高老愚者,无锡孝子也。讳汝璞,字韫甫。六岁丧母,事父及继母,终身若孩提,出必告,反必面,晨昏定省。时其衣食之节,而进御之,或喁喁述琐闻为欢笑。每疾风迅雷甚雨,不敢离左右。其同母兄弟皆殇,爱异母弟益挚。为人朴讷,无令色巧辩。衣履整洁,不冠不出门,不疾趋邪视。疏食韦布,充然若有余,不可以非分干。不知者訾为愚,而孝子安之,因自号曰"老愚"。其先世谥忠宪、讳攀龙者,有兄曰鸣阳,孝子十一世祖也。

忠宪治象山主静之学，以学问气节为东南大儒。孝子之行，其家学也。及卒，乡人私谥曰"孝悫"。有子三：文焕，前卒；文彬、文海，状其行，乞为文。乞益数，辞益恭。感父子行谊如此，因为传。

曹炳麟曰：自古忠孝之行，诎己以徇尊亲，皆末世所谓愚者事也。人伦之道，至庸常无奇。然能为庸行如"老愚"之愚者，有几人哉？天下惟黠以智者多，而伦常愈不可言矣。今士大夫计功利熟，而家庭之分益乖。甚者恣为非孝无亲之说，与先圣名教为敌，佻达之子耳！而懦之张喙而和之，不使人类尽为枭獍不止。惟然，"老愚"之愚，匪可及已。

沈 节 母 家 传

节母宋氏，同县沈君讳聘璋室也。淑慧有女德，父母钟爱之。既归沈君，相敬爱甚笃，事王姑及姑，能以孝谨得欢心。沈氏，故巨室，资产田园甲乡邑；至沈君，析而渐微。会君卒，节母年二十八，孤子一，方七岁，痛哭欲身殉。王姑及姑挈孤泣且谕曰："汝死，吾两老人不足恤，若此一块肉何？"节母乃稍节哀，视家政，躬治产、综出入、剂盈虚、御疏布、餍粗粝，以支门户，犹时质钗珥偿宿逋，针黹纫缀，恒至夜分，昧旦即起，督佣婢整内外。事无巨细，必亲茕茕然。以一妇人之力，辛勤三十年而家资日益增，视沈君时几逾倍。中更两姑丧葬之事、孤子婚娶之礼，师傅馆食之必丰，宾客酒醴之必备，亲故缓急之必通，乡里告贷之必赒，厘然综核，悉当于人人之心。节母之为沈氏，其可称者如是。孤子宗约既长，能任地方事。为塾以教乡人子弟。奉县檄为乡大夫，以保甲法部署丁壮，备里闬之警。凡有所急于公者，节母无不为之筹画，以给所需。顾尝惕然诫宗约曰："世衰，人心殊险谲，汝年少，袭富厚名，与邑人士相周旋，预于地方兴革，当益谦逊勤慎，从诸父老后，毋稍矜炫；与儇薄者相结，驰逐纷华利欲之场,动而见尤,祸害随之,则余所鞠育闵勤于汝者,转无以对汝父矣。汝必懔之。"自是,宗约谨步趋、慎交游、急公义、屏私欲,终母之身勿敢逾,则节母之造于沈氏,宁有穷哉?

曹炳麟曰:妇人之德,非必以奇烈称焉。从一人而终,身为致力,以事其亲,以存其孤,以保有其室家,迄于死而后已。古忠臣义士鞠躬尽瘁以报其君者,胥是义也。末世士大夫亡人之国而不恤,视故君如仇仇且加害焉。呜呼!忠义不行于朝廷,则匹夫妇之谅,固犹有纲常名教之义存焉。夫然,节母可无传乎?

杨翁宗镐家传

海门自崇明析而建厅治,不二百年而故家右族若陈氏、黄氏、施氏、王氏辄式微焉。独杨氏世有清德,以诗书泽其后,多明达者。有曰家骏,字驻千,笃行士也。尝述其先翁事略,介陆君斌斐如,丐予文为传,思贻父母令名,孝之事也。感其行谊,因叙次之:

翁讳宗镐,字企乔,崇明县学生。杨氏之先,自句容迁崇明,十九传至玉亭;又自侯家镇迁海门浒通镇,服田力穑或事货殖,又数传至圣昌者,翁曾祖也,始大营贾。崇海饶产棉,贾者设肆以市诸农,积而橐载焉,以贸迁于他郡县,颇赢利。圣昌用是起家,子孙遂读书,复迁三阳镇。自翁祖至翁,皆仍崇籍,为诸生庠序,莘莘称儒族焉。翁早孤,性孝友,遵家训授经以资生。啬自养而奉母特丰,与弟宗洛同爨共起居。弟殁,教养其子家驹、家骐,悉成立。为人敦笃,重实践。其教以立品为本,得儒先之遗。游其门者,多谨愿士。家骏曰:"吾父读书,略章句。尝惧经传大义不能身体力行,为乡党后生矜式,每语人曰:'士不当忧贫也。俭腹而华身,乘虚而取名,夸之败也,贪之害也。其究至于不可为人。夸以诈贪以争,天下于是多事而生民之乐尽矣,'"故里有争者,得翁一言辄解。翁之卒,年四十有七,距今已三十年,而知翁之详者,犹乐道之。

曹炳麟曰:史称陈仲弓行成于身,而训施于天下。士君子之于风教,固不必在高位也。翁之行,不必尽如太邱,然庄周称庚桑楚居畏垒之山,畏垒之民尸而祝之、社而稷之,此岂皆道德之化淳哉?故能诵法圣贤以教人者,亦一乡之善士已。

王 侠 翰 传

君讳清治,字亦韩,又号侠翰。王氏世为崇明人,其先起阛阓,善居积而好施,有隐德。及祖辈,多读书族。始,大父讳文溶字静波,遂笕上庠,授经里塾十数年,门下多达材者。尝董治清节、恤孤、育婴诸善堂,振敝补罅,颇翕然。于时又与筑城南海塘,置官渡船五,便行旅,皆其经画之足称者。君同产昆弟二,君居长。少敦敏勤读,即师其父。年二十五,为县学生。未几,居父忧,适会光绪戊戌之后,朝廷议变政、革制科、新学校。壬寅,君创治崇实公塾于城北仁园。自葺讲堂、斋舍,备图书、械具以迄门墙,藩溷、庖湢之涂塈,皆斥私赀任之。而同里昝元恺、曹炳麟、林可培赞之,皆率生徒就而教焉。时明诏未颁,省郡立学犹不概见。君独毅然树风声,拮据经画,屡踬屡振,至典质称贷,黾勉以济,而志气不衰。方其始也,疑者笑之,忌者谤之,亲爱者危之,以为中国自汉唐来,六经四子列于学官,明经道举取士之制,垂千有余年,一旦乃尽弃,而别求所谓物质文明之学,合夷夏而通之,先艺术后道德,其事必不能以有成。簧鼓大噪,属而和者千人百人,虽耆宿且不免。然今果何如哉?君竭一身之力以经始创作,竟奄忽以逝。及今而乡之笑且谤与危者,胥以新学导师自任。于是叹人情之善变,而君之先识愈不可及矣。君性伉爽,无城府、无宿诺,有所发抒于其臆,必尽言乃已。家故不丰,耗于学者殆半。以光绪三十年甲辰正月四日疡发于首,卒年三十有三。卒后二十年,其孤之钧、之铎,皆卓然能自立,绍闻而光大之,君子有谷贻孙子,信夫!于时,通邑学校达三百余所,而君创始之崇实公学,则已易名城东小学云。

曹炳麟曰:诗有之:"风雨如晦,鸡鸣不已。"君子处世变,灼然于先几?而为人所不敢为,其见疑忌无怪焉。迨事既成而疑者忌者又将忻羡之,不复知其成之艰难为何如也。人情大抵然耳。予与君同岁,又同事于学之始基,会予领乡举,辄自忘其驽蹇,思驰驱于皇路。役役数载,感亡国之痛,归无可耕之田,而仍以舌耕布旧毡焉。盖学校已大昌,而道德之于人心乃日落,岂惟学术之害,抑教之者之未尽纯与?惜乎不能起君而质之也。

冯舜宾行略

乙卯六月三日夜半,飓风作海上。冯君舜宾自沪乘汽舟出淞口,舟覆溺焉。其兄闇模悦甫求其尸殡之,泣告予曰:"吾先君生闇模兄弟六人,舜宾居次。讳辟模,字吁甫,舜宾号也。年十七,先君病,疝呕逆、水浆不入口,几殆矣。舜宾虔祷愈。未几,先恭人陈弃养,幼弟在襁褓。先君忧内顾亟,又外仔地方事,卒卒无须臾暇,疾复作加剧。闇模惶惧悲泣,舜宾复叩祷营疗,竟不讳。舜宾泣曰:'吾与兄才逾冠而失怙恃,诸弱弟茕茕,吾二人责也。顾家贫,非发愤治生,无以成先志。'闇模乃游学日本,而诸弟之饮食、衣服、教诲,一埤于舜宾。舜宾卓苦刻厉诵读而外,精神悉注于诸弟之疾病、冻馁,以诗书、礼义相教督,若保母之慈而严师之麈焉。年二十,入县学。闇模则先后挈三弟阅模入日本帝国大学习法政令,五弟闳模入上海南洋公学,六弟鸿图入日本陆军学校。今皆卒业归,有职事矣。藉非舜宾抚字于家,闇模远适异国,安能时其教养以成之哉?尝间岁归视,舜宾憔悴羸瘠,辄琐琐语家事,并以异日所树立者,交相勖励,则泫然以先人不能终养为憾。其在昆弟间虽任劳瘁甚,而未尝有言焉。然处公事则侃直不稍假借。清季邑中公产多侵蚀,群议勾稽之。舜宾尝与其事，不避权势，冒嫌怨爬罗抉剔，积弊为清，嗣被选为城市议员，经画水利、道路，皆中肯要。既改国，壬子之秋买宅城南，间模亦购地城北，议小筑。舜宾曰：'吾家故寒素，先人敝庐隘，不得已而析居，聊蔽风雨足矣。'杨家、惠安二沙，处邑北鄙地，洼下多水患，河渠泄泻不畅。前者屡浚屡淤，辄敛资自肥。舜宾乃蹶然浚二条茅套干河工，兴于癸丑冬，迄今乙卯春未竣，虑入夏淫雨积潦重，为民病，亟从沪上乘汽舟赴沙促工，不意遇飑，竟死焉，得年四十一耳。吾无复有相勖分吾劳者矣。"悦甫语至此，哽噎不成声。舜宾，予总角友。其生平，予亦沈之，然其内行之挚，不若悦甫言之详也。夫士以孝弟为本，其他又何论焉？冯氏世为崇明人，清赠奉直大夫、讳念纲者，其曾祖；赠朝议大夫、五品衔、候县丞讳泰乔者，其祖；诰授朝议大夫、候兵部职方司主事讳芳郁者，其考也。遗孤子三：观光、觐光、某。女二：一字黄，一字汤，皆元配周孺人出。

清诰授通奉大夫花翎三品衔
湖北德安府知府施公行状

公施姓，讳启华，字闰秋。其先在宋时自嘉兴迁崇明，为巨族。十世祖讳之炳，明崇祯末任四川温江知县，署川西道监察御史，殉张献忠难。曾祖讳时泰，清赠资政大夫，补用县丞。祖讳效谷，县学生。生祖讳戬谷，国学生。皆赠荣禄大夫。父讳在镕，诰封荣禄大夫，花翎三品衔，浙江补用知府。三代姚赠封皆如例。封公生子男六，公居长，余皆隶仕籍。公丰颐广颡，修髯垂腹，貌端凝，晬然以和。无疾言、遽色、厉声，性孝友。四岁丧母刘太夫人，昼夜哭不食。十五丧继母王太夫人。公痛失恃早，祭享必涕洟竟日。事今继母陈太夫人执子礼，老益恭。姊妹弟行无同异母，皆笃爱，御子姓宽简以肃。戚友造门，虽狎，必趋揖。出，必送外阈。其敬恭若此。同治初，粤贼扰江南，戒严。

李文忠公奉命复苏常,封公与弟在钰奉檄佐庞文恪公治团练、造战艇。公齿尚稚,随封公敦匠事严,逾数寒暑罔懈。邑外郭土城为公九世祖讳文者所筑,以御潮、备寇也。至是圮,封公修复之。时军事倥偬,公追随奔走,未遑治帖括,以团练功及办捐垫解湖南军需积资,由布政司经历保荐同知,赏蓝翎,签发浙江。嗣办滇捐,奖运同衔,赴吏部引见,改湖北。光绪八枱抵省。十二年解京饷,过沪,奔封公丧。服阕,总督张文襄公廉知公,委铁政局庶务,檄办兴国、大冶矿事,勘铁道。十七年,提调官书局,十八年委督办野山关土药税。适丧继配严夫人,辞不赴;改善后局收支。湖北号贫瘠,自张公创新政、浚利源,遂雄富甲三江。局员、司管殆不免侵润。公独慎出纳、别部居、勤权算、严钩稽,纲举目张,斠若画一,宿弊为清。张公嘉叹,奏奖花翎,委署宜昌通判,又委判武昌。以剿匪功保免补同知,以知府用,奖叙三品衔。三十年,署德安府知府。德安地滨江洼下,民苦旱潦。公度地势,用西洋机凿井以利灌溉,民大称便。又设中小学校十余,创工作、教树艺、编巡卫,民趋本业,盗贼消弭。满岁课最,委征羊楼峒茶厘,又大赢。越年,仍司善后局事。公服官楚省二十余年,所管皆财府。清季征敛无艺,上下侵渔,掊克之臣,一日操计簿,积私动巨万,然亦常有以墨败者。独公以谨愿结上知,既廪之外,不苟取一钱,故宦橐不丰,而治声翕然。宣统元年,江汉水溢,大吏檄公治赈,又总潜江堤工收支。二年,乞假归,治新第,为退老计。会三年八月武昌变起,率土分崩。夫人邓及两女困围城,公仿徨终夜,须发为白。比归,夫妇子孙融泄一堂,杜门扫径,时与二三遗老试佳茗,作竟日谈,或黄冠策竹杖,逍遥海滨,人必温词奖勖,训子孙亦然,乡里称为长者。尤笃追远岁,清明必率子弟躬扫先茔,赴苏州展清流、黄土、虎邱诸墓以为常。今春三月,冒雨祭城东丁家桥茔,感疾,沈绵一月以寿终。公生以咸丰元年某月日时,迄国变后十一年壬戌四月十七日酉时卒,享年七十有二。元配海门倪氏，诰封夫人；继配同县严氏，诰封夫人。皆前卒。倪夫人生子女二，一适蔡；一字蔡，殇。严夫人生子男九，鼎元，署湖南长宁县知县、湖北潜江县知事；鸿元，某官；运元，某官；鼎连、鼎枝，殇；鼎立，某官；鼎敏，某官；鼎彝，殇。女四：一适黄；一字龚，殇，余，未字，殇。今继配无锡邓氏，诰封夫人，生子男，鼎熙，肄业上海交通大学。女四：一适沈，一未字，余殇。孙男十二：鼎元生复湘、复勋；鸿元生复申、复聪、复彭、复夔、复增；运元生复昌、复嵩、复晋；鼎立生复辛；鼎敏生复言；鼎熙未娶。内外子孙之盛，盖仅见者，例备书。谨状。

先妣龚太淑人行述

呜呼！先妣五十年来艰苦卓绝之行迄今，而完贞全节以考终，厥命矣。古有道之士如欧阳修、归有光之流，皆能以文章德业表扬其母节行。不孝行能无似，曷敢望古人？顾惟茕茕藐孤，非先妣苦节鞠育，此身委蒿莽久，曹氏血胤绝矣。若隐而不言，子孙且或不知，谁复能称道者？惧负先妣深，和泪述之，言不文亦不尽焉。

先妣龚氏，出同县鳌阶镇右族。先外祖父讳心培、外祖母陈太孺人之季女，清诰赠中议大夫先祖考讳鼎享、诰赠淑人先祖妣黄太淑人之冢妇，诰赠中议大夫、县学生、先考讳逢泽之元配。外祖父三娶，生七女一男，先妣最幼、最贤慧，生时右踵下有朱点如钱，外祖父甚爱奇之。授之书，通大义。年二十四归先考。吾家故清寒，先考方力学，试有司屡踬。先妣结裳框髻织纴佐膏火，生不孝及二女弟，皆亲哺乳抚育。嗣先祖考讳鼎享，给事县掾，稍丰，殖养他人子为子，序昭穆当后先考而弗子焉。依先祖考妣居异宅，资授经以事畜。乡塾距城数十里，定省温清，先妣为服劳罔懈。入厨，则左挟儿右执爨，井湄浣汲，造次勿离。先考入县学，越三年暴疾卒，含饭不具。请嗣先祖与棺衾，劫于养子,妇不许,请以屋一廛质钱二十缗。殡已,余杂钞仅不盈百。先妣持之,痛哭曰:"此乌足以存活吾母子?"乃穷日夜力织,日市布一匹给饔飧,犹间治酒脯献堂上。先考殁数月,不孝与二女弟皆患疫痘,家人染者殆遍。先妣子身扶服、任调护,衣履不解者月余,目赤如血,泪眦尽烂,然幸独不染。先祖考妣感涕曰:"妇贤孝,有孤可望也。"会先祖考恸子,哭必椎胸伤肺咯血,逾年卒。又二年,先祖妣中风痹,先妣扶掖寝兴,进馈粥、治汤药,拭涕唾、涤圊牏,日必侍奉已,乃事织课。不孝日就傅,夜则篝灯,命坐机侧,诵日所授书,不熟则责,且泣且织且读。二女弟手纺车侍,恒逾宵分,或鸡初鸣,始寝。严冬,冻皲指裂,血淋漓,染杼柚殷然。劝者曰:"何苦为?孤稍长,可工可商可隶,胥女可早字人为童媳,何苦为?"先妣奋然曰:"先夫尝谓先世多以吏事斩,厥祀几尽,宁刻苦厉学行,纵不幸短命,然有孤子在,吾忍绝读书种耶?且生女不能养而养诸人,恶用十指为?"督不孝读加严。读益进,织益奋。凡衣食、修脯、祭享、庆吊之资,悉出十指,未或有佽助者,即先妣亦不屑焉。此十余年中,茹荼集蓼之境,非人情所堪,而恩勤鬻闵之劳,盖无所不用其极。光绪癸巳,不孝通五经,入学饩上舍,得月试膏火资,先妣劳悴少纾。壬寅,魁乡举甲科;丁未,就吏部拣选。以知县发安徽。状先妣节行于朝,得旨旌表。宣统己酉改元,遇覃恩,不孝晋秩同知,诰封先妣淑人。其秋,迎养皖城。先妣曰:"此稍慰若考志矣。然仕非为贫,当思有以报国家利民生。予历艰苦望汝成者,非在富贵也。"不孝顿首受训,志气亦殊盛。已而,辛亥变起,仓卒奉舆归。既逊国,先妣诏曰:"汝读书当识出处,今非筮仕时矣。"不孝念先妣衰老,亦不忍远游。筑庐句溪之阳,晨昏侍寝食,诸孙男妇十余,环列笑语。先妣尝自述守节苦状,辄呜咽曰:"而辈勿忘也。"自是,不孝壹意治经。创中学校,聚诸生讲学,暇则归侍,尽菽水欢。盖自先考殁,幼恃先妣以生,长依先妣以学,仕迎先妣以养,退偕先妣以隐。

若蛮与蠡,莫之或违。讵天不厌乱,一变再变。寒士片毡,亦不容于邑里。离寝门走食,仅二阅月,而遽为鲜民。终天之恨,曷以忘乎?先妣性慈约,口不甘肥鲜,身不御绮罗。见孤贫,恻然命施与。独不喜浮屠家言,斋醮募施绝迹于门。尤斥妇女冶服,痛诋男女婚媾不循礼为人伦之丑。貌和而语庄,事当于理,虽仆媪亦加礼,不当,虽子妇无恕词,故戚族里党无不敬爱。殁,无不哀感。先妣生平牵莘者如此。先妣生于道光二十七年八月七日午时,于民国十七年闰二月二十九日寅时寿终,享年八十有二。子男一,即不孝炳麟,清同知衔安徽拣选补用知县。女二,一适张,一适王,壻皆寒窭,覆翼周至。孙男六、孙女一。长孙锟,日本大学法学士、江苏实业厅谘议、浙江钱塘道尹公署顾问、胶济铁路局稽核课员、交通部研究会员。次铽,交通部铁路管理学校卒业,历任京绥路各站正副站长,现新保安站长。三镛,以瘵亡。孙女适孙。皆炳麟先室沈淑人出。四钧,崇明中学毕业,京绥路绥远站职员。五锴,吴淞水产学校正科生。六锜,殇,皆炳麟今室沈氏出。曾孙二。锟生家桋,殇。铽生家械。曾孙女一,皆幼读。夫忠臣义士,争一时之烈,殉千古之名,犹可以强为。惟茕嫠,厉志节、育遗孤,历艰难辛苦数十年不渝,比于托孤寄命,尤难。晚世人道,乖伦纪、斁妇女,薄节义不为,则节妇之贞,未必仅系一家之重,抑亦先圣名教之防焉。谨略述先妣事,告当世立言君子,得附彤史末,光感且不朽。不孝男炳麟泣述。

杜君化如行述

君讳兆龙,姓杜氏,字化如,世籍崇明堡镇。在清乾嘉间,堡之巨族若沈氏、龚氏、张氏,皆以儒学致通显,甲第田园壮盛一时。而君先世处农亩,鲜闻达者;迄君父子,以货殖起,殷盛与曩之缙绅埒,盖时为之,亦人为之也。君父讳士容,生男子二,长即君,少曰兆虎。君幼家窭,读书不多而性颖敏,特为父母爱怜。

方弱冠，洊遭内外忧。弟弱不更事，以一身撄家累，度非困守所能存活，乃游阛阓，事贸迁。始为大贾掌侩，牵车远服，奔走大江南北，甚以诚信著闻。为主者经纪，恒获赢利，而窭如故。念此碌碌为人役，终非计。遂发愤渡海，至北沙久隆镇设肆，平停土棉零收综卖，权子母利，标其号曰：恒泰和。时棉市概为沪商操纵，以雄资吸集，贱入而贵出，小资业者无不为鱼肉。君又长厚，锱铢不甚较，未几折耗尽，肆歇。家愈落，颇懊丧。然越十余年，君家卒以花纱起。此恒泰和者，实发祥地也。君既辍业，命子廷珍仍以花纱肆业于沪，诏之曰："吾以资薄，不能与夷商角力，故败挫。顾吾邑产棉，富土布，为贫民衣食本原；今为机纱洋布轧轹，民皆辍织太息，利外溢，岁达二三百万镒，汝必努力，谋有以塞此尾闾者，遂吾未竟之志。"廷珍果善贾，多奇赢，家骤振。乃与邑人议集资购机，自用土棉出纱供织户，货不逾竟，税省运减，农工交惠，利必大丰。然应者寡，始就沪商募巨万金，创大通纱厂，岁赢之利，为邑人有者廑什三四，然资是以佣直生者殆千计，则君之言固效而志亦遂矣。君又谓富者众之母也，厚积而不施，则怨府也。爰命廷珍以千金倡募，建公善堂、立育婴堂。即主议：乳媪居宿，便哺育，旬必亲察婴肥瘠，定奖罚。有司以闻执政，题额旌之，非君所望也。万寿桥者，堡镇南北冲也，倾圮久，行者苦之。君蠲资，用塞门汀泥改砌之。堡为邑东繁市，往来淞沪者，帆樯如织。君谓廷珍须备汽船，则风潮不阻，且须贱航资、增班渡，则往来尤利，今果然矣。自是，医院、汽灯、电话，凡近世所称为利赖者，莫不次第成之，皆承君命也。君性孝友，以失怙恃早，祭享必亲荐，有涕洟。晚岁，弟兆虎殁，尤悲感，视其孤若己子，皆授之业，使有以自成。生平朴俭，衣不重缯，食不兼味，处家谨门户、亲米盐。能健履行，野遇乡老，立谈移晷，无倦容。见贫者，必解囊赠；称贷者，不索偿。尝自督租，或假为疾苦，绐之，辄免其逋。君中身，美须髯，貌清癯，目了然，语谆然，意气恳然,望而知为长者也。生于咸丰七年三月十日卯时,卒于逊国后十八年己巳十一月十日巳时,享年七十有五。配陈氏,前七年癸亥卒。生男子二:廷珍,长也;廷琪,殇。孙男一,祖庆;孙女一。皆廷珍出。盖自清祚移,而故家儒族夷为贫贱者多矣。其或以豪侠名乡里,资财雄一方者,近且恐恐然不容于时;而堡之民独称杜氏不去口,则君之长厚为之也。同县曹炳麟谨述。

樊雨三行述

君讳沛霖,樊姓,字雨三,世崇明籍。其先有讳钥者,兄弟并有文学,在明嘉靖时主纂邑志,负时名。继是,代有闻达。君祖讳某,字升乎,给事县曹,与荐绅游。延薛上舍文俊、张孝廉应曦,教其子弟,以忠敬闻。父讳某,字子才,为名诸生。母王孺人,故儒家女。生子男女三:君居长,次象贤,亦诸生。次女适顾氏。君年十六失怙,窭甚,资母纺织以读,益自激奋,所师友皆时彦。尝结社为文,必沉思冥索,得佳构能度越侪辈,则窃自喜。光绪甲午,以州试第一人入县学。初,君教授乡里,以勤笃致誉,远近争遣子弟列门下。继受袁氏、蔡氏聘,从游日益众。戊戌政变,朝议将停科举、改学校,制综中外学术,课多士。时明诏未颁,邑之老师方持两端,君毅然与同志者创义务半日学校,嗣出私资创城北小学校,规关庙、火神殿、节孝祠,余屋为讲舍。上雨旁风,绸缪拮据,而力弗胜,公私索漠,无所乞吁,则典质衣裘、钗珥以济。经年,规制粲然,延通明士为都讲,君亦自任教课,以总其成。昕夕寒暑,皇皇焉无寝食暇。如是者,二十年。邑子成材者,占籍城北小学,殆十人而五。君尝于所居筑小楼,自署曰"网瀛。"盖邑环海,昔人拟之瀛洲;谓之"网"者,取英才入网之意。君岂自道与?君既治学,久且有声,群推为教育会长,历五选辄中。民国戊午,常州士气嚣凌,省吏檄君赴常,平亭数月,士为翕然,乃归邑。令复请主学务案牍,阅时四年,易官三任,皆谓君谨厚,深相倚畀。会以城北校为平生心力所萃,辞县牍,复主校政,益用整刷,而党变起。凡百摧落,君翛然引退,举所经营,悉土苴之,无少吝。与二三老友曳杖逍遥,借诗酒以遣无憀。顾性恢落,豪饮犹昔,饮辄尽量醉,醉辄泄其所不平,纵嫚作灌夫骂;醒则不复记忆。独内行笃,事母尽欢,殁尽哀。昆弟宗戚无干糇之愆,人以是称君长者。配陈孺人,有妇德,勤约佐君。生子男二、女三:长男泽培,游西洋学,岁縻千镒,君竭力资之。既成归,能治生,行货沪上,迎君养焉。未几,君疾,竟卒于沪寓。时庚午四月二十六日酉时也,生于同治五年丙寅五月二十二日某时,享年六十有五。次男某,前殇。女,长适王,次适沈,皆殁。幼适孙。予,盖君四十余年知友也,知君审莫予若。谨述其生平如此。

钝庐文集卷七

碑　　志

诰赠中议大夫王考曹府君墓志

天不矜小子，遘闵于早岁，夺我先考。王考哭之恸，逾年卒。又三年，王妣卒。五载之间，大戚累仍，茕茕无所庇，幸底于成人。愍先人暴露，尚未有茔兆，小子负罪深矣。光绪二十五年，买陇二亩于孙家沙施圩教状之原，以是年十二月某日葬我王考妣之灵，先考祔焉。又十年，小子为之志：王考曹氏，讳鼎享，字铭冈，曾王考讳廷荣第三子。曾王妣黄生王考，欲弗育，嗣曾王考讳廷华，令乳之长，以为嗣。家贫，辍学而商。性权奇、恢落，不较铢锱，而亿多中。咸丰末，发逆陷苏常，海上商业大落。王考独捆棉至江南贸米，道梗，乃亲操舸，衣敝垢，伏货舱底，苦盖之，破衾错杂其上，假为难民。间行百里，绕越贼垒十数，渡津厄官兵诘难尤苦，濒险者数矣，卒脱。时籴路闭遏，邑民食大恐。王考载米归，获济，其略类是。乃延师训子女读书，戚友填门，酒食丰洁。嫁者、娶者、疾病死亡者相继，二三十年竭蹶经营以应是，家依然四壁立，而王考老矣。小子生三岁，王考爱怜甚。尝提抱入市，指列肆牌号标题巨字，或门联春帖，教之识，屡试辄不忘，屡易复然，喜为市果饵盈匊。或异而问，曰："是余孙也。"则摩小子顶，拥树而笑。会先考殁，王考持小子泣曰："嗟乎，天不欲昌吾宗乎？以是貌诸孤，孰恤而教之？余老矣，余惟伯叔兄弟起家掾吏者，辄无后，余不欲子孙复有为吏者，故命汝父读，而不幸短命。兹以望汝小子，嘻其艰哉！"今小子所成就，何足以继先人志？然犹幸学士大夫不以椎陋弃鄙弃之，固犹承王考之训也。王考卒于光绪十年正月二十九日，生于道光六年三月十三日，享年五十有九。元配王姚黄太淑人，卒于光绪十三年三月二十四日，生于道光四年二月十七日，享年六十有四。子男二，长即先考讳逢泽，幼讳文亮；女二，归陈、归龚。孙男二，先考生小子炳麟，先叔生炳彪。曾孙男五，锟、铽、镛、钧、锴。王考以炳麟官覃恩，诰赠中议大夫，王姚诰赠淑人。铭曰：惟祖鬻子之闵斯，生同室以居，死同穴以依。小子念之，而忍与违？

丹阳胡封翁墓志铭

胡君浚将卜日葬其先封翁之柩，请予为之志。谨按其状而次之，曰：翁讳栋，字云路，丹阳人。父用货殖起。翁幼慧，读书颇有志问学。咸丰洪杨之乱，陷金陵、窥苏常，丹阳戒严。议户出丁，登陴守。兄稍壮，父命承其役。翁执浆馈飨，休则读。城破，兄挈家缒城出，贼房兄去。翁七遇贼，皆免，匿戚韩姓家，会父母踵至。闵兄之陷贼也，潜行江南北，踪迹弗获。父以忧卒。翁时方十余岁，独营殓厝，哀毁逾成人。同治三年，城复兄归。丧乱之余欢聚，复四十年事母事兄以孝弟闻。乱后家业落，乃弃读经商，贸布金坛之社头镇，纤啬勤剧，廉贾倍赢。与韩戚业酤，韩蚀其资。翁德避乱之匿其家也，弗之校。然翁勤而不匮，啬而有节，菲食忍欲，与僮仆共苦，盖祖白圭之治生，而时有奇羡。家小康，乃营婚嫁丧葬，延师课子读，入胶庠登仕版者，联翩而起，今为右族矣。迹翁生平，讵必有瑰伟特奇之行于父子兄弟戚友之间，尽其道焉已耳，殆非所谓愃愃庸行者欤？夫士嘤嘤然，务以奇行弋高名，而本原之地或不如乡老长厚者之所处，闻翁之风，其少愧矣！夫胡氏宗祠毁于兵，翁独任建之，使昭穆有伦、亲疏有辨，岁时有祭享，祭有合族。合族者，即燕毛序齿之礼，《行苇》之诗所以歌也。宗法之亡久矣，惟宗祠合族之事，犹有遗意焉。翁知为此于本原之道，其思之矣。翁以子浚官，诰封中议大夫。道光二十六年正月三日生，其卒以光绪三十四年三月二十一日，享年六十有三。其葬以宣统三年某月日，祔丹阳西乡北陵村祖茔之次。曾祖讳家全，祖讳灿，父讳允祜，皆不仕。母韩氏、兄继勤，先翁卒。配周氏，诰封淑人。子男五：长即浚，县学生，安徽候补州同；次湛，太学生，候选州同；次涛，某官；次涵，某官；次津，某官。女三：适同县拔贡生，河南候补直隶州州判张荣祖；副贡生，浙江候补推检官董永昌；拔贡生韩觐宣。孙男二：寅生，蓉生。铭曰：去文趋利，繁鲁曹邴。氏也啬已，厚人庶几？齐晏子也，本之不菲。而末是丰，翁所耻也。吁嗟我铭，欲素封者，以为轨也。

季恭人圹志铭

　　光绪己亥二月二十五日，严君师愈将葬其元配季恭人于长沙黄娄状之原。虑日月之无考焉，属其友曹炳麟为之志而纳诸圹。曰：恭人讳文仪，字郁庄，同县国学生讳聘臣之长女，湖北候补知府讳厚德之次妇，年二十归严君。勤慎知大义，好施与，而恶浮屠氏言。精女红，暇则手《女训》一卷，君迁之。恭人正色曰："纲常名教，独为丈夫者宜知耶？"乃敬谢之。岁丁酉，知府公及其夫人施相继逝，家析。恭人典中馈益力，以劳顿得疾，羸恇日甚。初，君困举业，恭人不为意。会南皮张公之洞总督湖广，设武备学堂，招致材俊，君欲行，未果。恭人促之。君侨楚五年。其春，恭人疾笃，讯至，亟驰归。恭人已前夕卒，目未瞑，君泣抚之，乃瞑。时光绪戊戌闰三月二十五日也，距恭人生时同治壬申二月八日得年二十七。生女一,未字。严君泣曰:"恭人通书算,卒后检遗籖,得手书日用市物杂记。盖恭人望愈奢,故理家政益勤且谨,岂意愈之学未成而恭人遽死矣。恭人死而愈始知薪米价,视家政卒卒无暇日。"曹炳麟曰:"恭人殆贤乎哉! 是不可以不铭。"铭曰:少而孤,嫁而劬。病不见夫,死而息于兹乎。吁!

王岳甫圹志铭

岳甫与予同里闬。其生以光绪十四年戊子四月某日,年二十三矣。予见其岈然角也,不好弄。束发受书,勤读甚敏。目清扬,崭崭见头角,突然而弁。不诡随于俗,在丰而能约,庶几王氏之秀,其有造者欤? 顾乃羸弱以疾,以宣统二年庚戌二月九日死,以三年辛亥十二月某日葬十三号袁家沙袁锦状之原。呜呼!铭以词曰:尔歧嶷兮,奇颖倏萎蕤兮。黄陨兰摧折兮,艾焚芳烈散兮。烟泯吁嗟黄垆兮,白玉殡。

严逸渔墓志铭

君讳桐江,字逸渔,崇明严氏,清故湖北知府讳厚德之孙,予友师孟长子也。好学短命,可哀已。向见君岈角时,衣深青布襦,端立门右。群儿儽跳至,则沮然避入其室。则为祖父撰杖拂几,彬彬然肃客已。隅坐,咳笑不作,或闻诵声琅然。其师曰:"是含章抱质,诚明内蕴,可造也。"未几,肄业邑高等小学校。历湖北三江,旅学上海游学预备科。光绪丙午,赴日本习农业于青山专科学校五载,尽所学返国。应部试下第,抑郁无问世意,顾温寻故业不稍辍。宣统辛亥,父命入都再试,中乙选,授举人。适会国变,仓皇归省。土寇乘乱毁君家,尽室侨沪北,益厌世习禅,因自号曰"醉佛"。壬子,复迫父命,观政京邑。时朝事苟且,狠尤逾清季。君朴讷,视无足就,嗒然返。郁悤冒寒中疾,卒于沪。呜呼! 农,国之本也。自儒者以为小人之事,士大夫四体不勤、五谷不分,惟厉民以自养。老农蓄于故常,厚勤而薄收,啬事不良,国以不振。君之学,足以振国;而天啬其遇,又促其龄。命也,悲夫!君生以清光绪十六年庚寅十月二十日,生二十三年,卒于壬子八月二十三日。卒后四月,生子涵英。以甲寅十二月八日葬君黄娄状祖茔之右。铭曰:璞其洁也,胡缺兰其苗也,胡爇华年瞀也。谁之铄,子遗挚也。苞有蘖,嗟彼碣也,永诸穴。

清诰授通议大夫掌山东道监察御史孙公墓碑

公讳培元,字子钧,崇明孙氏。其先盖出孙武。汉末孙坚父子建国江东,遂世为吴右族。曾祖讳某,祖讳某,皆为县户曹掾,有隐德。父讳某,生子燮元及公。燮元,县学生,前卒。公幼敦敏,博涉经史,工制举文。师事同县孝廉方正黄向荣,以植品砥节为本。光绪乙亥,年十八,应江南乡举,中魁选。以母顾太夫人病瘘,饮食药饵非公亲奉不欢,因留侍,无仕进意。会先后丁内外忧,服阕,主讲肃宁翙经书院。课士,先行诣文章具有法度。肃宁故僻陋,自是风气蔚然。登上第者,皆出公门下。壬辰,成进士,授吏部文选司主事,荐郎中。选吏考绩,手削简牍,不徇吏私。甲午,日本寇朝鲜,我师溃海上,京僚都闻警走,公守职不去。庚子,拳匪乱,日本联八国师攻京城,亡匿者益众,公仍不去。城破,车驾奉太后西狩,公子身跨骒,仓皇欲随驾,乱兵截路,劫骒去。走觅舆不得,足重茧不能行,复入城,抚膺叹曰:"国事糜烂至此,构祸者皆洁身去。尽若是,朝廷养士何为?吾一部郎耳,当守此死。"事平,考授辽沈道监察御史,转云南道,历河南、山东道。公曰:"吾今可以言矣!"时制科罢,廷试外洋游学生及第者,予进士、举人出身,部院调用乃授职,奔竞者欢焉。公疏略言:"士无气节,则居官不能任艰巨。受爵公朝,拜恩私室,非所以励士也。我朝成宪,凡士试礼部而中选者,即以进士释褐授官。内则翰林主事、中书,交部院察验;外则知县,交督抚甄别。贤则庸之,不肖黜之。明拔擢之恩在朝廷,而考察之任责长吏也。今游学生比年一试于部院,有奥援者跻显秩,而匪难无声气者,求微职而不获。今年下第明岁复试,但须频年应试,随处夤缘,必有幸获之日,谁肯厉名节、勤学问哉?且有数月卒业者,名曰'速成',实无心得,一经援引,俨列朝班;绩学之士,穷年攻苦而无闻达者,宁不短气?臣愚,以为考试宜严定品第,及第而予科名,随以次授职,交内外所管长官甄察而黜陟之。如旧制,其未试者不得调而廷试,期以三年,不及第者须入学补习毕再试,自侥幸绝士趋正矣。"旨报可。又疏劾两江总督匿灾苛敛;请禁外省铸币,归度支部专铸,画一币价,规定辅币,以利通行;奏免米厘粮捐及废苏杭甬路外人订筑草约,皆关国计民生大者。章凡数十上,贝子载振方用事,慕公侃直,屡通款。不一往则先来访谒,公惟阖亡投刺而已。宣统初元,台臣议联名上摄政王典礼。公独正色曰:"我不为张璁、桂萼也!"其持正如此。辛亥国变,内外臣工委蛇受新职,或乘乱攘权位,或腼然浮沉以取容,滔滔皆是矣。公固课士先敦品,论用人重气节者,乃弃衣冠归里。筑菟裘、辟小圃,杂植桃柳,莳花果、蔬蓏之属,榜曰"瀛海桃源"。杜门却轨,虽知友罕觏其面。越丙辰秋,疾革,以七月十日卒于第,距咸丰四年正月二日生享年六十有三。以丁巳正月八日葬享沙黄虎状之原。三代封赠如公官,妣皆封夫人。配诰封夫人张氏生子男二:春烜,殇;昌烜,光绪庚子辛丑恩正科举人、内阁中书外务部主事,充使日斯巴尼亚国参赞。女四:长、次、幼皆殇,一适某官,某县王某。妾某氏。孙男一,瑞麟,年姻家生。曹炳麟既志其圹,复书其墓之石,铭曰:清纲既隳,朝有沓泄。一士谔谔,众夫愦愦。城崩狐窜,有腼其面。稽首新朝,裂裳毁冕。公号而归,抗节由夷。家有桃源,避秦在兹。亮哉臣节,古之遗直。风雨神灵,呵此丰石。

张贞恪先生圹志铭

先生张氏,讳应谷,字伯耕,号稼生,世居崇明。清光绪乙酉拔贡生,授职教谕。贤而有文章,约身谨行,能刑于家,矜式于乡里。以经史教授,裁成数十百人,多达者。晚年丁国变,慨然有愤世之意,一发于诗文。寝疾未逾日,既易箦,门人哭而诔之,私谥曰"贞恪"。今日月有时,将葬矣。谨志其圹曰:先生生于道光二十九年七月一日辰时,于宣统辛亥国变后之六年四月二十八日亥时卒,年六十有九。以六月三日祔葬新镇沙先茔之次。元配施安人,继配周安人,前卒。子男三:方培、谦培、康培,皆县学生。女一:适龚。孙男五:毓凤、毓鸾、毓鸳、毓鸿、毓鹏。铭曰:璞之完也,以洁觚之棱也。有皋兰之熏也,芳不灭。呜呼!兹室也,于以息。

华亭朱生白先生墓志铭

松郡人物都出右族,而朱氏家世未甚通显,然代有名德。予识朱君基树望之,既乃示其先祖生白先生行略,匄予志其墓,不敢辞。因谨次之:先生讳镇。其先世自华亭叶榭迁华阳桥,遂为著姓。曾祖讳旭,山东某官。祖讳桓,县学生。父讳英,浙江镇海县丞。有子二:先生,其长也。年十二侍母疾能躬治汤药。咸丰庚申,粤寇陷浙,父音耗绝,先生昼夜泣,焚香祷天。比父归而寇警至,避难三官塘。同治壬戌,又避海门天南沙。流离中常独卧小舟候警,每闻父呼起,则仓皇肩行李,扶老弱蹀躞行,虽力疲不告劳焉。乱已,乃勤学,补县学生。喜博览,凡历算、图经、方志诸书,靡不殚究;尤肆力于诗古文辞,盖耻当世士大夫多以无用之学弋虚名也。先生既负才略,欲有为于世,循例以巡检分浙江补用。光绪甲申,法兰西衅越南,条上海防议数千言,浙巡抚刘忠诚公深器之。会诏修会典,征浙省舆图,先生请以准望术绘之。图成,叙补长兴四安巡检。四安俗弊多流倡,民习挟诈、盗铸、赌博以为常,先生悉禁治之。尝雪夜擒盗魁吴正山于师古冈。俗渐革,民大悦感。暇与其人士为文会,讨论掌故,辑《长兴县志拾遗》一卷。时嘉定廖公寿恒抚浙,为叙梓之。甲午,日本扰海疆。廖公称朱某才,檄治四安防务,假以便宜。然卒格于例所设施,止于一巡检。度世事不可为,以母老乞归,怡然文史。定省之余,以课孙自娱。母丧,先生亦年六十,犹哀毁衰麻不离身。宣统辛亥国变,益杜门,号华阳逸民。终日兀坐,手一编书,或搜辑旧著。凡已梓行者《禹贡正解》《测算合解》《知止轩诗文》《辛壬杂笔》各如干卷;未梓,《松江天文略》《九数纂要》《怀旧录》《平阳示掌》稿,皆藏于家。夫先生之学,洵异乎世之虚无用而诡遇以取名利者矣。顾犹沉沦下位,以终其身。天下否,则贤人隐,岂惟先生也哉?先生以丙辰五月十九日卯时卒,生于道光二十六年八月二十二日亥时,享年七十有一。由原官晋五品衔,诰授奉政大夫。曾祖以下悉赠如例,妣皆赠宜人。配马宜人,先以乙卯十二月四日某时卒,享年七十有二。以某年月日合葬某乡某原。子男子四:长昕,例贡生,某官;次皆殇。女子六:长适王,次适吴,次适唐,余殇。孙男一:即基树。曾孙男二:宽毓;某。铭曰:不卑小官,不降志以辱身。匪古逸民,亦岂伊今之浑敦名? 吾惧其湮而刻此文。

泰兴殷孝子祠碑

有清逊国之次年,壬子冬十二月三日,泰兴孝子殷士谟殉母于火,死焉。越年,有司以状闻,得旌建祠以祀。崇明曹炳麟闻而叹曰:嗟乎! 彝伦之斁久矣! 若孝子之烈,不见之于士大夫,而得诸椎鄙之细民,不亦君子之羞哉! 或曰经有之:身体发肤,受之父母,不敢毁伤。又曰:孝子不登高、不临深。准是,则火之烈,蹈焉必死;徒死而无救于母,孝子为昧于义矣。曰:不然。

急父母之难，义不反顾，计不旋踵。乍见孺子将入于井，犹有怵惕恻隐之心，况见死其亲而暇计身之危耶？夫人惟生死之计熟。故忠孝之义，薄搢绅之士，有坐视君父之祸，逃死而不遑顾，犹缘饰经义以自解说者。由孝子观之，昧于义孰甚焉？孝子贫且早孤，不读书，以樵以渔，以养啜菽饮水尽其欢。母病瘫，躬扶掖执爨，自浣濯至涤溺，皆自任之，历二十余年无少倦。其生事也，尽人所不堪；其殉死也，尤为人所不能。故论其常，毫发不敢伤；处其变，汤火不敢避。观孝子之行，知圣人之遗教及人远矣。孝子惟纯乎天，不杂乎人，只知为子当孝之道，故能尽性之善如是焉。世既衰乱，名教隳败，庠序不以明伦教孝为本，狂惑者倡非孝无亲之说，遂夷视其父母，或且加不利焉。人之去禽兽也几希！昔欧阳子伤五代之乱，其传一行也，孝弟止李自伦一人。今得孝子，亦足以风世俗、存人道已。孝子字春生，父讳公盛，母黄氏。其先丹徒人，同治初，避粤寇，迁泰兴季家市。有兄曰培生，为军医，死武汉乱。孝子母子既死，里人收骨于烬，葬李家圩东岳庙东，复醵金建祠。成，因文其石，辞曰：殷实商遗，居丹之涘。来迁仁里，笃生孝子。世值板荡，天纲沦圮。枭獍昌言，哀哉心死。孝子力养，有欢菽水。母瞀祷之，复于明视。母瘫掖之，洮颒涤矢。母寒熨之，燂汤燠趾。昊天不吊，其室以毁。胡忍死母，宁身之毁。烈烈孝子，心无愧矣。岳岳崇祠，用彰伦纪。曹娥殉江，度尚有诔。孝子之烈，刿非娥比。式彼妙辞，昭示来祀。

杨母钱孺人墓志铭

孺人，崇明钱氏，归同县诸生，寄海门杨先生讳宗镐，父讳正扬。家故饶，以孺人贤且才，能勤动，佐治生，故相攸甚苛。逾笄不字，挈徙海门。重先生学行，因妻之。既归，奁箧丰腆，而孺人练裳布衣，率僮婢操作，如农家妇。先生起儒，素然好义，力弗胜，孺人辄出资助；不济，或典钗珥衣被，至质券盈握，久且舍之，勿稍吝。事姑孝娣，妕忯忯如也。先生抚弟宗洛二子有殊恩，孺人亦爱如己出。其于戚族邻里，皆和谦，未尝有违言愠色焉。先生殁，孺人躬井臼，课佣作，督子攻书严。较量晴雨，管榷、出纳无旷时，无滥费，衣食节约，而租税倍丰，乡里称焉。世俗妇人之见，资于父母者少厚，则挟以骄其夫，傲然慢尊嫜，夷视伦辈，褊啬于亲故而肆焉。自足靡曼骄惰，卒亦穷馁以愈，怨者反之，或且鄙弃之。甚矣，妇德之凉也！若孺人者，可不谓之贤知哉？孺人享年七十有二，以国变后二年癸丑十一月二十一日某时卒，其生以道光二十二年壬寅十二月二十二日某时。子男一：家骏，县学生。女一：适季。孙男二：德渊、德潜。以丙辰三月某日葬天南沙之原，与先生祔。铭曰：孰谓女承筐而无贶也？有斋尸之，吉人相也。耦德种义，子孙享也。吾铭其幽，示不忘也。

殇 孙 厝 志

家枨，予冢孙也。慧而不育，痛哉！其生以辛亥国变后八年庚申九月十四日未时，与予同物，命曰同申。逮今丙寅八月二十九日子时，以疫殇，得年七周耳。孙生三岁，予拥诸膝戏。裁方纸书大字百数，日授之，未浃旬而遍识，试易处亦谛视而辨。予惧耗其灵，辍之。能离行，见予必呼食物，不与不取，不求益。客至，命拱揖，如礼。六岁入小学读，益敏悟。晨出晡归，必就呼予，间尝戏嬉，戒之止即止。体貌俊挺。今病仅五日，始二日，其母讳之深，扃而卧之。越三日晨，予始知其壮热不汗，亟趋视，则疹发而隐，两颔小肿，遽延医，药杂入，喉溃而胸窒颠。越三日夜死。先一日，其父适奉部檄召，忍泪出门去，竟不及诀，痛哉！命也耶？抑误也耶？在愦眩时，犹绋予手，呼予云欲归去，复张目视予，泪盈眦而流。予泣谓曰："汝舍予家，其奚归？而今竟安归耶？"呜呼！岂不痛哉！顾汝幼稚，魂飘飘其谁依？今予厝汝，汝知之乎？故清赠中议大夫讳某者，汝曾祖也；同知衔安徽拣选知县名炳麟者,汝祖父也;交通部研究会员名锟者,汝父也。汝守汝尸,以待汝未死之祖父安汝也。

先室沈淑人圹志

元配沈淑人,讳聿清,予从母出,而沈丈灿如女也。在腹而姻,年二十三来归,食贫,二十八年未尝有一日佚乐,亦无一语勃溪。先太淑人每述其孝敬,谕诸孙妇敬听,涕辄涟洏。淑人性和谦能逮下,视副室沈若亲娣妹。濒革,以子女付属,请予以为继。沈哭之哀。既殁,检遗箧,衣裳什袭如新制,有数十年未御者,而所御率绂缀百衲。呜呼!可悲已!生于同治十一年壬申四月初四日子时,以逊国后十一年壬戌二月十九日寅时卒,年五十有一。所出男锟,日本大学法学士;铽,京绥铁路站长;镛,后四年瘵夭。女锦,归孙钟烜。继出男钧,锴,皆在学。孙男二,锟生家柡,亦后四年殇,铽生家械。孙女一,家瑗。以戊辰十二月十八日葬孙家沙施圩教状新阡正茔,予生圹之左。因封而铭之曰:吁汝归,廿八稘。死别离,六载奇。同穴期,知何时?且休兹,需予来。

清赠翁黄君墓志

君讳垛,黄氏,字宝卿,崇明鳌阶镇人。镇,邑东巨集。乾嘉时李杜诗、柏谦以文学登高第,镇由是名。后海啮,市与步近,帆樯林荟。而土产饶棉布,阛阓栉比,豪驵集焉。君之考讳某,用是起家。生子三,君次仲,年十四而孤。少习于市,善经纪,遂绍父业。性孝友,事母陈色养备至,执丧毁瘠甚形。兄业败,赡之。殁,礼葬之。弟长,析产,让沃取瘠。殁,复长育其孤如所出。其内行若此。其贸易重信义,多乐与市者。数年,利大畅通,廛肆相望,遐迩翕声。东达齐燕辽沈,西逮汉皋。估客辐辏,杂遝蹒驳。君一遇以诚。有盐城商某,负巨资去。君雅不欲穷逋,坐是牵累。然犹强仁慕义，不以摧折懈善行。光绪甲辰，海溢，漂没人畜田庐无算，君扶服振救。灾后市易雕落，负累重袭，而戚友称贷恒或不偿，君慨然曰："宁人负我，毋我负人。"促召责主，罄产偿之，随辍肆，人皆目为长者。诏其四子曰："吾以清白贻尔，不欲以负心事累若也。"命各执一艺。又曰："恒产，惰游之媒也；恒业，生殖之本也。天下惟无恒产者，不敢惰于游，而能自殖其生，汝曹勉之。"嗟乎！世之深藏刻会、厚自封殖、不恤府怨、以蓄摯牙，未几铜山金穴澌然为烟墟，子孙或不给饘粥，孰与君之长厚足以长世乎？子铣，亦善货殖，屡亿中。倜傥好义，有父风。辟墅沪渎，迎君养焉。以己巳年九月二十四日戌时疾卒，以咸丰乙卯年十月九日子时生，享年七十有五。以卒之年十一月十一日祔葬袁家沙先茔之昭，元配郭恭人前葬穆之次。生子男子二：曰铣、曰钰，钰亦治贾。女子一：适郭。继配郭恭人生子男子二：曰钧、曰昭，皆有职事，能治生，禀遗训也。女子一，孙男四，锡墀、锡湛，铣出；锡九，钧出；锡祚，钰出。孙女二：适钱、适张。君尝入粟为太学生，同知职衔，称朝议大夫者，例赠云。铭曰：孰谓市无士，计利者不可与道义躬行？君子莫砭砭而为鄙，俾隶诟者腼以耻我铭，是庶钦于后世。

邹孟存墓志铭

君讳旦清，字孟存，崇明邹氏。父讳锡庆，故诸生。清季更学制，尝斥资倡乡校为导师。时风气犹僿，皋比作孤注，竟瘅瘁以殉。君孤，方九岁，颖悟。父夙爱怜之，遗命：虽辍饘粥，必造是子。母氏柏，茹荼饮檗，长育君昆弟。伯兄鼎新学先成，君亦旋成人，志气壮迈，劬学自奋，遂资之入南洋中学肄业毕，复资之入德意志国柏林工科大学，习电气工程，穷钻极研，尽其学程满，试辄冠曹，彼邦人士震异之。试未竣，遽咯血，归国养痾，仍手书不辍。少瘥，复至柏林续试，而疾发剧。留疗逾岁，浸不可为。

再归,淹缠委顿。至民国己巳七月二十六日午时,殁于沪寓。生于清光绪壬寅六月十日午时,得年二十有八。弥留有言:勿赴勿循俗冥婚;遗书赠同济大学;葬公墓。伯兄哀其志,从之,命子某主其祀。以庚午十二月葬沪西徐家汇万国公墓,伐石而丐余志之,并为铭曰:天曷丰尔才,啬尔龄;臧尔形,妥尔灵。柏青青,翳尔庭。百世宁,贞石铭。

钝庐文集卷八

赋

铁 道 赋

  汗漫生以世路崎岖,穷途多梗,常忽忽不乐,靡有所骋,乃与安处先生造环游客而请焉,曰:"仆尝驾轰雷之车,鞭追风之骑。镳辔康庄,腾踔郊遂,而河海阻绝,山陵崔岿,摧轮折轸,中道蹇踬。窃尝怏怏,叹驰骤之不能如志也。奚以绳曲使直,堑险为易。彗清尘而扬轸,逐飘风而纵辔,不崇朝而万里,极驰驱之能事,岂足下有周行之示乎?"客笑曰:"洵如子言,其必平若砺砥,直如急矢。八骏无以方驾,九达不足腾驶。讵夫六尺之锐、五涂之轨所能快意于子与! 虽然,子未睹夫巨轨也。独不闻西国之铁道乎? 夫其平正广达,盘纡辽阔。洞豁镠辖,旋还回斡。填凹平凸,瀹淤疏阏。镕矿铅以坚址,捶沙石以奠基。安妥贴而不颇,连巨木之交枝。岸垄起而成坳,伸劲铁而为规。旷绵邈而若坻,砌磐石于中迻。莽一平而无极,历万险其如夷。修蛇曲屈而宛赴,飞龙骧首而袤迤。延兮若匹练之绕平陂,矫兮若修带之续地维。亘东西而缭邈,纷往来其差池。郁烟尘之勃起,鸿雷硠兮嶉霣。重轮过兮电掣,声哼哼兮下驰。倏千里而一瞬,艰行路兮何为尔! 其大江横绝,长河阻断。阳冰裂腹,漠沙没骭。飚轮滞

迹，飞车抑按。临流望洋，慨为兴叹。则惟架修木以为梁，连钢
橑以成管。奠柱石于深潭，砥中流而作干。落虹影于横波，跨长
桥于夹岸。爰乃冶铁为泥，范金合土，砾石磊砢，斜嵌平布。遂
截流而径渡，已介然而成路。入伦敦之巨市，过纽约而暂驻。寻
大隧之深轨，觅地中之铁路。黬黮黝黜，窈窱幽廓，不昼不夜，非
壑非谷，重烟暖暧，疏灯灼燏。声砰訇而发洪，车隐辚以腾遵。
霳郁律兮砀骇，神昏冥兮错愕。始杳眇而阴森，渐豁閜而洞霩。
仰攀望而发悸，熹阳光之下灼，若深房之将晓，炯天窗之启钥。
遂停车而出井，蹑云梯而摸索。其或山根凿洞，穴底铺铅，窱侘
黝邃，窅寮洞穿，谿呀谿寄，曼衍蝉联。印辙迹之迢迢，迤修道之
平平。墼鸿隆以震响，山应声之阗嚣。燡影怒以烟起，隐铿礚之
雷，轷轳轮轮以旋转，羌倏忽而僄便。出黝黯而旷朗，若重幽之
见天。又或立大柱兮行行，驾行空之复道。飞梁偃蹇而格磔，轻
轮僄疾而浮乔。若御风而孤行，俨腾云而夭矫。仰苍昊而顶摩，
俯原隰而心悚。身摇摇兮荡空，愕下视而几倒，瞥电闪而飞驰，
报前程之已到。洎双轮之淹滞，人缘梯而下抱，伊铁丝之挂路，
更便捷而迅疾。或摩霄而上驶，凌峰峦之崔峷，洵人工之巨制，
尤天巧之罕匹。于是乎驱沓行人，纵横货杂。累运叠输，赍驰超
轶。翕赫訇霍，块圠轧沕。驾万钧其如辒，物庞鸿兮充实，缩广
轮于咫尺，曾何须乎置驲？"言未已，生悚然辟席曰："吼！天下之
大，果有若是之通衢乎？仆惜未循其途也。夫其通辟豁达，辽渺
盘纡，梯航不假，山海可逾。诚利肇牵之远贾，便通都之委输。
不复有脱辖折轴、穷途覆辙之虞矣！然必欲垦幽矿、冶洪鑪、夷
邱垄、填洫渠。木石累积，磁铁层铺。巨费累万，工力艰劬。仆
恐竭国家之泉府，糜下土之膏腴，考工之事未竣，司农之藏已枯。
窃以为，西国擅矿利之富，专垄断之涂。粪土财帛，瓦砾金珠。
故能穷工豪举，屡兴而无难者，由取之易，而用之敷耳。吾国区
区百金之费，中人之产，而卒兴此莫大之规模，不且国罢民匮，而

左支右吾也欤！"客曰："迂哉子言！夫华夷等耳，岂于彼利而于此弊乎？是何所见鄙也！方今天下混一，车书同轨，而转输之利，陆不如水者，皆以山岳岩嶤，险阻峔峉。故车逶迟而难前，步蹀躞而时止，辗转贸易，不能周通直指，夫亦滋不利矣。果焉集货殖之赢余，出府库之积累。计巨匠之廉工，荟群材于官肆。山穴洞以冏开，水驾梁以奠址。积累尺寸，联络表里。贯九州而无碍，极四远之所至。车辙不绝于道，商贾皆藏于市。塞外轶之利源，便区夏之转徙。艰巨一时，利用万祀，亦何惮而不为哉！而吾子犹沾沾过虑焉！诚鄙人所莫解已！"汗漫生潸然心服，逡巡而退。安处先生乃扬眉轩袂，揖而对曰："客所称者，诚辩之至矣。然毋乃见之近利乎？夫圣王之世，海内晏治。六通四辟，道无歧二。行旅往来，合辙共肆。四方攸同，逺迩毕致。未尝以山川之修阻，恐传车之濡滞。罄天府之赍财，割间阎之壤地。兴浩大之工程，建风尘之高轨。宁有生今反古、假利国便民之说为劳农伤财之事乎？况今环海畅通，关津失险。复除中土之艰危，资行军之捷便。固知利于敌者实多，益于民者殊鲜。夫惟治国之道，以道德为轮舆，以仁义为逵路。塞异端之歧途，建圣贤之屏树。荡荡平平，日优游于礼乐之场、诗书之圃，何容凿险填平，镵山湮阻，使胡越击毂，而羌夷接武也哉！客言而行，天下从此多故矣。"

弃 扇 赋

　　予读班婕妤《怨歌行》，以秋风捐扇自伤，怨而不怒，得风人之旨。士者见弃于时，慨焉同悲，因广其意而赋之，其辞曰：夫何一佳人兮，临清风而自鬈。含秋情之渺渺兮，写幽怨之忞忞。慨君恩之中绝兮，感我生之不辰。心慊移而终予捐兮，厌旧德而怜新伊。妾志之愚诚兮，长信秋而淹滞。抗玉簟而流涕兮，望金门之迢递。既替予以蕙纕兮，又申之以芳蒂。月黯黯以影翳兮，泪淫淫而沾袂。叹凉飚之夺炎兮，薄荷衣与芰制。览团扇以俯思兮，神恍恍而黯凄。睨冰纨之皎素兮，爱霜帛之斐缕。绢皓皓而曜洁兮，叶红红而待题。剪莲衣而缀桐花兮，月在手而霜低。奈今昔之忽殊兮，怅荣衰之不齐。昔何荣之光宠兮，恩与爱兮团栾，出入君之怀袖兮，动摇摇而微寒。乐容与而比翼兮，情窈窕而合欢。时偎倚于宸襟兮，常翩趾乎御銮。愿君德之无缺兮，雪香袅而不残。长与灵修乎披拂兮，宝秦缯与齐纨。何年华之甫衰兮，恩遽绝于中道。捐弃予于箧笥兮，风发发而影悄。闭圭容之憔悴兮，羌縠纹其缥缈。徒欷歔而郁邑兮，曳黄罗而愀愀。叹明月之不长圆兮，照我床乎皎皎。羌释扇而抒咏兮，目眇眇兮愁予。抽荷笔而沈吟兮，启樱唇而长歔。金风夺我蒲葵兮，珠泪迸乎棕榈。聊寄心于椒殿兮，希宫车之召余。怅秋深而气肃兮，终苫箧乎安居。今未秋而先弃兮，妾更扇乎不如。月西落而流萤飞兮，扇懒扑而掼空房。揄长簟以凉簟兮，遂颓思而卸妆。时抚弄夫莲羽兮，或展转于兰床。忽寤寐而梦想兮，若雉尾之在旁。猛觉省而无所见兮，魂怅恍如有亡。惟吾心之常洁兮，志懔懔乎秋霜。妾思君而悱恻兮，君竟与妾乎长诀。心不同而媒劳兮，恩不甚兮轻绝。绢既绽而终裂兮，月有影其永缺。君纵弃予如遗兮，予不忍与君别。盼来岁之薰风兮，固团团其如雪。

呼 鹰 台 赋

　　襄江之滨，舂陵之里，有台址焉。荒榛万株，颓垣四堁。树古烟黄，苔枯石紫。腐草流萤，尘阶斗蚁。寒鸥嚇雏而下空，饥隼攫鸟而厉觜。日落山兮云昏，风号林而磷起。噫嘻乎！悲哉！若是其圮也。土人曰：此汉刘景升之故台，尝登之以呼鹰者也。当其汉南跨踞，荆北凭凌，拥十万之雄卒，负八俊之英称。拒袁绍于河朔，毙孙坚于飞矰。方将雄瞵邺许，骞举吴陵。故能规基阯、起崚嶒。筑土累石，削墨引绳。佟穷眺于万里，耸高台兮百层。其东则历历汉阳,晴川之树朝烟裹也。其西则汤汤沔水,蛟渚之舟溪云锁也。南望武昌,则鹤楼之笛声婀娜也。北睇襄州,则凤林之关郁磋硪也。隆中在右,鹿门在左。林木葱翠,烟峦淡沱。此中殆有隐君子乎!呼而出之,奚不可者?而表则心雄逐兔,尾大封狐。鸡有司晨之牝,鹃多毁室之虞。鹤乘轩而士懈,燕处厦而人愉。客登楼兮赋感,子陟岵兮伤孤。顾乃登台纵乐,被酒酣呼。近忧不恤,远眺为娱。讵足眇邺都之铜雀,傲姑苏之栖乌。徒山川之一览,局江汉之偏隅。有鹰自西南来,云起翼垂,草枯眼疾。表于是援琴拨弦,引喉节拍,振落叶之深红,坠飞鸿于远碧。顾此乐之难,常逊鸷鸟之一击。出入二代三十余载,竟台空而人易。荒坛鼠穴,腐柱虫劓。霜欺断柳,雨剥长杉。冻鸦暮宿,健鹙秋毚。只令人临风泪洒,吊古悲衔,而太息于鹰来之曲妙,豚子之材凡已矣。无心安汉,失计降曹。一州而倏如瓦解,八郡而弃若弁髦。寂历枣阳,地僻沉寥。吴楚天高,剩荒台之焦土,下霜隼于晴皋。问英雄兮安在?指江水兮滔滔。

颂　　赞

徐母郝太夫人荐福颂

　　唐宋来,释氏之说盛行。世遂有冥福、冥寿之荐,盖非古也。然孟子称舜之大孝,曰:终身慕父母。人不幸不获终养其亲,又何忍一日死其亲。秋霜春露凄怆悲怀,不得已而设裳衣,荐时食。优乎如见其容,忾乎如闻其声,不啻陟降而左右焉!或称举其遗言、往行,被诸诗章,史为祷,祝为告。呜呼!孝子之心,苟足以致慕于其亲者,未尝有殊于生死焉。今徐君辅周荐冥福于郝太夫人,固不忍死其亲之义尔。谨撮其行略而为之颂:

　　宛宛坤舆,诞钟灵淑。有母怀清,实古之郝。汲水羹鱼,结裳挽鹿。柳郢丸熊，孟仁封鲊。既闵鞠育，亦严训督。京兆喜平，延年怒酷。贤哉司暴，揪间慎钥。显扬圣善，金花诰轴。弈祀哀荣，万年仙福。庶几轺轩，采兹芳躅。

施闰秋太守遗像赞

惠之和，夷之清。古逸民，今遗氓。杜母慈，召父仁。汉太守，嗣循声。风揭车，鼎沸羹。服黄冠，屣笏绅。考涧槃，海之滨。曳修髯，弈如神。国祭酒，乡达尊。一老遗，天不憖。瞻遗象，式后人。

龚雪岑孝廉像赞

英英白云，穆穆清风。天才旷逸，骞凤翔龙。抗志霄旻，戢翼樊笼。呜呼龚生，天年不终！俨乎如见，有炜其容。

四 乡 老 赞

黄趣渔

坎之盈，其质虚。离之明，绚如暗。如敦诗说礼，佩服琼琚。养生主静，右史左图。乡邑掌故，田政农书。骊龙抱珠，老马识途。文献云坠，吾道其孤。渺焉怀想，结辖以吁。

黄眉峰

良玉受磋，其温也方。佳金在冶，其柔也刚。晬然盎然，道气和光。惟侠于义，慨当以慷。缨冠被发，义粟仁浆。里无鸣镝，家有盖藏。生为祭酒，殁祀于乡。老成殂谢，黯然予伤。

龚少青

有贲其华，有蒉其实。青衿在身，白巾题额。大学生财，为之者疾。乃蓄新畬，乃崇华阀。贻厥子孙，籯金书箧。曰老而传，尘缨超脱。其亿屡中，赐之道与！其积能散，蠡之教与！我仪先生，其得儒者之权，而曷以货殖老与！

张虞卿

降志而不辱身，居富而不骄贫。与人无求，与世无争。守其雌，不雄于鸣。优游暇豫，以终其生。陶隐君有言，无怀氏之民与！葛天氏之民与！

陈母杨夫人像赞

太邱名德，关西清白。并毓兼钟，建兹坤极。母降妫汭，笃生谌纪。卿长不惭，四知陈义。岳岳长君，柱后惠文。延年勿酷，严妪实仁。霜风振寒，背树花残。刻木祀象，式古丁兰。

某 氏 赞

朱公巨家起货殖，桓君挽车力田穑。持筹握管量出入，辇金如山发丹穴。犹是布裳翘椎髻，在丰无改约时啬。欹器戒倾满不溢，服勤未懈子孙职。敬姜之训孟光德，彤史古辉照颜色。

王羹侯学博赞

古貌若铁，贞心如石。韦素之服，嶔崎之骨。斯民也直，为儒而侠。抱仁秉义，救焚援溺。乡邻有斗，缨冠被发。学校既毁，文献犹昔。鲁殿自岿，孔经入壁。吾道非耶，启衾易箦。余辉照人，清霜皎月。

小 像 自 赞

狂，有所不为；狷，有所不屑。大德不逾，小德出入。是孔孟所欲得，而流俗人之所媢嫉。

施 君 鹤 赞

璞，其质也，不琢以成；韦，其性也，不矜于争。有士之实，无学之名。食其旧德，以保家声。世尽如君，何有乎萧墙之阋、蛮触之兵？

张颉丞遗像赞

与君总角，横经共读。风雨联床，寒灯小屋。逮青子衿，骐鬖冒足。与乡人偕，由由然乐。水利田功，锄粮拥谷。畏垒庚桑，其民尸祝。有蜮者觑，有蚤者毒。磨玷弗磷，涅缁弗黩。凶怒既戢，天夭是梏。拔污升清，其神有穆。我论斯笃，我泪斯掬。

施赞丞遗像赞

孰谓廉吏可为，而蹇于贫；孰谓遁世无闷，而困于屯。国恤之不靖，而家食是厪，郁臆莫伸。酒浇之醇，而竟殒厥身。我瞻其象，不见其人，穆然遐思，以存其神。

陈母宋孺人像赞

侠其性，心则慈。爽其辞，并剪而哀黎。昔倡随，书复诗，鼗闵斯女复儿，绸缪补葺门户支。卓哉巾帼愧须眉，愉愉晚景薄崦嵫。溘然风木，皋鱼悲我瞻慈云。抒厥词以赞，不匮孝子思。

陆颂虞遗像赞

穆然柳下之和，湛然首阳之清；谨如石庆之数马，介若杨震之辞金。渊清玉洁，有华子鱼之度，而多其贞；璞玉浑金，有山巨源之德，而却其名。吾仪先生，足以方古人而砭今世之人心。

箴　铭

家　箴

诏尔子孙：毋傲毋逸，毋荒于酒色。毋曰苟取，以伤廉节。

毋曰细行，以累大德。毋逐时趋，毋惑邪说。毋致彝伦，毋谬是非于圣人。毋蓠余诲，以祸于尔身。毋遗尊亲，毋间兄弟。毋溺于妻孥。毋昵狎友，毋信儇奴。毋矜小忿而兴口戎，毋介后言而属垣墙，毋争薄产而阋萧墙之中。毋诟谇于贫贱，毋嘻嘻于安丰。祖宗虽渺而享祀。毋虚亲戚，虽远而庆吊。毋疏子姓，虽顽而毋失学以愚。毋违余诫，以害于尔家。毋汲汲于仕进，毋憧憧于权利。毋党于偏，毋倚于势。毋诎己而徇人，毋下骄而上媚。毋不忠所事，毋或尸于厥职。毋幸于诡遇，毋歉于苟得。毋弋高名，毋縻厚秩，致丛矢于射的。毋悖余训，以凶于尔国。

校　　训

为人不难，失学则蔽。为学不难，背道则诡。吾道一贯，忠恕而已。忠惟尽心，恕则推己。小子识之，圣贤可企。

五　官　箴

有耳司听，不听不聪，有听不入，不如其聋。虚堂激响，空穴来风，塞吾聪、开吾胸，何恤乎群言之庞？

天视尔梦，梦，尔胡为独明？世黑白兮不分，尔胡为独清？物万怪其形，人万变其情。一人之斤斤，曷以通天下之悾？鸮忌昼明，鱼恶水澄。举世兮嘈腾，而吾曷不盲？

谓兰为臭兮，菇为薰；腐鱼登鼎兮，芳椒委尘。吐浊纳清，是非之门，准于心、通于神，谁臭谁薰，尚无觉、尚无闻？

生不喑兮，岂能无言？无言不雠，奚喋喋以为贤？行危言逊，居危斯安，与无益也宁默，与易尤也宁休。卷余舌、缄余口，又谁余雠？

中藏兮至虚，湛一灵兮不昧。夷如旷，如怀仁抱义。毋立而倚，毋随于诡，毋负于人，毋欺于己，奚所歉而蒽？奚所求而忮？行吾素、安吾止，生何愧、死何畏？

墨 镜 铭

镜,夷制也。黝然而深黑,以鉴天日,白昼如冥夜,照人颜色黵黯。呜呼!物之移人,皆持物者之变也。余惧夫自持之易变,常以是鉴而惕焉,夫又乌能鉴人?铭曰:白其质,黑其色,揽以自鉴。鉴此物,吾惟白也,奚蔽于彼黑?皇知谁黑与谁白?

冻 瓶 铭

有瓶焉,白质而彩绘,龙文而云章,二百年物也。不戒于冻裂其腹,惜终为窳器焉。因为铭曰:裂而不破,惧其破,用乃日多,未之裂而自破,吾如窳何?

床 铭

余岂偃息以安,昵汝其恹恹,衾影之或惭,汝其余监。

盖 铭

骄阳之不熯,零雨之不沾,余斯貌焉。庇其闲覆帱者,天其无偏。

几 铭

矫然立而不倚,莫余敢挤。余匪骨骱而体靡,将焉用此?

杖 铭

余之竭也,踽踽而孑孑。余惧或陨越,汝扶汝挈以无蹶。

砚 铭

其用圆,其体方。白质而黑章。磨之坚,厉之刚,惟吾友之良。

扇　　铭

是惟热中之医，风人以时，非其时则怀之，君子保兹。

印　匣　铭

磨不磷，朱孔扬。韬余晦，姓氏光。用则行，舍则藏。

剑　　铭

不跃不鸣龙潜渊，欻有光芒虹贯天，寒霜皎雪凝湛然，妖魔辟易神甜齁，不为拂拭其毋恬。

忍　斋　铭

有负气而以小忿致大争，困于讼而败，悔之，名其室曰忍斋，丐余书之，而系以铭：

忍之一字，辨之宜审。有不忍于人者，而后能忍人所不能忍，毋小不忍以乱大谋，毋逞一朝之忿以成没齿之雠。胯下之出，非不能刺，义不值也；唾面之干，非不可拭，怒无益也。故可合九世之家室，而未妨受一时之巾帼。惟君子之所恤，在卤莽与灭裂。

哀　　祭

张 幼 禾 哀 辞

君讳方培，张氏，家世在吾邑，为儒族。余先子尝与君叔父友，而君父贞恪先生，余又尝问字焉。余与君非泛交比者，顾余早失怙，贫苦几弃学，君则随先生馆华胅，亲受庭训，得诗礼异闻，学早成，余忻慕弗及焉。既冠，始为文字交。余设帐严氏，君亦馆北严，朝夕过从，质经史异义，上下古今议论，抚掌顿足，移晷忘餐，或深夜辨难，声撼屋壁，不知者诧为狂生也。此二十余年事，犹记忆之。会余举于乡，走京师，游宦皖江。君亦以上舍生就学暨阳南菁书院，暌离五六年。丁辛亥国变，余弃衣冠归。君方监学娄江，都讲彭门，假省时，偶一握手叙契阔。岁无二三遇，遇亦旋别。盖余虽厌世，足迹不越里门，而君橐笔走千里，则又以不获常聚首为憾。岁乙卯，余治中学校事，经始草创。丙辰秋，君适归自彭门，延之监学生，甚严，训诱循循，然间为参订章制，补苴罅漏，匡余不逮亦多。余得稍休沐，且喜常聚一室，商量旧学，讨论新知，以为中年友朋之乐可久可坚。孰意言笑之顷，忽忽二年，君竟弃余去，而不复能聚也。呜呼！可哀已！先二年，先生易箦，君哀毁甚，余宽之。今春容色枯瘁，气促数汗浃，伛偻而步迟，语谆谆若八九十者。余长君三岁，素屡弱，犹未至是，怪君何衰之蚤也，然不谓其遽死。君病疫之次日，余来省视，见目陷色黯，白肢厥冷，舌已木强，知不可救。然犹拱手为余谢，嗫嚅言校中事，余感其将死而犹不懈于职也。悲夫！余得交君三十年，所与论学、行事共居处者，前后仅五年，而君遽化异物，死生聚散，变忽若是。余发亦星星，平生知友日零落，求如君之出肝胆为人谋而无贰者，盖百思而未或一得也。呜呼！愈可哀已！辞曰：嗟君生兮早衰，震百忧兮罹菑。天降丧兮疫疠，魅逐人兮狉狉。君与厉搏兮不竞，为鬼雄兮驱之。君之去兮乘文螭，驾云车兮两旗。玄都寂漠兮不可久居，返灵旆兮何期？邱有林兮亭有翳，君旧游兮故人在兹。月黑枫青兮魂来归，风飒飒兮曷迟，使余延伫兮增凄悲！

蔡将军哀辞

　　某于将军无一日之雅顾，闻将军之死若不胜其怵然者，非仅予之有所感也。邦人士无不知举悲将军，不解将军何以致此。

乙丙之际，枋国者有窃移神鼎之心，朝士以甄邯、董昭之说进者，同然一辞，独将军不谓。然触忌者之网，逻伺若重囚，卒以计脱去，去则谋所以蹶帝制自为者。间关走滇中，说其将帅、大吏爰揭义旗，东出湖湘，西举巴蜀，师行以律，匕鬯无惊。旬月之间，黔、桂、湘、楚翕然响应，北师顿挫，川西大震，向之称臣奉表者，举回面易向，观望大势，权雄窃号之谋于是消沮，会且死矣。帝制之不复，世谓将军之力居多。夫清之逊国，从民意焉。当时为大臣而左右其存亡者，非即今日谋为帝之人耶？乘人之危，欺其孤寡而覆其祚，又因以自利，此莽、卓所不屑，而毅然犯天下不韪以为之，其何以对人民？何以对故主？故将军此举，微特为天下伸大义，且为逊国除大憝，予所以有感于将军之死矣。然将军不死于逻察羁縶之时，而死于摧覆帝制之后。天若假手将军以褫权奸之命，成将军之名，将军之幸也！特不稍须臾缓其死，出其智力，善国事之后，遽奄忽以短命，庸独将军之不幸哉！抑岂以举世汶汶，朋党之溃，讧政事之丛脞，官常之堕弛，方镇之跋扈，知事之不可为，毋宁瞑然罔闻见耶？然闻将军濒死犹惓惓以道德救国语人，则可以知将军之为人矣。呜呼！此邦人士所以致哀于将军，而予亦不觉其怵然欤！虽然，哀将军者当思将军之何以死，若或病国厉民授向之称帝称臣者以口实，而转咎将军首义之非，则将军之死为无名，是愈可哀已！辞曰：君之生兮空穷，蹇遭世兮鞠凶。长剑佩兮冠雄，蹑天马兮行空。驱云雷兮驾虹，控夭矫兮游龙。欻脱鞲兮晨风，鲲振翅兮南中。拟长矢兮天宫，射日落兮藏弓。走万里兮连峰，躬犯疬兮山有雺。君羁魂兮海东，灵车返兮飔回从。拂江汭兮双幢，眷瀛岛兮驻踪。兹予望兮灵之容，傥来归兮以慰予衷。

先室沈淑人诔

淑人，同邑沈氏，予姨表姊也。同岁，而月长予，年二十三来归，相予二十八年，常憔悴于贫病中，未尝一日舒也。悲哉！吾母龚太淑人与外母同产，方皆妊，外王母陈诏曰："若各生男女，当为婚媾。"予生，即纳采于淑人。少小无猜，情性周浃。会先府君弃养，予孤幼，傫然几不自存，吾母纺织卓苦，闵鬻以成。比予冠，资砚田为生计。淑人既归，则操井臼，扱箕帚，自春炊至圜堳皆躬服劳，常蓬首，却膏沐，屏钗珥，布衣练裳经数十浣濯，至纫缀百衲，犹御口不泽肥鲜，足不履外阈。事吾母敬恭，吾两妹在室，终岁无诟谇声。母以女甥而妇，亦倍爱之，故虽贫棘甚康乐焉。予得专攻经籍文史，饫上庠、登贤书，而二十年中生男子三、女子一，哺乳鞠育敦埠之。予尝应月课，深夜挑灯构文，严寒足冰及腹，淑人为煨榾柮，熟薯蕷絯汤助温饱，而手纫儿衣履，恒至鸡鸣，待予寝始寝，固昨日事也。淑人三十后，天水失道，食减体尫中馈力不胜，予置媵淑人娣妹，遇之家政委焉。中梱翕和，各爱所生如己出。光绪戊申，予宦皖，尽室行。居无何，值宣统辛亥国变，皖城乱，命淑人侍母先归，舟车震怖，病益浸润。越日，予返，行箧萧然，滕缄开豁，公私赤立。不获已，仍以砚耕，而食指加繁，子女皆就傅或游学国外，长者且授室，淑人益勤约坚苦，病至一药犹吝，与之亦锲不舍，愈亦久矣。昨岁辛酉十月，淑人与予皆五十，家人置酒欢宴，儿妇稚孙咸在，淑人容色融畅，奉卮于母曰："姑三十余年苦节，今兹楚楚，差慰矣！"母笑曰："亦由汝贤孝也。"讵未三月而病剧，病一月而笃，积羸之躯，百药失效，女锦刲臂肉进亦不济。弥留语予，犹深相慰藉殷勤，以少子、季女未婚嫁为言。呜呼！予泪咽不能答矣。淑人未读书，其孝敬俭勤盖出天性。顾自少至壮，贫困之；自壮至殁，病困之。天之厄汝与，抑予之负汝耶？哀哉！诔曰：呜呼！汝来食贫，二十八年。不及偕老，中道弃捐。椎髻荆布，岂足喻贤。牛衣涕泗，泪或未干。昔焉事畜，汝仔我肩。兹焉死别，汝竟我先。我送汝死，汝病我怜。我后衰病，汝无知焉。汝劳半世，匪朝夕安。奄忽委化,乃息壤泉。我负汝多,其奚以盖我愆? 呜呼哀哉!

瞿蓉甫诔辞

呜呼! 世之衰也,诡随缰绻之徒,趋时所好,腾踔扬厉,若皆得志于时者之所为,而笃信守道君子伏匿牖下,至老死而无闻。贤者生乱世,固不独君为然也。君姓瞿,讳观保,蓉甫字也,崇明县学增广生。其德甚丰,其遇甚啬,而又仅以五十五岁卒。呜呼! 天之困善人如是耶! 予与君友三十年,雅知君行谊,盖古之人也,哭而诔之。其辞曰:君潜德兮,世溷莫尊。植表端景,矜式里门。桃李成蹊,其芳不言。君之孝友,龆年失怙。在母弗忧,乌雏反哺。婉娈骰首,委以肺腑。有弟同祖,不实而瘐。卵翼其孤,恩逾慈父。鸱鸮群号,其巢覆破。君愤而颤,实惮贾祸。向余饮泣,郁然哀惧。君既让义,犹缠凶怒。君实谨讷,恂恂其词。郭泰人伦,臧否奚为。晬容盎背,不忒其仪。凛然大义,慷慨勿辞。拯溺救饥,典鬻济之。包容丑邪,不诡于随。外和内介,表里惠夷。君才谦退,不憙矜伐。椟玉韫璞,滕缄未发。一试里正,有闻非达。君之文章,经镕史铸。刊落浮艳,独揭真谛。不利有司,辍而弗治。纵为诗歌,醇醨既醉。缄筒命和,百韵寸晷。余遁逊荒,块然身世。如君知己,百无一二。胡宁忍余,有陨厥涕!

祭姨母文

年月日,甥某谨以清酌、庶羞载拜致祭于归江夏大姨龚太安人之灵,而告之以文曰:呜呼! 母非名门之秀嫔华族,而称贤母邪! 姜泉杜鲤,事舅姑以谨邪! 梁春冀馌,相夫子以敬邪! 井臼操作,督课晨宵,无已劳邪! 育麟产凤,砻璧剖珠,非又劬邪! 营构第宅,岳岳其榱,翚斯飞邪! 郁彼邱原,累累阡封,垄以崇邪! 丛兰蔚芬,翘翘孙枝,巍以岐邪! 比年婚娶,怡怡妇嫜,和以庄邪！戚族赡润，滂其沈邪！浆酒宾朋，簋有饇邪！遂隆家声，俾炽昌邪！境丰力惫，体不得舒康邪！积劳成瘵，疾以膏肓邪！滷未旬日摧予肝，其伤邪！呜呼！母今逝矣！曷以归邪！吾母也悲，母其知邪！块吾母其早寡，抚藐孤以成人，涕泗横沾，不知其几历艰辛邪！母来慰劝，母去则思，母今长别，伤何如其泣涟洏邪！忆我少时，母常顾我，置我于怀，膝我令坐，我嬉母欢，我咷母惊，呼我曰子，恩何间于所生邪！我长而弱，母抚以恻，肉颤手摇，泫然下泣，我岂愦愦，茫不知记忆邪！我冠受书，质钝而木，母来时勗，训我以读，谓汝成名，余婆之福，母言在耳，殷何如其谆嘱邪！我敢荒嬉，重负母辞，比掇一衿，母辗而咍，一忻一戚，曾几何时邪！穗帐飘零，母终不可归邪！夜灯荧荧，魂恍惚其来邪！空庭设几，铺绣帾邪！郁尊合卣，酹椒醑邪！选牲为饎，芳荐嘉邪！萧芗炳臭，焊以禧邪！云阴翳翳，灵来降邪！回风盘盘，灵返乡邪！嗷然长号，毋闻其声邪！涕泗淋浪，母鉴其忱邪！凭棺一恸，矢心以辞，母其知邪！呜呼哀哉！尚飨！

为崇实公学诸生祭王侠翰文

维光绪三十年正月十有三日，崇实公学生徒五十七人谨以清酌、庶羞致祭于侠翰王先生之灵，而告之以文曰：呜呼！先生，而可死邪！而竟死邪！先生之年方及壮岁，先生之志方隆未艾，先生之气不可一世，先生之识超越群辈，先生之寿而止于此！呜呼哀哉！大地抟抟，英流飚起。学海风潮，云谲波诡。荡荡平洋，神州滨涘。西来学派，涓流灌渍。而我中邦，旧学窳龉。儒流谈艺，五言八比。台阁衮衮，珥笔黼黻。忸怩虚华，国是痿痹。帝用发愤，诏曰更始。凡百维新，端自学制。海宇翕然，于变有丕。惟我海邦，文化僝鄙。老生沈痼，暗昧时势。哀我小子，既聋既瞆。先生奋呼，躩然跃起。提振学风，达用明体。经始勿亟，大触众忌。鸱吻翕张，矢集如蝟。先生不惧，我行其是。瘩口哓音,胝掌胼趾。群师岳岳,高筵长几。贯古彻今,先文后艺。澄汰浮夸,道源经史。二载春风,斐然桃李。我有功课,先生伺之;我有衣履,先生制之。我寝我馈,先生视之;我游我憩,先生庇之。忍负先生,而荒嬉戏,将需岁月,裁量成器。讵学未半,而先生逝矣!呜呼哀哉!嗟我小子,回惶失恃。如婴中路,母也见弃;如烛漆室,将明复黩。宁无远志,问学千里;宁无贤师,担囊束贽。或绌于赀,或沮于事,是用逡巡,屡振而废。益念先生,感思曷已,畴与来者,先生是继。五十七人,同声噎喟。虽酒如潢池,肴如京坻,泪如江水,而终莫挽先生之逝。我恸先生,我知年少志士皆将闻而雪涕,叹天之有厄斯文,而促先生之齿也!呜呼哀哉!尚飨!

祭归黄氏从姨母文

年月日,从甥某谨具清酒、庶羞之奠,致祭于归江夏从姨母龚太安人之灵,曰:母惟婺星之精、坤阴之灵。纯德粹懿,幼禀淑贞。及笄乃字,嫔于华门。黄惟望族,诗礼彬彬。篝灯佐读,挽裳助耘。冀饁梁春,夫妇如宾。鹣鹣比翼,霜风横折。呱呱遗孤,匍匐就食。二女号呴,异胎同胞。啜泣饮涕,慈以脂膏。左执纺砖,右操书卷。呼儿挈女,是训是练。秋灯夜雨,子影憧憧。拮据捋荼,掌龟首蓬。乃笄乃冠,乃聘乃嫁。孤也亢宗,执经横舍。为母吁恩,天子旌节。煌煌褒语,锡之题额。母谓劳苦,尚未有极。阳侯作慝,荡我庐居。海天压户,其奈我鱼。乃度隰原,乃疆乃经。伐木南山,运甓西坪。大朵小桷,约阁桥登。唅唅哕哕,其正其冥。熊虺来梦,有孙有曾。红粟在庚,青苗满畴。扶杖春田,督佣耕耰。天矜母节,佑以健康。寝门洁膳,瀣瀣酒浆。白发妇子,斑衣彩裳。提挈曾玄,拜爵跻堂。百龄上寿,再四春秋。海国人瑞,岂惟家庥。何图不吊,西母招游。板舆揭风,方驾蜿蟉。念母节苦,吾母所同。愧我小子,块焉藐躬。吾生不辰,蹇蹇途穷。种瓜青门,谁识邵平。委质北周,实耻兰成。杨云美新,不如严陵。龙头岳岳,孰与管宁?沸蜩世事,腐鼠功名。毛生无橄,何以娱亲?予诚不肖,菽水伤贫。每一回念,汗浃沾巾。母曰余婴,备福考终。命我执酒,奠此幽宫。呜呼哀哉!尚飨!

祭张贞恪先生文

年月日,门下生谨具清沸之酒、水陆之品载拜奉祭于吾师贞恪先生之灵,而哭之以文,曰:呜呼!先生岂厌世乱而不乐生邪!抑苦尘网之缠缨而翱翔于太清!何七十年之不逾矩,战战兢兢,如临深渊、如履薄冰,而忽诏小子启手足于枕衾?国无典刑,尚有老成。木坏山倾,于何景行?自诗书之教微,而正学就湮;纲常之叙紊,而名节不尊。廉耻道丧,忠孝无称。苍黄天地,日月晦昏,比党朋倾,朝为市门。先生尝慨然忧悯,欲拯溺救焚,而所志莫伸,不能淑世,惟以淑身。先生之介,在义则取,守不违常;先生之正,非礼勿干,动必规方;先生之学,镕经铸史,议论文章;先生之教,敦诗说礼,言行表坊。先生嗜酒,常醒不醒;先生好吟,为时多伤。先生之德,暗然日彰。固小人之所惮,而君子之所庄。是乡里之矜式,为古道之维纲。譬硕果之仅存,犹爝火之余光。昊天不吊,不慭遗一老,以益我小子之悲怆,而彼堕名失节,怙侈灭义,顾皆靦然人世,又未尝不富寿而康强也,愈以叹天道之茫茫!呜呼哀哉!尚飨!

祭孙士揆文

维某年月日,谨以清酒、洁粢致祭于孙君士揆之灵,曰:呜呼!孙君生之不辰,既穷约以终身,而又促其年,何天之汶汶、世秽浊而不清?鸾凤栖枳,鸱鸮骛云。趋利者智,守介者惛。邪说高张,正学就湮。君亦踽踽,率性而循。狷有不屑,匪俗是徇。不诡于随,亦故而新。乘风壮岁,探讨异闻。扶桑濯足,荡飏海滨。鸡林之肆，其书典坟。旁参物象，地志天文。撷英咀华，去其驳踳。归淑乡里，坛席细缊。奔走讲画，阅十三春。冲寒被暑，饮檗茹辛。余丁世难，裂冠弃绅。讲学开社，旁圣之门。谈经横舍，鼓箧百人。先德后艺，众非余言。横流孤障，底柱倾沦。群喙訾訾，青蝇集樊。延君入席，座有朱云。五年都讲，庠序莘莘。斐然狂简，裁成孔殷。有不韪者，余岂负君。君遽撄疾，郁悒弗伸。余谓君行，笃志安贫。宁小不忍，遽易其真。君实讲授，耗竭元神。六气乘之，销骨挛筋。溘然委化，薤露朝暾。人生如此，何竞利之纷纷？呜呼！孙君蹠寿而盗，渊夭而仁。相彼龌龊，肥马高轩。荣哀转眴，渍胔埃尘。白杨黄土，露骨嶙峋。不知姓氏，谁其子孙。宁死清介，太虚安魂。君有遗孤，保其宗禋。茫茫生死，命岂齐均。呜呼！孙君天道，宁论哀哉！尚飨！

祭先室文

维壬戌之岁，孟夏之月，既望三日，曹子既悼元配沈淑人之亡而诔之，将撤奠焉。谨具椒浆蔬菹馨洁之品，载拜致祭于其灵，而哭之以文，曰：呜呼！汝何往乎？汝岂舍予而独游？云冥冥兮天惨，将仿偟兮焉求，竟一征而不返，魂之来兮盍休？促予席之方丈，若室上下与四周，予瞻汝而不见，咽予泪之唈喉。凤既逝兮巢空，哀四雏之啾啾。汝宁忍而不翼，叹毛羽兮未修。纵无须乎彀哺，岂维鹊之方鸠。矧予年其已艾，发种种兮秃鹙。嘒小星之在户，肃宵征之衾裯。荫葑菲之下体，累葛藟于南樛。命锦瑟以续胶，毋求梦乎筵篌。眷谆谆于弱息，痛握诀以弥留。念遗言之在耳，日回肠兮九周。耿思汝而不寐，沾孤枕兮横流。呜呼！汝来廿八春秋，在腹而姻，匪媒是逑。媞媞从母，为姑相攸。弗慕金屋，乃嫁黔娄。理我紊丝，上煦下咻。食贫茹俭，拮据绸缪。载璋载瓦，予舐汝搂。鞠育教诲，突弁俅俅。有妇有孙，有母白头。缾罄罍耻，又增汝愁。予宦蹭蹬，汝曰无忧。耒笔耕砚,不稼可收。衣裳汝缀,酒食汝谋。买山卜宅,汝度汝筹。汝劳既瘁,汝疾弗瘳。呜呼!匪汝生之不寿,实予命之不犹。诔汝德而不文,叫汝应其何由。牵汝子以长号,汝其闻予之悲也否?哀哉!尚飨!

为儿辈祭陈生文

呜呼!陈君生而岐嶷。彬彬孝友,折矩周规。有愉其容,不忒其仪。敦笃允恭,牧身自卑。束发矜庄,润泽书诗。厥考心臧,伯曰奇儿。珠兰玉树,雨露灌滋。入学鼓箧,舞象偲偲。子渊好学,叔度早奇。斐然成章,不违厥师。岂岂黉舍,歇浦之湄。于焉升造,囊笈载归。朱夏方明,骄阳作威。瀛海炎蒸,若釜有炊。旱魃恣虐,疬疫随之。一鬼二竖,君乃罹之。君疾方作,蕴热入脾。表邪内伏,非不可为。如何杂药,百剂十医。瞑眩颠越,憯不瘳治。凉秋八月,白露早衰。朝靡皋蕙,夕萎江蓠。庭椿背萱,心折骨摧。宗老戚友,不恸其谁?呜呼!陈君如华吐艳,如日升曦,如鸟试翰,如驹正驰。蹑云抟风,奈何遽颓?某也修藏与共,年齿相齐,高桐陨落,长葛离披,鸡群失鹤,蓬艾无芝,歼我良友,天何酷斯?爆牲涓日,布奠伸悲,魂兮何往?灵其有知!呜呼哀哉!尚飨!

祭陈启濂文

年月日,某谨以清酒、洁羞致祭于启濂陈君之灵,曰:呜呼!君潜栖于衡泌兮,綮今夏黄与绮。季晞华发于阳阿兮,行逍遥以蓬累。世混浊而不洁兮,坐衣冠于溷厕。宁沉冥于蒿莽兮,擢污泥于荷芰。朝餐藜槿之芳荣兮,夕饮椒桂之露渍。挂杖头之百钱兮,入高阳之酒肆。招田父而呼邻翁兮,倾匏尊以共醉。幕青穹而醹眠兮,搴白云以为被。醒辍耕而太息兮,夫岂有鸿鹄之远志。时仰天而乌乌兮,常蒿目以忧世。歌南山之落其兮,趋东皋之嗇事。率亚旅以耘籽兮，欣禾役之穟穟。日夕牛羊其下括兮，炷篝灯之桑燧。挈稚子以课经兮，讽籀参乎讲肄。诏诗礼于庭趋兮，戒芄兰之容遂。持勤约以范身兮，广仁人之锡类。育千里之家驹兮，骧九衢之人骥。季雌伏以闲驯兮，伯雄飞以腾鸷。振簧门之昕皺兮，纵广轮之遐晷。求异闻于天方兮，探秘书于月竁。得良药之兼金兮，将医国乎是寄归。张黄岐之偃帜兮，进寝门之珍饵。期灵寿于大椿兮，暖春晖之永庇。何巫阳之下招兮，命曾元其易箦。繄平格之有极兮，讵孝思之或匮。君固起然生死兮，齐彭殇于一致。游穆神于太清兮，闳容光之盎晬。矧耄耊之既登兮，知邱园之可贵。愧扬云之玄亭兮，令侯芭以执贽。列四载之坛席兮，问三仓之奇字。余谓君之肫肫兮，宜有充闾之贤嗣。果菽水之尽欢兮，殁擗踊以涕泗。衾襚称财以备礼兮，窀穸妥灵乎吉地。君含笑以反真兮，追桑户而把臂。愿陟降之在庭兮，呵护周乎髫稚。衍孙曾之绳绳兮，长吉蠲而为馇。余兹醊以薄奠兮，托孔聃之通谊。睎幽爽之格歆兮，罔或吐此醪糈。哀哉！尚飨！

附　录

附　录

一、《消寒社诗存》收录曹炳麟诗

待　雪

山鸟无声地不埃，冷云含水郁江隈。

防风吹霰窗虚掩，伫鹤归巢门半开。

冻砚裁诗频搁笔，小炉温酒且停杯。

梅花撩乱催人护，暖阁安排客正来。

二、《王公侠翰二十周年纪念征文汇刊》收录曹炳麟挽王清治诔词

闻君学力过人，血性过人，此儒林游侠相兼传，非史迁不能立；

恨我尚论求友，合群求友，择狂狷中行而兴国，有颜回竟未知。

三、《曹节母龚太淑人八十征诗文启》（民国十五年古历三月）

如蒙宠锡诗文，请于夏正三月二十五日以前饬寄崇明城内嘉乐巷曹宅。

曹节母龚太淑人八旬正寿征文启：

赤城霞起，争传褕翟之华；彤史光腾，每藉帨鞶之礼。则当蟠桃初实，灼瑶池三月之仙葩；若木长春，颂瀛岛百龄之人瑞。孰不青霞媵爵，播扇贞徽，白雪调歌，铺扬懿德者乎！钦维曹节

母龚太淑人,贞蒸振谷,康芾宜家。丹阙已旌夫绰楔,白华久谱于笙诗。纵夫范滂有母,不羡起居八座之荣;孟郊咏诗,益厪报答三春之志。用是作奚斯之颂词,备中垒之采择。悬帨有期,略书如后。盖母幼娴,姆教长,适名门。言象温恭,德容婉嫕。案前椎髻,倡随耕读之勤;家仅寒甒,辛苦米盐之计。敬承参父,不病蒸梨。孝事鲍姑,曾无叱狗。然而长卿四壁,釜无米而仍坎。公绰长瞑,泪将枯而自饮。荧荧夜月,独拥寒机。飒飒秋风,可怜老屋。十指将荼之手,抚此藐孤;三更如豆之灯,照来瘦影。听咿哑夜读之声,坐宛转鸣机之侧。斯固母而兼师,恃而又怙者也。果焉!夫天而母犹约素自持,逸劳垂训。所以召公听政,铁蕀甘棠;陶母励廉,犹封乾鲊。已而西楚狐鸣,南山豹隐。入绵山以偕遁,汲姜井其常清。一堂四世,慈竹之荫愈丰;五亩三椽,寒泉之心斯慰。盖五十年蓉菔之心,草弥苦而终荣;数千尺松柏之姿,岁以寒而益茂。其禔祉之有徵,实报施之不爽也。兹则蘐荣堂背,三春簪四照之花;桃熟枝头,八秩晋九如之颂。式昭节行,久著乡间。梦熊等居同梓里,爱近萱晖。或好结朱陈,或谊通孔李,或附宣文之帐,或比孟母之邻。素佩德音,谨陈崖略。伏冀海内名公,士林大雅。出范刘之妙手,护班马之鸿文;弘昭锡类之仁,俯顺乞言之义。亦庄亦史,千篇绚绿野之堂;以雅以南,百幅炫红绫之轴。则光生四座,尽成八尺珊瑚;歌罢群仙,散作九天珠玉。

严师孟、陆才甫、徐煦、陈翱、冯闾模、张振辉、钱应清、金焕章、苏人权、陆梦熊、张谦培、樊沛霖、徐兰墅、张康培、陆灿昕、张鼎治、孙昌煊、徐金熊、严师愈、朱诵韩、黄栋、龚廷鹗、顾南庸、苏曾奎同启。

节母龚太淑人八十征文事略:

炳麟少构闵凶,年十二,先府君见弃,赖节母袭太淑人卓苦坚贞,鞠育训诲,以迄成名。吾家自高曾祖以来,门祚单寒。从堂伯叔祖都无后，惟先祖生先府君、先叔，皆早世，遗孤各一，从弟又逝。炳麟以藐孤承五世之祚，藉非太淑人恩斯勤斯，鬻子之闵斯，则无曹氏久焉矣。今年丙寅，太淑人春秋八十，左目虽盲，两耳俱聪，步履不须杖，康疆寿考之徵，子孙之幸也。欲报之德，昊天罔极。谨诹于古历三月二十五日称庆于家，并绘《夜织课经图》征求题咏，伏乞当世鸿硕，宠锡嘉章，阐扬懿媺，泥首镌肝，曷胜忭蹈，敬陈事略，惟垂览焉。

　　母龚氏，同县鳌阶镇右族，外祖心培公，朴学隐居，生七女一男，母最幼。生时右趾下有朱点如钱，外祖奇爱，课之书，通大义，年二十四来归。先府君黼如公，力学困踬于科名，母布裳椎髻，织经佐膏火，孕乳炳麟及二女弟，顾复未尝假人手。会先君出后嗣先祖显哉公，嗣先祖厚养子居异宅。先君依生先祖铭冈公、先祖母黄太淑人居，资授经以养，尝远适村塾数十里，定省温清，母为服劳无稍懈。先君既入县庠，三年构暴疾卒，贫无以殓，以一屋一厘典诸嗣先祖，得钱二十缗，市棺衾，殓已，余杂钞仅不盈百。母痛哭示人曰："此区区物，乌足以存活吾母子。"亟理机抒，穷日夜，倍力织，日市布一匹，取赢以给饔飧。间市酒脯献堂上，先祖父母必垂涕慰曰："汝贤孝有孤，可望也。"母督炳麟攻书严，稍惰，则继之以泣，夜则篝灯命坐机侧，且织且课之读。读益勤，织益奋。二女弟手纺车以侍，恒至宵分或鸡初鸣乃已。每严寒两手皲裂，血殷然溅抒柚。或劝少休，曰："吾为儿，不觉苦也。"未几，先祖以痛悼伤肺卒。炳麟与二女弟皆患痘，家人染疫者三四，母子身视汤药，躬炊爨，涤溲溺，匍匐拮据，衣履不解者月余，两目赤如血，然独幸不染，若神佑者。越数年，先祖母中风病，母扶掖寝兴，拭涕唾、净厕腧、进饘酏，日必侍奉，已仍事织。自衣食外，束修之贽，庆吊之仪，岁时祭享之荐，亲朋浆酒之酬者，母皆十指所出，莫予饮助者，母亦莫之冀也。光绪癸巳，炳麟通五经，入县庠，旋食饩廪，供菽水，母劬劳少纾。壬寅，举于乡，就吏部拣选，以知县发安徽。状母节行，请于朝，得旨旌表。以炳麟官加同知，覃恩封淑人。己酉，迎养皖城。母庄词谕曰："余三十年历艰苦，所望汝成者，非止富贵云尔也。今汝勉之，夙兴夜寐，毋(毋)尔所生。"会值宣统辛亥之变，仓卒奉母归里。逊诏既颁，母趣弃官，归筑室句溪之阳，而偕隐焉。忽忽十五年，孺慕之心食息之，顷不忍离，一喜一惧之外，不复知世之汶汶者。母见诸孙曾环列，十余人怡然天伦之乐，亦以为人世之荣，莫或易焉。然尝语人曰："此余五十年前血泪所滋灌者也。"母性慈约，生平不御绮罗，不厌肥鲜，见孤苦者，恻然命施与，独不喜浮屠氏僧尼，斋醮募施之属，绝迹于门。尤斥妇女冶服，家人敬懔以为法。母生子男一，炳麟；女二，一适张，亡；一适王。孙男五，长孟刚，名锟，以字行，日本大学法政学士，胶济铁路稽核课员，江苏实业厅谘议，浙江钱塘道尹公署顾问；次鈇，京绥铁路副站长；三镛，本县大通纱厂职员，前月瘵亡；孙女一，适孙，皆炳麟前室沈生。四钧，肄业上海文生氏大学；五锴，毕业本县中学，炳麟今室沈生。曾孙男二，家桭，锟生；家械，鈇生；曾孙女一，皆幼。

曹炳麟顿首谨述

四、《张季子九录·张南通哀荣录》收录曹炳麟挽张謇诔词

全道德文章发为事功，名满天下，利尽天下；

约政治经济试诸乡邑，江北一人，中国一人。

夫子何为，即康功田功，讵似山中陶弘景；

斯人不出，痛民事国事，更无江左谢夷吾。

五、《新崇报》民国十七年十二月九日《曹钝吟鬻文字刻诗文例》

曹钝吟鬻文字刻诗文例

仆猥以翰墨为人役，殆四十年。迩来世事阑珊，心情黯淡，不

愿以垂衰之精力,徒耗于无谓之应酬。窃不自谅,暇辑所著,得诗五卷、杂文八卷。匪敢附古昔著述之林,何妨为后世酱瓿之覆。乃苦锓梓之乏资,聊藉抽毫以自鬻,略订谦例,以己巳元日为朕。

书　　例

联:三尺三元,四尺四元,五尺六元,六尺八元,八尺以上十二元

堂幅:三尺三元,四尺以上每尺照加二元

扇册:二元。

斗方、长卷:每尺二元。篆、隶、工楷加倍。

碑志、寿屏、题跋等另议。劣纸不应,代款不应。先交半值,墨资一成,惠润取件。

诗　文　例

每百字十元。墓碑、家传、寿屏另议。代款不应,润资先惠。

戊辰十一月,钝吟曹炳麟订启。

六、《秋白遗稿》曹炳麟序(民国十九年闰六月)

秋白女士在甲寅、乙卯间尝以诗质于予,叩所读奚宜,予赏其思笔高朗,无脂粉气。诏之读遗山、放翁,以进于少陵。嗣归严氏,与予草堂比邻,而频年游学走食,请质转疏。竟不幸罹夭昏。乌呼!岂区区不栉之才,天犹靳而夺之耶!遗墨数首,虽片鳞一爪,亦见其致力之□本,而读者当共惜其不寿也已。

庚午闰六月钝翁曹炳麟并书

七、《新崇报》民国廿四年三月十九日钝翁(曹炳麟)《均沐大队副辞官归里赋此志别》。

赠别吴大队附均沐诗文录

均沐大队副辞官归里赋此志别

书生投笔唱刀环,仗剑东来瀛海间。廉水一泓淘墨井,画宗六法衍鱼山。

旗门洞启诗坛静,里鼓声稀武帐闲。十万人家资保障,去珠何日得重还。

大泽从来伏莽多,三年海上靖风波。春雷乍震城狐窜,夜户无惊市虎讹。

裘带雍容儒将度,袍裳欢爱吏民歌。功名莫厌麤官小,一例羊碑石不磨。

八、《施母寿征书画集》曹炳麟贺诗

仙洲瑞气郁东皋,上引星垣婺宿高。

天半笙歌鸾凤啸,人间文物凤皇毛。

宁馨生得儿郎伟,圣善常闻母氏劳。

更喜日磾工缋事,图形亲手妙添毫。

施母俞太夫人六十寿言,钝翁曹炳麟拜稿并书

九、王清穆《农隐庐日记》

戊寅(阳历十月一日)二十四日,曹吟秋于秋分日(即阴历八月初一日)谢世,卧病不过三天。科举耆英,又弱一个,为之怆然。

二十六日,题曹吟秋诔词:乌乎吟秋!学裕才优,等身著作,乡里罕俦。训育五子,勉以自立,业不一途,各有所执。乌乎吟秋!家运艰厄,二子先游,未免伤神,厌问世乱,一瞑不视。我为君诔,怆望无已!

二十七日,作《曹吟秋明府行状》。

十、王清穆《农隐庐文钞》卷四《曹吟秋明府行状》

曹吟秋明府行状

明府姓曹，讳炳麟，字吟秋，别号钝吟。世居崇明，祖父鸣冈，父赋时，邑诸生。明府生而颖敏，幼受庭训，年十二失怙，赖母氏抚养成立。弱冠补博士弟子员，旋食廪饩，书法秀润，骨肉停匀，文誉大起。壬寅，补行庚子辛丑恩正并科乡试，改八股为策论，仍弥封而废誊录。是年，明府赴试，榜发列高魁。次年，春官试，以病未上公车。乙巳，科举停罢，乃就史部拣选试，取一等第一，以知县签分安徽候补。抵省后，考察皖中财政善后事宜，有亟应整理者，条列上闻，颇为当局所激赏。宣统纪元，宣城县有悬案累年不决，明府奉檄往查，谘访舆情，悉其颠末，详拟归结之法，得上峰采纳，始定谳焉。明府事母至孝，迎养安庆寓邸。辛亥政变后，即奉板舆归里。吾苏六十县，其时五十九县皆更易县令，推本地士绅为之长，独吾邑留旧任勿去，举行政、司法诸端，胥由邑之能任事者佐理之。明府领总务职，即其一也。甲寅去职，筹设崇明县立中学。以未得省拨经费，长校十余年，支持颇感困难。学生受训于是校者，不下三千人。英才乐育，明府有焉。己未，邑中定修志之议，以宣统三年为断。凡家居士绅，责无旁贷。余任主修，明府任总纂，以外分纂、征访、总分校、绘图、校缮，各有职司，而明府实总其成。一日，就余商榷，余谓："修志宜先订凡例，然后分类编纂，若网在纲，有条不紊。旧志体例，宜有变更，未可苟同也。"嗣是，书札往返，辨论繁赜。一得之愚，采纳居多。间有弗纳者，余亦不争，作史之难，固非一言可尽也。书成，征序于余，余谓："修志只须一序，君辛勤六载，甘苦亲尝，序之宜也。顾亭林先生尝饥修志序文之滥，吾辈宜引以为戒，历任县长之序。可置不载。"故今志仅明府一序，有由来也。明府赋性伉直，朋侪会集之场，议论风生，众皆倾听。有辨难者，明府必据理折之,无多让焉。生平著作甚富,《钝庐诗文集》十五卷,已行世。《说文约义》四卷、《杜诗微》五卷、《钝庐诗文续稿》二卷、《杜韩诗联集》一卷、《六不居联语》一卷、《自编年历》一卷,均未刊。旧居福民街,甚湫隘。旋筑"句溪草堂"于嘉乐巷,种竹栽花,别饶雅致。近年,目睹世变,意兴索然,不如意事,时触于怀。夙有胃疾,视为无碍,猝然生变,而噩耗闻于海上。乌乎! 可伤也已! 明府生于清同治十一年十月二十三日,卒于民国二十七年九月二十四日,春秋六十有七。明府有子六人,长锟,先卒;次钺;三镛,先卒;四钧;五锴;六锜,殇。诸子皆受相当教育,见用于世。不幸长子、三子皆不禄。次子服务于交通路政,久无音讯。四五两子随侍在侧,掇明府事略请为状。余不敢辞而述之如此,以为明府之亲友告。

十一、《新崇报》民国三十六年五月七日恬斋(宋子贤)《诸知己小传·曹炳麟》

诸知己小传(续)恬斋

(三) 曹 炳 麟

曹炳麟先生,字吟秋,别署钝庐,少年魁乡荐,其为文以汉魏作骨,以六朝作体。其诗苍深如杜少陵,风流如王阮亭。书法学苏东坡,诗文书三绝兼长。不但为一邑之儒宗,自晚清以来,才大如先生者,江以南未数觏也。著有《钝庐诗文集》行世,自有千秋。所居在邑城东北隅,额曰句溪草堂,极亭台花木之胜,盈门桃李,绕膝儿孙,浸淫书史,娱乐桑麻,故其福其名,堪与苍山老相伯仲。其贤宅相王君翰章与余为金兰交,故时得瞻先生丰采而请益也。邑城沦陷后,所居为敌寇所占,与虎狼同处,竟至抑郁以终,时民国二十七年也。享寿六十有七岁。

邑城沦陷时,先生有纪事诗曰:

三百余年不见兵,仙洲海上小区瀛。无端一夜西风恶,吹起长鲸拔浪声。

　　辘辘惊雷破晓空,满城春散落花风。市声不见行人断,万突无烟口正红。

　　火鸦结阵绕城飞,磔磔天空运杀机。雷力万钧声裂地,草堂幸未化烟霏。

十二、《新崇报》民国三十六年六月八日恬斋(宋子贤)《钝翁绝
　　笔诗》

　　前载《诸知己小传》中,漏植曹钝翁诗,今特刊出,以饷读者——编者

　　　　　　　层城不守四门开,铁骑千钧喋血来。
　　　　　　　瀛海岩疆成弃壤,东江逝水几时回?
　　　　　　　比户搜牢发盖藏,谁知十室九空囊。
　　　　　　　敝裘典赀黄金尽,剩有青氈一片香。

　　　　　　　尽道多藏劫后亡,直躬谁复证攘羊。
　　　　　　　盗泉一勺人争饮,遑问狐狸逐虎狼。
　　　　　　　怪道园林结画楼,新巢鹊散尽居鸠。
　　　　　　　一椽留我藏书屋,风雨孤灯对楚囚。

　　　　　　　老妻弱妇掩雏孙,惊破愁肠欲断魂。
　　　　　　　估量资粮打不得,暂教避地入西村。
　　　　　　　并海萑苻伏莽多,移家赍入虎狼窝。
　　　　　　　乡居何敢安高枕,夜夜枪声起辟萝。

　　　　　　　独坐萧萧伴虎狼,户庭天棘蔓丝长。
　　　　　　　羶风腥雨飘摇甚,愁看鸥鹣饮啄忙。

二介江山敝屣轻,东南地坎几时平?

杞人踽踽忧天厌,望断银河洗甲兵。

按上录诸首,不载集中。故为表而出之,一以见先生忧时之切,与志节之坚,一以见当时敌势之汹,与秩序之乱。读之猛令人遗痛难忘,谓为"三一八"、"崇城沦陷"纪念诗,亦无不可,录供后之纂修邑乘者采择焉。

图书在版编目(CIP)数据

钝庐诗集 ；钝庐文集 / 曹炳麟著 ；唐圣勤等整理 ；
. — 上海 ：上海社会科学院出版社，2013
（崇明历代文献丛书）
ISBN 978 - 7 - 5520 - 0487 - 8

Ⅰ. ①钝… ②钝… Ⅱ. ①曹… ②唐… Ⅲ. ①中国文
学—现代文学—作品综合集 Ⅳ. ①I216.2

中国版本图书馆 CIP 数据核字(2013)第 294325 号

钝庐诗集 钝庐文集

作　　者：曹炳麟
责任编辑：施恬逸
整　　理：唐圣勤　龚家政　柴焘熊　周惠斌
　　　　　黄　元　郭　焰　徐　兵
封面设计：闵　敏
出版发行：上海社会科学院出版社
　　　　　上海顺昌路 622 号　邮编 200025
　　　　　电话总机 021 - 63315947　销售热线 021 - 53063735
　　　　　http://www.sassp.cn　E-mail：sassp@sassp.cn
排　　版：南京展望文化发展有限公司
印　　刷：镇江文苑制版印刷有限责任公司
开　　本：890 毫米×1240 毫米　1/32
印　　张：10.25
插　　页：2
字　　数：248 千字
版　　次：2013 年 12 月第 1 版　2020 年 7 月第 2 次印刷

ISBN 978 - 7 - 5520 - 0487 - 8/I・120　　　定价：38.00 元